Sibylle Luise Binder

Tierisch giftig

Sibylle Luise Binder

Tierisch giftig

Ein Baden-Württemberg-Krimi

Silberburg-Verlag

Sibylle Luise Binder, Anfang 50 und (meist) in Stuttgart zuhause, ist seit einem Vierteljahrhundert als Journalistin und Autorin tätig. Neben einer ganzen Reihe von Sachbüchern über Pferde und Reiten hat sie Mädchenbücher und Krimis geschrieben. Tiere faszinieren sie schon seit ihrer Kindheit – und daher hat die Reiterin und Züchterin von Warmblutpferden neben Hunde- und Katzen- auch Zirkuserfahrung. Wenn sie nicht mit Tieren befasst ist, beschäftigt sie sich gerne und ausführlich mit Oper und Geschichte.

1. Auflage 2013

Umschlaggestaltung: Christoph Wöhler, Tübingen.
Coverfoto: © gwmullis – iStockphoto.
Druck: CPI books, Leck.
Printed in Germany.

ISBN 978-3-8425-1278-8

Besuchen Sie uns im Internet
und entdecken Sie die Vielfalt unseres Verlagsprogramms:
www.silberburg.de

1

»Guten Morgen, mein Herz!«

Friederike Abele fühlte einen stoppeligen Kuss im Nacken, drehte sich brummend von der Seite auf den Bauch, hob den Kopf und blinzelte einäugig in den Sonnenstrahl, der ein paar Meter vom Bett entfernt durch ein Spitzbogenfenster fiel. »Ist heute Samstag?«, fragte sie verschlafen.

»Nein, es ist Donnerstag«, gab ihr Lebensgefährte Corin Auskunft. »Du wirst also nicht umhinkommen, aufzustehen.« Er stand, nur mit einer verwaschenen Jeans bekleidet, neben dem Bett und schaltete gerade seinen Rasierer an.

Friederike wälzte sich auf den Rücken, streckte sich und schob die Arme unter den Kopf. Einen Moment betrachtete sie ihren Liebsten, angefangen vom grauschwarz melierten, sehr kurz geschnittenen Drahthaar, dem schmalen, dunklen Gesicht mit den irritierend blauen Augen hinunter zu den muskulösen Schultern, dem kleinen Bauchansatz, dem schmalen Becken und den langen Beinen bis hin zu den ausgesprochen hübschen, nackten Füßen. Sie fand ihn auch nach fünfjährigem Zusammenleben immer noch sehr appetitlich, doch ein Seitenblick auf den Wecker überzeugte sie davon, etwaige Vernaschvorhaben zu vertagen. »Scheibenkleister!«, schimpfte sie. »Ist ja schon halb acht.«

»Sag nicht, ich hätte dich früher wecken sollen!« Corin bückte sich, um in einen Spiegel zu schauen, den er auf das Spielpult der Orgel hinter dem Bett gestellt hatte.

Friederike krabbelte auf die Bettkante und zog das überdimensionale blaue Shirt mit der Aufschrift »Wer schläft, sündigt nicht. Wer sündigt, schläft hinterher besser« nach unten. »Morgen, Puck!«, begrüßte sie den wuscheligen schwarzen Hund, der schwanzwedelnd vor ihr stand. »Kannst du nicht heute mal allein ins Amt gehen?«

»Ich glaube, der Puck will heute gar nicht ins Amt. Er bleibt bei mir«, sagte Corin, während er mit der linken Hand seine Wange glattzog, um darüberzurasieren. »Ich habe heute nämlich meinen netten Tag. Ich lasse meinen Assi die Probe leiten und bleibe zuhause. Ich muss mir endlich mal den Fliehenden Flohhändler draufschaffen.«

»Iiih, Wagner!«, fand Friederike.

»Du kleine Banausin!« Corin stellte den Rasierer ab und lächelte sie an. »Was hältst du von Frühstück?«

»Hmm …«, brummte Friederike unentschlossen und ließ sich noch einmal aufs Bett zurücksinken. Ihr Blick fiel auf die Decke mit dem Kreuzrippengewölbe und sie lächelte. Es war nun vier Jahre her, seit Corin und sie – nachdem sie davor monatelang sämtliche Immobilienmakler im Kreis Göppingen zur Verzweiflung getrieben hatten – ihr Heim gefunden hatten. Ihr Problem war nämlich gewesen, dass Corin, der jahrelang zwischen einer schicken, aber für seinen Geschmack zu kleinen Wohnung in London und einem Hotel in Stuttgart gependelt war, im eigenen Haus nicht nur einen großen Konzertflügel, sondern außerdem ein nicht viel kleineres Cembalo und eine riesige Sammlung an Partituren, Büchern und CDs unterbringen wollte. Dafür brauchte er aber nicht nur jede Menge Platz, sondern – darauf bestand der Dirigent – auch eine gute Akustik. Und damit konnte keines der unzähligen Häuser, die Friederike und er angeschaut hatten, dienen.

Es war ein Freund und Kollege von Friederikes verstorbenem Vater gewesen, der ihnen dann den entscheidenden Tipp gegeben hatte. Der pensionierte Pfarrer hatte erzählt, dass seine erste Kirche aufgegeben worden sei und zum Verkauf stehe. »Das wäre doch was für deinen Corin! Die wäre groß genug für sein Geflügel und hat eine wirklich gute Akustik«, hatte er gesagt.

Friederike war zuerst skeptisch gewesen. Die ehemalige evangelische Markuskirche in Eislingen, um die Jahrhundertwende in einem Stil erbaut, den Friederike üblicherweise »Neogotik mit einem Schuss Jugendstil und Neuschwanstein« nannte, war definitiv groß genug – aber wie, bitteschön, sollte man den Kirchenraum mit den meterhohen Fenstern und dem Gewölbe heizen? Und wer würde die Fenster putzen?

Ihre praktischen Erwägungen stießen da aber schon auf taube Ohren. Corin hatte sich in die Markuskirche verliebt und wollte sie haben. Als er dann auch noch erfuhr, dass die Landeskirche sie sehr preiswert abgeben würde, war er gar nicht mehr zu bremsen. Egal, was Friederike sagte, er antwortete mit: »Das lassen wir umbauen!«

Immerhin war es dann Friederike gewesen, der eine Lösung für das Heizkostenproblem einfiel: Die Markuskirche hatte nicht nur hinten eine Orgelempore, sondern dazu noch eine Empore, die sich an der ganzen Südseite entlangzog. Friederike schlug dem Architekten, den Corin beauftragt hatte, vor, unter der Empore Schiebetüren einzubauen. Dadurch entstanden darunter ein großer und ein kleiner Raum mit normaler Raumhöhe, die gut zu heizen waren. Im kleineren Raum richteten Friederike und Corin einen Schlafraum ein, der im Sommer als Gästezimmer und im Winter als ihr Schlafzimmer diente. In den großen Raum wurden im Winter Flügel und Cembalo geschoben, außerdem gab es darin eine gemütliche Polsterecke und einen großen Schreibtisch, so dass er als »Winterwohnzimmer« dienen konnte.

Gegessen wurde sowieso meist in der Küche, die im ehemaligen Versammlungsraum der Gemeinde untergebracht war. Das Badezimmer war in einem Raum daneben – einstmals die Sakristei – und Corin machte sich immer wieder einen Spaß daraus, Besuchern gegenüber zu behaupten, dass darin früher Leichen bis zur Beerdigung »zwischengelagert« worden waren.

»Fritz, was willst du zum Frühstück?« Corin war auf dem Weg zur Treppe, wobei er sich ein Poloshirt überzog.

Fritz guckte noch einmal auf die Uhr und stand dann auf. »Eigentlich bin ich schon ein bisschen spät dran …«

Corin seufzte. »Es kann nicht gesund sein, immer ohne Frühstück loszuziehen!«, stellte er fest.

Friederike kramte Wäsche aus ihrer Kommode, warf sich eine Jeans und ein Shirt über den Arm und trabte hinter Corin die Treppe zum Kirchenraum hinunter. »Ich glaube nicht, dass Würstchen, Speck und ein halbes Dutzend Eier zum Frühstück gesund sind«, meldete sie, während sie durch den Kirchenraum und an den unzähligen Bücherregalen vorbei zum Chor und dann ins Bad marschierte. »Außerdem kriege ich im Amt einen Kaffee und eine Butterbrezel.«

Corin war inzwischen in der Küche angekommen und klapperte mit Pfannen. »Und was kriegst du sonst im Amt?«, fragte er durch die offene Badezimmertür.

»Statistiken!«, seufzte Friederike. »Medikamentenverbrauch in der Schweinemast im Landkreis Göppingen.« Sie drückte Zahnpasta auf ihre Bürste und begann zu schrubben.

»Klingt sehr spannend!« Corin lachte.

Friederike putzte ordentlich ihre Zähne, spülte ihren Mund aus und antwortete dann: »Mein Chef vermutet, dass unsere Frau Regierungsdirektorin Katja Kirchner-Lindemann seit dem Abgang von Herrn Lindemann ihre liebesleeren Nächte damit verbringt, sich immer mal wieder eine neue statistische Ausarbeitung für uns auszudenken. Mit der beweist sie dann dem Ministerium, wie effizient wir arbeiten.«

»Vielleicht solltet ihr der Dame einen neuen Mann suchen?«, schlug Corin vor.

»Können vor lachen! Euer Prinz Charles hat seine Camilla geheiratet, Albert von Monaco will lieber eine breitschultrige Schwimmerin mit blondem Gesichtsausdruck und die anderen noch verfügbaren Prinzen sind ihr zu jung. Und unter einem Prinzen tut sie es nicht.« Friederike bürstete durch ihre kurzen Locken und streckte dabei ihrem Spiegelbild die Zunge heraus. »Ich glaube, ich färbe mir jetzt doch mal die Haare!«, verkündete sie in Richtung Küche.

»Tu, was du nicht lassen kannst – aber ich mag deine Haare, wie sie sind!«, kam zurück. Corin schlug drei Eier in die Pfanne. »Und du magst wirklich nicht frühstücken?«

»Ne, danke.« Friederike guckte noch einmal in den Spiegel. Bis auf die Haarfarbe – ihr Friseur nannte sie »dunkelblond«, Fritz befand sie eher »straßenköterbraun« – war der Rest nicht ganz schlecht: Ihr klares Gesicht mit den blaugrauen Augen und dem kleinen Grübchen im Kinn gefiel ihr und mit ihrer Figur war sie einigermaßen zufrieden. Mutter Natur hatte es in der Abteilung Brust und Beine gut mit ihr gemeint – oben genug vorhanden, unten lang genug. Dazwischen allerdings – nun ja, der Bauchansatz kam wohl von zu viel Zeit am Schreibtisch und ihrer Liebe zu Nüssen, am besten in Schokolade. Doch Corin mochte ihr Bäuchlein. »Dürre Zicken«, so sagte der Musikdirektor der Stuttgarter Oper des Öfteren, »bekomme ich bei unserem Ballett genug zu sehen.«

2

Einen langweiligen, statistikgeschwängerten Vormittag später kam Friederike von der Mittagspause beim Italiener zurück in ihr Büro beim Landratsamt in Göppingen. Eigentlich mochte sie ihren Job. Sie hatte direkt nach ihrem Studium der Veterinärmedizin in Holstein als Nutztierärztin angeheuert, dort aber schon schnell festgestellt, dass routiniertes Schweineimpfen und Behandeln von Kuheuterentzündungen nicht ihre Welt waren. Dazu hatte die Schwäbin im Norden gefremdelt und war darum alles andere als unglücklich gewesen, als sich in Göppingen die Chance ergeben hatte, als Amtsveterinärin anzufangen.

Nun, fünf Jahre später, stand auf dem Schild an ihrer Bürotür »Oberveterinärrätin Dr. med. vet. Friederike Abele« und auf ihrer monatlichen Abrechnung die Vergütungsgruppe A12, was sie sehr komfortabel fand. Auch der Zuständigkeitsbereich – auf dem Türschild mit »Tierschutz, Tierhygiene und Tierarzneimittel« deklariert – gefiel ihr. Er garantierte Abwechslung, wenn ihre Chefin nicht gerade wieder meinte, zu »jedem Käsdreck«, wie Fritz' Amtsleiter zu sagen pflegte, Statistiken anfordern zu müssen.

Seufzend setzte sich Friederike wieder vor ihren Monitor und rief das letzte Formular auf. Sie übertrug gerade die dritte Zahlenkolonne von ihrem Notizzettel, als sie durch die offene Tür das Telefon im Vorzimmer klingeln hörte.

»Landratsamt, Geschäftsbereich Tierschutz, Schubarth«, hörte sie ihre Sekretärin etwas gelangweilt ihr übliches Sprüchlein aufsagen. Dann lauschte sie einen Moment, bevor sie ankündigte: »Ich verbinde Sie mit Frau Doktor Abele.«

Friederike hatte schon die Hand am Hörer. »Kriminalhauptkommissar Gebhard, Kripo Göppingen. Frau Doktor Abele?«, hörte sie eine sonore Männerstimme in gemütlichem Schwäbisch.

»Ja, am Apparat. Was kann ich für Sie tun, Herr Gebhard?« Anrufe von der Polizei waren für Fritz keine Seltenheit – ein großer Teil ihrer Tierschutzfälle wurde von den Herrschaften in Blauweiß bei ihr gemeldet. Doch die Kriminalpolizei war eher selten ihr Ansprechpartner.

»Wir sind in Donzdorf bei einem vermutlichen Suizid und haben ein kleines Problem«, berichtete der Kommissar am Telefon. »Es ist gelb, sitzt in der Zimmerpalme, gibt komische Geräusche von sich und einer meiner Jungs meint, dass das ein exotischer Frosch und vielleicht sogar was Giftiges sein könnte.«

»In Gelb?« Friederike war nicht unbedingt Spezialistin für Amphibien, aber nicht umsonst mit dem Tierarzt des Stuttgarter Zoos Wilhelma befreundet. Adrian mochte nicht nur Reptilien, sondern auch Amphibien und hatte schon während ihres Studiums in Wien immer Terrarien in der gemeinsamen WG stehen gehabt. Gelbe Frösche waren darin zwar nicht vorgekommen, aber ihr fiel dazu dennoch etwas ein – nur gefiel ihr das überhaupt nicht. Doch wenn sie bei ihrer Arbeit etwas gelernt hatte, dann das alte, schwäbische Prinzip: »No nix Narrets!« Sie atmete tief durch, zog sich Zettel und Stift heran und sagte: »Lasst das liebe Tierchen in Ruhe. Ich komme – wenn Sie mir die Adresse verraten.«

»Staufenweg 23 – da müssen Sie durch den Ort und dann in die Siedlung. Ganz oben, am Hang, ein braunes, ziemlich vergammeltes Haus. Aber ich muss Sie warnen: Unser Selbstmörder hängt noch und sieht nicht eben gut aus.«

Fritz hatte die Adresse aufgeschrieben, war aufgestanden und zum Schrank gegangen. »Meine ästhetischen Ansprüche an Selbstmörder sind nicht sehr hoch«, sagte sie, während sie ihre Tasche öffnete und ein Paar OP-Handschuhe hineinwarf. »Ich bin in einer Viertelstunde bei Ihnen. Bis gleich!« Sie beförderte das Telefon wieder auf den Schreibtisch, holte sich im Nebenraum eine Kunststoff-Transportbox für Reptilien, schnappte ihr Handy und die Autoschlüssel und ging ins Vorzimmer. »Frau Schubarth, ich muss nach Donzdorf, einen Frosch einfangen.«

»Einen Frosch?« Die rundliche Blondine schaute grinsend von dem Formular auf, das sie gerade ausgefüllt hatte. »Wollen Sie den küssen oder an die Wand werfen?«

»Weder noch!« Friederike lachte. »Sie sind verheiratet, ich habe meinen Traumprinzen, also bleibt der Frosch Frosch. Außerdem könnte er giftig sein.«

»Das kommt bei Männern auch vor! Passen Sie gut auf sich auf, Frau Doktor.«

»Mach ich doch immer! Ciao!« Mit einem Winken verabschiedete sich Fritz und eilte den langen Flur entlang zum Aufzug.

In der Siedlung in Donzdorf ging es zu wie auf einem Straßenfest. Die wenigen Anwohner, die nicht vor dem braunen Haus standen und gespannt der Dinge harrten, die da noch kommen würden, hingen stattdessen an den Fenstern. Die Nachbarin gegenüber hatte es sich sogar mit einem Sofakissen auf dem Fensterbrett gemütlich gemacht und anscheinend nur darauf gewartet, bis Fritz ihren Geländewagen abgestellt hatte und ausgestiegen war. Kaum hatte sie das Gartentor erreicht, schallte es aus dem Nachbarhaus: »Sie, da können Sie nicht reingehen! Da hat sich einer umgebracht!«

Der uniformierte, junge Polizist, der am Gartentor stand, verdrehte die Augen. »Sorry, aber hier können Sie wirklich nicht rein. Da läuft eine polizeiliche Ermittlung.«

Friederike fummelte ihren Dienstausweis aus der Tasche. »Abele – ich bin die Amtsveterinärin. Kommissar Gebhard hat mich hergebeten.«

»Ja, dann gehen Sie rein – immer geradeaus durch!«

»Danke!« Friederike ging durch den ungepflegten Garten zur offen stehenden Haustür. Der Flur war eng und dunkel, dazu roch es nach Fäulnis und Moder. Friederike rümpfte die Nase. Ihre Empfindlichkeit in Sachen Geruch war ihr im Beruf schon öfter im Weg gewesen.

Eine Tür stand offen. Friederike sah zwei Männer in weißen Einwegoveralls in einer unaufgeräumten Küche Nummerntäfelchen verteilen. »Hallo. Ich suche Hauptkommissar Gebhard.«

Einer der Beamteten deutete mit dem Kinn den Flur hinunter. »Eine Tür weiter, im Wohnzimmer. Aber Vorsicht – da hängt einer und der sieht nicht gut aus.«

»Danke!« Friederike ging zwei Schritte weiter, öffnete eine reichlich dreckige Glastür und prallte zurück. Die Herren von der Polizei hatten nicht übertrieben: Der Mann, der da, nur mit einer schmuddeligen Jogginghose bekleidet, an einem Haken an der Decke hing, war wahrscheinlich schon lebend nicht unbedingt ein Anwärter auf einen Schönheitspreis gewesen. Tot machte er mit seinem über den Hosenbund hängenden Schmerbauch und dem blau verfärbten, feisten Gesicht erst recht keinen guten Eindruck.

Fritz' unwillkürliches »Uh!« brachte einen der beiden Weißgekleideten am Schreibtisch dazu, sich umzudrehen.

»Frau Doktor Abele?«, fragte er. »Ich bin Hauptkommissar Gebhard.« Er streckte Fritz die Hand hin.

»Hallo, Herr Gebhard.« Friederike deutete auf eine Ecke des Raumes, die mit einer Klarsichtfolie abgehängt war. Dahinter erkannte sie schemenhaft eine Yucca-Palme. »Vermute ich richtig, dass mein potenzieller Übernachtungsgast dahinten sitzt?«

»Hmm!« Der Hauptkommissar nickte. »Wir haben die Ecke mal abgehängt, weil wir natürlich nicht wissen, was das für ein Frosch ist.«

Friederike lächelte. »Selbst wenn er giftig sein sollte – er springt Menschen bestimmt nicht an. Wir passen nicht in sein Beuteschema.«

»Ich hoffe, dass er Grillen frisst«, sagte der andere Beamte, der am Schreibtisch saß und gerade den Computer abmontierte. »Und das am besten schnell – das Gezirpe von dem Vieh geht mir wirklich auf den Wecker!«

Fritz hatte das Zirpen auch schon registriert und jetzt sah sie auch den Urheber: Auf dem Fensterbrett saß ein dicker Grashüpfer. Mit einem Griff hatte Friederike ihn gefangen. »Das Kaliber wäre für einen Frosch entschieden zu groß!«, erklärte sie und entließ das Insekt durch die offene Terrassentür in die Freiheit. »So«, sagte sie und stellte ihre Tasche ab. In dem Moment zirpte es aus einer anderen Ecke des Zimmers.

»Oh nein – da ist noch einer!«, seufzte der Beamte.

»Mit dem müssen Sie leben. Ich fange jetzt meinen Delinquenten«, erklärte Friederike und nahm Transportbox und Handschuhe aus ihrer Tasche. Sie entfernte die Folie und studierte die Yucca-Palme dahinter. Es dauerte einen Moment, bis sie den kleinen, gelben Frosch entdeckte, der auf einem Blatt nahe am Fenster saß.

Der Polizist, der vorher am Computer gesessen hatte, war hinter sie getreten. »Oh, jetzt ist er dahinten! Vorher saß er da oben! Wissen Sie jetzt schon, was das für einer ist? Also, einheimisch ist der wohl nicht, oder?«

»Nein, definitiv nicht.« Friederike öffnete die Box, schob sie unten auf den Blumentopf und zog die Handschuhe an. »Ich bin zwar keine Spezialistin für Amphibien, aber das dürfte ein *Phyllobates terribilis* sein – zu Deutsch: Goldener Blattsteiger. Der gehört tatsächlich zu den Pfeilgiftfröschen.«

Der Polizist hinter ihr trat einen Schritt zurück. »Und den können Sie jetzt einfach so einfangen?« Er klang skeptisch.

»Wie gesagt: Menschen passen nicht in sein Beuteschema. Dazu kommt, dass diese Frösche ihr Gift vermutlich – en détail ist das noch nicht erforscht – aus Insekten, die nur in ihrem Ursprungsgebiet vorkommen, herstellen. In Gefangenschaft bleiben die nicht lange giftig. Trotzdem würde ich den Kameraden nicht unbedingt knutschen.« Beherzt streckte Friederike den Arm aus, fasste in die Palme und erwischte den Frosch mit Daumen und Zeigefinger. »Na, hab ich dich …«

Als die Hand zurückzog, kratzte die scharfe Kante eines der vorderen Blätter über ihren nackten Arm. »Autsch!« Das tat weh – und zwar richtig. Friederike ließ vor Schreck fast den Frosch fallen, schaffte es dann aber doch, ihn in die Box zu verfrachten und den Deckel zu schließen, bevor sie auf ihren Arm starrte, auf dem sich einen Fingerbreit unterhalb des Ellbogens ein kleiner Blutstropfen gebildet hatte. Himmel, warum schmerzte das so scheußlich? Ihr blieb fast die Luft weg.

»Da ...«, der Polizist deutete auf das Blatt, an dem Friederike sich geritzt hatte, »... ist er vorher druntergesessen.«

Fritz ging in die Knie. Ihr Arm fühlte sich an, als ob er gleich explodieren würde, und in ihrem Kopf wirbelte es. Offenkundig war der Frosch immer noch giftig – und wie war das noch einmal gewesen? »Ba... Ba...« Sie merkte gar nicht, dass sie ihren Gedanken ausgesprochen hatte. Verdammt, irgendwas mit »Ba« vorne – sie hatte doch mal gewusst, wie das Gift des *Phyllobates terribilis* hieß!

»Frau Doktor!«, klang eine aufgeregte Stimme zu ihr durch. »Was ist mit Ihnen?«

Friederike zog die Handschuhe aus – und ächzte dabei. Jede Bewegung des rechten Arms schmerzte mörderisch.

»Ich rufe den Notarzt!«, entschied der Polizist und eilte zum Schreibtisch.

»Nicht anfassen!« Friederike hatte es geschafft, die Handschuhe auszuziehen und ließ sie einfach fallen. Warum klang ihre Stimme nur so kratzig? Und warum tat ihr Arm so erbärmlich weh? Ihr war, als wenn ihr Hirn schon durch den Schmerz vernebelt wäre.

»Frau Doktor? Kann ich was für Sie tun?« Der Kommissar war vor ihr in die Knie gegangen. »Mein Kollege spricht gerade mit der Rettungsleitstelle. Der Notarzt ist bestimmt ganz schnell hier«, versuchte er zu trösten.

»Adrian!«, fiel Fritz ein. »Ich brauche Adrian.« Sie versuchte, ihr Handy aus ihrer rechten Hosentasche zu ziehen, doch sie konnte den Arm nicht bewegen.

»Adrian?«, fragte der Hauptkommissar.

»Adrian Hinerksen. Mein Handy!« Fritz fand Sprechen ausgesprochen mühsam. »In der rechten Hosentasche!«

Der Hauptkommissar griff nach Friederikes gesundem, linken Arm und half ihr wieder auf die Beine. Geschickt fasste er in ihre Hosentasche, brachte ihr Handy zum Vorschein, entsperrte es und suchte im Telefonregister. »Ist Adrian Hinerksen Ihr Mann?«, wollte er wissen.

»Ne. Kollege. Wildtierarzt. In der Wilhelma«, antwortete Fritz. Sie ging wieder in die Knie und ließ sich dieses Mal gleich auf ihre Kehrseite plumpsen. Ihr war erbärmlich übel und sie fühlte, wie ihr Tränen über die Wangen liefen.

Der Hauptkommissar hatte inzwischen Adrians Nummer gefunden und gewählt. »Herr Doktor Hinerksen? Ich bin Hauptkommissar Gebhard von der Kripo Göppingen. Frau Doktor Abele sitzt neben mir und der geht es gar nicht gut. Sie hatte Kontakt mit einem giftigen Frosch.« Er hörte einen Augenblick zu, dann sagte er: »Klar. Ich gebe Sie Ihnen.« Er reichte Fritz das Handy.

»Adrian?«

»Mensch, Fritz, du Unglückswurm! Was hast du denn jetzt wieder angestellt?«, hörte Fritz die Stimme ihres besten Freundes. »Was war das für ein Frosch und was hast du mit ihm gemacht?«

»Gefangen«, brachte Fritz heraus. »*Phyllobates terribilis* – vermute ich. Das Gift ist Ba… Ba…« Der Name fiel ihr immer noch nicht ein.

»Batrachotoxine«, vollendete Adrian trocken. »Scheibenkleister! Ist der Notarzt unterwegs?«

»Ja.« Fritz weinte jetzt wirklich. »Dumm gelaufen, nicht?«

»Saudumm gelaufen«, bestätigte Adrian. »Aber hör mal, Schnurzel: Du musst jetzt tapfer sein. Ich rufe den Giftnotruf an, damit die schon mal Tetrodotoxin besorgen.«

»Tetrodotoxin«, wiederholte Friederike, als ob schon der Name des Gegenmittels gegen den Schmerz helfen würde. Irgendwo in ihrem Hirn schaltete noch etwas. »Kugelfisch!«, sagte sie. »Tetrodotoxin ist das Gift des Kugelfisches.«

»Ja, Fritz.« Adrian klang wie ein Psychiater beim Versuch, einen eingebildeten Napoleon von der Kriegserklärung abzuhalten. »Das hilft bei der Vergiftung mit Batrachotoxinen. Darum muss ich jetzt mit dem Giftnotruf reden, damit die das Zeug schnellstmöglich besorgen. Also durchhalten, Lütte. Ich melde mich gleich wieder bei dir.«

Er legte auf und Fritz ließ das Handy sinken. Sie versuchte, ihren Arm bequemer zu lagern, stellte dabei aber fest, dass auch schon die kleinste Bewegung noch mehr Schmerzen auslöste.

»Schlimm?«, fragte der Kommissar, der immer noch neben ihr kniete. »Verdammt noch mal«, er drehte sich um, »wo bleibt denn der Notarzt?«

»Notarztwagen ist unterwegs, sagt die Rettungsleitstelle«, gab sein Kollege am Schreibtisch Auskunft. »Eben in Göppingen ausgerückt. Außerdem ist der Heli angefordert.«

»Der kommt aus dem Bundeswehrkrankenhaus in Ulm, nicht? Dann müsste er ja ziemlich schnell bei uns sein.« Der Hauptkommissar lächelte Friederike ermutigend an. »Hilfe ist unterwegs! Es kann nicht mehr lange dauern.«

Fritz schloss die Augen. Ihr ganzes Universum schien aus Schmerz zu bestehen, nun nicht mehr nur im Arm lokalisiert, sondern auf der ganzen rechten Körperseite. Dazu pochte es in ihrem Kopf, als ob er gleich platzen würde. Sie ließ sich nach hinten sinken. Der Hauptkommissar schob ihr eine Hand unter den Kopf und fasste mit der anderen nach einem der Kissen auf dem Sofa.

»Herr Gebhard – die Spurensicherung …«, sagte hinter ihm jemand.

»Das ist mir jetzt wurst!«, fauchte der und schob Friederike das Kissen unter den Kopf. »Mädchen, bleiben Sie bei uns! Der Notarzt ist bestimmt gleich da!« Er klang zunehmend besorgt.

Fritz begann zu zittern. Ihr war plötzlich furchtbar kalt und sie hatte Angst. Obwohl ihr das Denken schwerfiel, erinnerte sie sich doch daran, dass das Gift des schrecklichen Baumsteigers schon in kleinen Dosen tödlich wirken konnte. Aber wie viel war eine kleine Dosis? Und wie wirkte das

Gift? Verdammt, wenn sie doch nur im Studium bei den Amphibien besser aufgepasst hätte!

»Ich hör den Heli!«, rief einer der Polizisten.

»Dem Himmel sei Dank!«, seufzte der Hauptkommissar. »Haben Sie's mitgekriegt, Frau Abele? Der Hubschrauber ist da – jetzt dauert es nicht mehr lange!«

Friederikes Handy klingelte. Mit zitternden Fingern nahm Fritz ab. »Adrian?«

»Ja, meine Lütte. Ist der Notarzt inzwischen bei dir?«

Genau in diesem Moment stürmten zwei Gestalten in Rotweiß in den Raum. Der eine, ein Sanitäter mit Rucksack und Notfallkoffer, deutete auf die Leiche, die immer noch an der Decke hing. »Also, dem können wir wohl nicht mehr helfen.«

Die Notärztin war schon weiter. Sie beugte sich über Friederike. »Hallo. Ich bin Doktor Hehner. Wer sind Sie und was ist passiert?«

»Friederike Abele.« Fritz streckte der Notärztin das Handy hin. Sie war zu müde und zu erschöpft für lange Erklärungen. »Bitte – mein Kollege …«

»Ich glaube, ich sollte mich eher mit Ihnen beschäftigen«, sagte die Ärztin.

»Vergiftung«, brachte Fritz mit klappernden Zähnen heraus. »Der Frosch da! Nicht anfassen! Kollege weiß Bescheid …«

»Okay.« Die Ärztin übernahm das Handy. »Doktor Hehner. Ich bin die Notärztin. Was wissen Sie über meine Patientin?« Sie hörte einen Augenblick zu. »Sehr gut«, sagte sie dann. »Die Giftzentrale weiß also Bescheid. Die sollen sich am besten gleich mit dem Bundeswehrkrankenhaus in Ulm in Verbindung setzen. Da werden wir Ihre Kollegin wohl hinfliegen. Ich kümmere mich jetzt mal ganz schnell um sie. Danke!«

Während die Ärztin mit Adrian sprach, hatte der Sanitäter eine Blutdruckmanschette über Fritz' linken Arm gezogen und einen Clip zur Messung der Blutsättigung an ihren Finger gesteckt. Als er nach dem rechten Arm fasste, schrie Fritz auf. »So schlimm?«, fragte der Sanitäter.

»Ja.« Fritz biss die Zähne zusammen.

»Okay. Darf ich mal Ihr Shirt hochschieben?« Der Sanitäter klebte Elektroden auf Friederikes Brust und schloss sie an ein Gerät an.

»Können Sie links eine Faust machen?«, fragte die Ärztin. »Mist!«, schimpfte sie beim Versuch, eine Vene zu finden.

»Hand!«, empfahl Fritz. Sie hatte das Gefühl, noch nie so gefroren zu haben. »Mir ist so kalt ...«

»Frau Abele, bleiben Sie bei uns!« kommandierte die Ärztin. Sie hatte endlich eine Vene auf Friederikes Handrücken gefunden und schob eine Kanüle hinein.

Doch für Friederike war es zu spät. Sie fühlte noch, wie ihr schwarz vor Augen wurde, dann war sie weg.

3

Hähnchen. Ein schönes, saftiges Hähnchenfilet in Erdnuss-Sahne-Soße mit Reis, so wie es Corin zu kochen pflegte. Oder grüne Bohnen mit Speck und Alblamm. Oder Linsen mit Spätzle und Saitenwürstle! Das wäre es jetzt! Friederike leckte sich über die Lippen. Sie hatte Hunger. Nur roch es dummerweise um sie herum weder nach Hähnchen noch nach Lamm oder gar Linsen, sondern nach Desinfektionsmittel. Und was war dieses seltsame Gluckern? Lag sie an einem Bach, der nach Desinfektionsmitteln roch? Dann würde sie ihn gleich noch mehr verschmutzen, denn sie musste dringend mal hinter einen Busch.

Wenn es nur nicht so mühsam gewesen wäre, die Augen zu öffnen! Und jetzt piepste da auch noch etwas.

Fritz schluckte und sagte: »Ich habe Hunger und ich muss mal.« Erst dann öffnete sie die Augen. Ihr Gesichtsfeld war etwas verschwommen, deshalb erkannte sie erst nach einem Moment den schmalen, dunkelblonden Mann, der sich über sie beugte. »Adrian! Was machst du denn hier?« Mit Erstaunen stellte sie fest, dass ihr sonst so geschleckter Busenfreund reichlich derangiert aussah. Er war nicht nur verwuschelt, sondern obendrein unrasiert und unter seinen grünen Augen lagen tiefe, dunkle Schatten.

»Schön, dass du wieder da bist, Lütte!« Er lächelte sie an.

»Ich muss mal, Adrian!« Fritz versuchte, sich aufzurichten, doch Adrian drückte sie ins Kissen zurück.

»Du bleib mal schön liegen!«, kommandierte Adrian.

»Ich muss aber mal!«, beharrte Fritz.

»Ich bringe Ihnen gleich die Schüssel«, sagte eine Frauenstimme. »Wie fühlen Sie sich denn?«

»Irgendwie schlapp«, antwortete Fritz nach kurzem Nachdenken. Langsam wurde ihr klar, dass sie auf der Intensivstation eines Krankenhauses gelandet war. Und dann fiel ihr der Frosch ein und ihr rechter Arm. Der schmerzte immer noch, aber lange nicht mehr so schlimm. Außerdem steckte er in einer Schiene und auf der Stelle, an der sie das Blatt geritzt hatte, lag auf einem dicken Verband ein blaues Gel-Kühlelement. Am linken Arm blies sich gerade eine Blutdruckmanschette auf. Darunter, im Unterarm, lag eine grüne Verweilkanüle, in die durch einen Schlauch eine klare Flüssigkeit tropfte.

»Adrian, wo ist eigentlich Corin?«, fiel Fritz ein.

Adrian stand auf, beugte sich über sie und küsste ihre Stirn. »Den habe ich vor einer Stunde ins Bett geschickt. Wir wussten ja nicht, wie lange du noch einen auf Dornröschen machst und er war kurz vor dem Umfallen. Aber ich habe versprochen, ihn sofort zu wecken, wenn sich was tut. Also gehe ich ihn holen. Bis gleich, Süße!«

Während er wegging, zog die Schwester einen Vorhang neben dem Bett zu, lächelte Friederike an und sagte: »Ich hole Ihnen jetzt die Schüssel.«

»Kann ich nicht einfach aufs Klo gehen?«, fragte Fritz.

»Ne, ich glaube, damit warten wir mal lieber, bis der Doktor da war«, antwortete die Schwester. »Ich bin gleich wieder bei Ihnen.«

»Schwester, eines noch: Wo bin ich hier eigentlich? Und wie lange bin ich schon hier?«

»Sie sind seit Donnerstagnachmittag hier. Und hier ist die Intensivstation des Bundeswehrkrankenhauses in Ulm. Wir haben jetzt übrigens Samstagnachmittag.«

»Und Sie haben die Streitkräfte ganz schön auf Trab gehalten!« Ein hochgewachsener Mann in Weiß mit reichlich Gold auf den Schulterstücken trat ans Bett, streckte Fritz die Hand hin, schaute aber gleichzeitig auf den Monitor neben ihr. »Sieht ja schon wieder ganz gut aus!«, lobte er und lächelte auf Fritz hinunter. »Ich bin Oberstabsarzt Jenkens. Schön, dass Sie wieder bei uns sind, Frau Abele. Wie geht's Ihnen?«

»Ziemlich erschlagen, um ehrlich zu sein«, antwortete Fritz. »Außerdem habe ich Druck auf der Blase und Hunger.«

»Dagegen können wir was tun.« Er hob das Kühlelement von ihrem rechten Arm und tastete mit zwei Fingern über den Verband. »Tut das noch sehr weh?«

»Nein, deutlich besser. Es brennt zwar noch, aber nicht mehr so schlimm.«

Die Schwester kam mit der Schüssel und inzwischen war Fritz' Bedürfnis dringend genug, dass sie froh war, das kalte Metall unter ihrer Kehrseite zu spüren. Der Arzt drehte sich unterdessen diskret ab und studierte den meterlangen Ausdruck des EKGs neben dem Bett. Als Fritz fertig war und die Schwester mit der abgedeckten Schüssel verschwand, lächelte Doktor Jenkens Fritz an. »Sie können sich gratulieren. Sie haben einen recht robusten Kreislauf und ein gutes Herz.«

»Ich bin aber am Donnerstag umgekippt, oder?«, erkundigte sich Fritz.

»Ja – und damit haben Sie die beiden Notärzte und Ihren Kollegen am Telefon schwer erschreckt.« Der Arzt zog sich den Stuhl, auf dem Adrian vorher gesessen hatte, neben das Bett. »Der erste Gedanke unserer Kollegen war natürlich Brachykardie mit allem Komfort: Kammerflimmern und schließlich Herzstillstand. Das Gift, das Sie erwischt haben, ist nämlich ein Steroid-Alkaloid, das Krämpfe auslöst …«

»Ich weiß«, unterbrach Friederike lächelnd. »Und es ist ziemlich potent. Allerdings vermute ich, dass mein Herr Frosch nicht mehr allzu viel von dem Zeug zu bieten hatte.«

»Entschuldigung, ich habe ganz vergessen, dass Sie als Veterinärmedizinerin wahrscheinlich mehr über so was wissen als ich.« Doktor Jenkens blätterte in der Krankenakte.

»Haben Sie mir Tetrodotoxin gespritzt?«, fragte Friederike.

»Das ist eine heiße Geschichte!« Der Arzt lachte. »Damit haben Sie Bundeswehr, Marine und Luftwaffe beschäftigt. Ihr Kollege hat das Tetrodotoxin beim Giftnotruf in Freiburg angefordert. Die hatten es aber nicht da. Dafür war es in Kiel verfügbar. Also haben wir einen Heli vom Marinegeschwader 5 in Kiel-Holtenau angefordert. Der hat das Gegengift abgeholt und nach Schleswig geflogen. Da stand bereits ein Tornado bereit, der das Päckchen zu uns in den Süden auf den Fliegerhorst Niederstetten geflogen hat. Von dort hat es unser Heli geholt.« Er war offensichtlich stolz auf die erfolgreiche Aktion.

Fritz lächelte. »Ich kann jetzt wohl nur noch hoffen, dass ich nicht die Rechnung für den Einsatz kriege.«

»Oje – da würden Sie wirklich arm!« Doktor Jenkens tätschelte beruhigend ihre linke Hand. »Aber keine Sorge. In nicht selbst verschuldeten Notfällen wie dem Ihren ist so was ein Service der Bundeswehr.«

»Falls ich mal den Verteidigungsminister treffe, werde ich mich bei ihm bedanken«, grinste Fritz. »Bis dahin erst mal Danke an Sie und Ihr Team.«

»Gern geschehen. Aber wissen Sie, der Witz war noch, dass wir das Tetrodotoxin gar nicht verwendet haben«, erzählte der Arzt. »Sie haben, wie ich schon sagte, ein gutes Herz und die Notärzte hatten Sie sehr schön stabilisiert. Wir haben dann noch was gegen Krämpfe gespritzt, Sie beatmet und abgewartet. Unser Chef war nämlich der Meinung, dass da nicht unbedingt noch ein Gift draufmuss.«

»Ich danke ihm dafür. Nur eines verstehe ich nicht«, überlegte Fritz. »Warum bin ich eigentlich umgekippt?«

»Also, kollabiert sind Sie vermutlich wegen des Schmerzschocks. Und dazu, dass Sie dann bei uns weitergeschlafen haben, haben wir beigetragen. Wir hatten das Gefühl, dass Sie mit Ihrem Arm besser nicht wach sind.«

An der Stelle hatte er Fritz' Aufmerksamkeit verloren. Corin war nämlich ans Bett getreten. Er war bleich und sah sehr besorgt aus. »Beloved, how are you?«

Daran, dass er Englisch sprach, merkte Friederike, wie nervös er war. Sie lächelte ihn beruhigend an und hob die linke Hand. »Jetzt viel besser!«

Er nahm ihre Hand, als ob sie zerbrechlich wäre, beugte sich über sie und hauchte einen sehr vorsichtigen Kuss auf ihre Nasenspitze. »Ich bin so froh!« Er lächelte den Arzt an. »Entschuldigen Sie die Störung! Ich bin Corin Llewellyn, der Lebensgefährte dieser abenteuerlustigen jungen Dame.«

»Oberstabsarzt Jenkens. Sind Sie nicht Sir Corin Llewellyn, der Dirigent?«

»Ja, ich bin in Stuttgart an der Oper«, antwortete Corin. Er hielt immer noch Friederikes Hand, wobei er mit dem Daumen sanft die Innenfläche streichelte.

»Meine Frau ist eine große Verehrerin von Ihnen und ich war auch mächtig von Ihrem Bruckner letztes Jahr beeindruckt«, sagte der Arzt und erhob sich. »Aber ich denke, ich überlasse Sie jetzt Frau Abele. Der geht's schon wieder ganz ordentlich.«

»Nur Hunger und Durst habe ich!«, wandte Fritz ein.

»Ich schicke Ihnen gleich nochmal die Schwester«, versprach der Arzt. »Ansonsten können Sie sich darauf vorbereiten, dass wir Sie heute Abend auf die Wach- und morgen auf die Normalstation verlegen – wenn alles weiterhin so gut läuft. Und in drei, vier Tagen lassen wir Sie dann wieder laufen.«

»Drei, vier Tage?«, wiederholte Fritz. »Muss das sein?«

»Ja, das muss sein!«, sagte Corin energisch. »Du wirst so lange hier bleiben, wie die Ärzte es für sinnvoll halten – und wenn ich dich ans Bett fesseln muss!«

»Coco, du wirst alt!« Adrian kam feixend dazu. »Wer hätte gedacht, dass du mal einer Frau androhen musst, sie ans Bett zu fesseln!«

Der Arzt lachte. »Ich darf mich verabschieden? Ich sehe später noch mal nach Ihnen, Frau Abele. Jetzt sehe ich erst mal zu, dass Sie was zu essen kriegen. Wir wollen ja nicht, dass Sie uns vom Fleisch fallen!«

»Danke, Herr Doktor Jenkens.« Fritz wandte sich Corin zu, der sich auf den frei gewordenen Stuhl setzte. »Du siehst müde aus, Corin. Warst du die ganze Zeit hier?«

»Er war sogar schon vor dir hier«, sagte Adrian, der sich rechts vom Bett niedergelassen hatte.

»Nicht ganz – ich bin in dem Moment auf den Parkplatz gefahren, als der Hubschrauber gelandet ist«, erzählte Corin. »Ich bin sofort losgefahren, nachdem Adrian angerufen hat.«

»Und wo hast du Puck gelassen?«, erkundigte sich Fritz.

»Der ist bei deinem Chef. Ich habe Frau Schubarth angerufen. Sie hat versprochen, ihn zu holen und deinem Heiner zu bringen. Da wird er sich jetzt wahrscheinlich doll- und vollfressen und es genießen, total verwöhnt zu werden.«

»Und mein Dorle?« Fritz legte die Beine übereinander.

Corin verdrehte die Augen. »Du und dein Zoo! Aber um den haben wir uns auch gekümmert.«

Adrian übernahm. »Deinem dicken Schimmel geht es gut. Ich habe auf dem Eichenhof angerufen. Am Donnerstag haben sie ihn in den Mixer gepackt, gestern hat ihn Nicola geritten, heute haben sie sich sicher auch ein Bespaßungsprogramm für ihn einfallen lassen und morgen setze ich mich drauf, wenn du nichts dagegen hast.«

»Gehst du mit ihm raus?«, schlug Friederike vor. »Du weißt, er mag Halle nicht so sehr.«

»Alles, was du willst, Lütte!«, versicherte Adrian.

Die Schwester kam mit einem Tablett. »So«, sagte sie. »Ich habe ein feines Süppchen für Sie.«

»Süppchen?« Fritz' Begeisterung hielt sich in Grenzen. »Kann ich nicht was Richtiges haben?«

»Co, wir können uns abregen. Fritz ist wieder da – verfressen wie immer!« Adrian kicherte.

4

»Frau Doktor Abele! Grüß Sie! Ist das schön, Sie wieder fit zu sehen! Sie haben uns einen schönen Schrecken eingejagt!«

Fritz nahm die Hand, die ihr Hauptkommissar Gebhard entgegenstreckte und drückte sie herzhaft. Nach zehntägiger Zwangspause war sie den ersten Tag wieder bei der Arbeit und heilfroh darüber. Nach ihrer Entlassung aus dem Krankenhaus war sie noch fünf Tage zuhause gewesen und obwohl ihr bewusst war, dass sich in Corins Fürsorge seine Liebe ausdrückte – dauernd begluckt zu werden, ging ihr auf die Nerven. Dazu hatte sie sich gelangweilt. Es war ja durchaus mal nett, zwei, drei Tage lang auszuschlafen, zu lesen, spazieren zu gehen und zu reiten. Aber dann wurde es langweilig.

Am Wochenende war ihr schon so fad gewesen, dass sie am Sonntag nach Stuttgart gefahren war. Erst hatte sie »ihren« Frosch, der inzwischen in einem Terrarium in Adrians Büro in der Wilhelma wohnte, besucht. Danach hatte sie mit Adrian in seiner Wohnung im Stuttgarter Osten Tee getrunken. Anschließend hatten sie sich umgezogen und waren gemeinsam in die Oper gefahren. Dort war nämlich Ballettpremiere: Corin dirigierte Bartóks »Der hölzerne Prinz« und Adrians Lebensgefährte Kolja tanzte die Hauptrolle. Auf den Bartók hätte Fritz, deren Musikgeschmack, wie Corin immer frotzelte, »irgendwann um 1880 herum« stehengeblieben war, gut verzichten können und Ballett war auch nicht unbedingt ihre Welt, aber da Adrian wieder einmal mindestens so nervös war wie sein Liebster, hatte Fritz es als Freundespflicht gesehen, ihm das schweißfeuchte Händchen zu halten.

Dabei hatte sie sich auf eine fröhliche Premierenparty gefreut. Diesbezüglich hatte sie allerdings Pech gehabt. Der ihr anliierte Dirigent hatte sich wieder mal als atypischer Vertreter seiner Spezies erwiesen. Anstatt sich ausgiebig von seinen

Verehrerinnen – daran, dass er bei solchen Gelegenheiten von einer ganzen Riege höchst eleganter Damen aus den besten Kreisen angeschmachtet wurde, hatte Fritz sich gewöhnt – bewundern zu lassen, hatte er schon nach einer halben Stunde im schicken Restaurant der Stuttgarter Staatsgalerie nach Fritz' Hand gefasst und sich mit der Entschuldigung, dass seine Freundin nach einem Unfall noch der Schonung bedürfe, verabschiedet.

Zuhause hatte er sich dann aber – »als Entschädigung für den Bartók«, wie er gesagt hatte – ans Cembalo gesetzt und Bach für Fritz gespielt. Und so war es dann doch noch ein sehr netter, gemütlicher Abend geworden.

Dementsprechend gut gelaunt und mit Elan war Fritz am Morgen danach ins Amt gestartet. Nun war sie mal wieder bei der Polizei unterwegs – sie hatte eine Anzeige gegen einen ihrer »Stammkunden« vorliegen, einen Hundezüchter, von dem sie aus schlechter Erfahrung wusste, dass es effizienter und gesünder war, ihn nur in Begleitung einiger uniformierter Ordnungshüter zu besuchen. Entsprechende Terminvereinbarung, so wusste Fritz, traf man am besten persönlich und so war sie nach einem Besuch beim Chef der Schutzpolizei auf dem Weg zum Parkplatz, als ihr Hauptkommissar Gebhard in der Eingangshalle entgegenkam.

»Grüß Gott, Herr Gebhard!« Sie lächelte den freundlichen Hauptkommissar an. »Sie wollte ich sowieso noch anrufen, um mich zu bedanken. Wenn Sie und Ihre Herren nicht so schnell und gut reagiert hätten, wäre das wohl noch haariger geworden.«

»Für meinen Geschmack war's haarig genug«, fand Wolfgang Gebhard. »Umso schöner, dass Sie wieder gesund sind. Nichts zurückgeblieben?«

»Nein, alles wieder in Ordnung«, gab Fritz Auskunft. »Aber was ist eigentlich aus Ihrer Leiche geworden?«

»Der Bareis? Den Fall haben wir praktisch abgeschlossen. Wir warten noch auf den Abschlussbericht aus der Rechtsmedizin, aber das ist eine pure Formalität. Es ist eine klare Sache: Selbsttötung. Todesursache war eine klassische Henkersfraktur, der Abschiedsbrief lag auf dem Schreibtisch. Der Typ war ein echter Verlierer: Kraftfahrer, aber seit Jahren arbeitslos, weil er keine Fahrerlaubnis mehr wegen Alkohol am Steuer hatte, ein Verfahren gegen ihn wegen Fahrens ohne Fahrerlaubnis lief, dazu Unterhaltsforderungen für drei Kinder von zwei Frauen. Und ich habe nicht das Gefühl, dass eine davon um ihn trauert. Ganz im Gegenteil. Eine hat uns gefragt, ob's was zu erben gibt. Wir mussten ihr mitteilen, dass wir zwar ungefähr 5000 Euro Bargeld bei ihm gefunden haben – wobei es interessant zu wissen wäre, wo er die wohl herhatte! Aber mit Erben wird's trotzdem nichts. Erst muss die Beerdigung bezahlt werden und dann sind da noch so ein paar Forderungen offen …«

»Klingt nach einem richtig guten Leben«, stellte Fritz fest. »Aber sagen Sie, Herr Gebhard: Haben Sie außer unserem Frosch noch andere Amphibien im Haus des Herrn gefunden? Nach meiner Erfahrung kommt so ein Frosch selten allein. Zudem wüsste ich natürlich gerne, wo der Herr Frosch hergekommen ist.«

»Hmmm.« Hauptkommissar Gebhard kratzte sich hinter dem linken Ohr, dann wies er mit ausgestrecktem Arm einladend in Richtung Aufzug. »Wir haben was gefunden. Wenn Sie einen Augenblick Zeit haben, zeige ich's Ihnen.«

»Gerne.« Friederike folgte ihm zum Lift. »Der Frosch war übrigens illegal eingeführt. Daher interessiert es mich. Dazu ist mir im Krankenhaus eingefallen, dass die zirpenden Grashüpfer Futter gewesen sein könnten. Doch wie schon gesagt: Zum Frosch hätten sie nicht gepasst.«

Der Aufzug fuhr an, als Wolfgang Gebhard antwortete: »Lebende Tiere haben wir nicht gefunden – außer Ihrem Frosch und ein paar Mäusen. Aber der Knabe hatte wohl eine Vorliebe für giftige Viecher …« Der Lift hielt, Gebhard deutete nach links. »Hier lang, bitte!« Nach ein paar Schritten öffnete er eine Tür mit der Aufschrift »Kriminalpolizei, Ermittlungsgruppe Gewaltdelikte«.

Friederike und er traten in ein Großraumbüro. An der Fensterfront waren je vier Schreibtische zu zwei Gruppen zusammengestellt, an den beiden Stirnwänden standen hohe Wandschränke, die mit Fahndungs- und Werbeplakaten beklebt waren, an der Wand zum Flur zischte auf einem halbhohen Schrank eine chromblitzende Kaffeemaschine. Eine etwas füllige Rothaarige in zu engem Mini stand daneben.

»Hallo Wolfgang«, grüßte sie freundlich. »Kaffee?«

»Frau Doktor Abele?«, fragte Gebhard.

»Nein, danke – ich habe vorher bei Ihren Kollegen von der Schupo schon einen getrunken«, lehnte Friederike ab.

Die Tür öffnete sich und der Beamte, den Friederike am Tatort kennengelernt hatte, trat ein. Als er Friederike sah, strahlte er und kam ihr mit ausgestreckter Hand entgegen. »Frau Doktor Abele – wie nett, dass Sie uns besuchen! Wir haben uns riesige Sorgen um Sie gemacht. Übrigens: Ich bin Kriminalassistent Charly Winter.«

»Hallo, Herr Winter. Ihnen auch Danke für Ihren Einsatz am Tatort! Waren Sie's eigentlich, der den Frosch als Exoten erkannt hat?«

»Ja, und ich habe auch versucht, ihn auf ein Stöckchen zu locken. Einen Pappkarton mit Löchern hätten wir für ihn gehabt«, erzählte der junge Polizist. »Also, wenn ich gewusst hätte, wie gefährlich der ist, hätte ich die Finger von ihm gelassen.«

»Wäre besser gewesen. Das Locken hat ihn wohl unter Stress gesetzt, daher hat er Gift auf das Blatt über sich abgegeben.« Fritz lächelte, um ihre Aussage abzumildern. »Na ja, ist ja noch mal gut gegangen. Froschi ist jetzt in der Wilhelma«, setzte sie fort.

Hauptkommissar Gebhard zog einen Besucherstuhl an den vorderen Schreibtisch und bot ihn Friederike an. Während sie sich setzte, fragte er seinen Kollegen: »Du, Charly, wo haben wir denn das Viehzeug, das du bei dem Bareis gefunden hast? Oder hast du das schon in die Asservatenkammer gegeben?«

»Ne, ne, ist noch hier.« Charly Winter ging zu einem der Hochschränke, holte einen Pappkarton und brachte ihn zu Fritz. »Gucken Sie sich das mal an. Schicke Sammlung, nicht?«

Im Pappkarton waren ungefähr zwanzig handtellergroße Blöcke aus Kunstharz. Fritz nahm einen heraus. In ihm war ein fingerlanger, heller Skorpion eingelassen. »Iiih!«, machte sie. »Ich bin wirklich keine Spezialistin für das Krabbelzeug, aber das könnte ein *Tityus* sein.«

»Ist der giftig?«, wollte Wolfgang Gebhard wissen.

»Fast alle Skorpione sind mehr oder minder giftig«, erklärte Fritz. »Allerdings fällt man nicht gleich tot um, wenn einen einer erwischt. In vielen Fällen ist es nur unangenehm, aber wenn man nicht sowieso schon angeschlagen ist, übersteht man es.« Fritz legte den ersten Skorpion auf den Schreibtisch und nahm den nächsten Block, in dem ein etwas kleineres Exemplar eingegossen war. »Hmm – die Brustform … Das könnte auch ein *Tityus* sein. Verflixt noch eins – wo hatte der Typ die Viecher her?«

»Die sind auch illegal eingeführt?«, fragte der Kriminalassistent.

»Nicht direkt. Das Gesetz über den Einfuhr und Handel mit lebendenden Tieren erstreckt sich nur auf Wirbeltiere. Dazu gehören Skorpione nicht. Deswegen finden Sie zum Beispiel auf diesen Börsen, die ausdrücklich keine Genehmigung für den Handel mit Gifttieren haben, oft genug eine ganze Menge hochgiftiger Skorpione und Spinnen.« Fritz nickte und schaute sich das dritte Exemplar an – noch ein Skorpion, der dem ersten ähnelte. »Sehr dubios.« Sie kippte den Inhalt des Kartons auf den Tisch und sortierte. Dabei kamen drei Stapel heraus, die Fritz nachdenklich betrachtete.

»Das sind lauter gleiche, oder?« Kommissar Gebhard schaute die Skorpione an, als ob er fürchten würde, dass sie gleich aus ihrem Harzsarg ausbrechen würden.

Fritz wuschelte beidhändig durch ihre Locken. »Ja«, bestätigte sie. »Und das ist nicht gut. Wenn dieser Bareis einfach ein spinnerter Sammler gewesen wäre, hätte er doch nicht nur drei verschiedene Skorpione gehabt. Ich fürchte, der Herr Bareis hat gehandelt.«

»Mit so was wird gehandelt? Gibt's da keine Meldepflicht?«, staunte der Kommissar. Er hatte sich einen Pott Kaffee geholt und sich an den Schreibtisch neben Fritz gesetzt.

»Leider nein. Für Schlangen und Echsen gibt es eine. Unser Frosch zum Beispiel wäre auch unter die Meldepflicht gefallen. Die Skorpione aber nicht. Wie gesagt, für Wirbellose – also Skorpione, Spinnen und so weiter – gilt die Meldepflicht nicht.« Fritz seufzte. »Außerdem interessiert die Meldepflicht in der Szene nicht. Da laufen leider eine ganze Menge durchgeknallter Vögel rum, die bereit sind, für seltene Tiere ein mittleres Vermögen auszugeben. Artenschutzabkommen und Ähnliches interessiert die kein Stück.« Sie nahm noch einmal einen der Kunstharz-Blöcke in die Hand. »Kann ich mir die Dinger ausleihen? Ich würde sie gerne Doktor Hinerksen zeigen. Der kennt sich mit Skorpionen besser aus als ich.«

Wolfgang Gebhard nickte. »Ja, klar. Für ein paar Tage können Sie sie haben.«

»Danke.« Fritz räumte die gesammelten Skorpione wieder in den Karton. »Zu blöd, dass ich in dem Haus umgefallen bin. Da hätte ich mich gerne noch ein bisschen umgeschaut.«

Charly Winter, der mit in die Hände gestütztem Kopf aufmerksam zugehört hatte, meldete sich zu Wort: »Glauben Sie, dass Sie am Tatort einen Hinweis darauf finden, wo der den Frosch und die Skorpione herhatte?«

»Genau!«, bestätigte Fritz.

»Und wie gehen Sie weiter vor, wenn Sie da was rausfinden?«, wollte Charly Winter wissen.

Fritz lächelte ihn an. »Dann schalte ich die Zollfahndung ein. Froschi und Co. müssen ja irgendwo über die Grenze gekommen sein. Wenn ich einen Hinweis darauf finde, wie und wo, kann der Zoll vielleicht das Loch stopfen. Nur bringt es nichts, wenn ich die Damen und Herren von der Zollfahndung jetzt schon scharf mache. Wegen eines Froschs heben die den Hintern nicht. Ich muss schon was Konkreteres haben.«

Wolfgang Gebhard und Charly Winter schauten sich über ihre Schreibtische hinweg an, dann nickte Gebhard. Charly Winter stand auf und ging zum Schrank.

»Die Spusi ist in dem Haus durch, wir werden es also sowieso wieder freigeben«, sagte Gebhard. »Ich schicke nachher jemanden hin, um die Amtssiegel zu entfernen. Danach können Sie rein. Allerdings sollten Sie damit nicht zu lange warten. Wir müssen den Schlüssel dem Vermieter zurückgeben.«

»Der wird Spaß haben!« Charly Winter kam vom Schrank zurück und legte einen Schlüssel vor Friederike. »Wenn Sie einen Tipp von mir haben wollen: Mundschutz und einen Tropfen Minzöl drauf – in der Bude riecht es nicht gerade gut.«

»Danke.« Fritz schob den Schlüssel ein. »Nicht eben wohlriechende Lokalitäten gehören leider zum Berufsrisiko von Veterinären. Wir schmieren da übrigens Wick Vaporub unter die Nase. Das hält länger als Minzöl und ist so scharf, dass nicht mal eine halbverweste Kuh dagegen anstinken kann.« Sie stand auf. »Ich breche mal auf – Sie haben ja wahrscheinlich auch noch etwas anders zu tun als mich zu bespaßen. Den Schlüssel und die Skorpione bringe ich schnellstmöglich zurück.«

5

»Und es ist wirklich legal, dass wir da jetzt reingehen?« Adrian Hinerksen schaute sich im ungepflegten Garten des braunen Hauses in Donzdorf um, als wenn er hinter jedem Busch drei Uniformierte erwarten würde.

Friederike fummelte am Türschloss und seufzte dabei. »Seit sie dich verbeamtet haben, benimmst du dich, als wenn du die Dienstvorschrift gefressen hättest!« Sie hatte die Tür endlich offen und trat einen Schritt ins Haus. »Buh!«, machte sie dabei. »Hier riecht es wirklich nicht gut.«

Adrian war ihr gefolgt und hatte den Lichtschalter gefunden. »Igittigitt! Um das Odeur zu züchten, muss man aber hart arbeiten! Sag mal, haben deine Freunde von der Polizei zufällig vergessen, die Leiche abzupflücken?« Er schaute sich interessiert in dem engen Flur um. Die Tapete mit einem Blumenmuster in Senfgelb, Blaugrün und verblasstem Rot ließ ihn schaudern. »Extravaganter Wohngeschmack!«, stellte er fest.

Friederike öffnete eine Tür. »Herzchen, es kann nicht jeder so schick wohnen wie du.« Sie grinste und schaute eine steile Steintreppe hinunter, auf der jede Menge dreckiger und ausgelatschter Schuhe herumlagen. Aus dem Dunkel darunter drang ein moderiger, widerlicher Geruch nach oben. »Hier geht es wohl in die Katakomben. Da sehen wir uns nachher um.« Sie fasste in die Tasche ihrer schwarzen Lederjacke und brachte ein blaues Döschen zum Vorschein. »Wick Vaporub – der Balsam für Tierärzte mit empfindlichem Näschen. Damit überstehst du selbst die Obduktion einer seit drei Wochen toten Sau im Hochsommer.«

»Ich weiß, warum ich Wildtiermedizin gemacht habe!«, sagte Adrian, während er sich die Salbe unter die Nase rieb. Er öffnete die Tür zur Küche und schaute hinein. »Verrätst du mir, wonach wir eigentlich suchen?«

»Hinweise auf illegal eingeführte Tiere und vielleicht auch darauf, wo der Hausherr sie herhatte?« Friederike marschierte energisch in die Küche und fasste nach einer Schranktür. »Ugs!« Sie zog die Hand zurück. »Also, vom Putzen hat der Herr Bareis wirklich nicht viel gehalten. Warte kurz – ich habe Handschuhe im Auto.«

»Schade, dass du da nicht auch zwei Ganzkörperschutzanzüge hast!«, meckerte Adrian. Er wich einen Schritt zurück, dabei deutete er auf den Herd. »Der Herr war anscheinend tierlieb. Er hatte sogar freilaufende Haustiere!«

»Vermute ich richtig, dass es sich dabei um Nager handelt?«

»Um genau zu sein: Das, was sich da eben unter den Herd verdrückt hat, war ein Mitglied der Familie Muridae, *Mus musculus*, die gemeine Hausmaus, vermute ich«, führte Adrian aus.

Friederike verdrehte die Augen, eilte durch den Garten zu ihrem blauen Geländewagen, fand nach kurzem Suchen im Kofferraum eine Packung mit Einweghandschuhen und rannte damit zurück in die Küche. »Da«, sie streckte Adrian das Päckchen hin. »Damit kannst du deine lilienweißen Pfötchen schützen, du alter Korinthenkacker.«

Adrian schlüpfte in die Handschuhe. »Wenn ich nicht, wie du es so unfreundlich nennst, ein Korinthenkacker wäre, würdest du wahrscheinlich heute Taxi fahren, weil du in der dir eigenen Großzügigkeit – die man unfreundlich auch Schlampigkeit nennen könnte – vergessen hättest, einige wichtige Details für diverse Prüfungen zu lernen.«

»Sagt der Mann, der in einer Imbissbude gewirkt hat, bevor ich ihm einen Job als Bereiter organisiert habe!« Friederike hatte beherzt den Kühlschrank geöffnet, stand nun aber etwas fassungslos vor dem Chaos darin. Es roch so streng, dass sogar etwas von dem Gestank durch das Wick Vaporub drang.

Adrian zog unterdessen eine Schublade auf und sagte über die Schulter: »Es war ein gepflegter Sushi-Shop!«

»Sag ich doch: Imbissbude!« Fritz grinste, hielt sich mit zwei Fingern die Nase zu und beugte sich zum Kühlschrank hinunter.

»Herr des Himmels! Was habe ich eigentlich verbrochen, um in einer versifften Küche in einem vergammelten Haus mit dir Vergangenheitsbewältigung betreiben zu müssen!«, klagte Adrian.

»Du bist mein bester Freund?«, schlug Fritz vor. »Übrigens: Unser Hausherr scheint einen großen Bedarf an Hackfleisch und Eiern gehabt zu haben. Oder er hatte irgendwelche Mitbewohner, die darauf standen.«

»Die Mitbewohner gehörten vermutlich nicht zur Spezies Homo sapiens.« Adrian stand vor einem offenen Wandschrank. »Guck mal, was ich hier gefunden habe.« Er hielt eine gelbgrüne Dose hoch. »Algon Rept – Vitamin- und Mineralfutter für carnivore Reptilien«, stand auf dem Etikett.

Fitz schlug den Kühlschrank zu und trat zu Adrian. An ihm vorbei fasste sie nach zwei Fläschchen. »Und was haben wir denn da Schönes? Reptoherb Elektrolyte flüssig«, las sie ab. »Und Reptoherb Kokex hatten wir auch im Haus. Soll helfen, wenn das Chamäleon Dünnpfiff hat.«

Adrian nahm ihr das erste Fläschchen aus der Hand. »Und das Zeug für geschwächte Tiere ...«

»Ist Ihr Kaiman zu blass? Schwächelt Ihre Wasserschildkröte? Füttern Sie Raptoherb Elektrolyte – gibt selbst der gemeinen Gila-Krustenechse eine gesunde Gesäßfarbe!«, feixte Fritz.

Adrian rollte die Augen. »Interessant finde ich das: ›Für geschwächte Tiere – zum Beispiel nach Transport‹«, las er vom Etikett ab. »Na ja – da wüsste ich was Besseres.«

»Du bist ja auch Tierarzt. Das war der werte Verstorbene nicht.«

»Hoffentlich nicht!«, seufzte Adrian. »Die Vorstellung, dass ein Kollege in einer derart versifften Bude haust ...« Er schüttelte sich.

Friederike fischte drei weitere Fläschchen aus dem Schrank. »Na, wusste ich es doch: Baytril, des Reptilienhalters bester Freund.«

»He!«, empörte sich Adrian. »Das ist ein rezeptpflichtiges Antibiotikum. Das hat man doch nicht gleich im Dreierpack im Schrank!«

Fritz schüttelte den Kopf. »Oh, du mein unschuldiges Engelein! Seit wann haben es denn Reptilienhalter mit Vorschriften? Baytril kannst du auf jeder Reptilienmesse unter dem Ladentisch kriegen – wenn du willst und bezahlst, sogar im Zwölferpack.« Sie ging in die Knie und spähte in das untere Fach des Schrankes. »Ui!«, sagte sie. »Willste der Wilhelma viel Geld sparen? Da unten steht ungefähr dein Jahresbedarf an Wurmkuren. Kannste mitnehmen …«

»Na, danke schön – ich möchte nicht wissen, wo der das Zeug herhatte!«

Fritz räumte weitere Dosen und Fläschchen aus dem Schrank. »Mein lieber Schieber! Der hatte aber ordentlich Vorrat.«

»Von der Menge her könnte man damit die Abteilung ›Reptilien‹ in meiner Apotheke füllen«, fand Adrian.

»Nur hast du darin hoffentlich nicht so was!« Fritz präsentierte ihm eine Flasche, die sie hinten im Schrank gefunden hatte. »Falls noch einer von uns Zweifel gehabt hätte, womit wir es hier zu tun haben, wäre das die letzte Bestätigung: Wildfänge. Die haben ja meist Milben wie nichts.«

»Das Zeug darf doch bei uns gar nicht mehr gehandelt werden!«, schimpfte Adrian.

»Klug erkannt, Herr Kollege!« Friederike grinste. »Damit fällt der Stoff eindeutig in meinen Zuständigkeitsbereich. Aber weißt du, was mich jetzt wirklich interessieren würde: Wo sind die Viecher, die er damit behandelt hat? Der hat sich das doch nicht auf seine Hämorrhoiden geschmiert!«

»Das ist alles sehr seltsam«, meinte auch Adrian. »Ich glaube, du solltest die Zollfahndung anrufen.«

Friederike war Richtung Tür unterwegs. »Mein lieber Lieblingspingel: Im Moment haben wir nicht mehr als einen popeligen Phylodingens terribilis …«

»*Phyllobates terribilis*«, korrigierte Adrian prompt.

Friederike ließ sich nicht bremsen. »… und einen Schrank voll mehr oder weniger legaler Medikamente für Reptilien. Glaubst du, dass ich damit die Jungs von der Zollfahndung hinter dem Ofen vorlocken kann? Außerdem hat die Kripo den Fall abgeschlossen. In den nächsten Tagen wird der Besitzer dieses noblen Etablissements wohl mit der Sanierung anfangen. Danach findest du hier nix mehr. Also, komm!«

»Halt mal, Fritz!«, versuchte Adrian es noch einmal. »Der Zoll kann das Haus erneut versiegeln. Und du wirst mir wohl nicht erzählen wollen, dass Hausdurchsuchungen in deinen Zuständigkeitsbereich fallen!«

Fritz stöhnte. »Zuständigkeitsbereich! Wenn ich das schon höre! Sag mal, verbringst du deine langweiligen Stunden in der Wilhelma eigentlich damit, Dienstvorschriften auswendig zu lernen?« Ohne eine Antwort abzuwarten, verließ sie die Küche, stieg die Treppe hinauf und öffnete die erste Tür im Obergeschoss.

Der Raum dahinter sah aus, als ob darin eine Bombe eingeschlagen hätte: Ein Kleiderschrank hatte seinen kompletten Inhalt über den Boden erbrochen, eines seiner Regalbretter lag quer darüber, die anderen hingen schief in ihren Halterungen. Die Schranktüren waren innen und außen mit Postern von dümmlich lächelnden, meist sehr spärlich bekleideten Damen beklebt, die dem Betrachter ihre beträchtliche Oberweite entgegenhielten. Auch die Wand gegenüber vom Bett war mit solchen Bildern tapeziert. Als Kontrast hing auf der anderen Seite das Bild einer giftgrünen Schlange mit weit aufgesperrtem Maul. Auf der Matratze lag zerschnittenes und zerfetztes Bettzeug. Sämtliche Schubladen an einem Nachtschränkchen waren herausgezogen und über dem Bett ausgeleert worden. Ein Pornoheft versprach »Dicke Titten, tolle Typen«, was Fritz aber nicht daran hinderte, es mit der Zehenspitze aus dem Weg zu kicken.

Trotz ihres chemischen Nasenschutzes bekam Fritz nur zu deutlich mit, dass es im Raum nach ungewaschenem Körper, altem Schweiß und kaltem Rauch roch. Sie atmete einmal tief durch den Mund ein, nahm Anlauf, hüpfte über den Kleiderberg, eilte zum Fenster und riss es auf.

Während sie sich für einen ordentlichen Zug frische Luft hinausbeugte, betrat Adrian den Raum. »Mamma mia – hier sieht's ja goldig aus!«

»Hier sieht's aus, als ob jemand was gesucht hä...« Fritz unterbrach sich im Wort. Sie hatte die Hand auf dem Fensterrahmen liegen. Er war auf der Außenseite nach unten mit einem ungefähr handbreiten Blech versehen. An der einen Seite darunter spürte Fritz unter ihren Fingern einen Widerstand.

»Nanu, nanöcher – was ist das denn?« Sie fasste unter das Blech und zog eine mit reichlich Klebeband umwickelte Plastiktüte heraus. In der Tüte war eine handtellergroße, flache silberne Box. »Das ist ja spannend.« Sie zog ein Schweizer Offiziersmesser aus der Hosentasche, klappte es auf und schnitt die Tüte auf.

»Sag mal, spinnst du?«, protestierte Adrian. »Das könnte ein Beweismittel sein!«

»In einem abgeschlossenen Fall?« Fritz ließ die Box auf ihre Hand gleiten. »Guck mal da – eine externe Festplatte! Das ist ja spannend.«

»Ich bin ziemlich sicher, dass die Damen und Herren vom Zoll das auch so sehen werden«, schimpfte Adrian. »Meinst du nicht, dass es jetzt wirklich an der Zeit wäre, die mal anzurufen?«

Fritz schaute auf die Uhr. »Goldkind, es ist halb sechs. Da sind die Jungs vom Artenschutz garantiert nicht mehr in ihrem Büro.« Sie schob die Festplatte in ihre Jackentasche. »Ich rufe morgen früh sofort bei denen an.« Den Kleiderberg meidend, stapfte sie an Adrian auf den Flur und öffnete die Tür gegenüber. »Badezimmer«, stellte sie fest.

»In dem der nette Zeitgenosse, der das Schlafzimmer auseinandergenommen hat, offenkundig auch zugange war«, befand Adrian. Er deutete auf den abmontierten Wasserkasten, der neben der Toilette lag. »Der hat zu viele Krimis gesehen. Da werden Drogen, Waffen und so ’n Kram ja gerne im Wasserkasten versteckt.«

Fritz besah sich den halb von der Wand gerissenen Spiegelschrank über dem Waschbecken. Sein Inhalt lag größtenteils im Becken. »Fällt dir was auf?«

»Nö, Frau Kommissarin«, grinste Adrian.

»Keine Zahnbürste, keine Zahnpasta.« Fritz fasste mit spitzen Fingern nach einem bröckeligen Stück Seife und hielt es hoch. »Sieht auch nicht sehr benutzt aus.«

»Ich habe das Gefühl, dass sich der teure Verblichene in Sachen Sauberkeit und Körperpflege äußerster Zurückhaltung befleißigt hat«, stellte Adrian fest.

»Das hast du hübsch ausgedrückt!«, lobte Fritz, drückte sich an ihm vorbei und öffnete die nächste Tür. Der Raum dahinter war leer – bis auf ein Lagerregal auf der einen und zwei Biertische auf der anderen Seite. Auf einem der Tische lagen zwei Mehrfachsteckdosen, in der Ecke ein zerrissener Chirurgenhandschuh. »Ich vermute, dass hier die lieben Tiere zuhause waren. Aber wie kam dann der Phylodingens terribilis ins Wohnzimmer?«

»*Phyllobates terribilis*«, korrigierte Adrian wieder einmal. »Vielleicht waren im Wohnzimmer auch Terrarien?«

»Ich frage mich, wer den ganzen Kram samt den Viechern ausgeräumt hat.« Fritz polterte schon wieder die Treppe hinunter. »Ich gucke mir jetzt mal den Keller an.«

Unten musste sie wieder die Luft anhalten und ging daher nach der bewährten Methode vor: Tür auf, Licht an, im Eiltempo quer durch und Fenster aufreißen. Nur half es nicht viel. Der widerlich süßliche Verwesungsgeruch hing im Raum wie ein nasser Lappen. Die Quelle war schnell lokalisiert: In dem Kellerraum stand ein großer Gefrierschrank und daneben zwei Gefriertruhen. Eine davon war offenkundig ausgefallen und abgetaut. Darunter hatte sich eine Wasserlache gebildet.

Fritz öffnete mit Todesverachtung den Gefrierschrank, zog eine Schublade heraus und betrachtete mit gerunzelter

Stirn den Inhalt. Mit spitzen Fingern zog sie eine der Tüten aus der Schublade und hielt sie hoch. »Adrian?«

Ihr Freund lehnte im Türrahmen. »Ist ja übel!«, jaulte er.

»Eine von den Truhen ist ausgefallen und abgetaut«, teilte Fritz ihm mit. »Aber für was hältst du das?«

Adrian kam widerwillig näher. »Ratten Größe zwei!«, erklärte er nach einem Blick auf die Tüte.

»Denke ich auch.« Fritz ließ die Tüte wieder in die Schublade fallen und wühlte im Inhalt. »Junge, Junge – da ist alles voll davon! Mäuse in allen Handelsgrößen, Ratte con variationi. Und gucke da: Eintagsküken! Die mögen wir besonders. Dieses Odeur, wenn sie auftauen!« Sie kicherte. »Erinnerst du dich noch an Melanie, das Oberschlauchen?«

»Ich glaube, die werde ich nie vergessen!« Adrian stöhnte. »Ich hatte die mal als Partnerin in der Pathologie. Ich sag's dir: Die hätte eine *Anguis fragilis* nicht von einer Colubridae unterscheiden können – noch nicht mal, wenn ihr die Blindschleiche mit nackter Kloake ins Gesicht gesprungen wäre!«

Fritz wühlte inzwischen in der Kühltruhe, dabei kicherte sie. »Aber die Geschichte mit den Eintagsküken hast du nicht mitgekriegt, oder? Ich habe die auch bloß von Sina gehört. Melanie war doof genug, zu erzählen, dass sie den größten Teil der Sommersemesterferien in Wien ist. Darauf hat ihr der Joggi Aschenbrenner seine Frettchen über die Ferien umgehängt. Melanie, die ja total in den Joggi verknallt war, stellte die auf ihren Balkon und packte die eingefrorenen Eintagsküken zum Auftauen auf eine Folie daneben. Was sie dabei vergessen hat: Sie hatte ihre stinketeure Designer-Lederjacke zum Lüften auf den Balkon gehängt – direkt neben die Frettchen und Eintagsküken.«

»Ach du Schande!« Adrian schüttelte sich. »Den Gestank kriegst du ja nie wieder raus – schon gar nicht aus Leder.«

»Das dachte Melanie auch – und fand sich unheimlich smart, weil sie es geschafft hat, die verseuchte Jacke der Sina für ein paar Schillinge anzudrehen. Sie meinte, Sina hätte nicht gemerkt, dass die stinkt, weil sie so Heuschnupfen hatte.«

»Und? Hat Sina es gemerkt?«, wollte Adrian wissen.

Fritz lachte. »Schätzchen, Sinas Vater hat – übrigens in der Nähe von Stuttgart in Ludwigsburg – eine große Firma, die auf Brandsanierung spezialisiert ist. Dazu gehört selbstverständlich auch eine Ozon-Kammer. Sina hat die Jacke reinigen lassen und eine Woche bei Papa in die Ozon-Kammer gehängt. In der kriegst du jeden Gestank weg – auch den nach Eintagsküken auf Lederjacke.«

»Gut zu wissen!« Adrian schaute über Fritz' Schulter in die Kühltruhe. »Unser dahingeschiedener Freund hat offensichtlich im großen Stil Reptilien gehalten«, konstatierte er. »Aber können wir jetzt bitte gehen? Ich habe mehr als genug von dieser Gammelbude!«

»Ja!« Fritz schloss den Gefrierschrank, ging zur Tür, knipste das Licht aus und folgte Adrian, der schon die Treppe hinauf- und aus dem Haus hinausstürmte. Er hielt erst wieder an, als er neben Fritz' Geländewagen stand.

Als Fritz um ihr Auto herumging, entdeckte sie die Nachbarin, die in einer blaugeblümten Kittelschürze den Gehweg vor ihrem Haus fegte und neugierig zu ihr hinüberschielte. Fritz lächelte sie an. »Grüß Gott!«

»Grüß Gott.« Die hagere Frau kam zwei Schritte näher und musterte Fritz. »Sind Sie nicht die Frau, die der Hubschrauber abgeholt hat?«, fragte sie.

»Ja!« Fritz nickte und trat ebenfalls ein wenig näher. »Ich bin Doktor Friederike Abele, Amtstierärztin in Göppingen.« Sie stellte sich normalerweise nie mit ihrem Doktortitel vor, aber in dem Fall konnte ein bisschen Imponiergehabe sicher nicht schaden.

»Und was ist mit Ihnen in dem Haus von dem Bareis passiert?«, wollte die Nachbarin wissen.

»Ich habe einen giftigen Frosch eingefangen und mich dabei verletzt«, gab Fritz Auskunft.

Damit öffnete sie die Schleusen der Beredsamkeit bei der Nachbarin. Sie stützte sich auf ihren Besen und legte los: »Ich habe ja immer schon gesagt, dass da drüben mit diesen

Viechern noch einmal was passiert! Wissen Sie, der Bareis war ein ganz unangenehmer Mensch! Und Kehrwoche hat der auch nie gemacht und ordentlich geputzt schon gar nicht! Glauben Sie, dass der auch nur einmal seine Betten zum Lüften rausgehängt hätte? Nicht ein einziges Mal in den fünf Jahren, die er da gewohnt hat! Doch Weiber hat er immer gehabt – so ganz aufgemachte, denen man schon von weitem angesehen hat, dass sie nix Anständiges sind! Und seine Frau war sogar eine Ausländerin von wer weiß woher!«

An der Stelle musste sie dann doch einmal atmen. Fritz nutzte die Gelegenheit, ein schnelles »Wie war das mit den Tieren?« einzuwerfen.

»Also, diese Viecher! Ich kann Ihnen sagen: Wir haben hier in Angst und Schrecken gelebt! Der hat Giftschlangen gehabt und meterlange Krokodile und gefährliche Vogelspinnen! Stellen Sie sich bloß mal vor, dem wären diese Bestien ausgekommen! Die hätten uns doch alle umgebracht! Da hat man sich ja fast nicht mehr aus dem Haus getraut. Also, ich war ja froh, als die Männer gekommen sind, die diese ganzen Viecher abgeholt haben!«

Fritz spitzte die Ohren. »Wann war denn das?«

»Hah, so ungefähr vor zwei Wochen. Oder halt, warten Sie mal – das war am 14. Am Tag darauf, am 15., hatte nämlich mein Erwin Geburtstag und darum war ich so froh, dass die ganzen Biester geholt wurden. Wenn die noch da gewesen wären, hätten wir uns ja nicht getraut, im Garten zu feiern. Dabei war so schönes Wetter! Andererseits: Wenn wir da schon gewusst hätten, dass der Bareis da drüben in seinem Wohnzimmer hängt …«

Wieder eine Atempause und eine Chance für Fritz. »Sie meinen, er hing da schon?«, fragte sie mit Kulleraugen.

»Als wir gefeiert haben, schon! Am nächsten Morgen hat ihn der Briefträger gefunden. Der wollte ein Päckchen abliefern und weil der Bareis nicht aufgemacht hat, ist er ums Haus herumgegangen. Wissen Sie, der hatte mit dem Bareis eine Abmachung, dass er die Post auf die Terrasse legt, wenn keiner da ist. Und da hat er ihn eben hängen gesehen.«

»Wie grässlich!«, fand Friederike. »Aber sagen Sie, wie war das mit den Männern, die die Tiere geholt haben? Das waren doch ein ganze Menge.«

»Ja und ob!«, bestätigte die Nachbarin. »Aber die zwei Kerle haben ja auch einen Laster dabeigehabt – und fast eine Stunde lang Käfige und so Glaskästen geschleppt.« Sie fegte eine Zigarettenkippe in Richtung des Bareis'schen Vorgartens, sprach dabei aber weiter: »Das waren übrigens komische Gestalten! Also, der eine war bestimmt Ausländer – wissen Sie, so ein großer, breitschultriger mit so einem komischen, ganz kurzen, dunklen Bart. Richtig schmierig! Und der andere war so ein Glatzkopf, ein ganz unsympathischer Mensch. Und net einmal anständig grüßen konnte der!«

»Sie haben nicht zufällig das Kennzeichen des Lastwagens gesehen?«, erkundigte sich Fritz.

»Nein, da habe ich nicht darauf geachtet«, erklärte die Nachbarin. »Wissen Sie, ich bin ja nicht neugierig. Normalerweise kümmere ich mich nicht darum, was meine Nachbarn tun. Mein Erwin – das ist mein Mann, wissen Sie, sagt immer: ›Halt dich raus, dann kommst du in nix rein!‹«

»Das ist ein kluger Rat!«, bestätigte Friederike. »Aber es ist schade, dass Sie nicht mehr über den Lastwagen wissen.« Fritz war klar, dass sie der Dame nichts über das Artenschutzabkommen erzählten musste. Der Schutz von dem, was sie als »Biester« bezeichnete, stand auf ihrer Prioritätenliste bestimmt nicht oben. Also entschloss sich Fritz zu einer anderen Taktik. »Diese Tiere sind ja ziemlich gefährlich und es ist meine Aufgabe, dafür zu sorgen, dass da nicht noch jemand verletzt wird. Daher wüsste ich gerne mehr.«

»Jetzt, wo Sie mich daran erinnern …« Die Dame in der Kittelschürze stützte sich wieder auf ihren Besen. »Der Glatzkopf, der da mit dem Ausländer die Viecher aus dem Haus vom Bareis geholt hat, war schon einmal hier. Das muss auch so vor ungefähr drei, vier Wochen gewesen sein.

Da haben die Hartmanns, die in Nummer 36 wohnen, das ist das gelbe Haus hinter der Fliederhecke da drüben«, sie deutete auf ein Nachbarhaus, »ihre goldene Hochzeit gefeiert. Die hauen ja immer ein bisschen auf den Putz, vor allem, seit sie von ihrer Großmutter geerbt hat. Darum haben die auch halb Donzdorf eingeladen. Und um zu zeigen, dass sie es haben, hat die Hartmann lauter Platten vom Metzger Scheuerle liefern lassen. Als ob man das nicht selbst machen könnte! Aber seit die das Geld hat, muss sie ja immer ins Fitness-Studio rennen und zur Maniküre und Pediküre. Und mit ihren manikürten Nägeln – ich sag's Ihnen, die hat«, sie ließ ihren Besen geschickt in die Armbeuge gleiten und hielt die linke Hand ungefähr zwanzig Zentimeter vor die rechte, »solche Krallen!«

»Damit kann man doch gar nicht mehr richtig putzen!« Fritz wusste, was schwäbische Hausfrauen hören wollten. »Aber wie war das mit dem Glatzkopf?«

»Ach ja, der Glatzkopf!« Wieder einmal fegte die Nachbarin eine Handbreit Straße. »Also, wegen der Party von den Hartmanns war die ganze Straße zugeparkt. Der Erwin und ich waren natürlich auch eingeladen und als wir wieder heimgekommen sind, stand da einer vor unserer Einfahrt. Mein Erwin – das ist mein Mann, wissen Sie – hat sich so aufgeregt! Das geht doch nicht, dass man jemand einfach die Einfahrt zuparkt! Unser Auto war nämlich drin, das stand vor der Garage, weil der Erwin es am Nachmittag geputzt hatte. Das macht er immer am Samstagnachmittag, ganz sorgfältig. Mein Erwin ist nämlich ein Ordentlicher und darum sieht unser Auto auch aus wie neu, obwohl es schon fünf Jahre alt ist. Aber wenn man sich schon einen Daimler leistet, muss man den auch pflegen, gell?«

Fritz lehnte sich an ihren koreanischen Geländewagen, der höchstens dann einmal die Waschstraße sah, wenn Corin oder Adrian sich seiner erbarmten. »Bestimmt!«, bestätigte sie. »Und dann lässt man sich auch nicht einfach die Einfahrt zuparken. Es hätte ja sein können, dass Sie noch mal rausfahren wollen, gell?« Sie musste sich das Kichern bei der Vorstellung verbeißen, wie Frau Nachbarin in der Kittelschürze und ihr Erwin – »wissen Sie, das ist mein Mann« – nachts noch einmal in Donzdorf auf die Piste gingen.

»Eben! Wir haben natürlich zuerst gedacht, dass dieses Auto jemand gehört, der auch bei den Hartmanns ist. Der Erwin – also mein Mann – ist dann noch mal rübergegangen und hat gefragt, aber da hat niemand das Auto gekannt. Also haben wir gewartet und tatsächlich …« Sie legte eine Kunstpause ein, die sie dazu nutzte, wieder einmal ihren Besen zu schwingen. »Kurz nach Mitternacht ist der Kerl gekommen! Mein Erwin ist natürlich raus wie der Blitz und wollte den zur Rede stellen. Da hat der doch glatt zu meinem Erwin gesagt, er könnte ihn mal, und ist einfach weggefahren!«

»So eine Unverschämtheit!«, kommentierte Friederike. »Und Sie erinnern sich nicht zufällig, was das für ein Auto war?«

»Meinen Sie, dass der Glatzkopf was angestellt hat?« Die dunklen Augen der Nachbarin funkelten vor Sensationsgier.

»Das halte ich für möglich«, sagte Fritz. »Giftschlangen zu halten ist verboten.« Sie schaute über die Schulter zu Adrian hinüber, der auf der anderen Seite am Kühler lehnte und ob dieser Lüge die Augen verdrehte.

»Das Auto – also, das war so ein dunkler, großer BMW. Aber warten Sie mal! Mein Erwin hat die Nummer aufgeschrieben. Der hat überlegt, ob er den nicht abschleppen lassen soll. Wenn Sie einen Augenblick Zeit haben, gucke ich. Mein Erwin ist nämlich sehr ordentlich. Solche Sachen schreibt er immer in den Kalender. Da kann ich nachgucken.«

»Das würde mir sehr helfen!«, versicherte Fritz.

Darauf bekam sie mit einem »Halten Sie mal!« den Besen in die Hand und die Nachbarin eilte in ihr Haus.

Adrian kam zu Fritz. »Je länger ich der zuhöre, desto mehr glaube ich, dass der Typ sich umgebracht hat, damit er die nicht länger ertragen muss. Ich bin ja sehr gerne im Schwabenland, aber …«

»... so was wie die könnte selbst für mich als Schwäbin ein Grund sein, in den Norden auszuwandern!«, sagte Fritz leise.

»Pssst!«, machte Adrian und zog sich wieder auf seinen Beobachterposten zurück.

Frau Nachbarin kam, stolz einen Zettel schwenkend, wieder über die Straße. »Ich habe es gefunden, Frau Doktor!« Sie hielt Fritz einen Zettel hin. »Sogar mit Datum und Zeitangabe.« Sie übergab den Zettel und übernahm dafür ihren Besen, mit dem sie sich dann wieder etwas vorbeugte. »Sagen Sie, Frau Doktor, gibt es für die Ergreifung des Täters eigentlich eine Belohnung?« Ihr Bemühen um korrektes Hochdeutsch klang im Kontrast zu ihrem Schwäbisch urkomisch.

»Nein, so weit sind wir noch nicht.« Fritz lächelte und schob den Zettel in die Hosentasche. Sie öffnete ihre Fahrertür, beugte sich über die Mittelkonsole, holte eine Visitenkarte und überreichte sie der schwäbischen Hausfrau. »Aber als gute Staatsbürgerin helfen Sie den Behörden doch gerne. Mit Ihrer Unterstützung können wir den Typen vielleicht dingfest machen und so verhindern, dass er noch mehr Giftschlangen in den Umlauf bringt. Also, wenn Ihnen noch etwas einfällt, rufen Sie mich an, ja? Und ich melde mich bei Ihnen, wenn sich noch etwas ergeben sollte. Jetzt aber erst mal Danke! Sie haben mir sehr geholfen.«

»Bitte schön!« Die Nachbarin studierte die Visitenkarte. »Wir sind ja immer hilfsbereit, mein Erwin und ich!«

»Das ist schön von Ihnen.« Friederike hüpfte in ihren Wagen. »Aber jetzt will ich Sie nicht länger aufhalten! Schönen Tag noch!« Adrian war zum Glück auch schon eingestiegen, so konnte Fritz einen Blitzstart hinlegen. »Buuh – wenn man solche Nachbarn hat, braucht man keine Feinde!«

Adrian kreuzte seine langen Beine. »Das ist alles sehr dubios.«

»Kannst du singen und pfeifen!«, bestätigte Fritz »Du, sag mal – hast du heute Abend noch was vor?«

»Nö«, antwortete Adrian etwas gedehnt. »Kolja geht mit Freunden aus.«

»Oh, oh!« Friederike schenkte ihm einen schnellen Seitenblick.« Mal wieder trouble in paradise?«

»Was heißt da ›mal wieder‹?«, empörte sich Adrian. »Wir setzen uns eben miteinander auseinander – und bei Koljas Temperament manchmal etwas stürmisch.«

»Ah ja. Und wie stürmisch war euer Miteinander-Auseinander, als es um heute Abend ging?«, fragte Fritz.

»Na ja …« Adrian seufzte. »Momentan hat er jede Woche mindestens zwei Auftritte. Da wäre es mir schon lieber gewesen, wenn er den Abend zuhause verbracht hätte. Wollte er aber nicht.«

»Warum hat du ihn dann nicht einfach begleitet?«

»Weil die Freunde, mit denen er sich trifft, Russen sind!«, erzählte Adrian. »Und ich habe zwar inzwischen ein bisschen Russisch gelernt, aber wenn die alle wie die Wilden durcheinanderreden, verstehe ich kein Wort.«

»Warum soll's dir besser gehen als mir?« Fritz musste an einer Ampel anhalten und nutzte die Gelegenheit, Adrian anzulächeln. »Wenn Corin seine walisische Verwandtschaft trifft, verstehe ich nichts, aber kriege schon vom Zuhören Halsweh.«

»Musst du halt Walisisch lernen!«, schlug Adrian vor.

Fritz fuhr wieder an. »Lieber nicht. Die Sprache kann wahrscheinlich nur sprechen, wer seine Stimmbänder von frühester Jugend an abgehärtet hat. Aber wenn du heute Abend solo bist, kannst du mir ja Gesellschaft leisten.«

»Ist Coco in der Oper?«, fragte Adrian.

»Schön wär's«, antwortete Fritz. »Dann würde er heimkommen. Blöderweise fährt er aber nach Oslo und kommt erst in vier Tagen zurück.«

»Was macht er denn in Oslo?«, wollte Adrian wissen.

»Musik!« Fritz grinste. »Stell dir vor: In Oslo gibt es ein Sinfonieorchester. Mit dem macht er Mahlers Dritte und Jarres Lawrence-Suite.«

»Kein Programm für dich!« Adrian grinste.

»Na ja, den Mahler müsste ich nicht haben, aber den Jarre finde ich schön. Übrigens wird er den auch beim nächsten

Sinfoniekonzert mit dem Opernorchester machen.« Fritz kicherte. »An dem Tag werde ich einen Notfall im Amt haben und es darum erst nach der Pause in die Liederhalle schaffen. Vor dem Jarre macht er nämlich Górecki.« Sie sprach den Namen des Komponisten aus wie den einer ekligen Hautkrankheit.

Adrian lachte. »Armes Fritzchen! Jetzt hast du dir schon einen Dirigenten eingefangen und musst dir trotzdem das, was für dich schon Avantgarde ist, anhören! Vielleicht hättest du dir Nikolaus Harnoncourt anlachen sollen.«

Fritz fuhr den Wagen schwungvoll auf den überdachten Stellplatz hinter ihrer Kirche. »Iiiih – furztrockener Bach auf historischen Instrumenten! Da halte ich es ja noch besser aus, wenn Coco mal wieder neutönt. Neulich hatte er eine Partitur von einem Zeitgenossen auf dem Schreibtisch liegen, die aussah, als ob sie der Typ in der Graphik-Abteilung der Staatsgalerie geklaut hätte.« Sie war ausgestiegen und schloss jetzt die Tür zur ehemaligen Sakristei auf. »Tritt ein, bring Glück herein!«

Adrian folgte ihr, wobei er sein helles Leinenjackett auszog und im Vorraum der Küche auf einen Bügel an die Garderobe hängte. »Du kannst übrigens froh sein, dass du keine Nachbarin wie die Dame in Donzdorf hast. Sonst wüsste morgen der ganze Ort, dass du die Abwesenheit des Hausherrn ausgenutzt hast, um Herrenbesuch zu empfangen.«

»Apropos Nachbarin …« Fritz hatte ihre Lederjacke einfach über einen Haken geworfen. Nun nahm sie die Festplatte aus der Tasche und legte sie auf den Küchentisch. Als Nächstes grub sie den Zettel aus, den ihr die Nachbarin in Donzdorf gegeben hatte, und las vor: »13. Mai 2011, 23.45 h. Blauer 7er-BMW, Kennzeichen EN-PO 1312.« Sie kratzte sich am Kopf. »EN – was ist das denn?«

Adrian war hinter ihr in die Küche getreten. »Ennepetal«, sagte er.

»Wo ist das denn?« Fritz öffnete einen Schrank. »Was möchtest du trinken?«

»Erst mal ein Mineralwasser«, antwortete Adrian, trat ans Spülbecken und wusch sich die Hände. »Und Ennepetal ist am Rand des Ruhrgebiets.«

Fritz nahm zwei Gläser aus dem Schrank und eine Flasche aus dem Kühlschrank. Während sie einschenkte, sagte sie: »Wie kommt ein Mensch aus dem Ruhrpott dazu, in Donzdorf irgendwelche Viecher einzusammeln?«

Adrian trank durstig sein Glas leer und hielt es Fritz zum Nachfüllen hin. »Wenn es ein Duisburger Kennzeichen gewesen wäre, hätte ich spontan auf einen Herrn Claus Kowalski als Halter getippt.« Er nahm noch einen Schluck Mineralwasser. »Das Clausi-Mausi ist der spezielle Freund deiner Kollegen in Duisburg. Er hat eine Tierhandlung und wirbt damit, Europas größter Tierhändler zu sein.«

»Und?« Fritz nahm eine mit Alufolie abgedeckte Auflaufform aus dem Kühlschrank. »Was hältst du von einer Portion Lasagne?«

Adrian guckte skeptisch. »Aldi?«

»Ne. Coco. Die Reste von gestern.«

»Super!« Er sah zu, wie Fritz den Backofen anschaltete und die Schale hineinschob. »Zurück zu Herrn Kowalski: Bei dem laufen deine Duisburger Kollegen regelmäßig alle zwei, drei Monate mal auf – und immer gleich mit zwei Mannschaftsbussen Polizei. Und was die dann beschlagnahmen, füllt locker einen Lastwagen. In Europas größter Zoohandlung bekommt man nämlich alles, was des Reptilienfreunds Herz begehrt: Von der Grubenotter bis zum Albino-Kaiman. Als ich in Duisburg im Zoo gearbeitet habe, durfte ich wegen dem damals übrigens anrücken. Wir haben vom Zoo aus immer ›Amtshilfe‹ bei den Razzien geleistet. Dieser Kowalski ist echt eine Nummer! Der scheint das Washingtoner Artenschutzabkommen für eine Art Einkaufsliste zu halten.«

Fritz hatte inzwischen den oberen Teil des langen Tisches gedeckt. »Moment bitte, ich bin gleich wieder bei dir.« Sie eilte in den ehemaligen Chor ihrer Kirche, nahm ihr Notebook vom Schreibtisch, kam in die Küche zurück, stellte es unten auf den Tisch, klappte es auf und schaltete es ein. »Lass mich raten: Die Duisburger Kollegen haben diesem Herrn Kowalski schon mehrfach saftige Geldstrafen und wahrscheinlich auch schon das eine oder andere Haltungsverbot verpassen lassen?«

»Darauf kannst du getrost deine hübsche Kehrseite verwetten!«, sagte Adrian.

»Ich habe auch so einen Vogel im Bezirk.« Fritz angelte nach dem Zettel mit der Autonummer und setzte sich vor ihr Notebook. »Hundezüchter – und regelmäßiger Kunde. Wenn ich den besuchen muss, nehme ich auch immer gleich ein paar Polizisten mit. Dem Freundchen hat das Amtsgericht auch schon dreimal den Laden dichtgemacht. Nützt nur nicht viel. Inzwischen gehört die Hundezucht nämlich gar nicht mehr ihm, sondern seinem Schwager. Unser Herzi ist nur noch ein Angestellter desselben.« Sie tippte etwas in ihr Notebook ein.

»So ungefähr ist es bei diesem Kowalski auch«, bestätigte Adrian. Er grinste: »Aber immerhin haben ihn deine Kollegen vor fünf Jahren mal schön rangekriegt. Da ist er wegen Steuerhinterziehung ein halbes Jahr eingefahren. Unterdessen hat übrigens die Frau Gemahlin den Laden geführt. Inzwischen ist er die Dame aber los und sein Cousin ist Inhaber.«

»Al Capone hat man auch wegen der Steuer gekriegt.« Fritz schaute auf den Bildschirm, schüttelte den Kopf und tippte wieder etwas ein. »Aber weißt du, ich habe manchmal das Gefühl, es ist gar nicht so gut, wenn solche Typen im Knast landen. Das ist für die so etwas wie ›Fortbildung‹ auf Staatskosten – und die Chance, ihr Netzwerk zu erweitern.« Sie studierte wieder ihren Monitor, dann sagte sie: »Das wird ja immer schräger.«

»Hmm?« Adrian war aufgestanden und schaute nun vor dem Backofen der Lasagne beim Brutzeln zu.

»Der Hintern aus Ennepetal – EN-PO 1312 – gehörte einem Peter Ohldorf und ist als gestohlen gemeldet«, sagte Fritz.

»Woher weißt du das denn?«

»Herzchen, ich arbeite beim Landratsamt. Über unseren Server haben wir natürlich Zugriff auf diverse Zentralkarteien.«

»Ist das legal?«, wunderte sich Adrian.

Fritz verdrehte die Augen. »Ist es, auch wenn es nicht unbedingt in meinen Zuständigkeitsbereich gehört. Andererseits – die Geschichte ist mit Sicherheit tierschutzrelevant.«

Adrian stöhnte. »Ich glaube, du würdest es sogar schaffen, das Phantom der Oper irgendwie in deinen Zuständigkeitsbereich zu schieben! Tatsache ist aber, dass diese Sache jetzt wirklich ein Fall für den Zoll ist und dass sich die Begeisterung der Damen und Herren über deine Solotouren in Grenzen halten wird.«

Fritz stand auf und holte die Lasagne aus dem Ofen. »Sag mal, Adrian, bist du heute wegen des vorgezogenen Feierabends nicht dazu gekommen, die Büroklammern gerade zu biegen und die Neonfische in Linie auszurichten?« Sie trug die Schale zum Tisch und packte eine ordentliche Portion auf Adrians Teller. »Du zählst mal wieder Erbsen wie ein Buchhalter auf Entzug.«

Adrian breitete eine Serviette auf seinem Schoß aus. »Mädchen, inzwischen sollte selbst dir klar sein, dass dieser Bareis in etwas verwickelt war, was über deine üblichen ›Schweinemäster verwendet zu viel Antibiotika‹-Fälle hinausgeht. Dafür ist die Zollfahndung zuständig!«

Fritz schluckte den ersten Bissen Lasagne hinunter. »Magst du jetzt einen Schluck Wein?«, fragte sie.

»Danke, aber ich muss noch fahren.«

Fritz war bereits wieder auf den Beinen und betrachtete die Flaschen in der offenen Kühlschranktür. »Chablis oder Riesling?«, überlegte sie. »Bleiben wir beim einheimischen Gewächs.« Sie nahm eine Flasche heraus, entkorkte sie und holte zwei Weingläser aus dem Schrank. »Esslinger Burg – wusstest du übrigens, dass da auch ein Teil der Trauben für den Kessler-Sekt wachsen?«

»Ich mag bekanntlich keinen Sekt«, sagte Adrian. »Außerdem fahre ich wirklich nicht, wenn ich was getrunken habe.«

»Dann bleibst du heute Nacht eben hier!«, schlug Friederike vor und stellte ein Glas vor ihn, bevor sie sich wieder setzte. »Bei Kolja und seinen Russen wird's doch eh spät.«

»Ich habe aber nichts dabei.«

»Du alter Umstandskrämer!«, schimpfte Fritz. »Ich habe eine neue Zahnbürste für dich und morgen früh kannst du ein Polohemd und frische Wäsche von Corin haben.«

»Falls es dir noch nicht aufgefallen ist: Corin ist etwas breiter als ich.«

Fritz grinste ihren schlaksigen Freund an. »Du solltest es mal mit Dirigieren probieren. Macht Muckis auf den Schultern!«

6

Adrian hatte sich nicht zum Bleiben überreden lassen. Gegen halb zehn war er mit der Begründung, dass er am nächsten Morgen pünktlich anfangen wolle, gegangen. Fritz hatte ihn mit Kuss und Umarmung verabschiedet, danach noch eine Runde mit dem Hund gedreht und dann die Küche aufgeräumt. Nun saß sie, das Weinglas und die Flasche neben sich, wieder am Küchentisch vor ihrem Notebook. Nachdem sie ihre Mails gelesen hatte, nahm sie die Festplatte, die sie im Haus des Selbstmörders gefunden hatte, in die Hand. Es war klar, dass sie das Ding bei der Zollfahndung abliefern würde, aber – es würde der Festplatte bestimmt nicht schaden, wenn sie vorher noch einen Blick darauf warf, oder?

Sie ging noch einmal zu ihrem Schreibtisch, wühlte in einer der Schubladen, fand ein USB- und ein Netzkabel, marschierte wieder in die Küche und schloss die externe Festplatte an. Ein blaues Licht flammte daran auf, dann meldete das Notebook mit einem Piepsen: »USB device found.« Friederike klickte auf das Symbol. Die Festplatte gab ein surrendes Geräusch von sich, dann erschien ein Fenster auf dem Bildschirm, das die Eingabe eines Passwortes verlangte.

»Schei…benkleister!«, fluchte Friederike. Doch so einfach wollte sie sich nicht geschlagen geben. Bareis, so befand sie, war doch wohl eher simplen Gemütes gewesen. Simple Gemüter verwendeten simple Passwörter. Vielleicht eine Kombination aus seinem Namen und Geburtsdatum? Die Angaben standen auf dem Zettel in dem Karton mit den Skorpionen, inzwischen von Adrian übrigens ordentlich mit Klebezetteln versehen, auf denen die Bezeichnung der einzelnen Exemplare stand. Der Karton war im Auto, fertig zur Rückgabe an die Kripo.

Also eilte Fritz zu ihrem Wagen, fand Karton samt Formular auf dem Rücksitz und ging mit dem Zettel zurück in ihre Küche. »Bareis, Uwe«, las sie ab. Und geboren war der

Herr am 26. August 1969. Fritz tippte »Uwe 1969« ins Passwortfeld ein. Der Computer löschte ihren Eintrag und vermeldete in Rot: »Falsches Passwort.«

Okay, zweiter Versuch: »Uwe260869«. Auch nichts. Dritter Versuch mit »Uwe28061969«. Wieder ein Satz mit x.

Eine Viertelstunde später hatte Friederike erfolglos jede nur denkbare Kombination des Namens und Datums durchprobiert und musste eingestehen, dass Bareis zumindest in Sachen Passwort nicht so einfach gestrickt gewesen war, wie sie gedacht hatte.

Fritz gönnte sich noch einen Schluck Wein, dann stand sie wieder auf, ging in den Nebenraum und klimperte im Stehen ein paar Töne auf Corins Flügel. Dabei fiel ihr Blick auf die Fotographien im Silberrahmen, die Corin daraufgestellt hatte. Seine Eltern, der Vater etwas steif in einem dunklen Anzug, die schöne Mutter – von ihr hatte Corin die großen, dunkelblauen Augen und den fein gezeichneten Mund – in einem einfach geschnittenen, aber gerade dadurch eleganten, stahlblauen Abendkleid. Zwischen den beiden ein damals noch sehr junger, schmaler Corin im Frack. Das Bild, so wusste Friederike, war in Salzburg nach seinem ersten Dirigat bei den Festspielen entstanden. Eine Woche später war bei Corins Mutter ein schon weit fortgeschrittener Darmkrebs festgestellt worden, an dem sie dann auch zwei Monate später gestorben war. Corins Vater hatte es nicht lange ohne seine Frau ausgehalten. Vier Wochen nach ihrem Tod hatte er sein Auto über eine Klippe gefahren.

Neben dem Bild von Corins Eltern stand eines von einer Cellistin mit langem, roten Haar und blauen Augen: Corins Schwester Rhianon, zwölf Jahre jünger als er und von ihm heiß geliebt. Sie war noch einmal vorhanden, auf dem zweiten Bild mit ihrem schwarzhaarigen Baby und dem stolzen Ehemann. Den liebte Corin deutlich weniger als seine Schwester, was aber weniger an seiner Person als an seinem Herkommen und Beruf lag. Kensai Yamagochi war nämlich Japaner und Diplomat. Rhianon war Cellistin in der Royal

Opera in London gewesen, als sie ihn, damals Kulturattaché seiner Botschaft, kennengelernt hatte. Inzwischen war er Botschafter in Australien – und Corin gefiel es gar nicht, dass seine kleine Schwester so weit weg war.

Schließlich gab es noch zwei Bilder von Fritz. Das erste war ein Porträt, auf dem sie ungewohnt ernst schaute. Das zweite fand sie typischer: Es zeigte sie mit ihrem Schimmel und sie strahlte dabei in die Kamera.

Fritz wischte ein Stäubchen vom Bild ihrer Schwägerin. Es rührte sie immer wieder, dass Corin die Bilder der Menschen, die er liebte, auf seinem Flügel gesammelt hatte. Bei ihr hing nämlich eine ähnliche Kollektion über dem Schreibtisch: Großeltern, Eltern, Brüder und Frauen, Neffen, die Lieblingstante, der Patenonkel, Corin, Adrian, ihr erster Hund und das erste Pferd. Und manchmal, wenn im Amt wieder einmal der turnusmäßige Passwortwechsel anstand, kombinierte sie Daten, die irgendein Familienereignis betrafen, mit Kosenamen und Abkürzungen.

Vielleicht hatte Bareis das auch getan? Kommissar Gebhard hatte erwähnt, dass er Vater mehrerer Kinder gewesen war. Andererseits hatte er für die keinen Unterhalt bezahlt. Und Kinderbilder hatte sie in seinem Haus auch nirgends gesehen. Hatte es da überhaupt irgendwelche Fotos gegeben?

Fritz schloss den Deckel über der Klaviatur des Flügels und die Augen, stützte den Kopf in die Hände und versetzte sich in Gedanken zurück in das Donzdorfer Haus. Im Flur unten – da hatte auf der hässlichen Blümchentapete ein Poster mit einem Alligator geklebt. In der Küche hatte eine grelle Öl-Zigeunerin mit großzügigem Dekolleté über dem Esstisch geprangt.

Fritz versuchte, sich das Wohnzimmer vor das innere Auge zu rufen. Die dunkle Anbauwand – original Gelsenkirchener Barock mit Butzenscheiben – war mit einer Bierkrugsammlung und Plastikreptilien dekoriert. An Fotos darin konnte sich Fritz nicht erinnern. Aber seitlich vom Schreibtisch war ein großes Bild an der Wand gewesen. Es hatte eine giftgrüne Schlange gezeigt. Eine sehr ähnliche Aufnahme war auch an der Tür des Zimmers gewesen, in dem Bareis seine Reptilien gehalten hatte. Und hallo, war da nicht auch im Schlafzimmer etwas gewesen? An der Wand gegenüber vom Bett hatten die vollbusigen Damen gehangen, doch über dem Bett – da war doch auch so eine grüne Schlange gewesen!

Offensichtlich hatte Bareis diese Schlange besonders schön gefunden. Verflixt, was war das nur für eine gewesen? »Ich hätte Adrian fragen sollen«, dachte Fritz. Der hätte es sicher gewusst. Doch Fritz hatte mit Reptilien nie viel am Hut gehabt. Um genau zu sein: Nicht einmal die nun über fünfzehnjährige Freundschaft mit Adrian, der Schlangen »faszinierend« fand, hatte etwas daran geändert, dass Fritz sich davor graute.

Doch wie lautete ihre übliche Empfehlung an ihre Sekretärin, wenn die mal wieder nach einer Information suchte, die Fritz nicht parat hatte? »Google ist Ihr Freund!«

Kehrt marsch zurück in die Küche. Die Suche erbrachte eine ganze Menge grüner Schlangen. Fritz seufzte und beschloss, die Liste durchzutesten.

»Grüne Mamba« – kein Treffer, also »gruene Mamba«. Auch nichts, nächster Versuch mit dem lateinischen Namen: »*Dendroaspis viridis*« – das half ihr auch nicht weiter.

Der »Baumpython« war es auch nicht – weder mit »grüner« noch mit »gruener« noch als »*Chondropython viridis*«. Aber das wunderte Fritz nicht sehr. Der Baumpython war weder giftig noch wurde er riesig. Und wie hatte Adrian einmal behauptet? Armdicke Würge- und gefährliche Giftschlangen seien bei den Spinnern in der Reptilienszene so etwas wie der aufgemotzte Sportwagen für Motorfans: »Penisverlängerung.« Immerhin hatte das Phänomen Friederike schon zweimal die Gelegenheit beschert, einen Besuch bei »Harrybär und Tinimaus«, einem so genannten »Club für aufgeschlossene Menschen«, zu machen. Den Polizisten von der »Sitte«, die dort immer wieder kontrollierten, hatten sie dorthin bestellt, worauf Fritz auch prompt zwei Giftschlangen und eine Panzerechse beschlagnahmt hatte. Seit die Kampfhunde-Haltung reglementiert worden war, hatten die Herren im Milieu sich anscheinend auf Reptilien verlegt. Und Uwe Bareis war auch der Typ gewesen, der auf so etwas stand.

Also probierte es Fritz als Nächstes mit *Elaphe prasina*, der grünen Strauchnatter, die allerdings auch nicht giftig war. Doch die war es auch nicht. Fritz schaute auf die Uhr. Es war mittlerweile nach elf – und morgen würde um sieben der Wecker klingeln. Ihr Hund Puck hatte sich schon in sein Körbchen verzogen und jagte wohl im Schlaf Häschen.

»Also gut – einen Versuch noch!«, dachte Fritz. Doch die grüne Grubenotter war es nicht und als *Cryptelytrops albolabris* funktionierte sie auch nicht.

Das war es dann wohl gewesen. Die Spezialisten beim Zoll würden es bestimmt schaffen, das Passwort zu knacken. Aber schade war es schon. Fritz war doch so neugierig!

Sie stand auf, holte sich aus der Vorratskammer noch ein Mineralwasser und gönnte sich einen ordentlichen Schluck aus der Flasche. Dabei kam ihr eine Idee: Das Passwortprogramm ihrer externen Festplatte mochte keine Leerzeichen. Vielleicht war das bei Bareis' Platte auch so?

Fritz eilte zum Tisch zurück und gab im Stehen ein: »*Cryptelytrops_albolabris*«. Die Festplatte surrte und dann öffnete sich ein neues Fenster: Das Dateiverzeichnis!

»Bingo!«, sagte Fritz leise.

Was gab es denn darauf Schönes? Fritz klickte erst einmal auf einen Ordner namens »Fotos«. Seitenweise Unterverzeichnisse mit lateinischen Namen erschienen auf dem Monitor. Fritz klickte eines an und bekam Dutzende Aufnahmen von Schlangen. Sie vergrößerte eine und stellte fest, dass das Bild offenkundig in Bareis' Obergeschoss aufgenommen worden war. Hinter dem Terrarium war nämlich die orangenfarbige 70er-Jahre-Tapete zu erkennen.

Eine halbe Stunde später hatte Fritz mindestens 200 Fotos aus Bareis' trautem Heim gesichtet. Der Herr hatte wirklich alles gesammelt, was Reptilienfreunde mochten: Von der Giftschlange über diverse Frösche und Echsen bis zum Babykaiman war alles dabei.

Fritz streckte den Rücken. Der Küchentisch war doch nicht der optimale Arbeitsplatz. Bedauernd schaute sie auf die externe Festplatte. Morgen musste sie das Ding wohl der Zollfahndung übergeben. Dabei hatte sie sicher noch nicht einmal die Hälfte dessen gesehen, was darauf war.

Sie klickte auf das Symbol für die externe Platte und ließ sich die »Eigenschaften« zeigen. Dabei stellte sie fest, dass darauf nur dreißig Gigabyte belegt waren. Auf ihrer eigenen Festplatte dagegen waren noch mindestens zweihundert frei. Kurz entschlossen legte sie auf ihrer Platte ein Verzeichnis »Bareis« an und kopierte den kompletten Inhalt seiner Festplatte auf die ihre. So, Platte abhängen, Notebook ausschalten und ab ins Bett.

7

Friederike warf mit einem Fluchen den Hörer auf die Gabel, stand auf und trug die externe Festplatte, die auf ihrem Schreibtisch gelegen hatte, in ihr Sekretariat. »Frau Schubarth?«

Gesine Schubarth saß an ihrem Schreibtisch, futterte selbstgebackene Plätzchen und tippte dabei auf ihrer Tastatur. Als sie Fritz' Stimme hörte, schaute sie auf und bot ihr den Teller an. »Möchten Sie auch ein paar Butterkekse? Habe ich gestern für meine Freundin gebacken, aber die ist auf Diät. Ich sollte ja auch mal wieder, aber ich fange erst nächste Woche an. Kennen Sie die Sternzeichen-Diät? Hat eine Freundin von mir mal gemacht und acht Kilo in zwei Wochen abgenommen.«

»Und wie schnell hatte sie die dann wieder drauf?« Fritz war immer skeptisch, wenn es um Wunderdiäten ging. Sie packte die Festplatte auf den Schreibtisch, riss einen Zettel vom Block, kritzelte einen Namen darauf und legte ihn auf die Platte. »Können Sie das Ding sicher verpacken und an Frau Beckenhauer bei der Zollfahndung in Stuttgart schicken? Kurzbrief dazu: ›In Sachen Uwe Bareis, wie telefonisch besprochen.‹«

»Bareis? War das der Selbstmörder in Hängeshausen?«, fragte Frau Schubarth.

»Hängeshausen? Der hat in Donzdorf gewohnt.«

»Ja!« Gesine Schubarth grinste. »Da hängen sich öfter Leute auf, darum sagt man in der Gegend Hängeshausen. Sie wissen doch: Ich bin eigentlich aus Degenfeld, einem Nachbarort von Donzdorf. Aber was ist denn mit dem Zoll? Sie sehen nicht eben glücklich aus.«

Fritz seufzte. »Die Dame vom Zoll hat mir eben erklärt, dass sie furchtbar viel zu tun hat und darum im Moment keine Zeit, dem Fall Bareis nachzugehen. Es bringe ja sowieso nicht viel, weil die Tiere weg und der Halter tot seien.

Verflixt noch eins, um den Typen geht es hier doch gar nicht mehr! Ich will seine Hintermänner! Es ist echt kein Wunder, dass sich in der Szene kein Mensch um Artenschutzabkommen und Genehmigungen schert – die wissen wahrscheinlich auch, dass beim Zoll niemand Lust hat, sich darum zu kümmern!«

»Ja und warum schicken wir denen dann das Ding da?«, wollte Gesine Schubarth wissen.

»Frau Beckenhauer vom Zoll meinte, sie gucke mal drauf – irgendwann, wenn sie gerade nix Besseres zu tun hat oder wenn Weihnachten und Ostern auf einen Tag fallen«, schimpfte Fritz. »Wenn wir so arbeiten würden wie die, würden wir hier nix gebacken kriegen.« Sie marschierte in ihr Büro zurück, setzte sich an ihren Schreibtisch und schaute dem Bildschirmschoner ihres Notebooks zu, der ein Aquarium darstellte. »Wenigstens habe ich da keine geschützten Tiere ...«, dachte sie.

Sie hatte so gar keine Lust darauf, jetzt den Bericht zum letzten Hygieneverstoß eines Milchbauern zu schreiben. Stattdessen klickte sie auf das Verzeichnis »Bareis«. Darunter gab es einen Ordner, der mit »Internet« markiert war. Fritz öffnete ihn und studierte den Inhalt. Es gab darin jede Menge Dateien mit kryptischen Namen, aber immerhin auch das Symbol für den Webbrowser Firefox. Fritz klickte darauf und schaute fast gelangweilt zu, wie das Internet sich öffnete. Jetzt hatte sie ein Terrarianer-Forum vor sich – eine Art schwarzes Brett, auf dem Terrarienfreunde mittels Botschaften miteinander kommunizieren konnten. Nur konnte Fritz nicht darauf zugreifen, weil das Forum Benutzername und Passwort von ihr verlangte. »Verflixt nochmal«, schimpfte Fritz, schloss den Browser wieder und sah sich auf der Festplatte um. Da gab es eine Datei namens »pw.doc« – ein Textdokument. Fritz klickte es an und trommelte ungeduldig mit den Fingern auf dem Schreibtisch, während die Textverarbeitung sich öffnete. Doch immerhin: Die Wartezeit hatte sich gelohnt. In der Datei hatte Bareis nämlich nicht nur seine

Passwörter für verschiedene Foren, sondern dazu auch die Benutzernamen abgespeichert. »Sehr zuvorkommend«, lobte Fritz – und öffnete wieder den Browser mit dem Terrarienforum.

Das Forum war in einzelne Unterforen für Schlangen, Echsen, Reptilien und Wirbellose unterteilt. Fritz öffnete die Abteilung Schlangen und fand darin die nächsten Unterordnungen nach einzelnen Schlangenarten. Die *Cryptelytrops albolabris* war auch vorhanden, also klickte Fritz darauf und öffnete den ersten Faden an Mitteilungen unter dem Betreff »Grüne Grubennattern«.

Ein Mensch, der sich »Schlangenfreund1982« nannte, hatte die Unterhaltung eröffnet: »hallo, ich möchte mir eine grüne Grubennatter anschaffen weil ich finde die gail. Ich bin mich noch am informieren gröse arten Haltung usw.«

Dann bat er, in nicht viel besserem Deutsch, um Hilfe und fragte, ob er das liebe Tier in einem selbst gebauten Terrarium halten könne? »Ist es ein Problem wen ich nicht separat ein Giftraum habe? Möchte sie eigentlich zuhause im Büroraum haben.«

Fritz schluckte. Natürlich wusste sie, dass Giftschlangen nicht einfach aus Spaß zubeißen, aber eine Giftschlange in einem selbst gebauten Terrarium als Dekoration in einem Büro?

Immerhin war sie mit der Meinung, dass das keine gute Idee sei, nicht allein. Ein Forumsmitglied namens »Mr. Serpent« sah es auch so und empfahl dem »Schlangenfreund1982«, sich doch erst mal schlauzumachen – ein Satz, der Fritz unweigerlich denken ließ: »Gescheitert mangels Gehirnmasse« – und mit weniger giftigen Schlangen zu üben.

Darunter klärte eine Benutzerin, die sich den hübschen Namen »Schlangengoettin« gegeben hatte und auf ihrem Bild einen mit einer Königskobra tätowierten Arm zeigte, den Anfänger darüber auf, dass das von ihm geplante Terrarium zu klein sei und er vor der Anschaffung den korrekten lateinischen Namen der von ihm begehrten Schlange lernen solle. Falls er nämlich gebissen werde und im Krankenhaus lande, müsse er genaue Angaben machen.

Doch siehe, der Schlangenfreund hatte auch einen Verteidiger gefunden: »Prince_Viper« hatte geschrieben: »Geilt euch weiter an Latain Namen für Schlangen auf, und korrigiert jeden, der eine läufige Bezeichnung für eine Schlangenart verwendet.«

Fritz grinste – eine »läufige Bezeichnung« war immerhin mal etwas Neues. Und »Prince_Viper« hatte sie eben zum Einloggen eingetippt. Es war Bareis' Benutzername. Abgesehen davon war er offenkundig ein erfahrener Schlangenhalter gewesen. Die Tipps, die er dem Neuling gab, klangen vernünftig.

Andererseits: War es wirklich gescheit, diesem Einsteiger Hilfestellung zur Anschaffung einer Giftschlange zu geben, die er nachher vielleicht nicht richtig halten konnte?

Mit einem Seufzer las sie weiter, um nach einer Stunde festzustellen, dass die Reptilienfans ihre Vorurteile bestätigten. Die meisten schrieben ein eigenwilliges Deutsch, viele von ihnen hatten offenkundig jede Menge Tiere zuhause und was die im Forum veröffentlichen Fotos anging – als Hintergrund dominierte Gelsenkirchener Barock, Ikea Fundgrube und scheußliche Tapeten.

Was Friederike zusätzlich auffiel: Bareis war ein sehr aktiver Benutzer des Forums gewesen, der sich offensichtlich bevorzugt um Einsteiger kümmerte. Wann immer jemand im Forum ankündigte, sich eine Schlange anschaffen zu wollen, meldete er sich. Er schien eine Menge über die Haltung von Giftschlangen zu wissen.

Nur eines gefiel Fritz überhaupt nicht: Bareis hatte sich wenig dafür interessiert, ob irgendwelche Giftschlangen geschützt waren. Und »Tommy97« aus Ludwigsburg, der sich eine Grubenotter anschaffen wollte, hatte er – obwohl er nach eigener Auskunft ebenfalls in Baden-Württemberg zuhause war – nicht darauf hingewiesen, dass er das liebe Tier bei der Polizei anmelden sollte.

Im Gegenteil: Ein User aus Hessen ließ sich ausführlich darüber aus, wie viel Papierkram er zu bewältigen hatte, um in seinem Bundesland eine Genehmigung für die Haltung von Giftschlangen zu bekommen. Prince_Viper hatte daruntergeschrieben: »Ist bei uns in BaWü nicht nötig.« Punkt. Finale. Fritz war sicher, dass er seine Giftschlangen nicht bei der Polizei angemeldet hatte. Warum sollte er auch? Wenn er erwischt wurde, hatte er höchstens mit einer geringen Geldstrafe wegen einer Ordnungswidrigkeit zu rechnen. Und nein, sie fand die Regelung in ihrem Bundesland nicht sehr gut. Wenn es nach ihr gegangen wäre, hätte sie dafür gesorgt, dass keine Giftschlangen in privater Hand waren. Aber wer fragte in einem solchen Fall schon die Amtsveterinäre oder Reptilienspezialisten? Zu den Dingen, die Friederike in ihrem Job immer wieder ärgerten, gehörte, dass ein großer Teil der Regelungen, die sie anzuwenden hatte, am grünen Tisch gemacht worden waren und die tatsächliche Praxis nicht berücksichtigten.

Zurück zum Forum und zu Prince_Viper. Offenkundig sah er sich als »Berater« für Anfänger. Unter vielen seiner Mitteilungen stand: »Wenn du mehr wissen willst, schreib mir eine PN.«

Fritz lehnte sich zurück, streckte ihren Rücken und sah auf den Bildschirm. »PN« stand auf solchen Foren üblicherweise für »persönliche Nachricht« – eine Kommunikation zwischen zwei Benutzern, die nicht öffentlich einsehbar war.

Ein Klick und sie war im Postfach von Prince_Viper alias Uwe Bareis.

Es war gut gefüllt – und die Nachrichten darin bestätigten, was Fritz schon vermutet hatte: Uwe Bareis hatte mit Schlangen aller Art gehandelt.

Er hatte die Suchenden auf ein anderes Forum umgeleitet: Dort könnten sie »alles« kaufen, was sie wollten. Und als ein potenzieller Kunde aus Hessen sich über die Genehmigung Gedanken gemacht hatte, hatte Bareis geantwortet: »Mach dir doch darum keinen Kopf. Must ja nicht jedem auf die Nase bienden wenn du Schlangen hast.«

Fritz schüttelte noch einmal den Kopf und rief das Forum auf, in das Bareis seine potenziellen Kunden eingeladen hatte. Dort fand sie einen großen Teil der Fotos wieder, die sie schon am Vorabend angesehen hatte. Offenkundig hatte Bareis all diese Tiere besorgen können.

Und siehe, siehe, die persönlichen Nachrichten in diesem Forum waren noch spannender.. Hier wurde es nämlich konkret – und Fritz zog sich einen Block neben ihr Notebook und schrieb mit. Die Rote Regenbogenboa – so die »läufige Bezeichnung«, um in Bareis' Jargon zu bleiben, war geradezu ein Sonderangebot: Jungtiere hatte es bei Bareis schon für 75 Euro gegeben. Er hatte aber auch ein »futterfestes, nachzuchterprobtes Weibchen« im Katalog – dafür wollte er 2000 Euro.

Die Gophernatter war günstig: Zwischen 275 und 800 Euro – »je nach Größe«.

Schauer-Klapperschlangen – Fritz schauderte schon, als sie den lateinischen Namen *Crotalus durissus* las, denn sie erinnerte sich an ihren Professor, der lange in Südamerika gelebt und von der *Crotalus durissus* erzählt hatte: »Wenn Sie ihren Biss überleben, was allerdings nur einem Viertel der Opfer unbehandelt gelingt, sind Sie mit hoher Wahrscheinlichkeit blind.« So ein herziges Tierchen zur illegalen Ausstellung im Wohnzimmer war bei Uwe Bareis schon für 1500 Euro zu erwerben gewesen. In dieser Preisklasse hatte auch die Lanzenotter gelegen, die Bareis zudem als »leicht zu vermehren« anpries.

Als »etwas ganz Besonderes für anspruchsvolle Sammler« hatte er Korallenrollschlangen angeboten. Für eine solche musste man zwischen 2500 und 3500 Euro anlegen, weil »die sind so selten«.

»Und wenn es nach Typen wie diesem Bareis geht, würden sie noch seltener, weil die sie aus Geldgier ausrotten würden«, dachte Fritz. Sie klickte die nächste Abteilung an und bekam das Foto eines roten Frosches auf den Bildschirm.

In diesem Moment kam Gesine Schubarth mit einer Mappe unter dem Arm ins Zimmer. »Frau Doktor, ich bräuchte ein paar Autogramme.«

»Kommen Sie rum, bitte!«

Während Fritz diverse Briefe und Formulare unterschrieb, schaute ihre Sekretärin auf den Monitor. »Ist das da das Fröschlein, das Sie gebissen hat?«

»Doppelt nein.« Fritz lächelte. »Das hier ist ein *Dendrobates pumilio*, landläufig Erdbeerfrosch genannt. Meiner war ein gelber Baumsteiger – *Phyllobates terribilis*. Und er hat mich auch nicht gebissen – machen Pfeilgiftfrösche generell nicht. Ich habe mich am Blatt einer Yucca geschnitten, das vorher mit dem Frosch in Berührung gekommen ist. Und weil der Kleine Stress hatte, hat er da wohl reichlich Gift abgesondert.« Sie unterschrieb noch einen Brief, dann klappte sie die Mappe zu. »So, das war's – danke, Frau Schubarth.«

Gesine Schubarth nahm die Mappe, schaute dabei aber weiterhin auf den Bildschirm. »Wissen Sie«, sagte sie nach einem Moment, »es ist schon komisch, dass ein so hübsches Tierchen so giftig sein soll. Sonst könnte man sich so was ja ins Wohnzimmer stellen.« Sie kicherte. »Der würde gut zu meinem neuen roten Sofa passen.«

»Demnach müsste ich mir ja was Blaues anschaffen.« Fritz lachte.

»Gibt's doch – in der Wilhelma im Amazonashaus habe ich mal blaue Frösche gesehen!«, wusste Gesine Schubarth.

Fritz tippte etwas auf ihrem Notebook, worauf das Bild eines blauen Frosches erschien. »Gucken Sie sich den an. Das ist der Blaue Baumsteiger – *Dendrobates azureus*. Hübsch, nicht?«

»Sir Corin«, Gesine Schubarth hatte eine kleine Schwäche für den Lebensgefährten ihrer Chefin, wobei ihr besonders imponierte, dass er von seiner Königin zum Ritter geschlagen worden war, »würde sich für einen giftigen Frosch im Wohnzimmer bedanken.«

»Nachzuchten aus Gefangenschaft sind nicht giftig«, klärte Friederike auf.

»Was kostet so ein Fröschlein?«, wollte Gesine Schubarth wissen.

»Keine Ahnung«, gestand Fritz. »Ich bevorzuge kuschelige Haustiere. Aber wir können mal gucken.« Sie blätterte in Bareis' Online-Katalog. »Hmm – einen *Dendrobates azureus* hatte er nicht. Aber sonst so allerlei.« Sie studierte die Liste auf dem Bildschirm und blätterte dann weiter. »Corytophanes«, las sie halblaut. »Zwei Arten Helmleguane.« Sie blätterte weiter. »Und hier haben wir den Brillenkaiman.« Sie wuschelte wieder einmal durch ihre Haare. »Das ist ja komisch!«

»Was denn, Frau Doktor?«, fragte Gesine Schubarth neugierig.

Friederike stand auf, ging zum Regal, zog ihr Handbuch zu Reptilien und Schlangen heraus und blätterte darin. »Brasilien«, sagte sie leise. »Und gleich nochmal Brasilien.« Sie wanderte zum Schreibtisch zurück. »Mir scheint, unser Freund Bareis hat bevorzugt mit Tieren aus Brasilien gehandelt.«

»Und damit kann man Geld verdienen?«, fragte die Sekretärin.

»Aber hallo!« Fritz schaute auf den Zettel, auf dem sie Arten und Preise notiert hatte. »Frösche sind superpreiswert – zwischen fünfzig und achtzig Euro. Aber Schlangen und Echsen kosten richtig Geld. Nehmen wir mal an, Freund Bareis hat pro Monat nur fünf oder sechs davon vertickt. Wenn er pro Stück fünfhundert Euro kassiert hat, macht das einen netten, steuerfreien Zusatzverdienst von rund dreitausend Euro. Und wenn ich mir das so angucke«, sie blätterte sich zu der Liste mit den privaten Nachrichten zurück. »Vierundsiebzig Nachrichten, alle aus dem Juli – da können wir wohl von mindestens zehn Verkäufen pro Monat ausgehen.«

»Ich glaube, ich fange einen Handel mit Viechern an!«, kündigte Gesine Schubarth an. »Die Frage ist nur, wo man die herkriegt.« Sie grinste. »Irgendwie glaube ich nicht, dass es meinem Mann recht wäre, wenn ich seinen Hobbykeller ausräume, um darin Giftschlangen zu züchten.«

»Nein?« Fritz grinste. »Und Sie meinen, er hätte auch keine Lust, den nächsten Urlaub in Brasilien zu verbringen, um mit Ihnen ein paar Brillenkaimane zu fangen?«

»Und die packen wir dann in den Koffer zwischen die Schmutzwäsche?« Gesine Schubarth schüttelte den Kopf. »Lieber nicht. Aber hätten Sie was dagegen, wenn ich jetzt Schluss mache? Ich schiebe schon wieder sechzehn Überstunden vor mir her und müsste die abbauen. Au, da fällt mir übrigens ein: Haben Sie die Aktennotiz von Frau Kirchner-Lindemann gelesen?«

»Dass wir bis spätestens Ende August Fehlstunden auffüllen und Überstunden abbauen sollen? Ja, habe ich gesehen. Wie sieht es denn auf meinem Zeitkonto aus? Muss ich nachsitzen?«

»Sie doch nicht, Frau Doktor!« Ihre Sekretärin lächelte. »Sie könnten eine Woche daheim bleiben. Sie haben nämlich zweiundvierzig Überstunden.«

»Hach, war ich fleißig! Aber wer macht die Arbeit, wenn ich zuhause bleibe?«

»Aber Frau Doktor! Sie wollen doch nicht schon wieder Ihre Überstunden verfallen lassen!«

Fritz seufzte. »Ich gehe bekanntlich im Juli zwei Wochen in den Urlaub. Bis dahin muss ich noch ordentlich reinhauen. Andererseits – den einen oder anderen freien Tag könnte ich schon einschieben. Und«, sie schaltete ihr Notebook aus, warf die Liste in die Schublade und stand auf, »ich fange jetzt gleich mit dem Überstundenabbau an. Ich gehe reiten, bevor wir wieder ein Gewitter kriegen.«

8

»Hallo, schöner Mann! Ganz allein zuhause?« Fritz ließ ihre Handtasche aufs blaue Sofa neben dem Flügel fallen und küsste Corin, der mit einem Bleistift im Mund eine Partitur studierte. Sie guckte über seine Schulter in die Noten. »Oh – Tristan und Sie-wollt-nicht. Läufst du dich schon für Rotterdam warm?«

Corin zog Friederike auf seinen Schoß. »Leider nein. In Rotterdam mache ich Parsifal. Der Tristan ist fürs Wochenende in London. Madsen hat mich angerufen: Samstag Premiere mit Tristan, Sonntag zweite Vorstellung. Die Bude ist ausverkauft – und Haikonen, der einstudiert hat, hat sich gestern auf der Treppe langgemacht und die Schulter gebrochen. Also hat mich Madsen gebeten, einzuspringen.«

Friederike legte die Arme um seinen Hals und kuschelte sich an ihn. »Da kannst du ja nur verlieren. Wenn es gut läuft, erzählt Haikonen, dass er ja einstudiert hat, wenn es nicht gut läuft …«

»… habe ich den Mist allein zu verantworten«, wusste Corin. Er grinste. »Und der Zuckerguss obendrauf: Als ich schon zugesagt hatte, weil Madsen mich gar so lieb gebeten hat und ich alte Freunde nicht hängen lasse, hat er mir offenbart, dass Sîan die Isolde singt.«

Fritz kicherte und kämmte mit gespreizten Fingern durch sein Haar. »Ich vermute, dass das deiner Ex mehr ausmacht als dir.«

»Worauf du wetten kannst! Bei mir kommt sie nämlich mit ihren diversen Mätzchen nicht durch. Wenn sie meint, beim Liebestod genüsslich schleppen zu können, lasse ich sie gnadenlos hängen. Aber weißt du, was die Sache noch kuscheliger macht?«

»Hmmm?« Fritz knabberte an seinem Ohr.

»Den Tristan macht Gottfried von Massow, Sîans künftiger Ehemann.«

»Künftiger Ehemann?«, staunte Fritz.

»Richtig. Hat mir Madsen erzählt. Das junge Glück trifft Heiratsvorbereitungen.«

»Und für die Hochzeitsnacht mieten sie die Royal Albert Hall?«, fragte Fritz grinsend.

»So exhibitionistisch sind sie dann doch wieder nicht.«

»Schatz, wenn die zwei da ihre Egos loslassen, passt sowieso nicht mehr viel anderes rein!«, fand Friederike.

Corin lachte und küsste Fritz. Als er damit fertig war, fragte er: »Kommst du mit nach London?«

»Tristan mit deiner Ex und ihrem Gottfried?« Fritz schüttelte sich. »Ich glaube, ich lasse mir lieber ohne Betäubung diverse Zähne ziehen.«

»Geliebte Banausin!« Corin küsste sie noch einmal, dann schob er sie weg. »Herzchen, ich muss noch ein bisschen was tun, sonst wird das am Wochenende wirklich Murks.«

In dem Moment klingelte Friederikes Handy. Sie zog es aus der Hosentasche und guckte aufs Display. »Adrian!«, verkündete sie und nahm ab. »Na, Schnurzel?« Sie warf Corin eine Kusshand zu, schnappte ihre Tasche, marschierte zu ihrem Schreibtisch im Chor und setzte sich in ihren bequemen Schreibtischsessel.

Adrian erkundigte sich nach ihrem Befinden, doch Fritz erkannte sofort, dass er nicht eben glücklich klang. »Mir geht's gut. Aber was ist denn mit dir los? Ärger?«

»Ach, Schietkram!«, schimpfte Adrian. »Ich hab heute eine Giraffe operiert.«

»Oh, oh!«, sagte Fritz. »Da möchte ich nicht narkotisieren.«

»Genau! War ein klarer Fall von ›Operation gelungen, Patient tot‹.« Adrian seufzte. »Und dann komme ich heim und bei uns sieht's aus wie auf dem Bombenabwurfübungsplatz. Kolja hatte einige russische Freunde zu Besuch und natürlich mal wieder überhaupt keine Lust, hinterher aufzuräumen. Dafür hat er ja mich, seinen Haushaltstrottel! Obendrein ist er wieder einmal pleite, weil er irgendeinem seiner Freunde

Geld geliehen hat – selbstverständlich ohne Quittung oder so was. Kriegt er nie wieder, aber als ich ihm das gesagt habe, kam dann der große Vortrag über russische Seele und mein Unvermögen, wahre Freundschaft zu verstehen. Danach ist er abgehauen, weil er keine Lust hat, mit einem deutschen Spießer wie mir zu leben.«

»Oh du Sch…ande!« Fritz seufzte. Es war nicht das erste Mal, dass Adrian und Kolja sich zerstritten hatten. Eigentlich krachte es bei den beiden sogar regelmäßig alle sechs Wochen. »Mein armes Butzi! Soll ich zu dir kommen? Oder magst du herkommen? Ich koche dir was Nettes, wir trinken ein Fläschchen Wein und du erzählst mir alles …«

»Ne, du – danke, lass mal«, lehnte Adrian ab, »ich muss hier erst mal aufräumen. Du kannst dir gar nicht vorstellen, wie die Küche aussieht! Ich werde mindestens eine Stunde brauchen, bis nur der Herd wieder einigermaßen sauber ist.«

Fritz musste grinsen. Es war typisch Adrian, dass er seinem Liebeskummer durch einen Großputz begegnete. »Und was hast du sonst vor?«

»Ich habe mir überlegt, ob ich am Wochenende nicht mal wieder nach Hagen zu Sophie fahre«, erzählte Adrian. »Die habe ich seit Ewigkeiten nicht mehr gesehen.«

»Glaubst du, Sophie würde mich auch noch verkraften?«, fragte Fritz spontan. Sophie war eine gemeinsame Freundin aus Wiener Zeiten. Sie hatte Landwirtschaft mit Schwerpunkt Tierzucht studiert und inzwischen das Gut ihrer Familie in der Nähe von Hagen übernommen, wo sie erfolgreich alte Haustierrassen züchtete. »Corin ist nämlich in London.«

»Soph freut sich ein Loch in den Bauch, wenn du mitkommst!«, sagte Adrian. »Aber wir fahren mit meinem Auto – oder du räumst deines auf.«

»In deinem Auto sitzt man mit dem Hintern fast auf der Straße! Und wenn man da zur Zahnbürste auch noch eine volle Tube Zahnpasta mitnehmen will, ist die Karre überladen!«, protestierte Friederike.

»Dann räum halt mal deines auf! Du musst ja nicht immer die komplette Sattelkammer samt einem OP-Besteck für eine Zahnresektion bei einem Elefanten spazieren fahren!«

»Alter Pingel! Aber ich habe eine Idee …« Fritz stand auf und ging in den Wohnraum. »Liebster, Adrian und ich haben gerade beschlossen, am Wochenende Sophie zu besuchen. Kann ich dein Auto haben?«

»Klar.« Corin nickte. Dann dämpfte er die Stimme. »Hat er schon wieder Stress mit Kolja?«

Friederike nickte und sprach ins Telefon. »Was hältst du von einem perfekt aufgeräumten Jaguar XK in elegantem British Racing Green?«

»Sehr gut!« Adrian liebte Corins Jaguar. »Sollen wir schon Freitag fahren? Kommst du weg? Ich muss morgens nach einem Pinguin gucken, den ich gerade auf der Krankenstation habe. Aber wenn sonst nix ist, kann ich abhauen. Holst du mich ab?«

»Ich mach Freitag blau – ich muss sowieso Überstunden abbauen. Also bin ich um elf bei euch auf dem Parkplatz vor dem Betriebshof.«

»Super! Und jetzt gehe ich putzen. Gute Nacht, Lütte! Und grüß den Coco!«

»Mache ich – und du halt die Plüschohren steif und lass dich nicht unterkriegen. Wenn was ist, rufst du an, ja?«

Nachdem Adrian sich verabschiedet hatte, dachte Fritz einen Augenblick über das Gespräch nach. Adrian und Kolja liebten sich, das stand außer Zweifel. Das Problem war nur, dass sie ein klassischer Fall von »Gegensätze ziehen sich an« waren. Der spontane, großzügige Leichtfuß Kolja tanzte durchs Leben und machte sich keine Sorgen um das Morgen. Wenn man ihn fragte, was er nach seiner Karriere als Tänzer machen würde, drehte er lachend eine Pirouette und verkündete, das werde er dann schon sehen. Er sei ja erst fünfundzwanzig, also könne er bestimmt noch fünfzehn Jahre tanzen.

Adrian unterdessen neigte dazu, alles zu planen. Erst vor ein paar Wochen hatte er Friederike bei einem gemeinsamen Abendessen vorgerechnet, wann sein Bausparvertrag zuteilungsreif würde. Bis dahin, so hatte er ausgeführt, wäre auch ein anderer Sparvertrag fällig und dann würde er eine der alten Villen – am liebsten Jugendstil, aber er würde auch Gründerzeit nehmen – in einer von Stuttgarts Halbhöhenlagen kaufen und renovieren. Der Hanseat Adrian war nämlich inzwischen überzeugter Stuttgarter und konnte sich gar nicht mehr vorstellen, anderswo zu leben.

Gerade darin sah Friederike aber ein Problem. Kolja mochte Stuttgart auch und fühlte sich an der Oper als Solotänzer wohl. Aber manchmal sprach er davon, dass Paris, London oder New York ihn auch reizen würden. Was, wenn er ein entsprechendes Angebot bekommen würde? Er war ein hochgelobter Tänzer, er sah gut aus und war dazu 1,85 Meter groß, ein absoluter Vorteil in seinem Beruf. Neben Kolja konnten selbst hochgewachsene Kolleginnen auf der Spitze tanzen, ohne ihn zu überragen. Dementsprechend begehrt war er.

Fritz seufzte wieder einmal und packte ihr Notebook aus. Es machte wenig Sinn, über Probleme zu grübeln, die ihr bester Freund noch gar nicht hatte. Stattdessen öffnete sie noch einmal Bareis' Webbrowser. Von den Foren hatte sie genug, also öffnete sie die Favoritenliste. Zwei Minuten später schüttelte sie sich. Der Kerl hatte offenkundig nur zwei Interessen gehabt: Reptilien und Damen mit überdimensionaler Oberweite. Unter den Webseiten, die er gespeichert hatte, wimmelte es von Titeln wie »Big boobs« und »geile möpse.de«. Daran war Fritz definitiv nicht interessiert. Doch dazwischen steckte auch ein harmloser Link: Der Maildienst wma.de.

»Wie ich den kenne, hat er da auch das Passwort in seiner Datei«, grinste Fritz in sich hinein und suchte sich durch die Textdatei. Tatsächlich: Für »wma.de« war der Benutzername »Prince_Lytrops« und das Passwort – wie originell – »ViperUwe«.

Fritz klickte auf den Link. Eine sehr bunte Seite mit viel Werbung öffnete sich, doch seitlich fand Fritz das Fenster, um sich einzuloggen. Fritz gab Username und Passwort ein, klickte auf »Okay«, wartete einen Augenblick und grinste dann extrabreit. Vor ihr lag der Posteingang! In ihm steckten gut zweihundert ungeöffnete Mails, doch wie auch bei Friederike waren mindestens hundertfünfzig davon Spam der Klasse »Viagra im Sonderangebot« und »Pflanzliche Penisverlängerung«.

Dazwischen steckte eine Mail von einem »Floh1990«, der Bareis in schlechtem Deutsch aufforderte, sich »soforrt« bei ihm zu melden, weil er sonst »richtig Ärger« machen würde. Er lasse sich nicht besch...upsen.

Fritz hüpfte zum Posteingang zurück, blätterte und fand noch vier Mails von Floh1990. Sie öffnete die älteste. Es war, wie sie es sich schon gedacht hatte: Floh1990 hatte von Bareis eine Klapperschlange gekauft, die ihm als »futterfest« und zuchttauglich angepriesen worden war. Nun wollte die Schlange nicht fressen, außerdem vermutete ein Freund von Floh, dass sie Milben hatte und ein Männchen war.

Fritz grinste. Männlich schloss »zuchttauglich« ja nicht aus. Weniger witzig fand sie, dass die Schlange nicht fraß. Klar, Schlangen waren Hungerkünstler, doch der Halter hatte in den sechs Monaten, die er die Schlange nun hatte, nichts in sie hineingebracht. Selbst die Nicht-Reptilienspezialistin Friederike wusste, dass das Problem bei Wildfängen sehr oft vorkam. Die lieben Tierchen hatten keinen Appetit auf Tiefkühlmäuse oder -ratten und manche Schlange war so stur, lieber zu sterben als etwas zu fressen, was sie nicht kannte.

Fritz klickte sich weiter durch die Mails und fand, was sie erwartet hatte: Die Schlange war gestorben. Floh1990 wollte von Bareis sein Geld zurück. »Tja, Junge, da hast du wohl Pech gehabt«, dachte Fritz. Aber vielleicht hatte der junge Herr nun wenigstens seine Lektion gelernt und würde nicht wieder von einem illegalen Händler kaufen.

Fritz klickte und las weiter. Der größte Teil von Bareis' Korrespondenz bezog sich auf Tiere, die er verkauft hatte – und erwartungsgemäß war Floh1990 nicht der einzige unzufriedene Kunde.

Aber hallo, was war das denn? Auf Fritz' letzten Klick hatte sich eine ganze Reihe von Mails geöffnet. Eine Woche bevor der tote Bareis in seinem Haus gefunden worden war, hatte ihm ein »Willem1234« geschrieben: Bareis solle sich sofort bei »K.« melden, sonst gäbe es Ärger. Er habe jetzt genug Schwierigkeiten gemacht.

Willem1234 benutzte einen amerikanischen Mail-Service, doch Fritz wusste, dass es auch für einen Europäer kein Problem war, dort eine Adresse zu bekommen. Also konnte er überall auf der Welt sein.

Fritz las weiter: Bareis hatte sich gegenüber Willem1234 gerechtfertigt. Er habe doch nur ein paar Frösche verkauft! Deswegen müsse man doch nicht »so einen Aufstand machen«. Doch die Mail klang, als ob er Angst vor dem Adressaten gehabt habe.

Da war noch eine – und wieder forderte Willem1234, dass Bareis sich mit »K.« in Verbindung setzen solle, um die »Sache« zu klären. Sonst werde es für ihn sehr »unangenehm«.

Wer war wohl K.? Der Kopf des Ganzen? Nur ein Kontaktmann? Oder war K. vielleicht der Tierhändler Kowalski in Duisburg? Er handelte mit illegalen Reptilien, hatte Adrian erzählt. Hatte Bareis ihn gekannt?

Obwohl Fritz wenig von Reptilien verstand, hatte sie vor zwei Jahren eine Reptilienmesse besucht – von Amts wegen. Ein Göppinger Tierhändler hatte sie veranstaltet, also hatte Fritz dort kontrollieren müssen. Sie hatte Adrian mitgenommen und auch prompt zwei Echsen, drei Schildkröten und eine Schlange beschlagnahmt, weil der entsprechende Händler keine ausreichenden Papiere gehabt hatte. Der war aus Frankfurt gewesen – in der Szene wurde viel gereist.

Duisburg. Geographie war auch nicht unbedingt Friederikes Stärke, aber wozu gab es Google? Ihre Abfrage ergab, dass Duisburg und Hagen nur rund siebzig Kilometer auseinanderlagen. Mit Corins Jaguar war das in null Komma nichts zu schaffen. Und wenn sie am Wochenende sowieso schon in der Nähe war, sprach doch wohl nichts dagegen, Europas größte Zoohandlung anzuschauen. In Anbetracht der Tatsache, dass die Kontrolle von Zoogeschäften in ihren Zuständigkeitsbereich fiel, konnte man das ja fast als Fortbildung deklarieren! Da konnte noch nicht einmal Oberpingel Adrian etwas dagegen sagen.

Sie schaltete ihr Notebook aus und klappte es zu.

»Na, du?« Corin stand in der Tür. »Arbeitest du noch?«

»Gerade fertig. Und du?«

Er grinste und sah plötzlich aus wie ein großer Junge. »Ich kann jetzt den Liebestod auswendig. Da dachte ich, ich könnte mich mal wieder um mein Liebesleben kümmern.«

»Kenne ich dein Liebesleben?« Fritz stand auf, trat zu ihm und legte die Arme um seine Taille.

»Ich weiß nicht, wie gut dein Gedächtnis ist, aber«, Corin ließ seine Hände über ihren Rücken zu ihrer Kehrseite gleiten und drückte sie an sich, »ich helfe gerne bei der Auffrischung nach.«

Später lag Friederike entspannt und zufrieden wie ein sattes Baby im Bett und redete mit Corin, der ihr im Schneidersitz mit einer Obstschale auf dem Schoß gegenübersaß und gerade eine Nektarine zerlegte. Es amüsierte sie immer wieder: Andere Männer wollten »danach« nur noch schlafen. Corin dagegen hatte Hunger auf Süßes, den er aber um der Figur willen bevorzugt mit Obst befriedigte. Er hatte schon eine Banane und einen Apfel intus, dabei hatte er sie gefragt, woran sie gerade arbeite, und sie hatte ihm von Bareis erzählt.

»... der muss irgendwas angestellt haben, was seinem Lieferanten – ich vermute jedenfalls, dass dieser Willem sein Lieferant war – nicht gepasst hat. Der hat ihn mächtig unter Druck gesetzt. Dazu hatte er massiv Ärger mit den Leuten, denen er halbtote Tiere für teuer Geld angedreht hat. Einer hat ihm sogar angedroht, dass er vorbeikomme und ihm zu einem neuen Look verhelfe«, erzählte Fritz.

»Uh!« Corin steckte sich ein Stück Nektarine in den Mund. Kauend sagte er: »Ich hätte nicht gerne einen von diesen Typen am Hals. Nach allem, was du erzählt hast, haben die kein Problem damit, handgreiflich zu werden.«

»Ja – und der Bareis hatte einen ganzen Haufen Probleme an den Hacken: Unzufriedene Kunden, ein stinkiger Lieferant, ein Verfahren wegen des Erschleichens von Sozialleistungen anhängig – kein Wunder, dass der sich umgebracht hat!« Friederike sperrte den Mund auf und ließ sich von Corin ein Stück Nektarine hineinstopfen.

»Wenn er sich denn umgebracht hat!«, sagte Corin.

»Wie meinst du das?« Fritz schluckte.

»Was mich an der ganzen Geschichte stutzig macht, ist die Beobachtung der Nachbarin«, antwortete Corin. »An einem Abend werden bei Bareis alle Tiere samt Terrarien abgeholt, am übernächsten Morgen entdeckt der Briefträger, dass der Kamerad sich erhängt hat. Kommt dir das nicht spanisch vor?«

»Hmm.« Wieder einmal wuschelte Fritz in ihrem Haar. »Vielleicht war er ja doch so weit Tierfreund, dass er seine Sammlung gut versorgt wissen wollte, bevor er sich das Leben genommen hat? Also hat er einfach den ganzen Segen en bloc verkauft …«

»Ah ja. Und das Geld hat der treusorgende Vater dann bei seinen künftigen Halbwaisen abgeliefert, bevor er seinem verpfuschten Leben ein Ende gesetzt hat?« Corin nahm eine Aprikose aus der Obstschale, betrachtete sie skeptisch und tauschte sie dann gegen eine Pflaume. »Darling, wenn du das glaubst, hätte ich dir eine hübsche Brücke zu verkaufen.«

»Könnte ich die Magdalen Bridge in Oxford haben?«

»Nein. Die brauche ich noch. Es könnte ja sein, dass ich der Dame meines Herzens eines Tages einen Heiratsantrag machen will.« Corin legte seinen Pflaumenkern in die Schale, stellte die vors Bett und streckte sich neben Fritz aus. »Im

Ernst, Fritz: Für mich riecht diese Geschichte verdächtig nach Mord.«

»Mord?« Friederike schluckte trocken. »Das wäre der Kripo doch aufgefallen! Und die Rechtsmediziner – also, die haben den Selbstmord bestätigt. Bareis sei an einer klassischen Henkersfraktur gestorben.« Sie wollte nicht an Mord glauben. Der Gedanke erschreckte sie zutiefst. Mord – das war doch etwas, was woanders, ganz weit weg, passierte und wovon man dann in der Zeitung las. In ihrer kleinen, wohlgeordneten Welt hatte Mord nichts zu suchen, da kam er nicht vor, noch nicht einmal am äußersten Rand.

Corin verstand sie wieder einmal ohne Worte. Er schob den Arm unter ihre Schultern und zog sie an sich. »Du hast gesagt, dass es da um viel Geld gegangen ist. Ich habe mal erlebt, dass jemand für den Gegenwert von umgerechnet fünfhundert Euro umgebracht wurde.«

»Das war sicher in New York!«, sagte Friederike.

»Nein, mein Schatz. Das war in Llannon – und ich glaube, Llannon ist noch kleiner als Donzdorf«, antwortete Corin. Er küsste ihre Wange. »Tu mir einen Gefallen, Fritz: Sei vorsichtig, ja?«

»Ich mach doch gar nix!«, begehrte Fritz auf – und hatte dabei prompt ein schlechtes Gewissen. Ihr Plan, den Zoohändler in Duisburg zu besuchen, war wohl kaum unter »gar nix« zu buchen. Andererseits war der Besuch in einer Zoohandlung doch auch keine gefährliche Aktion. Nein, Corin musste sich keine Sorgen um sie machen. Sie war ein großes Mädchen und daran gewöhnt, auf sich aufzupassen.

9

Auf den ersten Blick sah Europas größte Tierhandlung »Zoo Riese« nicht schlecht aus. Am Rand eines Vororts gelegen, war die riesige Halle gut beleuchtet und wirkte ordentlich aufgeräumt. Dazu schien reichlich Personal vorhanden zu sein. Friederike sah auf einen Blick mindestens drei junge Männer und zwei Mädchen in den Hausfarben Rot und Grün. Dazwischen wuselten an diesem Freitagnachmittag jede Menge Kunden mit Einkaufswagen herum.

Hinter Friederike und Adrian war ein Ehepaar mit einer ungefähr achtjährigen Tochter unterwegs, die in einer Tour quengelte: »Ich will aber einen Hund – so einen wie die Stella in ›Glück und Rosen‹ hat! Und ihr habt mir versprochen, dass ich so einen Hund kriege, wenn wir ins neue Haus eingezogen sind. Und jetzt sind wir da und ich will endlich meinen Hund!«

»Aber Marie-Bettine, wir sind ja hier, um dir einen Hund zu kaufen!«, versicherte ihr Vater.

Seine Tochter war davon wenig beeindruckt. Ihr kullerte weiterhin die Wunschliste an den Vierbeiner aus dem spangengeregelten Überbiss: »Und eine Tasche dazu mit einem Krönchen drauf und ein Körbchen mit einem bestickten Kissen für zuhause und so ein Geschirr, auf dem was Witziges draufsteht!«

Adrian schnappte Friederikes Arm und zog sie in einen Seitengang. »Guck mal, da gibt es Kois!« Er wies auf ein Schild über einem großen Becken.

»Seit wann interessierst du dich für Kois?«, wunderte sich Fritz.

»Die kreischen nicht!«, befand Adrian.

Friederike beugte sich über das Becken, in dem einige dicke Fische ihre Runden zogen. »Hübsch sind die schon.«

»Nur ein bisschen teuer.« Adrian deutete auf einen ziemlich großen Koi. »Das da drüben ist ein Kujaku. Ein echtes Schnäppchen: Nur 2490!«

»Oh, da nehme ich doch gleich zwei!« Gleich neben Fritz stapelte ein rundliches Mädchen in einem nicht sehr sauberen rotgrünen Shirt Fischfuttersäcke auf eine Palette. Fritz sprach sie an: »Entschuldigung, wir interessieren uns eigentlich für Reptilien.«

Das Mädchen ließ eine Kaugummiblase platzen und maulte in schwerem Ruhrpott-Dialekt: »Da sind Sie hier falsch. Hier sind Fische.«

»Ehrlich? Ich dachte, das sind die Elefanten«, kommentierte Adrian sarkastisch.

Die Verkäuferin verzog keine Miene. Stattdessen knallte sie den nächsten Futtersack auf den Stapel. »Reptilien dahinten!« Sie deutete mit dem Doppelkinn über die Regale hinweg.

»Danke schön!«, sagte Fritz und stapfte los.

Vorbei an endlosen Regalen mit Hunde- und Katzenfutter, Spielzeug, Körbchen, Leinen und einer ganzen Reihe hoher Glaskästen, in denen allerlei Hundewelpen ziemlich unglücklich aussahen, landeten Adrian und Fritz bei den Terrarien. Auch da standen im Vordergrund Regale mit Futter und Zubehör sowie Terrarien in allen Formen und Größen. Dahinter zogen sich an der Wand entlang über die gesamte Breite der Halle Glaskästen und Käfige, nur durchbrochen von einer Glas- und etwas weiter hinten einer Metalltür.

In der Mitte stand ein fast deckenhoher Glasverschlag mit zwei Abteilen. Im vorderen lag ein ungefähr zwei Meter langer Python unter einer Wärmelampe. Adrian trat an die Scheibe und studierte die Schlange. Nach einem Moment sagte er: »Gesund sieht anders aus.«

Fritz las das Schild seitlich am Glas vor: »Sumatra Python – *Python curtus*, Weibchen, ungefähr drei Jahre alt …«

»Das ist doch keine *Python curtus*«, fand Adrian. »Ich würde das für eine *Morelia amethistina*, landläufig als Amethystpython bekannt, halten. Wobei das insofern wurst ist, da beide durch das Washingtoner Artenschutzabkommen Anhang 2 einer Handelsbeschränkung unterliegen. Andererseits stammen jede Menge von den Viechern aus einheimischer Nachzucht.«

Fritz deutete auf einen weiteren, gerade mal handtellergroßen Zettel, der am Kasten klebte: »Hier ist eine Kopie der Genehmigung.«

Adrian beugte sich darüber. »Noch kleiner wäre es nicht gegangen«, meckerte er. »Kann ja kein Mensch lesen.« Er richtete sich wieder auf und raunte Friederike zu: »Wenn die echt ist, fresse ich einen Besen mitsamt der Putzfrau!«

Fritz' Aufmerksamkeit war abgelenkt. Ein breitschultriger Dunkelhaariger mit einem präzise gestutzten Bart, der Mund und Kinn umrahmte, war eben durch die Milchglastür zu den Terrarien getreten. Mit gezieltem Griff zog er eines aus der Halterung. Fritz sah, dass ein Schloss daran war. Der Bärtige brauchte beide Hände, um das Terrarium zu tragen. Daher drückte er die Tür mit dem Fuß, der in schweren Militärstiefeln steckte, auf und wieder zu.

Doch die Tür fiel nicht ins Schloss, sondern blieb einen Spaltbreit offen. Fritz reagierte schnell: Sie schnappte eine Tüte mit Futter aus einem Regal, tat, als ob sie die Aufschrift studieren würde, bummelte die drei Schritte zur Tür und schob sie unauffällig mit dem Knie ein wenig weiter auf. Dann trat sie zurück und studierte mit schräg gelegtem Kopf ein Chamäleon, das gelangweilt auf einem Ast saß. Jedenfalls hoffte sie, dass es so aussehen würde, denn in Wirklichkeit reflektierte die Scheibe des Terrariums, was sich hinter der Milchglastür abspielte.

Adrian kam zu ihr. »Was machst du denn da?«, fragte er.

»Psst!« Fritz schob ihn zur Seite. »Das ist ja spannend!«, flüsterte sie.

»Was?« Adrian hatte ebenfalls die Stimme gesenkt.

»Der hat gerade eine Schlange entsorgt – einfach in eine Mülltüte und dann ab nach draußen. Da muss ein Hinterhof sein …«

»Bei dem, wie die hier ihre Schlangen halten, haben die öfter welche zu entsorgen!«, schimpfte Adrian halblaut. »Ich bin sicher, dass deine Duisburger Kollegen hier immer noch Stammgäste sind. Die Hälfte der Tiere ist falsch etikettiert, die Genehmigungen sind so klein, dass kein Mensch die Echtheit …«

»Sorry, Adrian!«, unterbrach Fritz und drückte ihm die Futtertüte in die Hand. »Ich muss mal für kleine Königstiger!« Sie wieselte an den Kästen entlang bis zu der grünen Stahltür mit der Aufschrift »Notausgang«. Seitenblick nach links und rechts – ein paar Schritte entfernt stand ein Verkäufer, doch der drehte ihr den Rücken zu und beriet zwei junge Männer. Die achteten auch nicht auf Fritz, die darauf die schwere Tür mit der Schulter aufdrückte und sich hindurchschob. Mit der Kehrseite hielt sie die Tür davon ab, hart ins Schloss zu fallen, und schaute sich um. Sie stand auf einem Hinterhof, der links von einer offenen Halle und auf den beiden anderen Seiten von einer übermannshohen, in schmutzigem Grau gestrichenen Mauer eingegrenzt war. Im Hof parkten zwei blaue Lastwagen und ein Lieferwagen in Rotgrün mit Werbung der Zoohandlung.

In der offenen Halle erkannte Fritz zwei Container. Der eine stand offen, davor lagen mehrere Styroporboxen auf dem Boden. Fritz grinste. Ihr fiel ein, wie Kolja dereinst, in seinen Anfängen mit Adrian, in dessen Wohnung gehüpft kam, fröhlich feststellte, dass der Pizza-Service wohl schon geliefert hätte, die Styroporbox, in der er Essbares vermutete, öffnete und dann entsetzt feststellte, dass darin eine Schlange lag.

Was wohl in den unzähligen Kartons steckte, die zwischen den Containern gelagert waren? Vielleicht hatte sie eine Chance, sich die Kartons näher anzusehen?

Fritz schaute sich um und ihr Blick blieb an einer Reihe von großen Metall-Müllcontainern hängen, die auf der anderen Seite an der Mauer standen. Einer war offen und so konnte Fritz sehen, dass er zur Hälfte mit blauen Müllsäcken gefüllt war. Doch obenauf lag ein gelber. In genau so einen hatte der Dunkelhaarige vorher die Schlange gestopft.

Fritz überlegte einen Augenblick. Vielleicht konnte sie die Schlange klauen? Adrian würde sicher wissen, was es für eine war. Und er konnte wahrscheinlich auch herausfinden, woran sie gestorben war.

Der Hof war leer – und es würde nur eine schwungvolle Bewegung erfordern, den gelben Müllbeutel mit der toten Schlange über die Mauer zu werfen. Dahinter war ein Maisfeld. Darin würde sich der gelbe Müllbeutel sicher wiederfinden lassen.

Fritz wollte gerade lossprinten, als sich von hinten eine schwere Hand auf ihre Schulter legte. »Was machen Sie denn hier?«

Zunächst einmal machte Fritz einen Satz zur Seite, um die fremde Hand loszuwerden, dann drehte sie sich um. In der jetzt wieder offenen Tür stand ein glatzköpfiger Mann in einem Shirt mit einem glitzernden Tigerkopf darauf, das sich über seinem Bauch spannte. Darunter trug er eine verwaschene Jeans und goldene Sneakers, in deren Absätzen es blau leuchtete. An seinem Handgelenk klapperte eine dicke Goldkette, an den dicken Fingern trug er gleich mehrere protzige Ringe. Er hatte eine Ray-Ban-Pilotenbrille auf seine Glatze geschoben und funkelte Fritz aus blauen Augen unter fahlblonden Wimpern wütend an.

»Öh.« Fritz machte Kulleraugen. »Ich habe bloß die Toilette gesucht.«

»Kannst du nicht lesen, Mädchen? Toilette ist vorne beim Café!« Der Dicke griff wieder nach Fritz' Oberarm.

»He, lassen Sie mich los!«, protestierte sie.

»Du gefällst mir nicht!«, fauchte der Mann.

»Das beruht auf Gegenseitigkeit!« Fritz versuchte, ihren Arm wegzuziehen. »Und jetzt lassen Sie mich sofort los! Das ist nämlich Freiheitsberaubung!«

Der Griff um ihren Arm wurde noch fester. »Bist du von der Bullerei? Du wolltest wohl hier rumschnüffeln! Da musst du früher aufstehen!« Er zog Fritz zurück ins Geschäft. Ohne sie loszulassen, deutete er mit der freien Hand

Richtung Ausgang. »Du verschwindest jetzt, Mädchen! Da vorne hat der Schreiner das Loch gelassen, da schiebst du deinen Arsch jetzt im Eiltempo durch! Ich bin hier der Chef und als solcher habe ich Hausrecht. Du hast Hausverbot!«

Fritz suchte mit den Augen nach Adrian. Wo steckte der nur und warum kam er ihr nicht zu Hilfe? Aber gut – sie konnte ihn von draußen anrufen. Und immerhin hatte Kowalski – um den handelte es sich bei dem Dicken ja wohl – sie jetzt losgelassen. Ihren Oberarm massierend – Kowalskis Griff würde garantiert einen blauen Fleck hinterlassen – eilte Fritz zum Ausgang, um dort festzustellen, dass der grüne Jaguar nicht mehr in der Parkbucht schräg gegenüber stand.

»Schei…benkleister!«, schimpfte Fritz und fummelte nach dem Handy in ihrer Hosentasche.

In dem Moment hupte es auf der Straße und die lange Schnauze des Jaguars schob sich in die Einfahrt. Fritz sprintete los, während Adrian ausstieg und ihr die Fahrertür aufhielt. Erleichtert ließ sich Fritz auf den Fahrersitz fallen und startete den Motor. Adrian unterdessen schnallte sich auf dem Beifahrersitz fest. »He, Adrian, wo warst du denn?«

»Ich bin Gevatter Kowalski begegnet«, erzählte ihr Freund. »Sein Personengedächtnis ist besser, als ich dachte. Ich war vor sechs Jahren doch bei einer Razzia in seinem Laden dabei. Der hat mich glatt wiedererkannt und prompt einen seiner Gorillas beauftragt, mich rauszuschmeißen. Und weil ich nicht wollte, dass der in seinem Zorn vielleicht auch noch gegen Corins Schätzchen tritt, bin ich weggefahren.«

»Corins Schätzchen bin ich! Das hier ist nur sein Auto!« Fritz setzte den Blinker und bog auf den Feldweg ab, der auf das Maisfeld zuführte. »Übrigens bin ich auch rausgeflogen. Kowalski hat mich auf seinem Hinterhof erwischt – dummerweise bevor ich dazu gekommen bin, die tote Schlange zu mopsen.« Sie hielt an und schaltete den Motor ab.

»Du wolltest was?« Adrian staunte sie an, als ob ihr gerade ein zweiter Kopf gewachsen wäre.

»Die tote Schlange klauen.«, Fritz kicherte und öffnete die Autotür. »Warte mal einen Moment, bitte. Bin gleich wieder da!« Sie marschierte ein Stück ins Maisfeld hinein, dann grinste sie und kehrte zum Auto zurück. »So, und jetzt fahren wir zu Sophie!«, verkündete sie und programmierte das Navigationssystem – doch nicht, ohne vorher den Standort abzuspeichern.

Fritz war fest entschlossen, an die tote Schlange heranzukommen – jetzt erst recht! Wenn es im ersten Versuch nicht geklappt hatte, würde sie eben einen zweiten starten. Kowalski war sicher nicht rund um die Uhr in seinem Geschäft und seinen Hinterhof, auf dem ja nur Müll herumlag, würde er sicher nicht bewachen lassen. Also würde sie dem Hinterhof einen nächtlichen Besuch abstatten.

Allerdings gab es da noch ein Problem: Adrian. Der würde die Idee garantiert nicht gut finden. Fritz schaute aus dem Augenwinkel zu ihm hinüber. Den Rausschmiss bei Kowalski fand er scheinbar amüsant. Doch einen Einbruch würde er sicher nicht mehr gut finden.

Fritz schaute wieder auf die Straße und überlegte, ob sie die Nachtaktion allein starten sollte. Das würde ihr eine größere Adrian-Überredungsaktion ersparen. Andererseits – was, wenn Corin recht hatte und Bareis wirklich ermordet worden war? Fritz lief ein kalter Schauer über den Rücken. Claus Kowalski wirkte nicht wie ein Mensch, der sich mit Skrupeln aufhielt.

Nein – allein bei Kowalski einzudringen, war bestimmt nicht clever. Sie brauchte Adrian als Rückendeckung Und ja, er würde nicht begeistert sein, aber bisher hatte sie es immer geschafft, ihn zu überzeugen, wenn sie etwas von ihm wollte. Zudem würde ihr Sophie bestimmt sekundieren. Sie war schon früher immer für jeden Blödsinn zu haben gewesen.

10

Obwohl Sophie sie vollmundig unterstützt hatte und am liebsten selbst nach Duisburg mitgekommen wäre, hatte es erheblich Mühe gekostet, Adrian breitzuschlagen. Er hatte alles nur Denkbare angeführt, was ihnen passieren könnte, wenn sie erwischt würden – und das mögliche Disziplinarverfahren war noch nicht einmal sein größtes Problem gewesen. Größeren Kummer hatte ihm die Vorstellung gemacht, was Kowalski mit ihnen anstellen würde, falls er sie in die Finger bekäme. »Himmel, Fritz, dein Freund Bareis hat sich doch wohl mit ihm angelegt – und jetzt ist er tot! Kowalski ist gefährlich!«, hatte er argumentiert.

Fritz hatte dagegengehalten. »Genau darum geht es ja, Adrian. Dem Kerl muss endlich das Handwerk gelegt werden. Mit den üblichen Mitteln funktioniert das nicht. Also wird's Zeit, was anderes zu probieren.«

»Bin ich Veterinär oder Held?«, hatte Adrian geseufzt.

An der Stelle hatte Fritz dann die Daumenschrauben angelegt – und ja, sie wusste selbst, dass das nicht fair gewesen war. Aber es hatte funktioniert. Als sie angedroht hatte, allein zu Kowalski zu gehen, hatte Adrian gejault. »Du hast doch wirklich nicht mehr alle Latten am Zaun! Wenn dir da was passiert, bringt Corin mich um!«

Sophie, die eine Weile ruhig zugehört hatte, hatte sich eingeschaltet: »Verkürzen wir das Verfahren. Allein kannst du da wirklich nicht hingehen, Fritz. Also gehe entweder ich mit oder Adrian.«

Adrian hatte nachgegeben. Er würde nicht hinter Sophies Ofen sitzen bleiben, während die Mädchen bei Kowalski ihre Hälse riskierten. So saß er nun in schwarzen Jeans und einem schwarzen, von Sophie ausgeliehenen Shirt neben der ebenfalls schwarz gekleideten Friederike und fand zum mindestens zwölften Mal – so empfand es jedenfalls Fritz –, dass dieser »Plan« absolut und vollkommen hirnrissig sei. Fritz unterdessen fuhr gerade an der Vorderfront des Zoo-Riesen vorbei und stellte zufrieden fest: »Ich habe es doch gesagt: Hier ist keiner! Alles dunkel, kein Mensch da!«

»Und was mit dem Wagen auf dem Parkplatz?« Adrian deutete auf einen dunklen Golf, der in der hintersten Parkbucht vor dem Zoogeschäft stand.

»Da sitzt vermutlich ein Paar drin, das definitiv Besseres zu tun hat als auf Kowalskis Laden aufzupassen!« Friederike setzte den Blinker, bog auf den Feldweg ab und schaltete den Motor aus.

Adrian öffnete mit einem Klick seinen Gurt. »Und jetzt? Begeben wir uns jetzt ins Maisfeld?«, fragte er provokant.

»Genau!«, bestätigte Fritz gut gelaunt. Sie stieg aus, ging um den Wagen herum, nahm eine Taschenlampe und ein Jagdmesser in einer Lederscheide aus dem Kofferraum, schob die Taschenlampe in ihre Gesäßtasche und hängte das Messer seitlich an ihren Gürtel. »Wir können!«, verkündete sie.

Adrian schälte sich mit einem Seufzer aus dem Auto. »Kannst du deine Taschenlampe mal anmachen?«

»Nö.« Fritz deutete mit dem Kinn in den klaren Nachthimmel. »Wir haben Vollmond, Schnurzel. Sobald wir aus dem Restlicht von den Straßenlaternen da vorne raus sind, werden sich deine Augen an den Mondschein gewöhnen.«

»Mann oh Mann, was du dir unter einem Mondscheinspaziergang vorstellst!«, maulte Adrian, trottete aber treu und brav hinter Fritz ins Maisfeld. »Hast du dir eigentlich schon Gedanken darüber gemacht, wie wir über die Mauer kommen? Hochsprung war schon bei den Bundesjugendspielen nicht so wirklich meine Stardisziplin.«

»Ich war eigentlich auch immer besser im Weitsprung.« Fritz blieb kurz stehen, stellte sich auf die Zehenspitzen und versuchte, über den Mais hinwegzusehen. »Verflixt – der Mais ist zu hoch! Ich sehe nichts. Aber wir müssten schon fast da sein.«

Adrian, der Fritz um gut einen Kopf überragte, war auch stehen geblieben. »Soweit ich es in der Dunkelheit – oder im

Mondschein, wie du das ausdrücken würdest – erkennen kann, ist ungefähr fünfzehn Meter halblinks von uns eine Mauer. Du hast mir aber immer noch nicht verraten, wie wir da drüberkommen.«

»Ganz einfach: Du baust mir die Räuberleiter«, antwortete Fritz und marschierte energisch nach halblinks.

Adrian ging hinterher. »Und wie komme ich drüber?«, wollte er wissen.

Fritz seufzte. »Mann, kannst du stur sein! Du kommst gar nicht über die Mauer, sondern stehst unten Schmiere, während ich den Müllsack mit der Schlange klaue.«

»Und wenn dir da was passiert, stehe ich wie der Depp vor der Mauer und kann nichts machen!« Adrian legte Fritz die Hand auf die Schulter.

Sie blieb stehen und drehte sich um. »Großer, hör mal: Abgesehen davon, dass ich auch keine Idee habe, wie du über die Mauer kommen könntest, bringt es nichts. Du kennst dich auf dem Hinterhof nicht aus. Also: Bleib hier und halte mir den Rücken frei. Ich komme da drin schon klar.«

»Und was, wenn du erwischt wirst?« Adrian klang skeptisch.

»Du stehst vor der Mauer. Du hörst, was im Hof passiert und kannst reagieren«, erklärte Fritz geduldig.

»Wie? Was soll ich denn machen, wenn was ist?«

»Oh Himmel, Adrian! Warum einfach, wenn es auch kompliziert geht!«, meckerte Fritz. »Sing von mir aus die Marseillaise, pinkel über die Mauer, schmeiß mit Dreck! Wenn jemand kommt, machst du eben irgendwas, um den abzulenken! Gut jetzt?« Sie ging vollends zur Mauer und zog dabei die Kapuze ihres Shirts über den Kopf. »Hilfst du mir jetzt rüber?«

»Unter Protest!« Adrian trat zu ihr und bot Fritz die ineinander verschränkten Hände als Aufstiegshilfe an.

»Den formulierst du schön aus, während ich da drin die tote Schlange hole und mich ein bisschen umsehe.« Friederike streckte sich, erwischte mit den Fingerspitzen die Mauerkrone und zog sich daran hoch. Auf der Mauer hockend, flüsterte sie: »Bleib entweder ganz dicht an der Mauer oder tritt zwei, drei Schritte zurück – hier fliegt gleich ein Müllsack!« Sie wartete nicht auf eine Antwort, sondern ließ sich nach innen gleiten. Der Metalldeckel des Müllcontainers gab mit einem lauten Knacken nach, als Fritz ihr volles Gewicht auf ihn verlagerte. Fritz erschrak, rutschte ab und landete auf dem Hosenboden. »Mist!«, schimpfte sie halblaut.

»Was ist los?«, hörte sie Adrian aus dem Maisfeld.

»Alles okay! Psst!«, gab Fritz zurück, stand auf, fummelte die Taschenlampe aus der Gesäßtasche und schaltete sie an. Zum Glück hatte das gute Stück den Sturz überstanden. Fritz leuchtete die Mülltonnen an. Es war die dritte oder vierte gewesen, in der der gelbe Müllsack mit der toten Schlange gelegen hatte. Also öffnete Fritz die dritte und leuchtete hinein. Kunststoff-Folien, Verpackungsmaterial, Styropor – sah nicht interessant aus. Fritz zog den Deckel wieder zu. Himmel, warum quietschte das Ding nur so laut? Sie öffnete die nächste Tonne und prallte zurück. Aus der Tonne stank es. Fritz leuchtete trotzdem hinein und sah Sägemehl, Katzenstreu und Torf.

Verflixt – in welcher Tonne war denn nun die Schlange? Aus der nächsten Tonne roch es auch nicht eben nach Veilchen, doch dafür war keine tote Schlange in einer gelben Mülltüte verantwortlich, sondern hunderte von leeren Futterdosen und -tüten.

Es war die dritte oder vierte Tonne gewesen – von rechts. Nun aber fiel Fritz auf, dass sie links von den Tonnen stand. Mit einem Kopfschütteln ob ihrer eigenen Blödheit – links und rechts war immer ein Problem für sie – eilte Fritz nach links. Vierte Tonne auf – Volltreffer. Allerdings war inzwischen ein großer, schwarzer Sack halb auf dem gelben gelandet – und aus ihm roch es so übel, dass Fritz sich nach ihrem Wick Vaporub sehnte. Doch es half nichts. Um an den gelben Sack zu kommen, musste sie den schwarzen zur Seite räumen. Er war ziemlich schwer und der Metallverschluss rutschte weg, als Fritz daran zog. Nun, wo der Sack offen war, leuchtete Fritz hinein. Obenauf lag ein unterarmlanger, toter Leguan, darunter erkannte Fritz eine Schildkröte und weitere Schlangen.

Kurz entschlossen schnappte Fritz den Sack. Halblaut rief sie: »Achtung – Sack Nummer eins kommt!« Sie stemmte den Sack über die Mauer und ließ ihn fallen.

»Hab ihn!«, meldete Adrian.

»Feinerle! Der nächste kommt auch gleich!« Fritz griff nach dem gelben, zum Glück sehr viel leichteren Sack und schleuderte ihn über die Mauer.

»Kommst du jetzt?«, fragte Adrian.

»Momento – muss noch was gucken.« Fritz leuchtete in Richtung des überdachten Teils des Hofes zu den Containern. Der Berg von Pappkartons daneben lag immer noch – und Fritz war neugierig. Sie schaltete die Taschenlampe aus und wetzte über den Hof. Dabei stolperte sie vor dem linken Container über etwas und landete auf dem Bauch in den Pappkartons. Doch immerhin fiel sie weich – die Kartons waren innen mit Schaumstoff gepolstert. Weniger gut ging es ihrer Taschenlampe. Sie klapperte auf Beton, der Deckel löste sich und die Batterien kugelten weg. Fritz versuchte, sie einzufangen, streckte sich und sah dabei, wie am Hauptgebäude die Außenbeleuchtung anging. Sie tauchte den größten Teil des Hofes in Licht.

»Wer ist da?«, rief eine Stimme.

Fritz krabbelte auf Händen und Füßen über den Kartonberg und drückte sich in den Schatten des Containers. Nun sah sie auch, worüber sie gestolpert war: Vor dem Container lag ein Kabel mit einem dicken, schwarzen Stecker.

Nun stapfte Kowalski über den Hof, wobei er lautstark schimpfte: »Ich weiß, dass du da bist! Komm raus, du Scheißkerl! Ich finde dich eh und ich poliere dir die Fresse!«

Fritz hielt die Luft an und versuchte, sich ganz klein zu machen. Wo war nur Adrian? Jetzt wäre der richtige Moment, Kowalski abzulenken.

Die Stahltür am Hauptgebäude fiel mit einem Knall ins Schloss. Fritz atmete erleichtert auf und wollte schon durchstarten, als sie Kowalski hörte: »Du guckst bei den Mülltonnen, Gaby! Ich schau in den Schuppen. Ich bin sicher, dass da jemand ist! Außerdem war die Mülltonne vorher nicht offen!«

Zu Friederikes Erschrecken antwortete Gaby mit dunkler, eindeutig männlicher Stimme: »Wir kriegen den, Chef.«

Fritz brach der Schweiß aus, denn nun klangen Kowalskis Schritte auf dem Hof. Noch war sie hinter den beiden Containern geschützt, aber ... Hallo! Etwas kam über die Mauer auf den Hof geflogen.

»Was ist das denn?«, rief Kowalski.

Das zweite Wurfgeschoss kam angesegelt – und das brannte lichterloh! Fritz sah Kowalski und den Bärtigen vom Nachmittag in Richtung des Brandherdes mitten auf dem Hof laufen, als das nächste Brandgeschoss über die Mauer flog.

Jetzt waren beide Männer damit beschäftigt, die Feuer auszutreten. Fritz wusste: Das war ihre Chance. Leicht gebückt rannte sie los, die Mülltonnen fest im Blick und so, dass sie immer hinter Kowalski und seinem Helfer blieb. Aufsprung auf den Müllcontainer – und wieder knallte der Deckel, doch dieses Mal war Fritz darauf gefasst und ließ sich davon nicht aus dem Konzept bringen. Ihr war klar, dass die Männer sie jetzt gesehen hatten – und tatsächlich schrie Kowalski: »Das ist sie! Schnapp sie dir, Gaby!«

Fritz war schneller. Sie sprang seitwärts auf die Mauerkrone, doch nicht, ohne beim Absprung den Fuß unter den Griff des Deckels zu stecken. Damit zog sie ihn auf. Gaby musste ihn erst wieder schließen, bevor er ihr folgen konnte – und da war Fritz schon im Maisfeld gelandet, hatte sich abgerollt und war wieder auf den Beinen.

Adrian stand ein paar Schritte von ihr entfernt und hatte eine brennende Fackel in der Hand. Geschickt warf er sie an der Stelle über die Mauer, an der Fritz gerade gelandet war.

Fritz sah den gelben Müllsack und schnappte ihn. »Adrian, komm – wir müssen weg!«, rief sie und rannte zum Auto. Tür auf, Müllsack über den Fahrersitz nach hinten, Schlüssel ins Schloss. Verdammt, warum war das Teil nur so hakelig? Aber nun war immerhin auch Adrian da, und er hatte sogar den schwarzen Sack mitgebracht und warf ihn hinter seinen Sitz. Fritz fuhr an und den Feldweg entlang – irgendwo musste er ja wieder auf eine Straße treffen und Fritz hatte das Gefühl, dass es im Augenblick besser war, nicht an Kowalskis Burg vorbeizuparadieren. Allerdings zeigte sich, dass ein Jaguar XK nicht das optimale Fahrzeug für einen Feldweg war. Es rappelte am Bodenblech, dann klapperte ein Stein gegen den Doppelauspuff und neben ihr stöhnte Adrian, als ob jeder Schlag gegen den Wagenboden seine Kehrseite treffen würde.

»Corin bringt uns um!«, klagte er. »Ich möchte mal hören, wie du ihm den Achsenbruch, den kaputten Auspuff und den Gestank erklärst!«

Fritz antwortete nicht, sondern gab Gas.

»Spinnst du?«, schimpfte Adrian. »Friederike!«

Fritz konzentrierte sich auf den Weg. Vor ihnen tauchte jetzt im Scheinwerferkegel eine Kreuzung auf. Fritz bog nach links ab, dabei rutschte ihr fast der Hintern des Wagens weg, was Adrian zu einem weiteren entsetzten »Friederike!« veranlasste.

Der neue Weg bestand aus Betonplatten und war etwas breiter. Fritz nützte das, um die Geschwindigkeit zu erhöhen. Und nun fiel es auch Adrian auf: Hinter ihnen leuchteten Scheinwerfer. Er drehte sich um und fluchte: »Verdammter Mist! Da ist einer hinter uns her!«

»Rate mal, warum ich fahre wie ein Henker!«, knirschte Fritz zwischen zusammengebissenen Zähnen heraus. Vor ihr war jetzt die Autobahn, unter der ein Tunnel hindurchführte. Fritz erhöhte noch einmal das Tempo und überhörte sowohl das Kreischen, als der Außenspiegel mit der Tunnelwand in Berührung kam, wie auch Adrians Aufheulen.

Sie waren durch den Tunnel und fuhren nun zwischen zwei Obstwiesen durch. Fritz wagte einen Seitenblick auf das Navigationssystem. Der Weg, auf dem sie fuhr, war gelb markiert – und mit Erleichterung registrierte sie, dass er gleich auf einer Straße endete. Es war aber auch höchste Zeit, dass sie von dem Feldweg herunterkam – ihr Verfolger kam nämlich immer näher.

Da war die Straße, nur leider ziemlich dicht befahren. Fritz musste abbremsen, bevor sie sich hinter einem Lastwagen einreihen konnte. Und nun ging es auch noch bergauf und der Laster wurde immer langsamer. Dafür rückte ihr Verfolger auf und hupte sie an.

Fritz zog etwas nach links. Ein Kleinwagen schlich vorbei, hinter ihm geradezu aufreizend langsam etwas Größeres. Doch dann kam eine Lücke – und Fritz nutzte sie. Ausscheren, Gaspedal durch – der Jaguar machte einen Sprung nach vorne, am Lastwagen vorbei.

»Pass auf!«, brüllte Adrian.

Fritz zog wieder nach rechts, gerade noch rechtzeitig, um dem entgegenkommenden Fahrzeug auszuweichen. Nun waren sie über die Kuppe und vor ihnen war freie Strecke bis zu einem Waldstück, in dem die Straße eine Kurve machte. Fritz fuhr noch schneller, dabei schaute sie immer wieder in den Rückspiegel.

»Mist!«, schimpfte sie. Ihr Verfolger war nun auch am Lastwagen vorbei. Fritz zog den Wagen durch die Kurve im Wäldchen und trat fluchend auf die Bremse – schon wieder ein Lkw und eine ganze Menge Gegenverkehr! Auf diese Art konnte sie den dunklen Wagen hinter sich wohl nicht loswerden.

Fritz schaute wieder auf das Navi. Die Autobahn war in der Nähe. Dort konnte sie mit dem Jaguar wahrscheinlich jedes andere Auto abhängen. Ob sie es probieren sollte?

Im Display blinkte etwas – die Tankanzeige. Der Jaguar meldete, dass er nur noch dreißig Kilometer Reichweite hatte. Damit war die Option Autobahn erledigt. Was also blieb noch? Fritz überlegte fieberhaft – und dann hatte sie eine Idee. »Adrian, kannst du das Navi programmieren?«, fragte sie.

Adrian beugte sich vor. »Wohin?«, fragte er nur, den Finger schon auf der Taste zur Neueingabe.

»Polizeipräsidium Duisburg – müsste unter ›points of interest‹ sein.«

»Das ist die erste wirklich gute Idee, die ich heute von dir gehört habe!«, freute sich Adrian.

»Danke. Wenn mir einer an den Kragen will, werde ich immer kreativ!« Am Polizeipräsidium – da war Fritz sich sicher – würden sie Kowalski, oder wer immer da hinter ihnen her war, loswerden. Schon der Gedanke daran erleichterte Fritz so weit, dass sie wieder klar denken und sogar blödeln konnte. »Übrigens: Deine Idee mit dem brennenden Zeug war auch vom Feinsten. Was war das eigentlich?«

»Maiskolben – die Außenblätter waren schon trocken und brennen wie Zunder!«, erklärte Adrian und drückte eine Taste am Navigationssystem. »Das ist es – Polizeipräsidium, Düsseldorfer Straße.«

Das System rechnete, dann schaltete der Bildschirm um. »Du musst da vorne auf die Autobahn!«, sagte Adrian.

Der Navi bestätigte: »Nach achthundert Metern biegen Sie links ab. Nehmen Sie die Auffahrt auf die Autobahn.«

Fritz schaute noch einmal in den Rückspiegel. Der dunkle Wagen hing an ihr wie eine Klette. Okay, vielleicht konnte sie ihn ja an der Autobahneinfahrt schon abhängen. Sie gab Gas und hatte Glück: Kein Gegenverkehr. Ohne zu blinken, zog sie den Wagen nach links. Die Reifen kreischten, für ein paar bange Sekunden fürchtete Fritz, dass das Heck ausbrechen würde, doch dann stabilisierte sich das Auto wieder und ließ sich vollends um die Kurve ziehen. Sie gab Gas, schlängelte sich zwischen zwei Lastwagen hindurch auf die Überholspur und trat heftig auf die Bremse. Vor Friederike bummelte ein Mercedes mit Tempo hundert an den Lkws vorbei. Gleichzeitig blendete der hinter ihr kurz auf.

Adrian hatte sich umgedreht. »Oh, Sch…ande!«, schimpfte er. »Unser Freund hängt immer noch an uns dran. Na ja, spätestens wenn die Grünweißen an seine Scheibe klopfen, sind wir ihn los.«

Fritz wollte ihn schon darauf hinweisen, dass sie nicht unbedingt vorhatte, die Polizei zu bemühen – nach ihrer Erfahrung hatten Polizisten die unangenehme Gewohnheit, viele Fragen zu stellen und am Ende auch noch Protokolle zu schreiben. Fritz war aber gar nicht wild darauf, dass ihr Einbruch bei Kowalski dokumentiert wurde. Sie mochte sich gar nicht vorstellen, was ihre Regierungsdirektorin dazu sagen würde.

Sie würde Kowalski und Co. auch ohne Hilfe der uniformierten Ordnungshüter loswerden. Doch sie hatte gar keine Lust, mit Adrian jetzt darüber zu diskutieren. Also lenkte sie ihn ab. »Wie hast du die Maiskolben eigentlich angezündet? Du bist doch Nichtraucher. Ich hätte nicht gedacht, dass du ein Feuerzeug bei dir hast.«

»Habe ich auch nicht«, antwortete Adrian. »Das Feuerzeug lag unter dem Hebel von der hinteren Sitzverstellung. Ich habe es gefunden, als du gestern an der Raststelle Kaffee geholt hast. Ich habe es in die Mittelkonsole gelegt. Als ich dann sah, wie auf dem Hof das Licht anging, ist es mir eingefallen.«

»Kluges Kerlchen!«, lobte Fritz.

Der Mercedes setzte endlich den Blinker und reihte sich rechts ein. Fritz beschleunigte.

»Du, hier ist hundertzwanzig!«, sagte Adrian.

Fritz antwortete nicht. Sie wollte endlich ihren Verfolger loswerden. Doch der blieb hartnäckig an ihrem Heck. »Verdammt noch eins – was ist das eigentlich für eine Karre hinter uns?«, schimpfte Fritz.

Adrian drehte sich wieder einmal um. »Könnte ein Golf sein – stand ja auch einer bei Kowalski vor dem Laden. Und wenn's ein GTI ist, hast du selbst mit dem Schätzchen hier ein Problem.« Er ließ sich wieder auf seinen Sitz rutschen.

»Mensch, was immer du bei Kowalski eingesammelt hast – das Zeug stinkt mörderisch!«

»In meiner Handtasche ist Wick Vaporub!«, offerierte Fritz.

»Willst du nachher das ganze Auto damit bestreichen?«, fragte Adrian.

»Nö. Es wird reichen, zwei Schälchen mit Kaffeesatz in die Karre zu legen und über Nacht die Fenster offenzulassen.« Fritz leistete sich ein kurzes Lächeln. »Wir sollten nur vorher die toten Tiere entfernen. Jan wird sich über die freuen.«

Doktor Jan van Eycken, ein Freund von Adrian, und ungefähr fünfzehn Jahre älter als er, war Zooveterinär in Duisburg gewesen, als Adrian direkt nach dem Studium dort als Assistent angefangen hatte. Doch Adrian und sein neuer Chef hatten eine Weile gebraucht, bis sie sich aneinander gewöhnt hatten. Dafür aber hatte es zwischen Fritz und dem burschikosen Reptilienspezialisten schon bei ihrem ersten Besuch in Duisburg geklickt. Das hatte dann Adrian geholfen. Jan van Eycken hatte Fritz nämlich bei der ersten Gelegenheit, als er sie allein erwischt hatte, gefragt, wie sie denn an den »geschleckten Lackaffen« Adrian gekommen sei.

Fritz hatte die Chance genutzt, eine Lanze für ihren besten Freund zu brechen, indem sie Jan erklärt hatte, dass der Hamburger Reederssohn in einem Haushalt aufgewachsen war, in dem man sich selbst zum Abendessen im Familienkreis in Smoking und Abendkleid warf. »Ich war da einmal zu Besuch«, hatte Fritz Jan erzählt, »und ich war ziemlich platt: Adrians Mutter tauchte erst zum Mittagessen auf – und wurde da von ihrem Ehemann und Sohn mit Handkuss und Verbeugung begrüßt. Ich glaube, Adrians Vater würde sich ohne Krawatte nackt fühlen.«

Fritz selbst hatte es auch immer schräg gefunden, dass Adrian mit Jackett und Krawatte zur Arbeit auftauchte, aber – und auch das hatte sie Jan auseinandergesetzt – das hielt ihn nicht davon ab, ein engagierter und brillanter Tierarzt zu sein, der sich nicht scheute, sich die wohl manikürten Hände dreckig zu machen.

Jan van Eycken hatte das auch bald so gesehen und als nach vierjähriger Zusammenarbeit mit Adrian ein Führungswechsel im Duisburger Zoo anstand, hatte er Adrian den Tipp gegeben, sich nach Stuttgart zu bewerben, und ihm dazu eine glänzende Empfehlung gegeben. Er selbst hatte in einem Vorort von Duisburg einen kleinen Bauernhof gekauft und den ehemaligen Kuhstall zur Tierklinik umgebaut. Nun, fünf Jahre später, hatte er drei Assistenten und galt als der führende Reptilienspezialist in Deutschland.

»Ich habe übrigens vorher mit Jan telefoniert. Deine tote Schlange interessiert ihn sehr«, erzählte Adrian. »Er ist nämlich auch hinter Kowalski her. Also besuchen wir ihn morgen.« Er gähnte und schaute auf die Uhr. »Oder besser gesagt: heute Nachmittag. Ist ja schon halb drei.«

»Müssen glatzköpfige kleine Tierhändler mit Schmerbauch um die Zeit nicht ins Gitterbettchen?«, brummte Fritz. »Der hängt immer noch an uns wie Hundekacke an der Schuhsohle. Worauf hofft der? Spätestens an der Rheinbrücke hätte er doch merken müssen, dass wir Richtung Innenstadt unterwegs sind.«

»Vielleicht denkt er, du bist dumm genug, in irgendein Parkhaus zu fahren, in dem er uns dann aufmischen kann.«

Der Navi kündigte die Ausfahrt an – sehr zu Fritz' Erleichterung, denn inzwischen hatte das Auto nur noch für achtzehn Kilometer Benzin. Sie nahm die Ausfahrt und bog auf eine Straße zwischen Häuserblocks ein – und Kowalski und Co. hingen immer noch an ihr dran! Der Fahrer blendete auch wieder einmal auf, als ob er Friederike verhöhnen wollte.

Fritz zerknirschte einen wenig schmeichelhaften Ausdruck zwischen den Zähnen. Jetzt musste sie auch noch an einer roten Ampel anhalten. Dabei war die Straße leer.

Sicherheitshalber drückte sie auf den Knopf, der das Auto von innen abschloss. Verflixt, warum dauerte die Ampelphase nur so lang? Fritz wurde zunehmend nervös. Vielleicht war es doch keine gute Idee gewesen, in die menschenleere Innenstadt zu fahren. Wäre sie doch auf der Autobahn geblieben! An der Tankstelle eines Rasthofs wäre mehr Betrieb gewesen und mit genug Sprit hätte sie es sicher irgendwann geschafft, den Golf loszuwerden.

Endlich schaltete die Ampel auf Grün. Fritz fuhr an und gab Gas. Jetzt tauchte rechts ein hell beleuchtetes Backsteingebäude auf. An der Einfahrt stand ein Schild mit der Aufschrift »Polizeipräsidium Duisburg«. Fritz atmete erleichtert durch und setzte den Blinker.

Die Wirkung ließ nicht auf sich warten. Ihr Verfolger bremste und fiel etwas zurück. Fritz grinste, bog rechts auf den Parkplatz vor dem Polizeipräsidium ab und rangierte in eine Parklücke neben ein Polizeiauto. Sie stellte den Motor ab und schaute auf die Straße. Der Golf hatte gewendet und fuhr jetzt mit ziemlich hohem Tempo weg. »Den sind wir los!«, stellte Fritz vergnügt fest.

Doch jetzt kamen zwei Polizisten auf den Polizeipassat zu – und der jüngere von ihnen schaute den Jaguar sehr interessiert an. Fritz ließ die Scheibe herunter, lächelte und fragte: »Entschuldigung, ich suche die nächste Tankstelle.«

Der junge Polizist lachte und deutete auf die andere Seite der Straße. »Da sind Sie hier richtig – gegenüber ist eine, die sogar vierundzwanzig Stunden offen hat.« Er legte die Hand auf den Außenspiegel. »Schönes Auto, aber haben Sie bemerkt, dass Ihr Spiegel beschädigt ist?«

»Ja – zu enge Garageneinfahrt«, log Fritz.

11

Adrian gähnte und streckte sich. »Immerhin – die Karre stinkt nicht mehr gar so grässlich. Aber ich bin müde«, meldete er. »Irgendwie habe ich mir das Wochenende anders vorgestellt. Endlose Touren in Begleitung zweier Säcke mit stinkenden Kadavern waren irgendwie nicht in meiner Planung.«

Fritz grinste zu ihm hinüber. »Aber du hattest vor, dieses Wochenende Jan zu besuchen – und genau das tun wir jetzt.«

»Und statt Blumen bringen wir ihm was zum Obduzieren mit.« Adrian schüttelte den Kopf. »Wer dich als Freundin hat ...«

»... sag jetzt nicht: braucht keine Feinde!«, unterbrach Fritz.

»Wollte ich gar nicht so ausdrücken. Mir war eher danach, mich über deinen Unterhaltungswert auszulassen«, lachte Adrian. »Wer dich zur Freundin hat, ist vor Langeweile sicher.«

»Hat Jan auch gesagt, als ich ihn vorher angerufen habe«, grinste Fritz.

Jetzt rollte Friederike an seinem gepflegten Garten mit dem großen Teich vorbei auf den Hof und parkte den Jaguar vor der weiß gestrichenen Halle.

Jan van Eycken hatte sie schon erwartet. Hochgewachsen, die schon etwas angegrauten Haare im Nacken zum Pferdeschwanz gebunden, stand er in grünen OP-Pantoletten, einer grünen Hose mit Gummibund einem etwas zu engen weißen Polohemd, das sich über seiner rundlichen Mitte spannte, vor seiner Klinik und lachte seinen Besuchern entgegen. »Mensch, Fritz«, staunte er den Sportwagen an, »ich glaube, ich habe den falschen Job. Amtsveterinär in Göppingen hätte ich werden sollen!« Er breitete die Arme aus. »Komm an meine Heldenbrust!«

Friederike ließ sich von ihm drücken und küsste seine Wange. »Die Göppinger Amtsveterinärin fährt eine koreanische Reisschüssel. Wenn du dir so etwas Schnittiges verdienen willst, musst du Musikdirektor in der Stuttgarter Oper werden. Grüß dich übrigens, Jan! Gut siehst du aus!«

»Du auch, Fritz!« Jan grinste Adrian an, der in einer hellen Leinenhose und einem grünen Polohemd mit Seidenschal im Kragen auf ihn zukam. »Mei, mei, bist du schick! Da habe ich ja fast ein schlechtes Gewissen, wenn ich dir jetzt gleich einen OP-Kittel andrehe – aber nur fast! Ich habe da nämlich was für dich und deine zarten Fingerchen. Du bist doch gut in feiner Nadelarbeit, nicht?«

»Was hast du denn?«, erkundigte sich Adrian.

»Ein süßes, kleines Chamäleon in Legenot. Dem darfst du gleich die Eierchen rauspulen. Ich habe gerade gar keine Lust auf so eine Fummelei.«

»Kriege ich vorher wenigstens noch einen Kaffee?«, fragte Adrian. »Die Nacht war ein bisschen kurz. Fritz musste bei Kowalski einbrechen und sich dann auch noch eine Verfolgungsjagd quer durch Duisburg mit ihm leisten.«

»Kaffee kriegt ihr und nachher auch was zu essen.« Jan hielt einladend die Tür auf. »Cornelia hat Grillfleisch mariniert, das machen wir nachher. Nur auf Cornelia müsst ihr verzichten. Die ist mit unseren Beiträgen zum Bevölkerungswachstum zu ihren Eltern gefahren.«

Fritz war zum Auto zurückgegangen, hatte den Kofferraum geöffnet und kam nun mit beiden Müllsäcken zu Jan. »Meine Beute vom Einbruch bei Kowalski.«

Jan nahm ihr den schwarzen Sack ab. »Riecht ja sehr appetitlich. Aber Mädchen, zum Thema Kowalski habe ich noch was zu sagen. Der Kerl ist gefährlich. Ich traue dem alles zu – nur nichts Legales. Also tu mir bitte den Gefallen und geh ihm künftig aus dem Weg. Und wenn du unbedingt meinst, ihn nochmal heimsuchen zu müssen, ruf mich vorher an. Dann komme ich mit.«

Er ging vor ihr durch den leeren Empfangsraum, öffnete eine Tür und geleitete Adrian und Friederike durch einen langen Flur nach hinten. Dort trat er mit ihnen in einen

Raum, an dessen einen Wand ein großes Waschbecken angebracht war. An der anderen Wand standen Schränke, in der Mitte befand sich ein OP-Tisch aus Metall mit einer großen Lampe darüber.

Jan kippte den Inhalt des Müllbeutels kurzerhand ins Waschbecken und schaute sich das Durcheinander von toten Körpern an. Mit spitzen Fingern griff er hinein und zog eine ungefähr halbmeterlange, grüne Schlange heraus. »Kowalskis Friedhof der Kuscheltiere. Wofür hältst du das, Adrian?«

Adrian rümpfte zwar die Nase, beugte sich aber vor, um die Schlange genauer anzusehen. »Hmm, eine *Crotalus*? Nett. Nun sag mir bitte nicht, dass dieser Kowalski die Genehmigung hat, mit so was zu handeln.«

»Natürlich nicht. So was vertickt der unterm Ladentisch.«

Fritz hatte ihre gelbe Mülltüte umgedreht. »Das ist doch ein Netzpython«, sagte sie. »Damit darf er vermutlich handeln.«

»Ja, das ist vermutlich eine Nachzucht«, bestätigte Jan. Er rieb sich die Hände. »Kinders, wir werden heute noch viel Spaß haben! Aber jetzt müssen wir uns erst mal um die Chamäleon-Dame kümmern. Adrian, machst du das?«

»Ja, klar.« Adrian schaute sich um. »Wo hast du sie?«

»Drüben.« Jan öffnete die Tür in den Nebenraum. »Das ist übrigens unser Labor.«

Fritz sah sich um und lobte: »Du hast ja wirklich alles, was man sich nur wünschen kann.«

»Ja – und du darfst nachher ein bisschen hier spielen«, sagte Jan. »Was hältst du von Arbeitsteilung? Adrian und ich obduzieren Kowalskis Sammlung, du machst die Präparate und amüsierst dich mit dem Mikroskop.«

»Ja, ja«, lachte Fritz. »Die Mädchen werden immer zum Kaffeekochen und im Labor eingesetzt.«

Jan war schon eine Tür weiter im nächsten OP und schaltete im Durchmarsch das große Licht ein. Im Vorraum stand eine Transportbox auf dem Tisch. Adrian schaute hinein und nickte.

»Das ist also meine Patientin. Wer macht die Narkose?«

»Fritz?«, fragte Jan.

»Zeig mir lieber die Kaffeemaschine! Ihr wisst doch: Ich bin auf Nützliches spezialisiert.«

»Okay.« Jan deutete auf die nächste Tür. »Küche ist gegenüber. Kaffee steht neben der Maschine, Zucker ist in der roten Dose, Milch im Kühlschrank. Ich will einen Cappuccino. Adrian?«

»Nachher nehme ich gerne einen Espresso, aber jetzt brauche ich erst mal eine ruhige Hand.« Adrian nahm den Seidenschal aus dem Kragen, faltete ihn sorgfältig, legte ihn in ein Regal und begann, sich die Hände zu waschen.

Als Fritz nach kurzem, aber heftigem Nahkampf mit der Kaffeemaschine zurückkam, lag das Chamäleon schon schlafend auf dem Tisch. Adrian und Jan saßen daneben und Adrian setzte gerade das Skalpell an. Sowenig Fritz mit Reptilien am Hut hatte – sie hatte schon immer gerne zugesehen, wenn Adrian operierte. Seine langen, schlanken Finger waren ebenso geschickt wie gelenkig und schienen mit fast traumwandlerischer Sicherheit allein ihren Weg zu finden.

Friederike war selbst keine schlechte Chirurgin, doch Adrian war eine Klasse für sich. Er hatte nun schon den Strang mit Eiern in der Chamäleondame gefunden, zog ihn vorsichtig heraus und begann, die einzelnen Eier auszufädeln.

»Himmel, ist die voll! Kein Wunder, dass die Legenot hatte!«, sagte Jan, der die Eier sorgfältig in Kunststoffdosen mit grauem Substrat sammelte.

»Was ist das da drin? Sand?«, fragte Fritz.

»Ne, Sand wäre zu schwer. Das ist Vermiculite, ein Spezialsubstrat. Damit kann man die Eier im Brutkasten leicht feucht halten und sicher sein, dass das Substrat nicht schimmelt«, erklärte Jan.

»Und wie lange musst du die Eier bebrüten lassen?«, wollte Fritz wissen.

»Zwischen hundertfünfzig und zweihundertzehn Tage«, antwortete Jan. »Und dann darf sich der Besitzer bei uns lauter niedliche kleine Jemenchamäleons abholen. Neulich hatten wir übrigens mal einen, der dreißig Junge auf einmal bekommen hat.«

»Siehste – und nun weiß ich wieder, warum ich so was nicht züchten würde. Ich fand's schon immer mühsam, wenn ich früher ein Fohlen pro Jahr zu taufen hatte. Wenn ich Namen für dreißig Jungtiere auf einmal finden müsste, wäre ich aufgeschmissen«, kicherte Fritz.

Eine Stunde später stand Fritz im Labor am Waschbecken und färbte Präparate ein. Das Chamäleon krabbelte schon wieder – jetzt mit einer sehr präzisen Naht am Bauch – in einem Spezialterrarium nebenan. Jan und Adrian waren mit dem Obduzieren der Kadaver beschäftigt, die Fritz von Kowalskis Hof geholt hatte. Jan schimpfte dabei in einer Tour.

»Sag mal«, fragte er eben, »gibt es eigentlich irgendwas, was die Viecher nicht gehabt haben? Hier kriegst du den ganzen Katalog an exo- und endogenen Parasiten und alle nur denkbare Reptilienkrankheiten. Und nun guck dir das an! Fritz, komm mal her, das musst du gesehen haben!«

Fritz eilte hinüber und schaute an Jans Hand entlang in die tote Schlange. »Iiih! Sehe ich richtig, dass da beide Lungenflügel ausgeprägt sind?«

»Richtig!«, bestätigte Jan grimmig. »Und selbst du weißt, dass das bei einer Schlange kein gutes Zeichen ist.« Er stocherte mit dem Skalpell in der Lunge herum. »Mann, Mann, Mann – warum entsorgt der Kowalski eigentlich seine toten Tiere? Wenn der die einfach liegen lassen würde, würden sie von ihren Parasiten zu Grabe getragen!«

»Ja«, seufzte Fritz. »Ich habe auch schon eine interessante Kollektion zusammen. Da sind Parasiten dabei, die ich noch nie gesehen habe. Da solltet ihr beide nachher mal einen Blick darauf werfen.«

Adrian, der konzentriert an einer Echse arbeitete, hob den Kopf. »Wenn ich dem armen Luder einen Totenschein ausstellen müsste, hätte ich ein Problem. Ich habe nämlich schon mindestens drei Todesursachen gefunden.«

»Wer bei unserem Freund Kowalski ein Tier kauft, sollte vielleicht gleich ein Abonnement beim Tierarzt dazuerwerben«, fand Friederike. »Dass man dem nicht die Bude dichtmachen kann!«

»Was denkst du, was deine Kollegen hier schon alles versucht haben. Der beschäftigt nicht nur sechs Duisburger Amtsveterinäre im Tierschutz, sondern obendrauf die Polizei und einen Richter.«

Friederike schüttelte den Kopf. »Und ich dachte, mein ungnädiger Gnadenhof-Betreiber in Gruibingen sei schlimm. Aber im Vergleich zu Kowalski ist der ein Anfänger.«

»Sag mal, kann man den nicht darüber kriegen, dass mindestens die Hälfte von diesen Tieren nicht gehandelt werden darf?«, überlegte Adrian.

Jan schüttelte den Kopf. »Vergiss es. Der kriegt eine Geldstrafe, die er aus der Portokasse bezahlt, und dann macht er munter weiter.«

»Dazu kommt in diesem Fall das Problem, dass wir die Tiere illegal beschafft haben«, gab Fritz zu bedenken.

»Gucken wir hier mal weiter«, beschloss Jan und packte eine Schildkröte aufs obere Ende des Tisches. Mit dem Kinn deutete er auf einige Glasschalen, die er auf einen Rolltisch gestellt hatte. »Da ist noch ein wenig Arbeit für dich, Fritz.«

»Wunderbar«, seufzte sie. Sie nahm die Schalen und ging ins Labor zurück. Aufbereiten, Dünnschnitte, einfärben – obwohl sie länger nicht mehr im Labor gearbeitet hatte, setzte die alte Routine bald wieder ein.

Irgendwann kam Jan zu ihr. »Lass mal schauen, was du da Schönes hast.«

Fritz griff nach einem Tablett mit Petrischalen und anderen Präparaten, das sie an die Seite gestellt hatte. Sie schob ein gefärbtes Glasplättchen unter das Mikroskop, justierte es und deutete auf den Bildschirm daneben. »Das ist eine Milbe, nicht?«

»Hmm«, nickte Jan. »*Ophionyssus natricis* – kommt bei Schlangen öfter vor. Ist eigentlich ganz gut zu behandeln.«

»Das Ding ist mir x-mal begegnet«, sagte Fritz. »Ich weiß nicht, ob wir überhaupt eine milbenfreie Schlange in der Sammlung haben.«

»Eher nicht«, meinte Jan. »Kowalski hat ja einen eigenen Tierarzt, wobei bei dem natürlich keiner lange bleibt. Und ein Guter geht auch nicht zu dem. Der hat andere Möglichkeiten. Dementsprechend sind seine Veterinärknechte keine Hexenfänger. Ich vermute, dass so manche von den Therapien, die die durchziehen, die eh schon hohe Sterblichkeitsrate bei Kowalski zusätzlich erhöhen.«

»Ich glaube, ich muss gleich mal den Adrian knutschen!«, kündigte Fritz an.

Jan schob ein anderes Präparat unter das Mikroskop. »Wieso das denn?«, fragte er.

»Dafür, dass er verhindert hat, dass ich Veterinärknecht bei einem Kowalski werden muss! Immer, wenn ich im Studium einen Hänger hatte, was leider öfter vorkam, hat Adrian mir in den Hintern getreten«, erzählte Fritz. »Einmal wollte ich sogar hinschmeißen. Ich habe Parasitologie im ersten Anlauf total vermasselt – eigene Schuld. Ich hatte Liebeskummer und nicht genug gelernt. Parasitologie war zudem gar nicht mein Ding.«

»Meins auch nicht.« Jan lächelte. »Aber du wirst zugeben, dass man den Kram nachher immer wieder braucht.« Er deutete auf den Monitor. »Wenn wir schon bei Parasitologie sind: Wir haben es hier mit *Vatacarus*, also Lungenmilben, zu tun. Kommen bei Schlangen ebenfalls nicht selten vor. Vor allem bei Wildfängen.« Er senkte die Stimme etwas. »War Adrian der Grund für deinen Liebeskummer?«

»Nein«, lachte Fritz. »Als ich ihn kennengelernt habe, hatte er gerade Herzschmerz, weil ihn sein Freund verlassen hatte. Ich wusste von Anfang an, dass er schwul ist. Außerdem wäre er mir zu jung. Ich stand immer auf ältere Semester. Der Grund für meinen Liebeskummer war ein Prof an der BOKU.«

»BOKU?«, wiederholte Jan.

»Universität für Bodenkultur – die Agrarwirte und Agrarbiologen in Wien«, erklärte Fritz. »Ich habe da ein bisschen in der Tierzucht und Genetik rumstudiert. Ich habe mir sogar überlegt, ob ich da rüberwechseln soll. Ich wäre so gerne Landstallmeisterin in einem deutschen Landgestüt geworden.«

»Das hat ja nun eine andere Dame geschafft.« Jan lächelte.

»Zwei sogar – das westfälische Landgestüt in Warendorf und das baden-württembergische in Marbach haben inzwischen Landstallmeisterinnen«, erzählte Fritz. »Na ja, ich war jedenfalls ein bisschen an der BOKU und das unter anderem auch, weil ich in einen von den Genetikern verknallt war. Der hat mir ein Jahr lang die übliche Geschichte erzählt: Die Frau, mit der er zusammenlebt, liebt ihn nicht mehr und verstanden hat sie ihn überhaupt noch nie und er wohnt nur mit ihr zusammen, weil sie das Haus gemeinsam gekauft haben und er gerade das Geld nicht hat, um sie auszuzahlen. Ich habe das geschluckt – hook, line and sinker, wie mein Coco sagen würde.«

»Und dann?« Jan lehnte sich zurück und rieb sich die Augen.

»Er erzählte mir, dass er zu einer Tagung in die USA fährt. Zwei Wochen später bekam ich bei der BOKU mit, wie seine Sekretärin jemandem erzählte, dass ihr Chef auf Hochzeitsreise ist. Es kam aber noch besser: Er kam zurück, ich stellte ihn zur Rede und er erklärte mir, dass er nur der Steuer wegen seine Lebensgefährtin geheiratet habe, sich deswegen aber doch nichts an unserer Beziehung ändern müsse.«

»Da hattest du dir aber ein richtiges Schätzchen angelacht! Ich hoffe, du hast ihn hochkant rausgeschmissen.«

»Habe ich – und mir dann vor Zorn über meine eigene Blödheit fast ein Muster in den Hintern gebissen.« Fritz seufzte. »Deswegen habe ich dann Parasitologie in den Sand gesetzt. Und weil ich eh schon so durchhing, habe ich mir überlegt, ob ich ganz hinschmeiße. Ich habe als Bereiterin ganz ordentlich verdient – und dafür hätte ich eben nicht Parasitologie pauken müssen. Aber da hat mich Adrian durch den Wolf gedreht und anschließend eine Woche lang mit mir gepaukt – aber frag nicht, wie! Als ich danach das zweite Mal in die Prüfung gestiegen bin, kannte ich die Kosenamen sämtlicher Napfschildläuse und hätte die meisten davon im Dunkeln erkannt. Apropos Napfschildläuse …« Sie gab Jan eine weitere Glasschale. »Das sieht für mich nach Kokzidien aus. Die sind bei meinen Nutztieren relativ häufig und kommt doch auch bei Schlangen vor, oder?«

»Ich habe sie gut in Parasitologie eingepaukt, nicht?« Adrian war ins Labor gekommen. Auf Friederikes Schultern lehnend schaute er auf den Bildschirm. »Das sind Kokzidien – Eimeriidae, um genau zu sein, aber ziemlich exotische.«

»Brat mir einer einen Storch!« Jan zog die Tastatur und die Maus des Computers zu sich, klickte das Bild an und speicherte es. Dann verkleinerte er das Fenster und suchte in einem Verzeichnis. Ein neues Fenster öffnete sich, das ebenfalls ein Präparat zeigte. Jan zog es neben das andere, drehte sich und schaute Adrian an. »Wie findest du das, Adrian?«

»Das sind dieselben Eimeriidae!«, sagte Adrian. »Ist diese Probe auch von unserem Freund Kowalski?«

»Nein, aber wir vermuten, dass diese Tierchen auf dem Weg zu ihm gewesen sein könnten.« Jan stand auf und ging zum Waschbecken. »Die zweite stammt von einer toten Schlange, die unsere Freunde vom Zoll vor zwei Wochen im Hafen aus einem Container gefischt haben.« Er drehte das Wasser auf und wusch sich die Hände. »Kinders, ich weiß nicht, wie es mit euch ist, aber ich habe Hunger. Darum gehe ich jetzt mal den Grill anwerfen.«

»Gute Idee!«, fand Fritz. »Mir hängt der Magen in den Kniekehlen. Kann ich dir helfen, Jan?«

»Du kannst den Salat zusammenschmeißen. Meine Dressings sind – sagen jedenfalls meine Frau und meine Töchter – immer zu fett.« Sein Handy unterbrach ihn mit einem lauten Klingeln. Jan griff in die Hosentasche, nahm es heraus und meldete sich energisch: »Van Eycken.« Er lauschte einen Augenblick, dabei runzelte er die Stirn. »Oh nein – nicht schon wieder! Meine Auffangstationen sind noch von der letzten Lieferung überfüllt!« Wieder hörte er zu, dann seufzte er. »So schlimm? Ja, gut – klar komme ich rüber. Ich habe gerade zwei Kollegen aus Süddeutschland zu Besuch. Die bringe ich mit.« Kleine Pause, während er zur Tür ging. »Gib mir eine halbe Stunde, Anja. Ich muss erst noch packen und mich umziehen.« Einen Augenblick später legte er auf und drehte sich um. »Tut mir leid, aber Grillen ist gestrichen. Ich gebe euch unterwegs eine Currywurst aus. Im Hafen ist die Bude, bei der es die besten Currywürste in Duisburg gibt.«

»Und was machen wir sonst im Hafen?«, fragte Adrian misstrauisch. Er faltete gerade sein Seidentuch und steckte es wieder in seinen Kragen.

»Ich fürchte, wir müssen einige Tiere einschläfern.« Jan ging über den Flur in einen anderen Raum. »Das eben am Telefon war Anja Sanders, eine von unseren Amtsveterinärinnen.«

»Die gute Anja!«, freute sich Adrian. »Die habe ich ja seit einer Ewigkeit nicht mehr gesehen!«

»Dann kannst du dich freuen«, rief Jan aus dem Nebenzimmer. »Sie ist im Hafen. Der Zoll hat auf einem Schiff einen Container beschlagnahmt, in dem zwischen Elektronikteilen jede Menge Reptilien waren.«

»Nachschub für unseren Freund Kowalski?«, fragte Fritz.

»Das würde mich nicht wundern«, antwortete Jan. Er stellte eine Kunststoffbox auf den Tisch. »Könnt ihr zwei Hübschen Spritzen, Nadeln, Betäubungsmittel und T61 einpacken? Dann gehe ich mich unterdessen umziehen und fahre die Karre vor.«

Adrian stand schon vor dem Medikamentenschrank. »Wie viel T61 soll ich einpacken? Was meinst du, wie viele Tiere wir da einschläfern müssen?«

Jan seufzte und sah Fritz an. »Scheint eine Weile her zu sein, seit unser Liebchen das letzte Mal mit einem Amtsvet im Einsatz war, hmm?«

»Pack ein, was da ist, Adrian!«, orderte Fritz den Kollegen, während sie jede Menge Einwegspritzen in die Box legte. Durch die angelehnte Tür zum Nebenzimmer erklärte sie Jan: »Der gute Adrian kommt tatsächlich selten aus seiner Wilhelma raus. Der Neckarhafen ist zwar von dort aus in Spuckweite, aber da ist wenig los. Der Hauptgüterumschlag in der Ecke läuft im Plochinger Hafen – und die beiden Kollegen, die dort Tierschutz machen, sind recht fixe Kerlchen. Und auf dem Stuttgarter Flughafen ist meist Verena Eisenmann zugange – die hat Wildtiermedizin gemacht. Bleiben die Ludwigsburger und ich, und da wir keinen Hafen – weder Flug- noch sonst einen – im jeweiligen Revier haben, können wir unsere jährlichen Wildtier-Einsätze an einer Hand abzählen.«

»Fritzchens tägliches Brot sind immer noch Schweine und Kühe!«, feixte Adrian.

»Schön wär's – mit meinen Bauern komme ich nämlich normalerweise ganz gut klar«, sagte Fritz. »Mein täglich Brot sind aber bissige Hunde samt ihren meist ziemlich unfähigen Haltern; Tiermessis, die hundertzwanzig Katzen in einer Zweizimmerwohnung halten und sogenannte Gnadenhöfe, auf denen irgendwelche armen Viecher unter erbärmlichen Bedingungen dahinvegetieren. Ganz besonders mag ich aber auch die Tierfreunde, die von Tuten und Blasen keine Ahnung, aber meine Telefonnummer auf dem Handy gespeichert haben.«

Jan vermeldete: »Fertig. Wir können.«

Adrian und Friederike folgten ihm durch die Klinik zur Garage, in der er die Boxen im Kofferraum seines VW-Busses verstaute. Danach öffnete er die Schiebe- und die Beifahrertür. »Hüpft rein, ihr Lieben.« Er fuhr mit quietschenden Reifen vom Hof und auf den Zubringer in die Stadt.

Während Adrian am Radio herumspielte, schaute Fritz auf den Rhein, an dem sie jetzt entlangfuhren. Darauf waren zwei große Schiffe unterwegs. »Sag mal, Jan, was ist eigentlich im Hafen? Gehen wir auf ein Schiff?«

Jan zuckte mit den Schultern. »Frag mich nicht – Anja hat nur gesagt, dass der Zoll schon wieder Tiere in einem Container gefunden hat und jetzt die Ladung von einem ganzen Schiff durchsucht. Ich habe aber keine Ahnung, ob die Container schon an Land oder noch an Bord sind.«

»Hmm.« Fritz nickte. »Wie läuft denn so was generell ab? Ich habe da keine Ahnung.«

»Okay«, begann Jan. »Was ein Container ist, weißt du?«

»Ja, klar, so ein großer Behälter, in dem von den Bananen bis zu Fernsehern aus Korea alles Mögliche transportiert werden kann«, antwortete Fritz.

»Genau, und der große Vorteil an Containern ist, dass man die Dinger relativ einfach vom Lastwagen oder Zug auf ein Seeschiff, von dort auf ein Binnenschiff und schließlich wieder auf einen Lastwagen verladen kann«, erklärte Jan. »Und ein weiterer Vorteil ist, dass man den Kram nicht bei jedem Umladen neu durch den Zoll schicken muss. Stell dir vor, du würdest in deinem schwäbischen Dorf irgendwas herstellen, was du nach Washington verkaufst. Also besorgst du dir einen Container, packst dein Zeug rein und meldest den Kladderadatsch beim Zoll an. Die plombieren den Container und stellen die entsprechenden Papiere aus. Mit denen geht dein Container dann auf die Reise – zum Beispiel mit dem Lkw in den nächsten Binnenhafen. Dort wird er auf ein Containerschiff verladen und schippert zum Beispiel nach Rotterdam – das ist momentan der größte europäische Seehafen. Von dort reist deine Kiste nach Amerika, wird dort im entsprechenden Hafen von einem Spediteur abgeholt und landet in Washington, wo dann die Plombe vom Zoll entfernt und eine Abschlusskontrolle vorgenommen wird.«

»Ah ja. Aber wenn der Zoll die Container zweimal kontrolliert, kann man darin doch nichts schmuggeln, oder?«, wandte Friederike ein.

Sie fuhren gerade über eine Brücke, unter ihnen lag ein Kanal. Jan lachte und deutete über ihn hinweg auf die Hafenbecken dahinter. »Fritzchen, du kleine Landpomeranze: Das hier ist ein Teil des Duisburger Hafens – und da vorne links siehst du jetzt gleich das Containerterminal. Soviel ich weiß, werden hier jedes Jahr über fünfzig Millionen Tonnen Güter umgeschlagen. Das sind Tausende von Containern. So viele Leute, dass der Zoll jeden einzeln und dazu noch gründlich untersuchen kann, könnte er gar nicht einstellen. Die machen Stichproben, gehen vielleicht mal mit Drogenhunden durch und röntgen den einen oder anderen Container. Aber ich bin überzeugt, dass die trotzdem nicht viel mehr als zwanzig Prozent der Schmuggelware erwischen.«

»Und wenn man bedenkt, was sich mit Reptilienschmuggel verdienen lässt«, sagte Adrian von hinten. »Flieg nach Brasilien, fahr in die entsprechende Ecke und drücke da irgendwelchen Einheimischen fünfhundert Dollar in die Hand. Dafür schleppen die dir eine Wagenladung voll geschützter Tiere an. Dann investierst du noch mal ein paar Tausender in irgendeine harmlose Fracht, unter der du deine Tiere verstecken kannst, und ab dafür.«

Jan übernahm wieder. »Und hier eröffnest du eine Firma für Im- und Export, lässt deine Container dahin liefern, verscherbelst die Beifracht – selbst wenn du die zum Selbstkostenpreis raushauen musst, verdienst du ja an deinen geschmuggelten Tieren, und zwar so viel, dass du es dir auch leisten kannst, den einen oder anderen Container durch Beschlagnahme zu verlieren.« Er bog ab, der Wagen holperte über Eisenbahnschienen, dann musste Jan an einem Schlagbaum halten. Ein schwarz uniformierter Mann kam ans Fenster, Jan öffnete es und sagte: »Doktor van Eycken mit Kollegen. Wir sind Tierärzte und mit Doktor Sanders verabredet. Die ist unten beim Zoll.«

»Ja, Sie sind angemeldet. Fahren Sie durch. Sie kennen sich hier aus?«, fragte der Uniformierte.

»Ja, kein Problem, ich finde den Zoll.« Jan fuhr wieder an.

Friederike betrachtete die fast endlos scheinenden Reihen von aufeinandergestapelten Containern, an denen sie auf der Landseite vorbeifuhren. »Eines verstehe ich nicht: Wenn der Zoll einen Container beschlagnahmt, wird er doch dem Eigentümer auf die Füße treten, oder?«

»Klar. Wenn die da drin was finden, ist erst mal der Spediteur fällig, der den Container auf der Frachtliste hat. Der wird aber natürlich den Kopf nicht hinhalten, sondern den Zoll an den Empfänger des Containers verweisen«, erklärte Jan. »Also ist der dran.«

»Und danach wird doch der Zoll wahrscheinlich alles kontrollieren, was an den geschickt wird, oder?«, fragte Fritz.

»Das Problem liegt darin, dass der Zoll ja nicht weiß, wer einen Container bekommt. Auf den Frachtpapieren steht ja üblicherweise nur die Spedition, die ihn im Hafen abholt«, wusste Jan. »Und wenn du eine große Spedition hast, die jedes Jahr ein paar tausend Container hier umschlägt, kann der Zoll die nicht einzeln auseinandernehmen. Außerdem haben wir bei Reptilien immer das Problem, das man die von außen ganz schlecht findet. Klar, wenn der Container offen ist und die Drogenhunde dran sind, besteht eine gute Chance, dass die bei lebenden Tieren anschlagen. Aber wie gesagt: Wir reden hier von Tausenden von Containern – da kann der Zoll nicht jeden einzelnen öffnen. Und die mobile Röntgenanlage, die die für die Dinger nutzen, hilft uns da nicht viel. Wenn da fünfzig Schlangen unter Tausend Elektronikteilen stecken, ist die Chance, dass man die auf dem Röntgenbild nicht sieht, ziemlich groß.« Er war inzwischen unter drei Kranbrücken durchgefahren, nun steuerte er den Wagen vor eine große Halle und stellte ihn ab.

Vor dem Gebäude standen zwei Fahrzeuge vom Zoll, daneben ein schwarzer BMW und ein Geländewagen, an dessen Frontscheibe ein Ausweis mit einem Duisburger Amtssiegel angebracht war. Jan grinste Fritz und Adrian an. »Okay, Freunde, dann auf in den Kampf. Mal sehen, was die liebe Anja für uns hat.«

Adrian war der Schnellste – als Fritz ausstieg, hatte er schon die Medikamentenbox aus dem Kofferraum geholt. Jan drückte Fritz die Kiste mit den Kitteln und Westen in den Arm und lud sein mobiles Röntgengerät aus. »Ich vermute, das werden wir brauchen.«

Fritz folgte den Herren über eine Rampe zu einem offenen Rolltor. Innen diskutierte ein älterer Mann mit einem Zollbeamten. Ein zweiter sah Jan und seine Mitstreiter erwartungsvoll an. »Kann ich Ihnen helfen?«

»Ja. Wir suchen Doktor Sanders«, sagte Jan. »Wir sind Kollegen.«

Der junge Beamte deutete auf einen grünen Container. »Links rum – wir haben die Container, die wir auseinandernehmen müssen, schon reingeholt.«

»Himmel, wie viele sind's denn?«, fragte Adrian.

»Zwei. Bei beiden haben unsere Hunde angeschlagen«, gab der Beamte Auskunft. Er ging vor ihnen um den grünen Container herum. Es war sehr kühl in der Halle und Fritz, nur mit Jeans, T-Shirt und Sneakers bekleidet, war froh, dass Jan an warme Pullover und Westen gedacht hatte.

Eine rothaarige junge Frau in einem grünen Overall kam ihnen entgegen. »Hallo, Jan! Gut, dass du da bist – und klasse, du hast ein Röntgengerät mitgebracht. Wir haben schon eines im Einsatz, aber mit nur einem brauchen wir hier eine Ewigkeit.« Sie hielt Fritz die Hand hin. »Ich bin Anja Sanders. Sie sind eine Kollegin?«

»Ja, ich bin Friederike Abele, aber ich sag's gleich: Von Reptilien habe ich keine Ahnung. Ich habe Nutztiere gemacht und bin jetzt Amtsveterinärin in Göppingen.« Fritz schüttelte die angebotene Hand.

»Adrian!« Anja Sanders stellte sich auf die Zehenspitzen und hauchte Adrian einen Kuss auf die Wange. »Gut siehst du aus! Und ich freue mich, dich mal wieder zu sehen.«

Adrian küsste zurück. »Das Kompliment kann ich zurückgeben: Der Haarschnitt und die Farbe stehen dir!«

Jan hatte sein Röntgengerät abgestellt, nahm ein Sweatshirt aus Friederikes Kiste und zog es über. Während er in eine Weste schlüpfte, fragte er: »Was steht an, Anja?«

Sie deutete auf den roten und den grünen Container daneben. Vor dem roten stand eine mobile Röntgenanlage, daneben waren mehrere mannshohe Gitterboxen auf Rädern aufgestellt. Zwei Zollbeamte standen neben dem Röntgengerät. Einer lud Kartons darauf, der andere nahm ab. Zwischen ihnen saß ein dritter vor einem Bildschirm. »Gucken Sie mal hier, Frau Doktor!«, bat er eben.

Anja lächelte entschuldigend und wandte sich ihm zu. »Hmm. Könnt ihr den Karton mal umdrehen?« Der Karton wurde noch einmal durch das Gerät geschoben, ein neues Bild erschien auf dem Monitor. »Da ist was drin!«, sagte Anja. »Also – die vollen ins Töpfchen, die leeren ins Kröpfchen!« Sie nahm den Karton, malte mit einem Marker ein dickes »TES« darauf und legte ihn in einen Rollwagen, der mit rotweißem Band markiert war. Dabei schaute sie ihre Kollegen an. »Was haltet ihr von Arbeitsteilung? Einer von euch guckt am zweiten Röntgengerät, die anderen packen aus?« Sie deutete auf den Rollwagen. »Da sind die Kartons drin, in denen wir was gefunden haben. Ich habe sie markiert. ›TES‹ steht für Schildkröten, ›SER‹ für Schlangen, ›AN‹ für alles andere. Bei ›SER‹ müsst ihr aufpassen – ich hab keine Ahnung, was das für welche sind.«

»Na ja.« Adrian schlüpfte gerade in eine Weste. »Bei den Temperaturen hier sind die bestimmt nicht besonders angriffslustig.«

Anja seufzte. »Tja – ich würd mich nicht darauf verlassen. Die Container sind erst seit einer halben Stunde in der Halle. Davor sind sie draußen in der prallen Sonne gestanden – und das schon seit gestern.«

»Oh, oh!«, machte Adrian. »Dann wird es beim Auspacken lustig. Hast du Handschuhe dabei, Jan?«

»Natürlich.« Jan wühlte in der Box und brachte ein Paar dicke, lange Lederhandschuhe und einen Haken zum Vorschein. »Bitte. Was hältst du davon, wenn ich röntge und du auspackst, Adrian?«

»Gut, kein Problem«, sagte Adrian und zog die Handschuhe an.

»Was kann ich tun?«, fragte Friederike.

»Hmm.« Adrian schaute Jan fragend an.

»Fritzchen packt die Schildkröten aus und guckt sie sich an«, entschied der. »Und sei bitte vorsichtig – lass dich nicht von einer Schnappschildkröte beißen, ja?«

12

Es waren nicht sehr viele Schildkröten. Nach zwei Stunden hatte Fritz nichts mehr zu tun. Nun waren nur noch Schlangen und »andere« im Wagen – und sowohl Adrian wie auch Jan wollten die Kartons selbst auspacken. Fritz unterdessen saß auf einer der Boxen und wartete auf Arbeit.

Adrian zog unterdessen einen kleinen Brillenkaiman aus einem Karton. »Oh, verdammt – der sieht gar nicht gut aus!«, fand er. »Aber wisst ihr, dass ich mich nicht viel besser fühle? Langsam werden mir die Knie weich vor Hunger.«

»Wie war das mit der versprochenen Currywurst?«, fragte Fritz.

Jan winkte gerade wieder einen Karton durch. »Hunger ist ein gutes Stichwort.« Er stand auf. »Ich ziehe mal los und hole uns Currywürste.«

Fritz wandte ein: »Wäre es nicht besser, ich würde das tun? Ich kann hier als Tierarzt am wenigsten ausrichten. Oder muss man ortskundig sein, um die Wurstbude zu finden?«

»Ne, gar nicht – ist oben, gegenüber der ersten Kranbrücke«, erklärte Jan, fasste in die Tasche und wollte Fritz seine Autoschlüssel zuwerfen.

»Kann ich da nicht zu Fuß hingehen? Das Wetter ist schön und mir wäre durchaus nach etwas Bewegung.«

»Ja, ist aber ein Stück. Der Containerhafen zieht sich«, sagte Jan.

»Ich werde es aushalten«, lächelte Fritz und fragte dann in die Halle hinein: »Noch jemand Bedarf an Currywurst?«

Die Zollbeamten winkten bis auf einen ab. Sie seien in der Mittagspause schon am Büdchen gewesen. Doch Adrian bestellte eine scharfe Currywurst und Pommes nur mit Salz, Anja entschied sich für Currywurst und Heringsbrötchen; Jan wollte eine scharfe Currywurst und Pommes »Schranke«, der Zöllner schloss sich ihm an. Fritz schrieb sich einen Zettel und machte sich auf den Weg.

Nach zwei Stunden in der kalten Halle unter Kunstlicht genoss sie die Sonne, die auf dem Wasser des Hafenbeckens glitzerte. Sie ging am Kai entlang, an dem ein Schiff lag. Ihr erschien es riesig – mindestens fünfundzwanzig Meter breit und an die zweihundert lang. Hinten war ein Schild mit dem Namen des Schiffes angebracht: »Wappen von Duisburg«. Der vordere Teil war noch mit Containern beladen, die sich bis weit über die Kaimauer hoch stapelten. Friederike wunderte sich, wo sie wohl herkamen und ob auch in ihnen Tiere geschmuggelt wurden.

Der hintere Teil des Schiffs war schon leer. Von der Kaimauer aus sah Fritz hinunter in den Laderaum, der mindestens sechs oder sieben Meter unter ihr lag. Fritz konnte den Boden von oben nicht sehen, was den Anblick fast bedrohlich erscheinen ließ.

Nur durch einen schmalen Wasserstreifen vom Kai getrennt lag gegenüber dem Containerschiff eine langgestreckte Halbinsel. Auf ihr lagerten Stahlbleche, mannshohe Drahtrollen auf Holzspulen, Stahlblöcke und Berge von unverarbeitetem Erz. Duisburg, so fiel Fritz ein, war ja mitten im Ruhrgebiet und hier wurde immer noch jede Menge Stahl verarbeitet.

Fast am Ende des Kais mit dem ersten Kran in Sicht bog Friederike in eine Lücke zwischen den Containern ab und wanderte landeinwärts. Zwischen den Stahlbehältern war es schattig und Fritz zog fröstelnd die Schultern hoch. Vielleicht war es doch keine gute Idee gewesen, zu Fuß zu gehen? Allein zwischen den haushohen Stapeln aus Containern. Fritz war eigentlich nicht ängstlich, aber nun fühlte sie sich doch unwohl. »Wenn dich hier einer überfällt, hast du keine Chance«, dachte sie und tadelte sich im gleichen Moment. Wie hatte sie erst neulich einer Stallkameradin erklärt, die sich darüber wunderte, dass sich Fritz allein in den großen, dunklen Wald traute? »Wenn einer vorhat, eine Frau zu vergewaltigen, wird er nicht gerade in dem Wald hinter einem Busch lauern. Da kommt nämlich sehr selten eine vorbei.«

Dieselbe Logik konnte man auch auf das Containerlager anwenden. Am Wochenende wurde darin nicht gearbeitet, dazu musste man ja an der Schranke vorbei, um hineinzukommen – ergo war die Wahrscheinlichkeit, dass sich darin jemand herumtrieb, doch relativ klein. Dennoch war Fritz froh, als sie am oberen Block der Container angekommen war und gegenüber auf der anderen Seite der Straße, hinter der Schranke, einen Imbisswagen sah. Der Schwarzuniformierte an der Schranke winkte sie durch, während er gelangweilt die BILD-Zeitung las.

Hinter dem Tresen drehte ein schwarzhaariger Mann mit Schnurrbart Würste auf dem Grill, am Tresen hingen zwei Männer mit Bierflaschen, einer durch ein weißblau geringeltes T-Shirt als Fan des MSV Duisburg ausgewiesen. Die Herren diskutierten offenkundig über das letzte Spiel ihres Vereins. Fritz lächelte sie an. »Hallo!«

Der MSV-Fan nahm einen Schluck aus seiner Pulle, dabei musterte er sie interessiert. »Na, Puppe, trinkst ein Bier mit uns? Ich lade dich ein!«

Bevor Fritz antworten konnte, schaltete sich der Wirt ein. »Lass meine Gäste zufrieden, Jupp!« Er strahlte Friederike an und zeigte dabei eine ganze Reihe Goldzähne. »Was kann ich für Sie tun?«

Fritz fummelte ihren Zettel aus der Tasche. »Dreimal Currywurst scharf, zweimal normal, einmal eine große Pommes nur mit Salz, dreimal Pommes Schranke und zwei Heringsbrötchen«, bestellte sie.

Der Budenbetreiber warf bereits Pommes in einen Korb und hängte ihn in die Fritteuse. »Braucht einen Moment«, sagte er, nahm zwei Heringsbrötchen aus einer Vitrine, wickelte sie ein, packte sie in eine Tüte und lächelte Fritz an. »Sind Sie aus dem Schwabenland?«

»Ja«, nickte Fritz. Sie hatte schon bemerkt, dass der Wirt zwar das war, was ihre Regierungsdirektorin als »Mitbürger mit Migrationshintergrund« zu bezeichnen pflegte, doch sein Deutsch offenkundig unter Schwaben gelernt hatte. »Sie haben in Baden-Württemberg gelebt, gell?«

Der Wirt nickte und sein Lächeln wurde noch breiter. »Ich hab achtzehn Jahre in Stuttgart beim Daimler geschafft!«, verkündete er. »Schöne Stadt, Stuttgart.«

»Finde ich auch!«, bestätigte Friederike.

»Aber der VfB kriegt nix gebacken!«, warf Jupp von der Seite ein.

»Im Moment spielt der aber eine Liga über dem MSV!«, sagte sein Freund, leerte seine Flasche und schob sie dem Wirt zu. »Gib mir noch eine rüber, Orkan!«

Der Wirt reichte ihm ein neues Bier, dann schüttelte er den Korb mit den Pommes. »Möchten Sie auch ebbes zu trinken?«, fragte er Fritz.

Sie betrachtete kurz die Dosen, die in einem kunstvollen Stapel seitlich auf der Theke aufgebaut waren. »Gute Idee. Packen Sie mir eine Cola, eine Fanta, ein Sprite und vier Mineralwasser ein, bitte.« Sie grub in ihrer Hosentasche nach Geld, fand einen Fünfziger und legte ihn auf den Wechselteller.

Der Wirt packte die Getränke in eine Tüte, dann tippte er auf seiner Kasse, dabei laut zusammenzählend: »Fünfmal Currywurst, 12,50; viermal Pommes, sechs Euro, zweimal Hering, vier Euro, dreimal Getränke für einen Euro, viermal für achtzig, macht 28,70.«

Fritz schob ihm den Schein zu. »Machen Sie dreißig draus und dafür kriege ich noch einige Servietten.«

»Danke, die hätten Sie auch so gekriegt!« Der Wirt schnitt die Currywürste und löffelte Soße darüber. »Ich mache ein Kreuz auf die Päckchen mit den scharfen«, kündigte er an.

»Das ist lieb.« Fritz wartete geduldig, bis der Wirt alles verpackt hatte und ihr die beiden Tüten reichte. »Danke und einen schönen Tag noch!«

»Willst du wirklich schon gehen, Puppe?«, fragte Jupp.

»Sorry, aber ich werde erwartet«, antwortete Fritz. »Viel Spaß noch!«

Fritz steuerte zwischen den Containern und einem fast leeren Parkplatz den Kai an. Plötzlich blieb sie stehen. Es ging ein leichter Wind – und der hatte ihr den Klang von Männerstimmen zugetragen. Sie waren aus Richtung einer schmalen Gasse zwischen den Containern gekommen.

Jetzt hörte sie wieder etwas. »... zu viel schiefgelaufen«, drang an ihr Ohr – eine sonore, durchaus angenehme Stimme.

»Was soll ich machen, wenn der Zoll dauernd kontrolliert?«, maulte ein anderer Mann.

Fritz blieb auf der Stelle stehen. Die Stimme und den Dialekt kannte sie doch! Und warum wunderte es sie überhaupt nicht, dass Claus Kowalski sich gerade jetzt im Containerlager herumtrieb? Sie stellte ihre Tüten seitlich an einen gelben Container, dann schaute sie vorsichtig in die Lücke zwischen den Stahlbehältern. Nichts zu sehen. Also standen Kowalski und sein Gesprächspartner dahinter.

Nun sprach wieder der Herr mit der sonoren Stimme, doch zu leise für Fritz. Mit dem Rücken gegen den Container schob sie sich dazwischen und näher an die Männer heran.

Kowalski war jetzt wieder dran. »Das nützt nichts, da komme ich nicht dran!«

»Dann lassen Sie sich was ...« Verflixt, der Sonore hatte wohl seine Position verändert. Jetzt verstand Fritz wieder nichts von dem, was er sagte, sondern bekam nur Murmeln mit.

Kowalski sprach: »Ich habe jemanden, guter Junge ...«

Der andere unterbrach ihn. Er klang nervös, als er sagte: »Es wäre mir lieber, wenn Sie das selbst erledigen würden. In dieser Sache ist schon genug schiefgelaufen ...«

Fritz lauschte der Stimme nach. Der Sonore sprach sehr gut Deutsch, aber da war ein ganz kleiner Akzent, mehr in der Sprachmelodie als in den einzelnen Worten. Ob das »Willem« war? Der Name deutete auf einen Holländer hin und der Akzent ebenfalls.

Auf jeden Fall war es jemand, mit dem Kowalski nicht glücklich war. »Wieso muss eigentlich immer ich die Drecksarbeit machen?«

»Wahrscheinlich, weil Sie am besten dazu geeignet sind«, antwortete der Holländer und aus seiner Stimme klang pure Verachtung. »Sehen Sie zu, dass Sie das Problem geregelt bekommen – und das möglichst schnell.«

»Ja, ja. Der Herr befiehlt und ich darf machen«, begehrte Kowalski auf. »Aber wenn es dann an die Abrechnung geht …«

»Kowalski, das werde ich jetzt nicht hier mit Ihnen diskutieren«, unterbrach ihn der Holländer. »Ich fahre jetzt weg – und Sie warten bitte noch einen Augenblick. Man muss uns ja nicht zusammen sehen.«

»Okay, aber …«, sagte Kowalski, doch sein Gesprächspartner hatte ihn offenbar grußlos stehen gelassen.

Fritz hörte, wie sich Schritte entfernten, und sprintete los. Sie vermutete, dass der Holländer einen Gang parallel neben ihr entlangging, und wollte ihn unbedingt sehen, wenn er ins Sonnenlicht hinaustrat.

Vorne blieb sie an der Ecke des Containers stehen und drückte sich in seinen Schatten. Da kam der Mann: Hochgewachsen, blond, in einem eleganten, grauen Anzug. Er steuerte auf den Parkplatz gegenüber zu. Fritz studierte bereits die Autos. Ein Holländer war nicht dabei, aber dafür ein silberner Mercedes mit HB-Nummer. Fritz war sich ziemlich sicher, dass er zu dem Blonden gehörte, und hoffte, dass er sich beim Einsteigen umdrehen und ihr sein Gesicht zeigen würde.

Jetzt war der Blonde am silbernen Mercedes – und Friederike wollte aufschreien, denn da war plötzlich ein Arm, der sich um ihre Taille legte, und eine Hand, die ihr den Mund zuhielt. »Halt die Klappe!«, fauchte jemand in ihr Ohr. Auch diese Stimme kannte Fritz. Sie gehörte zu Gaby, Kowalskis Gorilla.

Sie ärgerte sich über ihre eigene Blödheit. Sie hatte nur auf den Parkplatz geachtet und darum nicht bemerkt, wie sich Gaby hinter ihr angeschlichen hatte. Aber was hatte er jetzt vor? Und wie kam sie aus der Sache wieder raus? Irgendwo im Hinterkopf meinte sie, Corins Stimme zu hören, wie er davon gesprochen hatte, dass Bareis ermordet worden war. Was, wenn er recht hatte? Was, wenn diese Typen wirklich so skrupellos waren?

Gaby schubste sie vorwärts. »Lauf!«, knurrte er, ohne sie dabei loszulassen. Er manövrierte sie auf dem Weg zurück, auf dem sie gekommen war, tiefer in das Gewirr der Stahlbehälter hinein. Und nun schleppte er sie um die Ecke und da stand, wie sie es erwartet hatte, Kowalski. Er zündete sich gerade eine Zigarette an und obwohl Fritz schon vor einiger Zeit das Rauchen aufgegeben hatte, hätte sie jetzt alles für eine Marlboro gegeben.

»Guck mal, Chef, wer hier rumschnüffelt!«, sagte Gaby und klang dabei sehr stolz.

»Ich werde verrückt – die Bulette von gestern!« Kowalski blies ihr seinen Rauch ins Gesicht. »Mädchen, ich weiß nicht, wo du plötzlich herkommst und was für einen Auftrag du hast, aber du gehst mir langsam mächtig auf die Eier!« Er trat dabei noch näher an Friederike heran – und die reagierte prompt. Sie biss kräftig in die Hand über ihrem Mund, gleichzeitig ließ sie sich mit vollem Gewicht auf den Arm fallen, der sie an der Taille hielt, und zog gleichzeitig das rechte Knie hoch. Treffer! Kowalski, an einer Stelle getroffen, an der es für einen Mann sehr unangenehm ist – »So viel zu ›Du gehst mir auf die Eier!‹«, dachte Fritz grimmig –, brach mit einem Gurgeln zusammen. Gaby, der offensichtlich nicht damit gerechnet hatte, dass sein Opfer sich wehrte, ließ für einige Sekunden los – und Fritz rannte. Ihr Herz klopfte ganz oben am Hals, sie saugte mit offenem Mund Luft ein, ihre Füße trommelten auf den Boden. Sie konnte nicht klar denken, sondern folgte nur ihrem Instinkt, der sie in Richtung Sonne und Kaimauer schickte.

Sie hörte Gaby hinter sich schreien, aber verstand ihn nicht. Dafür schaute sie über die Schulter. Nein, er war nicht hinter ihr, sondern stützte Kowalski.

Noch vier Container, aber jeweils die kurze Seite – und dann war sie wieder auf der Straße, die auf der Kaimauer entlangführte. Uff. Fritz gönnte sich eine ganz kurze Verschnaufpause. Warum fielen ihr gerade jetzt ihre Currywürste wieder ein? Sie war nur eine Containerreihe davon entfernt. Dennoch hatte sie überhaupt keine Lust, die Tüten einzusammeln. Stattdessen setzte sie sich in Richtung Halle in Trab.

Sie war recht zufrieden mit sich selbst. Das hatte sie doch gut gemeistert!

Dann hörte sie das Kreischen von Reifen und einen Motor – der schwarze Golf bog keine fünfzig Meter von ihr entfernt um den Containerstapel. Gaby saß am Steuer und hielt auf Fritz zu.

Verflixt! Zu Fuß hatte sie keine Chance, dem Auto zu entkommen. Und Gaby hatte offensichtlich vor, sie entweder gegen einen Container zu drücken oder über die Ufermauer in den leeren Laderaum des Schiffes zu stürzen. Fritz hatte aber keine Lust, »Unfallopfer« im Duisburger Hafen zu werden – und da war ja auch noch ein Ausweg: Sie spurtete zwischen die Container. Die Pfade dazwischen waren kaum einen Meter breit – ein Auto konnte ihr da nicht folgen. Spielstand Kowalski und Co. gegen Abele: null zu vier. Kowalski und seine Helfer würden sich anstrengen müssen.

Aber Fritz' Ziel war immer noch die Halle. Also: Einen Quergang hoch, dann in den Längsgang zwischen den Stahlbehältern. Schei...benkleister, was war das denn? Der Containerstapel links von Fritz war nur zwei Stockwerke hoch – und nun wurde einige Meter vor ihr der obere Container angehoben und schwebte Richtung Kai. Fritz hörte, wie er da mit einem metallischen Geräusch aufsetzte, und gab Gas. Nun schwebte die Kralle des Krans über ihr und hob den nächsten, einen braunen Stahlbehälter, an. Er begann sanft zu schwingen. Im nächsten Moment würde er in Fritz' Richtung kommen und sie gegen den Container gegenüber drücken.

Fritz rannte um ihr Leben. Sie musste aus den Containerstapeln raus und das möglichst schnell! Klank – der braune

Container war wieder an seinem Platz, der Greifer fasste nach dem nächsten hoch über Fritz und räumte ihn aus dem Weg. Sie wusste, sie hatte nur Sekunden, bis der neben ihr schwingen würde. »Ich muss hier raus, ich muss hier raus!«, dröhnte es durch ihren Kopf. Sie rannte in den Gang abwärts zum Kai, kam in der Sonne an und prallte zurück: Am vorderen Ende der Straße wartete der schwarze Golf, das hintere war durch zwei querstehende Container versperrt. Und nun war schon wieder einer in der Luft über ihr.

Jetzt war nur noch ein Ausweg offen. Fritz wetzte über die Straße, hupfte über die Taue, mit denen das Schiff festgemacht war und sprang Kopf voraus ins Hafenbecken.

Der Kälteschock beim Eintauchen ging durch Mark und Bein. Sie war bei ihrer Flucht ordentlich ins Schwitzen gekommen und das Wasser war eisig. Zudem war es ziemlich dreckig. Aber das hatte immerhin den Vorteil, dass man sie darin nicht sah. Als sie auftauchte, holte sie tief Luft, tauchte erneut ab und schwamm in Richtung der Halle. Und noch einmal auftauchen, Luft holen, abtauchen, schwimmen, solange die Lunge aushielt. Dabei überlegte sie schon, wie sie nun am Ende der Straße wieder aus dem Wasser herauskommen würde. Der Rhein hatte offenkundig Niedrigwasser, dementsprechend war der obere Rand der Ufermauer fast drei Meter über ihr. Doch ungefähr alle fünfundzwanzig Meter war eine Art Leiter in die Mauer eingelassen. Fritz schwamm an der ersten in ihrer Nähe vorbei – das war ihr immer noch zu nahe an den Containern. Also die nächste Leiter. Die Stahlsprossen fühlten sich glitschig an, als Fritz nach einer fasste. Sie zog sich dennoch vollends heran, suchte mit den Füßen unter Wasser nach einer Sprosse, fand sie und rutschte prompt ab. An einer Hand hängend stieß sie mit der Seite gegen die Sprossen. Autsch – das würde einen heftigen blauen Fleck an den Rippen geben.

Zweiter Anlauf – und dieses Mal lief es besser. Fritz schaffte drei Stufen, doch die nassen Sohlen ihrer Sneakers waren spiegelglatt und sie rutschte ein zweites Mal ab.

Das konnte doch nicht wahr sein! Da war sie Kowalski und Co. wieder einmal entkommen und sollte nun an dieser Ufermauer scheitern? Ihre Kräfte ließen langsam nach und am liebsten hätte sie vor Erschöpfung und Frustration geheult. Doch davon würde auch nichts besser werden und so krabbelte sie erneut Stufe für Stufe die Leiter hinauf. Es war alles andere als einfach, denn ihre Füße rutschten immer wieder ab – einmal nach hinten, einmal nach vorne, wobei sie jedes Mal einen schmerzhaften Schlag in die Hacken bekam.

Aber jetzt waren es nur noch fünf Stufen. Auf der vierten angekommen, leistete sich Fritz eine Verschnaufpause. Und dann war da plötzlich eine freundliche Stimme in breitem Ruhrpott-Dialekt: »Mensch, Puppe, was machst du denn für Sachen? Dat ist der Rhein, kein Freibad! Komm, gib mir die Flosse – ich zieh dich vollends raus!« Der MSV-Fan im Ringelshirt lag auf der Ufermauer und streckte ihr beide Hände entgegen. Fritz fasste danach, der Mann zog sie mit einem energischen Ruck auf die Ufermauer. Fritz war erleichtert und so erschöpft, dass ihr erst einmal die Knie wegknickten und sie über den MSV-Fan fiel.

»Ehrlich, Puppe, du riechst nicht gerade toll!«

»Sorry.« Fritz rollte sich zur Seite und blieb liegen. Doch da war schon wieder ein Motorengeräusch. Fritz hob den Kopf und sah erleichtert, dass da ein grüner Kombi anhielt.

»Sind Sie in Ordnung?« Ein Zollbeamter ging neben ihr in die Knie und schaute sie besorgt an.

»Nur ein bisschen nass und groggy«, gab Fritz Auskunft. »Aber wo kommt ihr denn her?«

Ein zweiter Zollbeamter kam dazu und legte ihr eine Decke über. »Können Sie aufstehen?« Er nahm ihren Arm und half ihr auf die Beine.

Dabei grinste Jupp sie an. »War wohl doch keine schlechte Idee, dass ich die Schwarzblauen losgejagt habe.«

»Danke!«, sagte Fritz.

»Ich hab deine Currywürste gefunden und dann gesehen, dass da einer Container bewegt. Da dachte ich, dass da irgendwas komisch ist. Samstags wird im Hafen normalerweise nicht gearbeitet«, erzählte Jupp.

»Dummerweise haben wir den Kerl auf dem Kran nicht gekriegt«, schimpfte der Zollbeamte. »Wir sind oben an die Kranbrücke rangefahren – da ist der Lift. Der Kerl kennt sich hier aber aus – er ist unten über die Notleiter ausgestiegen und spurlos verschwunden. Wir haben schon bei beiden Schranken angerufen – da ist nur ein harmloser Typ von einer Spedition durchgekommen.«

»Das war entweder mein Freund Kowalski oder einer seiner Helfer«, sagte Fritz. »Ich hatte eine recht unerfreuliche Begegnung mit Kowalski und einem seiner Mitarbeiter.«

»Oje. Kowalski mal wieder.« Der Beamte seufzte. »Wenn wir jetzt bei dem anrücken, sitzt der bestimmt mit Weib, Kind, Schwiegermutter und wem weiß ich noch alles am gutbürgerlichen Kaffeetisch und die ganze Sippe ist bereit, jeden Eid darauf zu schwören, dass der Pater familias das traute Heim an diesem Tag aber auch nicht für eine Minute verlassen hat. Und wenn das Auto noch mit warmem Kühler vor der Bude steht – Kowalski hat ein Alibi. Und dazu Nachbarn, die mit Blindheit geschlagen sind, weil sie Angst vor ihm haben.«

»Du, Bernd«, unterbrach ihn sein Kollege. »Ich denke, das klären wir besser später. Jetzt sollten wir die Dame erst mal ins Klinikum fahren.«

»Was soll ich denn da? Ich bin nur nass, was aber an so einem warmen Tag nicht schlimm ist. Das Einzige, was ich brauche, ist eine Dusche und was Trockenes zum Anziehen«, sagte Friederike.

»Sind Sie sicher?«, fragte der dunkelhaarige Beamte, den der andere vorher mit »Bernd« angesprochen hatte.

»Aber ja doch!« Fritz streckte Jupp, der dem Wortwechsel interessiert zugehört hatte, die Hand hin. »Danke! Sie sind wirklich ein Schatz und wenn ich das nächste Mal hier in der Gegend bin, gebe ich Ihnen ein Bier aus! Außerdem werde ich ab jetzt immer dem MSV die Daumen drücken.«

»Klar doch, Puppe. Für 'ne nette Frau tue ich fast alles!« Jupp grinste und winkte.

»Ich troll mich dann mal wieder auf mein Schiff. Gleich kommt die Sportschau. Pass gut auf dich auf, Puppe – das nächste Mal bin ich vielleicht nicht da, um deinen niedlichen Hintern zu retten! Ciao!« Er trottete über die Kaimauer in Richtung des Containerschiffs.

»Und wir fahren jetzt vor zur Dienststelle!«, entschied der ältere Beamte. »Da kriegen Sie Ihre Dusche und irgendwelche Klamotten werden wir sicher auch für Sie finden.« Er öffnete einladend die Hintertür des Kombis.

»Ich bin aber immer noch ziemlich nass!«, meldete Fritz an.

»Das macht nichts. Ich gebe Ihnen noch eine Decke.«

Fritz strippte trotzdem: Erst die Schuhe und Socken, dann schälte sie sich aus der nassen Jeans und wickelte sich die Fleecedecke um, die der Beamte ihr gab.

Keine drei Minuten später spazierte Fritz mit ihrem Deckenrock in die Lagerhalle, gefolgt von den beiden Zollbeamten, von denen einer die Tüten mit den Currywürsten und der andere ihre nassen Schuhe und Jeans trug.

»Hallo, da bin ich wieder!«, meldete Fritz.

Adrian ließ bei ihrem Anblick vor Schreck fast den Karton fallen, den er eben öffnen wollte. »Friederike Abele – was, um Himmels willen, hast du denn jetzt wieder angestellt? Kann man dich nicht mal für eine halbe Stunde allein lassen?«

»Ich bin unserem Freund Kowalski begegnet und der wollte wohl einen Container auf mir abstellen. Ich dachte, dass ich platt nicht so sexy aussehe und habe darum lieber ein Bad im Hafenbecken genommen«, gab Fritz Auskunft.

Adrian verdrehte die Augen und schaute zur Hallendecke. »Ich glaube, es wird Zeit, dass wir heimfahren! Duisburg bekommt dir nicht, Fritz!«

13

Friederikes Notebook piepste, gleichzeitig öffnete sich unten in der Ecke ein Fenster, das die Ankunft einer neuen Mail ankündigte. Fritz schob mit der rechten Hand die Maus darauf, klickte und sah zu, wie sich ein neues Fenster öffnete. Darin erschien ein Einzeiler, unten war ein Porträtfoto von Claus Kowalski angehängt.

»Ist angekommen«, sprach Fritz in den Telefonhörer, den sie am linken Ohr hatte. »Danke, Anja. Schade, dass du nicht auch noch ein Bild von diesem Gaby hast.«

»Bei der nächsten Razzia werde ich versuchen, den zu kriegen«, versprach Anja Sanders auf der anderen Seite der Leitung. »Aber bis dahin kann es noch eine Weile dauern. Unser Problem ist nämlich, dass nach der Aktion im Hafen am Wochenende sämtliche Auffangstationen in unserer Ecke rappelvoll sind. Wir müssen erst mal warten, bis die Tiere wieder gesund sind und wir sie in gute Hände vermitteln konnten. Aber das kennst du ja selbst.«

»Nicht so aus dem Effeff wie du. Ich bin hier in der Provinz. Die paar Wildtiere, die ich im Lauf eines Jahres einsammle, finden immer in der Wilhelma Platz. Ich habe aber zum Glück auch keinen Kowalski im Revier.«

Anja Sanders stöhnte. »So ein Prachtstück gibt es auch nur einmal – und was bin ich glücklich, dass gerade wir es abgekriegt haben!« Aus Anja Sanders' Stimme triefte der Sarkasmus.

»Kann ich mir lebhaft vorstellen!«, bedauerte Fritz die Duisburger Kollegin.

»Wir haben übrigens seit zwei Jahren außer den Reptilien noch eine Baustelle bei Kowalski: Er möchte gerne in großem Stil Rassehunde – oder das, was er als solche deklariert – verkaufen. Dazu muss er eine Anlage bauen, woran wir riesig Spaß haben. Wir lassen ihn immer einen Bauabschnitt vollenden, dann gehen wir hin, kontrollieren und finden was, das uns nicht gefällt. Einmal sind uns die Boxen zu klein, das nächste Mal bieten uns die Scheiben nicht genug Schallschutz. Wenn er dann die Boxen erweitert und neue Scheiben eingebaut hat, finden wir heraus, dass die Welpen mehr Rückzugsmöglichkeiten brauchen. Ein Teil sollte aus Milchglas sein, nicht? Also muss er einen Teil der Scheiben ausbauen und neue einbauen lassen.«

Friederike lachte. »Ja, ja – der berühmte Ermessensspielraum! Was täten wir nur, wenn wir den nicht hätten?«

»Noch mehr Verordnungen umsetzen, die von Leuten gebastelt wurden, die keine Ahnung haben?«, überlegte Anja. »Aber den Kowalski schaffen wir. Früher oder später gibt der mit der Welpenanlage auf – wenn wir ihn nicht vorher wegen was anderem kriegen.«

»Vielleicht haben wir ihn jetzt ja am Haken.« Fritz lehnte sich zurück und schlug die Beine übereinander. »Sein Geschäftspartner ist ja gerade wenig zufrieden mit ihm. Ich hatte das Gefühl, dass das den Herrn Kowalski reichlich nervös macht – und wer nervös ist, macht Fehler.«

»Wenn du den wegen der Geschichte bei euch da unten einfahren lassen kannst, knallen hier die Champagnerkorken«, kündigte Anja an. »Aber pass auf dich auf!«

»Danke, danke.« Fritz seufzte. »Mir ist im Hafen schon klar geworden, dass der es ernst meint. Und die Tatsache, dass ich ihm da ausgekommen bin, wird seine Sympathien für mich nicht eben verstärkt haben. Andererseits glaube ich nicht, dass er hier im Süden auftaucht. Sollte ich aber mal wieder bei euch unterwegs sein, werde ich Herrn Kowalski weiträumig umgehen. Ich muss mein Glück nicht ausreizen.«

»Ist wahrscheinlich auch gesünder für dich«, sagte Anja Sanders. »Du, Friederike, mir fällt gerade ein, dass ich noch was habe, was für dich interessant sein könnte. Du hast doch mit Adrian in Wien studiert?«

»Ja«, bestätigte Fritz.

»Erinnerst du dich an eine Anoushka Markovic?«

»Oh ja! Die war drei Jahre mit uns in Wien und eine Weile heftig hinter Adrian her.«

»Oh, oh, das war wohl vergebliche Liebesmüh!« Anja lachte.

»Habe ich ihr dann auch versucht, klarzumachen, aber erst wollte sie mir nicht glauben. Sie meinte tatsächlich, sie könne ihn mit ihrem Charme bekehren. Irgendwann hat sie dann aber doch bemerkt, dass das nichts wird, und hat sich einen anderen Herrn ausgeguckt. Der hat sie dann aber so beschäftigt, dass sie mit Glanz und Gloria durch die Prüfung gesegelt ist«, fiel Fritz ein. »Wie kommst du auf sie?«

»Sie scheint die Prüfung schließlich doch noch geschafft zu haben und hat vor vier Jahren bei Kowalski als Tierärztin angeheuert«, erzählte Anja.

»Ach du Schande! Das wünscht man niemandem!«

»Ne, wirklich nicht. Sie hat's auch nur ein paar Monate ausgehalten. Aber jetzt pass auf: Einer meiner Kollegen hat sie letztes Jahr im Familienurlaub auf Fehmarn getroffen. Sie hat nach ihrer Zeit bei Kowalski in einer Praxis bei euch da unten angefangen und ist dort hängengeblieben. Jetzt ist sie verheiratet und hat einen kleinen Jungen. Außerdem hat sie Leo – das ist der Kollege – erzählt, dass sie zwei Tage in der Woche in einer Praxis aushilft, um ihre Approbation nicht zu verlieren. Dummerweise hat sich Leo den Ort nicht gemerkt – irgendwas mit ›Schwäbisch‹ vorne. Und er meint, sich zu erinnern, dass ihr Ehemann eine Klempnerfirma hat und ›Göckel‹ oder so heißt. Kannst du damit was anfangen?«

»Schwäbisch Hall oder Schwäbisch Gmünd fallen mir da ein – und Gmünd ist unsere Nachbarstadt. Ich frage mal bei den Kollegen dort. Danke für den Tipp! Vielleicht kann Anoushka was über Kowalski erzählen.« Fritz machte sich eine Notiz.

»Okay, das war's dann vom Duisburger Amtsfunk. Ich melde mich, wenn sich hier was tut, und du rufst an, wenn sich bei dir was ergibt, ja?«

»Mache ich. Allerdings gehe ich in zehn Tagen in den Urlaub. Davor werde ich aber wohl noch einmal mit unserer Kripo und der Zollfahndung reden. Danach rufe ich dich an. Bis dahin – ciao!«

»Tschüss, Friederike!« Anja legte auf.

Fritz packte den Hörer auf die Gabel, dabei fiel ihr Blick auf das Foto von Corin, das in einem blauen Holzrahmen auf dem Tisch stand. Fritz lächelte und strich mit einem Finger über das Glas.

Vorgestern Abend, am Tag, nachdem sie mit Adrian aus Duisburg heimgekommen war, hatte sie Corin am Flughafen eingesammelt. Auf der Fahrt nach Hause hatte sie ihm eine etwas abgemilderte Version ihres Duisburger Abenteuers erzählt und dafür einen Tadel eingefangen. Corin hatte sie noch einmal gebeten, vorsichtig zu sein, und sie hatte es noch einmal versprochen – und das guten Gewissens, denn sie hatte wirklich nicht vor, Kowalski und Co. noch einmal in die Finger zu fallen.

Gestern Abend hatte Corin, der den ganzen Tag in der Oper geprobt hatte, einen Besuch beim Lieblingstürken vorgeschlagen. Er hatte Adrian und Kolja dazu eingeladen und so hatte Fritz, als sie in Stuttgart im Restaurant angekommen war, gleich drei Männer angetroffen. Über gegrillten Auberginen und Lammfleisch in einer wunderbar knoblauchgeschwängerten Joghurtsoße hatte Adrian von Fritz' Currywurst-Besorgung erzählt und geblödelt: »Fritz kann man wirklich nicht allein auf die Menschheit loslassen. Kaum geht sie mal Currywurst holen, lacht sie sich am Büdchen einen Matrosen an, tritt einem Tierhändler in die Weichteile und geht im Rhein baden.«

Corin hatte gelacht. »Darling Fritz, du schwächelst. Früher hattest du mehr Stil bei der Wahl der Lokalitäten, in denen du Männer angeflirtet hast.«

»Angeflirtet?«, hatte sich Fritz gewehrt. »Ich bin versehentlich auf der Treppe des Schlossgartencafés in dich reingerannt! Bilde dir bloß keine Schwachheiten ein! Ich habe nicht mit dir geflirtet!«

Corin hatte seine Hand über ihre gelegt und sie angelächelt. Sie erinnerten sich beide immer wieder gerne daran, wie er vor fünf Jahren die enge Treppe, die zu den Toiletten im Schlossgartencafé führte, hochgegangen war. Friederike, wegen eines Termins im Ministerium ausnahmsweise einmal im schicken Wollkleid und auf Pumps unterwegs, hatte nach unten gewollt und war mit so viel Schwung in Corin hineingerannt, dass er sich nur dadurch auf den Beinen halten konnte, indem er sie in die Arme nahm. Beide hatten herzlich gelacht – und ja, Fritz hatte in dem Moment gedacht: »Was für ein gutaussehender Mann! Und so schöne, blaue Augen!« Zudem hatte er gut gerochen: nach herbem Lavendel und etwas Pudrig-Zitronigem.

Als Fritz nach verrichtetem Geschäft die Treppe wieder hochging, hatte Corin oben auf sie gewartet. »Dafür, dass Sie mich fast umgerannt haben, sind Sie mir einen Kaffee schuldig!« Sein Lausbubenlächeln löste ein Kribbeln in Fritz' Bauch aus. Eigentlich hatte sie sich nach dem Termin nur eine schnelle Marzipantorte im Café des Hotels Schlossgarten – süße Erinnerung an Kindertage, wo die seltenen Besuche in der Landeshauptstadt immer damit geendet hatten, dass Friederikes Mutter ihre Tochter zu Marzipantorte und heißer Schokolade mit Sahne eingeladen hatte – gönnen wollen, doch dann landete sie mit Corin auf der Terrasse und redete und lachte stundenlang mit ihm.

Es fühlte sich an, als ob sie ihn schon jahrelang kennen würde. Und als sie sich dann gegen halb zehn verabschiedete, war Fritz durchaus enttäuscht, dass Corin sie nicht nach ihrer Telefonnummer fragte. Klar, er hatte sich vorgestellt und ihr erzählt, dass er der Neue in der Oper war, aber es wäre ihr seltsam vorgekommen, ihn in der Oper anzurufen. »Wenn er an weiterem Kontakt mit mir interessiert wäre«, dachte sie auf der Heimfahrt, »hätte er mich um meine Telefonnummer gebeten. Schüchtern ist er ja offenkundig nicht.«

Am nächsten Tag war sie wieder in Stuttgart. Es war Samstag, es war Sommer und so traf sie sich mit Adrian im Mineralbad Berg. Auf der Wiese unter dem alten Ginkgo-Baum erzählte Fritz ihrem besten Freund dann von der Begegnung mit Stuttgarts neuem Musikdirektor.

Zu den Dingen, die Adrian und Fritz schon immer verbunden hatten, gehörte ihre Liebe zur klassischen Musik. Fritz spielte Flöte, Adrian war ein begabter Pianist und immer sehr gut über die Klassikszene informiert.

»Er ist ein richtig schicker Mann«, schwärmte Fritz im Schwimmbad. »Blitzgescheit, humorvoll, charmant – und diese Augen! Nur ist er leider nicht an mir interessiert.«

»Ach, Lütte, wer weiß, was dir da erspart bleibt!«, sagte Adrian. »Beständigkeit und Treue scheinen nicht die bevorzugten Tugenden des Herrn zu sein. Er ist in der Branche als ausgesprochener homme à femmes bekannt und hat schon zwei Scheidungen absolviert. Seine erste Frau war übrigens Sîan Jerkins.«

Den Namen kannte Fritz. »Die Sängerin?« Sie erinnerte sich an eine sehr attraktive Blondine.

»Richtig«, tratschte Adrian fröhlich. »Schöne Frau, aber wohl ziemlich zickig.« Er kicherte. »Auf jeden Fall hat sie Temperament. Charly – du erinnerst dich an ihn? Den Countertenor, der in Wien unter uns gewohnt hat? – hat mir erzählt, sie sei ziemlich ausgerastet, als sie mitgekriegt hat, dass Corin seine Carmen in New York wohl auch privat einstudiert hat. Sie hat einen Eimer Pattex über das Soft Top seines Jaguar E gekippt und ihm seine handgefertigten Lautsprecherboxen in kleinen Einzelteilen in einer Tüte zugeschickt.«

Fritz lachte. »Die weiß, wie man einen Mann fertigmacht!«

»Viel genützt hat es aber nichts. Er hat sich scheiden lassen und drei Jahre später wieder geheiratet. Von Sängerinnen hatte er aber wohl die Faxen dicke. Nummer zwei war nämlich ein Model – Schwedin mit Beinen bis zum Anschlag und dazu noch ausgesprochen was in der Birne. Die hat sogar einen Doktor in Psychologie.«

»Du weißt doch: Wer Psychologie studiert, hat's nötig.« Fritz grinste.

»Als Ehetherapeutin in eigener Sache hat es der Lady nichts genützt. Nach drei Jahren war die nächste Scheidung fällig. Angeblich hat er auch seine schöne Schwedin betrogen.«

All das hielt Fritz nicht davon ab, sich eine Woche später für ziemlich viel Geld ein schulterfreies rotes Abendkleid zu kaufen und sich eine neue Frisur zu leisten. Drei Tage vorher hatte ihr Frau Schubarth nämlich einen Strauß cremefarbener Rosen mit anhängendem Umschlag gebracht. In dem war ein Ticket für eine Figaro-Vorstellung in der Stuttgarter Oper und eine Karte in einer eleganten Handschrift: »Gehen Sie nach der Vorstellung mit mir essen? Ich erwarte Sie am Künstlereingang. Hoffend – Ihr (Sie wissen gar nicht, wie sehr) Corin Llewellyn.«

Bis dahin war Friederike, was die Herren der Schöpfung anging, immer zurückhaltend gewesen. Ihre Sandkastenliebe, die geendet hatte, als sie zum Studium nach Wien gegangen war, ihre verunglückte Affäre dort, eine zweijährige Beziehung mit dem Besitzer eines Gestüts in Holstein – das war's auch schon gewesen. Doch dann war sie schon in dieser ersten Nacht in Stuttgart in Corins Bett in einer Suite im Schlossgartenhotel gelandet. Am nächsten Morgen war der nächste Blumenstrauß im Amt angekommen, dann hatte Fritz aber wieder eine Woche lang nichts von Corin gehört und schon fast die Hoffnung aufgegeben, als er schließlich doch noch angerufen und sich mit ihr verabredet hatte.

Am nächsten Tag waren sie auf dem Hohenstaufen spazieren gegangen – und dabei erklärte Corin Friederike, dass er sie möge, sogar sehr möge, aber nicht an einer festen Beziehung interessiert sei.

»Ich kann das nicht«, sagte er. »Jeder meiner diesbezüglichen Versuche hat im Desaster geendet. Ich bin zu egoistisch, zu sehr auf meinen Beruf fixiert, zu obsessiv, zu dominant und – ich gebe es offen zu – ich habe immer Probleme damit gehabt, mich auf eine Frau zu beschränken. Ich mag Frauen, ich flirte gerne, ich mag das Kribbeln, wenn man sich neu kennenlernt, ich bin leicht entflammbar. Ich habe mir in meinen beiden Ehen vorgenommen, meinen Frauen treu zu bleiben, aber irgendwann war ich dann eben mal wieder wochenlang allein unterwegs und dann ist es passiert: Ich traf eine schöne Frau und konnte nicht widerstehen. Ich will mich nicht dafür entschuldigen – ich weiß, dass es nicht in Ordnung war und dass ich Sîan und Lovisa sehr verletzt habe. Ich habe die Lektion inzwischen gelernt: Ich kann nicht beides haben – ein Zuhause mit einer liebenden Frau und meine Freiheit. Also habe ich mich für die Freiheit entschieden, auch wenn das bedeutet, dass ich mich manchmal einsam fühle. Aber zumindest mache ich dabei keine Frau mehr unglücklich.«

Trotzdem trafen Friederike und er sich weiter. Über das hinaus, dass sie in der Horizontale Spaß hatten, wurden sie Freunde – und mehr: Obwohl Corin das Wort »Liebe« nie in den Mund nahm, spürte Fritz, dass sie ihm am Herzen lag. Und sie wusste, dass sein Unwille, ihre Langzeitaffäre als »Beziehung« zu deklarieren, auf seiner Angst beruhte, noch einmal zu verletzen und verletzt zu werden.

Sie kannten sich ungefähr ein Jahr, als Corin für sechs Wochen nach Salzburg zu den Festspielen reiste. Zehn Tage später kam Adrian abends zu Fritz – mit sehr besorgter Miene und einem Hochglanzmagazin unter dem Arm. Er druckste ein wenig herum, bis er schließlich mit der »ziemlich unerfreulichen Neuigkeit« herausrückte: Im Magazin war ein Bericht von den Salzburger Festspielen. Mitten darin prangte ein Foto von Corin mit einer eleganten Brünetten, die sich an ihn schmiegte und an ihm emporhimmelte. Die Bildbeschreibung verriet, dass die Verbindung als »Salzburgs schönste Sommerromanze« gelte, und spekulierte darüber, ob aus der »Society Lady und Anwältin Nadja von Fermau« wohl bald Lady Llewellyn werde.

Adrian war sauer und geschockt. Fritz dagegen zuckte mit den Schultern: »Damit war früher oder später zu rechnen. Corin hat mir nie etwas versprochen. Er war immer ehrlich.«

Sie wunderte sich selbst über ihre Ruhe. Doch sie wusste, dass Corin zu ihr zurückkommen würde. Und tatsächlich: Sechs Wochen später stand Corin abends vor dem Amt. Mit verlegenem Lächeln fragte er: »Redest du noch mit mir oder möchtest du mir erst eine runterhauen? Ich habe es verdient.«

Fritz umarmte ihn stattdessen. »Schön, dich wiederzusehen, du Streuner!«

»Apropos Streuner: Ich habe jemanden mitgebracht.« Er nahm ein schwarzes Fellknäuel aus dem Auto. »Ich habe ihn auf der Rückfahrt von Salzburg auf einem Autobahnparkplatz gefunden. Er heißt Puck und sucht ein Zuhause. Allerdings knüpft er eine Bedingung daran.«

Friederike nahm den Kleinen auf den Arm und knuddelte ihn. Sie hatte schon lange vorgehabt, sich wieder einen Hund anzuschaffen, aber es hatte sich nie ergeben. »Was ist die Bedingung?«, fragte sie.

»Man muss mich dazunehmen. Er hat sich so an mich gewöhnt«, antwortete Corin. »Und weil es bei dir für Puck, meinen Flügel, mein Cembalo und mich ein wenig eng wäre, habe ich einen Termin mit einem Immobilienmakler. Kommst du mit?«

Ein paar Wochen später hatten Corin und Friederike ihre Kirche gefunden und waren zusammengezogen. Und nun schlich Corin immer wieder um das Thema »Heiraten« herum. Noch war er nicht ganz über die Hürde gegangen, doch erst in der letzten Nacht hatte er gesagt: »Muss ich dich zur Lady Corin machen, damit du aufhörst, Bäder im Rhein zu nehmen und dich mit Kriminellen einzulassen? Du weißt: Eine Lady tut so etwas nicht.«

Fritz seufzte. Corin hatte ja recht. Sie musste wirklich aufpassen, nicht noch einmal in eine so gefährliche Situation wie im Duisburger Hafen hineinzurutschen. Andererseits war sie wild entschlossen, Kowalski ans Messer zu liefern. Himmel, es war ja wohl nicht gefährlich, mit einer ehemaligen Kommilitonin zu reden.

Davor aber hatte sie noch einiges zu tun – und dazu brauchte sie Treibstoff in Form eines Kaffees. Sie stand auf und ging ins Sekretariat hinüber, wo Gesine Schubarth eifrig tippte.

»Wollen Sie auch eine Latte, Frau Schubarth?«, fragte sie.

»Nein, danke – bei mir gibt es im Moment nur Kaffee schwarz mit Süßstoff!«, antwortete ihre Sekretärin.

»Diät?«, erkundigte sich Fritz.

Gesine Schubarth deutete auf einen Teller mit Obst und Gemüse, der auf ihrem Schreibtisch stand. »Frau Doktor Witzmann von der Fleischhygiene hat mir Urkost empfohlen. Total gesund und man nimmt dabei jede Menge ab!«

Friederike guckte skeptisch auf den Obstteller. »Urkost? Ist das nicht die Nummer mit Wildkräutern und alles roh?«

»Ja!« Gesine Schubarth nickte. »Ich muss nachher noch gucken, dass ich zu einigen Wildkräutern komme.« Sie verzog das Gesicht. »Ich weiß ja nicht, wie das Zeug schmeckt, aber die Frau Doktor Witzmann sagt, man gewöhnt sich dran. Und es sei total wichtig, dass man viele Wildkräuter isst.«

»Gewöhnen kann man sich angeblich an fast alles«, sagte Fritz. »Aber ob das dann schon ausgewogene, gesunde Ernährung ist? Ich wage es zu bezweifeln. Abgesehen davon, dass rohes Gemüse schwerer verdaulich ist als gekochtes, führt eine rein vegetarische Ernährung auf die Dauer zu einem Mangel an Vitamin B12.«

»Aber in Obst und Gemüse sind doch ganz viele Vitamine!«, sagte Gesine Schubarth.

»Ja, aber kein Vitamin B12. Das kommt in verwertbarer Form fast nur in Fleisch vor«, erklärte Fritz. »Und ohne Vitamin B12 kann ein Mensch nicht überleben. Es wird zur Blutbildung gebraucht und für die Nerven.«

Gesine Schubarth schob den Obstteller zur Seite. »Also, wenn das so ist«, sie stand auf und kam zur Kaffeemaschine,

»nehme ich auch eine Latte. Kaffee ohne Milch und Zucker schmeckt nämlich bescheiden!«

Friederike, die nicht zum ersten Mal erlebte, dass ihre Sekretärin eine Diät ganz schnell wieder aufgab, grinste: »Prima – und wenn Sie den haben, hätte ich gerne eine Verbindung mit dem Doktor Rettig in Schwäbisch Gmünd.«

Zehn Minuten später hörte Fritz, nun wieder an ihrem Schreibtisch, Gesine Schubarth am Telefon: »Ordnungsamt Göppingen, Schubarth. Grüß Gott, ich hätte gerne den Doktor Rettig für Frau Doktor Abele.« Ein paar Sekunden später: »Ordnungsamt Göppingen, Schubarth, grüß Gott, Herr Doktor Rettig. Frau Doktor Abele möchte mit Ihnen sprechen. Darf ich durchstellen?«

Dann klingelte es schon bei Fritz. »Grüß dich, Jochen! Wie geht es dir?«

»Gut, gut, Fritzle. Und dir?«, tönte die dunkle Stimme ihres Kollegen an ihr Ohr.

»Alles fein. Du, ich habe eine Frage: Ich suche eine ehemalige Kommilitonin, die bei euch in der Gegend gelandet sein soll. Sie hieß Anoushka Markovic. Kann aber auch sein, dass sie inzwischen Göckel oder so heißt – sie hat geheiratet. Fällt dir dazu was ein?«

Ihr Kollege dachte einen Moment nach, dann sagte er: »Ne, du, da kann ich dir nicht helfen. Habe ich nie von gehört – weder Markovic noch Göckel. Ich glaube nicht, dass die hier irgendwo arbeitet. Die Kollegen hier kenne ich alle.«

Fritz bedankte sich, legte auf und rief im Internet die Seite der Stadtverwaltung Schwäbisch Hall auf. Ein paar Minuten später hatte sie eine Kollegin dort am Telefon – und die wusste etwas: »Eine Anoushka Markovic oder Göckel haben wir nicht, aber dafür eine Anoushka Göckle. Die arbeitet in der Praxis vom Kollegen Heinemann.«

Die freundliche Kollegin konnte auch mit einer Telefonnummer dienen. Fritz' Exstudienkollegin war dann aber nicht in der Praxis, doch die Assistentin dort gab Fritz ihre

Handynummer und so bekam sie Anoushka Göckle kurz darauf an den Apparat. Sie war erstaunt, von Friederike zu hören, und stöhnte, als die schließlich Kowalski erwähnte.

»Oh Himmel – erinnere mich bloß nicht an diesen Kotzbrocken! Mir ist es noch nie im Leben so mies gegangen wie in der Zeit bei ihm! Du machst dir keine Vorstellung, wie es bei dem zu- und wie er mit seinen Mitarbeitern umgeht. Ich würde lieber bei Aldi Regale einräumen oder putzen gehen als noch einmal für den zu arbeiten!«

»Ich habe ihn kennengelernt, er ist so ziemlich das Unangenehmste, was mir je begegnet ist«, bestätigte Fritz. »Deswegen möchte ich ihm ja auch gerne das Wasser abgraben. Und du kannst mir vielleicht helfen.«

»An dem haben sich schon einige die Zähne ausgebissen. Und so sehr ich ihm die Pest an den Hals wünsche, möchte ich doch nicht noch einmal Ärger mit dem haben.«

Dennoch gelang es Fritz, Anoushka Göckle zu überreden, sich am übernächsten Tag mit ihr zu treffen. Sie beendete das Telefonat und machte sich mit einem unterdrückten Seufzen wieder über den Berg an Unerledigtem her, der sich auf ihrem Tisch stapelte.

Eine halbe Stunde später, auf der dritten Seite einer Ministeriumsverordnung für Tierhygiene – eine Lektüre, deren Unterhaltungswert Fritz ungefähr so hoch fand wie einem Vogelbad beim Verdunsten zuzusehen – hörte Fritz das Telefon im Vorzimmer klingeln. Gesine Schubarth nahm ab, meldete sich, lauschte kurz und sagte dann in ihrem routiniertesten Beruhigungston: »Jetzt aber, das Tier wird Sie ja nicht gleich umbringen! Und wenn es so groß ist, wie Sie sagen, wird es auch nicht unter der geschlossenen Tür durchkrabbeln.« Sie hörte wieder einen Moment zu, klang dann aber etwas genervt, als sie sagte: »Ja, natürlich können Sie mit der Frau Doktor sprechen. Aber vielleicht verraten Sie mir erst einmal Ihre Adresse? Dann kann ich der Frau Doktor schon mal raussuchen, wo sie hinmuss …« Sie wurde offenkundig unterbrochen und kam erst nach einer ganzen Weile wieder zu Wort: »Ja, wenn Sie das sagen, dann verbinde ich Sie jetzt. Moment, bitte!«

Friederikes Telefon klingelte, sie nahm ab und hörte ihre Sekretärin: »Frau Doktor, da ist eine Frau Mägerle aus Donzdorf, total hysterisch. In ihrem Wohnzimmer sitzt eine Monsterspinne und die käme von Bareis und Sie wüssten übrigens schon, wo die Frau Mägerle wohnt, und ob Sie nicht sofort kommen können? Darf ich durchstellen?«

»Immer her damit!« Fritz grinste. »Ist bestimmt spannender als die letzte Ministeriumsverordnung.«

Es klickte im Hörer, Fritz meldete sich und schaffte es kaum, ihren Namen zu vollenden, als es schon losging: »Oh, Frau Doktor, ich bin so froh, dass ich Sie endlich erreiche! Also, Ihre Sekretärin ist ja wirklich schlimm! Der muss man erst weiß was erzählen und dann stellt die Fragen, anstatt mich einfach durchzustellen! Dabei habe ich ihr gesagt, dass wir uns kennen und dass Sie sofort zu uns kommen müssen!«

Fritz wusste inzwischen, mit wem sie es zu tun hatte: Bareis' Nachbarin. Doch sie kam nicht dazu, etwas zu sagen, denn Frau Mägerle war in voller Fahrt. »Ich habe ja immer gesagt, dass eines von diesen Viechern vom Bareis uns einmal gefährlich wird, und jetzt ist es passiert! Jetzt haben wir den Salat und sind alle in Lebensgefahr! Und wenn mein Erwin – das ist mein Mann, wissen Sie – nicht so schnell reagiert hätte, wären wir jetzt vielleicht schon alle tot oder mit dem Hubschrauber auf dem Weg zur Intensivstation wie Sie damals wegen des Giftfroschs. Also, Frau Doktor, Sie und Ihre Leute müssen unbedingt schnell kommen und das Monster einfangen! Wir trauen uns ja nicht mehr in unser eigenes Haus, obwohl der Erwin so gescheit war, meinen leeren Wäschekorb über das Vieh zu stellen. Aber wer weiß, ob die da nicht rauskommt? Und dann ist die wieder in meinem Haus unterwegs und wer weiß, was die da alles anrichtet? Bitte, Frau Doktor, kommen Sie schnell! Ich habe Angst!«

Endlich hatte Fritz eine Chance, zu Wort zu kommen. »Bitte beruhigen Sie sich erst einmal, Frau Mägerle! Meine

Sekretärin hat gesagt, dass Sie eine Spinne im Wohnzimmer haben?«

»Ja, eine riesig große! Und die hat ganz viele Füße und Haare dran! Die kommt bestimmt von Bareis.«

»Frau Mägerle, das muss nicht sein. Manchmal sammelt man sich auch mit Bananen oder Ananas aus dem Supermarkt eine exotische Spinne ein«, sagte Fritz. »Aber wie groß ist sie denn?«

»Riesig! Erwin, Erwin! Jetzt sag du doch der Frau Doktor mal was! Frau Doktor, ich gebe Ihnen meinen Mann.«

»Jetzt reg dich wieder ab, Hannelore!«, empfahl Erwin Mägerle, der jetzt offenkundig das Telefon von seiner Frau übernommen hatte. »Die wird schon nicht unter deinem Wäschekorb rauskriechen!« Dann sprach er in den Hörer. »Hier ist der Erwin Mägerle aus dem Staufenweg 18 in Donzdorf. Frau Doktor Abele?«

»Ja?«

»Wir haben tatsächlich eine große …«

Aus dem Hintergrund unterbrach seine Frau: »Groß? Die ist ein richtiges Monster! Erwin, du musst der Frau Doktor sagen, wie riesig die ist!«

Erwin Mägerle ließ sich nicht aus der Ruhe bringen. »Wir haben eine Spinne im Wohnzimmer«, sprach er weiter. »Die dürfte ungefähr so groß wie meine Hand sein.«

»Und du hast große Hände, Erwin!«, soufflierte seine Angetraute.

»Also, die muss über unsere Terrasse reingekommen sein«, setzte Erwin Mägerle ungerührt fort. »Wir haben gerade mit unseren Nachbarn im Garten gegrillt und ich wollte Bier holen, darum bin ich ins Haus gegangen. Da habe ich sie nur einen Schritt von der Terrassentür entfernt gesehen. Der Wäschekorb meiner Frau war auf dem Sessel, den habe ich dann einfach über die Spinne gestellt. Da kann sie nicht weg. Aber es wäre schon recht, wenn Sie kommen und das Vieh fangen könnten. Die sieht wirklich nicht nett aus.«

Fritz war schon aufgestanden und in den kleinen Lagerraum neben ihrem Sekretariat gegangen. Mit der freien Hand nahm sie eine der Styroporboxen vom Regal, packte einen großen, leeren Schuhkarton dazu, warf ein Paar Lederhandschuhe mit langer Stulpe und einen Handfeger obendrauf und sagte ins Telefon: »Ich bin gleich auf dem Weg, Herr Mägerle. Bleiben Sie einfach auf Abstand zu dem Tier und warten Sie auf mich. Bis gleich!« Sie legte auf, eilte zurück an ihren Schreibtisch und beugte sich über ihr Notebook. Wenn sie schon zu Mägerles musste, konnte sie dort auch gleich das Foto von Kowalski zeigen und fragen, ob das der Herr gewesen war, der den BMW in Mägerles Einfahrt gestellt und die Tiere bei Bareis abgeholt hatte. Sie schickte das Foto auf den Drucker und eilte ins Vorzimmer. »Frau Schubarth, ich muss nach Donzdorf – die Spinne einfangen.«

»Oh, Frau Doktor – das ist ja mal wieder ein Aufstand am Feierabend! Passen Sie auf sich auf. Nicht dass das Vieh Ihnen was tut!«

Im Donzdorfer Staufenweg wartete ein Empfangskomitee auf Fritz: Bareis' ehemalige Nachbarin Hannelore Mägerle wurde gleich von zwei Frauen – einer rundlichen Blondine und einer Grauhaarigen mit Überbiss – getröstet. Die dazugehörenden Ehemänner betrachteten neugierig Fritz' Geländewagen. Außer ihnen standen zwei uniformierte Polizisten auf der Straße. Als Fritz ihre Box aus dem Kofferraum nahm, kam der Ältere auf sie zu. »Grüß Gott. Sind Sie die Amtsveterinärin?«

Fritz schüttelte seine Hand. »Grüß Sie. Ich bin Doktor Abele. Wissen Sie was Näheres?«

Der Polizist lächelte ein wenig verlegen. »Seien Sie mir nicht böse, aber von solchen Viechern verstehe ich nichts. Da gehe ich nicht ran.«

»Das ist auch so in Ordnung«, sagte Fritz. »Ich fange die Spinne ein.«

»Können wir Ihnen dabei irgendwie helfen?«, fragte der Dorfsheriff.

»Halten Sie mir einfach die Leute vom Hals, den Rest erledige ich«, antwortete Fritz und ging zu Hannelore Mägerle.

»Oh, Frau Doktor, ich bin so froh, dass Sie da sind!«, jammerte die.

»Grüß Gott, Frau Mägerle. Zeigen Sie mir bitte Ihr Wohnzimmer?«, bat Fritz.

»Um Himmels willen, Frau Doktor! Ich gehe nicht in das Haus, solange das Vieh da drin ist!«

Die magere Grauhaarige neben ihr tätschelte ihre Hand. »Das kann auch niemand von dir verlangen, Hannelörle! Du hast schon genug gelitten!« Dabei funkelte sie Fritz an, als ob sie vorgeschlagen hätte, das »Hannelörle« zu Spinnenfutter zu verarbeiten.

Dafür war die Blondine vernünftiger. »Der Erwin ist auf die Terrasse gegangen«, sagte sie. »Da ist die Tür zum Wohnzimmer. Kommen Sie, ich zeige Ihnen den Weg.«

»Danke!«

Die Blondine marschierte in den Garten, worauf Hannelore Mägerle rief: »Aber pass auf, Lisbeth! Und sag dem Erwin, er soll da ganz schnell weggehen! Das ist doch gefährlich!«

Die Grauhaarige sekundierte: »Also, ich finde das ja nicht gut, dass da eine Frau gekommen ist. Ich meine, man weiß doch, dass Frauen Angst vor Spinnen haben! Warum haben die da keinen Tierarzt geschickt? Wenn das mit dem Einfangen schiefgeht, sind wir doch alle gefährdet!«

Fritz verdrehte die Augen, die Blondine lächelte sie über die Schulter an. »Ich bin übrigens Lisbeth Raxinger, die Nachbarin von den Mägerles aus Nummer 20.«

»Friederike Abele. Nett, Sie kennenzulernen.«

Sie waren mittlerweile auf der Terrasse angekommen, auf der ein älterer Mann in einer grauen Trainingshose und einer Schürze mit der Aufschrift »Hier kocht der Chef«, die sich über seinem runden Bauch spannte, am Tisch saß, Zeitung las und ein Bier trank. »Ja, jetzt grüß Gott!« begrüßte er Friederike. »Ich bin der Erwin Mägerle.«

Fritz stellte sich wieder einmal vor, dabei schaute sie über Mägerles Schulter durch die Terrassentür ins Wohnzimmer. Mitten im gutbürgerlichen Ambiente mit dunkler Einbauwand und schweren, dunkelgrünen Polstermöbeln wirkte der quietschgelbe Wäschekorb auf dem Boden recht deplatziert. Fritz deutete darauf. »Die Spinne ist unter dem Korb?«

»Ja, den habe ich über sie drübergestellt«, sagte Erwin Mägerle.

»Das war gescheit von Ihnen!«, lobte Fritz, öffnete ihre Box, nahm Schuhkarton, Handschuhe und Handfeger heraus und lächelte in die Runde. »So, dann fange ich die Spinne mal ein.« Sie öffnete die Tür ins Zimmer, trat ein und atmete einmal tief durch. Spinnen gehörten zwar auch nicht zu ihren Lieblingstieren, aber von wegen »Frauen haben Angst vor Spinnen«! Das galt vielleicht für Frauen wie die Grauhaarige, aber nicht für Fritz!

Sie zog die Lederhandschuhe an, stellte den Schuhkarton mit der offenen Seite nach vorne neben den Wäschekorb, legte den Deckel griffbereit auf die Lehne des Sessels neben ihr, nahm den Handfeger und hob mit der freien Hand den Wäschekorb.

Die Spinne war wirklich ein Prachtexemplar im King-Size-Format: So groß wie Friederikes Hand, dunkelbraun und am ganzen Körper und an den Beinen behaart. Fritz erkannte sie als *Theraphosa blondi* – eine Goliath-Vogelspinne, nicht gefährlich, aber zumindest mit Vorsicht zu genießen. Sie wusste, dass die Theraphosa, wenn sie gereizt wurde, ihre Brennhaare abwerfen konnte, die Hautreizungen verursachten. Doch da die Spinne kaum natürliche Feinde hatte, war sie recht geduldig.

Also setzte Fritz den Handfeger hinter ihr an und gab der Spinne einen ganz vorsichtigen Schubs in Richtung

Karton. Die Spinne krabbelte vorwärts. Fritz half noch einmal nach. Nun war das vordere Beinpaar im Karton. Noch ein kleiner Schubs mit dem Besen. Die Theraphosa war im Karton. Fritz ließ den Handfeger los, fasste nach dem Deckel des Kartons, drehte ihn und verschloss ihn.

Uff – einmal tief durchatmen. Erwin Mägerle, der zusammen mit Lisbeth Raxinger durch die Terrassentür zugeschaut hatte, klatschte Beifall und hielt Fritz die Tür auf, als sie mit ihrem Karton ins Freie trat. Sie verstaute den Karton, Handschuhe und Handfeger in der Styroporbox.

»Frau Doktor, das haben Sie klasse gemacht!«, lobte der Hausherr.

»Dank Ihrer perfekten Vorarbeit war es ja auch kein Problem.« Fritz nahm ihre Box. »So, dann bringe ich das liebe Tier mal ins Auto.«

»Und was machen Sie dann mit ihr?«, fragte Lisbeth Raxinger.

»Heute Nacht bleibt sie im Karton und morgen früh fahre ich sie nach Stuttgart in die Wilhelma«, gab Friederike Auskunft. »Herr Mägerle, ich habe jetzt noch eine Bitte an Sie. Ich glaube zwar nicht, dass die Spinne gereizt genug war, irgendwelche Brennhaare abzuwerfen, aber um ganz sicherzugehen, sollten Sie gründlich durchsaugen.«

»Das sag ich meiner Frau!« Erwin Mägerle stapfte vor Friederike ums Haus herum zur Straße und verkündete: »So, die Frau Doktor hat das Vieh gefangen. Hannelore, du solltest jetzt das Wohnzimmer gründlich saugen. Ich gehe dafür meine Würstchen grillen.«

Hannelore Mägerle wirkte fast enttäuscht. »Frau Doktor, kann ich jetzt wirklich in mein Wohnzimmer?«, fragte sie. »Ist das nicht mehr gefährlich?«

Fritz stellte die Box in den Kofferraum ihres Autos. »Ganz sicher nicht. Die Spinne habe ich hier in der Kiste. Aber die hätte Ihnen sowieso nichts getan.«

»Sind Sie da sicher?« Hannelore Mägerle wollte die Sensation auskosten, solange es ging.

»Ja, ganz sicher. Die Spinne ist eine Goliath-Vogelspinne. Die hat zwar Brennhaare, aber mehr als eine Hautreizung lösen die nicht aus. Übrigens werden die Goliath-Vogelspinnen in ihrer Heimat sogar gegessen. Soll wie Hühnchen schmecken.« Letzteres war eine bloße Spekulation. Fritz wusste zwar, dass die *Theraphosa* gegessen wurde, aber sie hatte keine Ahnung, wie sie schmeckte.

»Um Himmels willen!« Hannelore Mägerle rang die Hände. »So was würde ich nie essen!«

»Ich habe auch nicht vor, sie auf den Grill zu werfen.« Fritz grinste und schloss ihren Kofferraum.

»Wenn wir gerade vom Essen reden«, sagte Erwin Mägerle und lächelte Friederike an, »Sie bleiben doch bei uns und essen ein Würstchen? Nach der Aufregung haben Sie bestimmt Hunger.«

Fritz war tatsächlich hungrig, außerdem wollte sie den Mägerles ja noch das Foto von Kowalski zeigen. Also lächelte sie zurück. »Ich möchte aber nicht stören.«

»Das tun Sie bestimmt nicht, Frau Doktor. Wir freuen uns!«, versicherte Hannelore Mägerle. »Gehen Sie doch mit meinem Mann auf die Terrasse. Ich gehe staubsaugen.«

Als Fritz auf die Terrasse kam, hatte sich ein grauhaariger Herr im bunten Jogginganzug zu Erwin Mägerle gesellt. Er stellte sich als Eugen Raxinger vor und fühlte sich offenkundig für die Organisation von Getränken verantwortlich. Nachdem Fritz seine Versuche, ihr Bier und Schnaps aufzureden, zugunsten von Zitronenlimo abgewehrt hatte, durfte sie zwischen dem Ehepaar Raxinger Platz nehmen, was nun aber Hannelore Mägerle in einen Konflikt stürzte: Auf der einen Seite nahm sie als schwäbische Hausfrau den Auftrag, ihr Wohnzimmer zu saugen, sehr ernst. Auf der anderen Seite wollte sie aber nichts von dem versäumen, was auf der Terrasse gesprochen wurde, und so fühlte sich Fritz durch sie an den Kuckuck in einer Schwarzwälder Uhr erinnert. Hannelore Mägerle sauste einmal von hinten nach vorne und wieder zurück durch ihr Wohnzimmer, dann erschien ihr Kopf an der Terrassentür und sie erkundigte sich, was mittlerweile geredet worden war. Ihre Freundin Lisbeth Raxinger gab dann getreulich über das Heulen des Staubsaugers hinweg lautstark Auskunft: »Die Frau Doktor hat gesagt, dass ihr Mann heute Abend in Stuttgart arbeitet, und da habe ich gefragt, ob er Schicht schafft.«

Darauf brüllte Hannelore Mägerle: »Ist Ihr Mann beim Daimler oder beim Bosch?«

»Weder noch. Er ist an der Oper!«, rief Fritz.

Hannelore Mägerle saugte gerade wieder mit dem Rücken zu ihr den grünen Teppichboden, dessen Rankenmuster sich gar nicht mit den Blumen auf den Polstermöbeln vertrug.

Also führte Lisbeth Raxinger die Befragung weiter und berichtete beim nächsten Auftreten von Kuckuck Hannelore brav: »Die Frau Doktor sagt, ihr Mann ist Musiker!«

Bis dann noch klar war, dass Friederikes Lebensgefährte Dirigent war, viel reiste und dass Fritz auch gerne klassische Musik mochte, selbst Flöte spielte und kein Problem damit hatte, dass ihr Dirigent so viel reiste, war Hannelore Mägerle mit dem Staubsaugen und ihr Mann mit den Würstchen fertig. Fritz bekam einen Teller, auf dem sich ein etwas angekohltes Würstchen auf Porzellanblümchen graulte. Fritz kam aber nicht dazu, das ausführlicher zu bewundern, denn Hannelore Mägerle zog ihr den Teller schon wieder weg. »Sie mögen doch sicher Nudelsalat? Habe ich selbst gemacht.« Sie wartete nicht auf eine Antwort, sondern löffelte Fritz eine ordentliche Portion auf den Teller, packte ein Brötchen dazu und schaute dann misstrauisch auf eine Platte, auf der ein paar blasse Tomaten versuchten, sich unter Mozzarella-Scheiben und welkem Basilikum zu verstecken. »Mögen Sie vielleicht was davon?«, fragte Hannelore Mägerle. »Hat die Lisbeth mitgebracht. Also, der Erwin und ich sind ja nicht so für ausländische Sachen, aber wenn Sie wollen?«

»Gerne, aber nicht so viel. Ich will Ihnen ja nicht alles wegessen und Sie haben schließlich nicht mit einem zusätzlichen Gast gerechnet«, sagte Fritz.

»Aber Frau Doktor, wir haben doch mehr als genug! Und wir sind Ihnen so dankbar, dass Sie uns von dem Monster befreit haben!«, antwortete Hannelore Mägerle und schob Fritz den Teller hin. »Ich bin ja sicher, dass uns der Bareis das Vieh hinterlassen hat! Wahrscheinlich hat die sich im Garten versteckt, bis sie eine Gelegenheit hatte, bei uns einzudringen.«

»Es könnte sein, dass die *Theraphosa* – ich meine, die Spinne – aus Herrn Bareis' Haus kam«, erklärte Fritz. »Es kann aber genauso gut sein, dass sie zum Beispiel in einer Bananenstaude oder an einer Ananas saß ...«

»Oh Himmel – ich habe heute Bananen gekauft!«, rief Hannelore Mägerle. »Also, dem Supermarkt, dem mache ich morgen die Hölle heiß! Wenn man da solche Monster mitkauft!«

Fritz hatte Hunger – es hatte zu Mittag mal wieder nur Käsebrötchen und Kaffee gegeben. Kauend sagte sie: »Der Supermarkt kann da auch nichts dafür. So was kann halt passieren.«

»So, Hannelore, da ist dein Würstchen! Und jetzt isst du und beruhigst dich!«, empfahl Erwin Mägerle. »Lisbeth, Eugen, auch Würstchen?«

»Danke schön, aber ich halte mich an meine Tomaten«, lehnte Lisbeth Raxinger ab. »Ich bin auf Diät. Du weißt doch, wir gehen bald in den Urlaub und da muss man vorher etwas für die Bikinifigur tun!«

Fritz wollte sich Lisbeth Raxinger nicht im Bikini vorstellen. Stattdessen freute sie sich darüber, auf ihrem Teller in dem Berg matschiger Nudeln eine Erbse gefunden zu haben. Lange konnte sie die aber nicht in Ruhe genießen.

Hannelore Mägerle erledigte ihre Wurst im Eiltempo, spülte mit einem Schluck Wein nach und beugte sich zu Friederike. »Sagen Sie, Frau Doktor, Sie sind doch eine Amtsperson, Sie müssen das doch wissen! Ist es wahr, dass der Bareis auf Kosten der Gemeinde beerdigt worden ist? Ich habe die Tage meine Schwiegermutter auf dem Friedhof gegossen und da war ich auch am Grab vom Bareis – also, schön ist das ja nicht! Einfach ein Holzkreuz, so ein ganz billiges, wissen Sie? Und kein einziges Blümchen, nicht eines!«

Fritz schluckte Nudelsalat und Würstchen und antwortete: »Genaues weiß ich nicht – mein Dezernat gehört zum Ordnungsamt Göppingen. Mit der Gemeindeverwaltung Donzdorf haben wir nichts zu tun. Ich habe aber von der Kripo gehört, dass im Haus etwas Geld gefunden wurde. Davon wurde wahrscheinlich die Beerdigung finanziert. Angehörige hatte er ja anscheinend keine außer einigen unmündigen Kindern, für die er keinen Unterhalt bezahlt hat.«

»Ja, aber ich wundere mich schon, dass seine Frau nicht einmal einen Kranz für ihn hatte!«, sagte Lisbeth Raxinger.

»Vielleicht ist das da, wo die herkommt, nicht üblich? Wer weiß, wie die da ihre Leute beerdigen!«, überlegte ihre Freundin.

»Ich wusste gar nicht, dass er verheiratet war«, warf Fritz ein.

»Ich glaube, die waren geschieden«, gab Lisbeth Auskunft. »Trotzdem: Nach allem, was der Bareis für die getan hat, hätte sie schon einen Kranz auf den Friedhof bringen können! Ohne den wäre die doch nicht nach Deutschland gekommen und hätte auch nie eine Aufenthaltserlaubnis bekommen.«

»Ach, die hat doch immer nur an sich gedacht! Und unfreundlich war die! Als ob sie was Besseres wäre! Und wie die immer herumgelaufen ist!«, empörte sich Hannelore Mägerle. »So Kostümchen und hohe Absätze und immer ganz etepetete – wie die Gräfin Koks von der Gasfabrik! Dabei war sie doch bloß eine Ausländerin!«

»Also, ich fand sie nett. Sie war immer freundlich«, meldete sich Eugen Raxinger und wurde von Erwin Mägerle unterstützt.

»Und hübsch und immer gepflegt! Das muss man ihr lassen, der schönen Mafalda.«

Fritz bewunderte fast den Mut der Herren, denn ihre Angetrauten betrachteten sie jetzt, als ob sie über einen gemeinschaftlich verübten Gattenmord nachdenken würden.

Hannelore Mägerle funkelte schließlich ihren Erwin an und fauchte: »Ich weiß, was euch an der gefallen hat!« Zur Verdeutlichung hielt sie ihre Hände körbchenförmig vor ihre flache Brust.

»Männer halt!«, stellte Lisbeth Raxinger schmallippig fest. »Außerdem: Eine Dame war das nicht, auch wenn sie immer so getan hat. Wie die sich mit dem Bareis gestritten hat! Da hat die ganze Straße mitgehört, so laut hat die gekreischt!«

»Aber man hat ja kein Wort verstanden!«, klagte ihre Nachbarin. »Die haben ja immer portugiesisch miteinander geschwätzt. Dabei kann die Deutsch.«

Fritz hakte ein. »Frau Bareis ist Portugiesin?«

»Nein, nein, die ist aus Brasilien!«, wusste Lisbeth Raxinger. »Hat mir der Briefträger mal erzählt. Madame hat ja mit unsereins nichts geredet. Aber der Briefträger hat gesagt, dass sie immer ganz viel Post aus Brasilien bekommen hat. Er hat sie mal gefragt, ob er die Briefmarken für den kleinen Benni von der Frau Haller in Nummer 15 haben kann, aber da hat sie gesagt, dass sie das nicht möchte. Die hat nichts zu verschenken gehabt, noch nicht einmal gebrauchte Briefmarken! Die hat auch so einen ganz harten Zug um den Mund herum gehabt.«

»Darum hat sie auch keinen Kranz für den Bareis gekauft! Der hat sie da unten in Brasilien irgendwo aus dem Dreck gezogen und nach Deutschland gebracht. Wer weiß, was die da gemacht hat? Und den Laden, den sie da in Göppingen hat, den hat doch sicher der Bareis bezahlt! Dabei weiß ich ja nicht, wo der sein Geld herhatte, weil geschafft hat der nie was. Wahrscheinlich hat ihn die Frau mit dem Laden ernährt.«

»Das glaube ich nicht«, meldete sich wieder einmal Eugen Raxinger. »So toll ist da das Geschäft sicher nicht gelaufen.«

Seine Frau betrachtete ihn misstrauisch. »Woher weißt du das denn?«

Er trank sich mit einem kräftigen Schluck Bier Mut an, dann gestand er: »Ich habe doch zuerst gar nicht gewusst, dass das der Bareis ihr Geschäft ist! Ich habe ein Ersatzteil für meinen Bohrer gebraucht und da bin ich gerade zufällig an dem Laden vorbeigekommen. Da lagen Elektroteile und so Zeug im Schaufenster, also bin ich rein und habe gefragt.«

»Und? Hast du dein Ersatzteil bekommen?« Lisbeth Raxinger klang spöttisch. Es war klar, dass sie ihm kein Wort glaubte.

»Nein. Die Frau Bareis hat mir gesagt, dass sie nur mit Computerteilen handelt.« Eugen Raxinger hängte sich wieder an seine Bierflasche.

»Und? Wie hat's denn in dem Laden ausgesehen?«, erkundigte sich Hannelore Mägerle eifrig.

»Mei, wie's halt in so einem Geschäft aussieht. Nichts Besonderes. Da sind halt ein paar Computer rumgestanden.« Eugen Raxinger kratzte sich hinter dem linken Ohr. »Da waren bloß so ein paar billige Regale und viele Kartons und einige davon haben schon verstaubt ausgesehen.«

»Als ob die was von Computern verstehen würde!«, schimpfte Hannelore Mägerle. »Da, wo die herkommt, haben sie vermutlich noch nicht mal Strom! Wenn es der da gut gegangen wäre, hätte sie sich doch nicht auf so einen wie den Bareis eingelassen!«

Fritz war, als ob eben ein Puzzleteil an seinen Platz gefallen wäre. Bareis' Ex-Frau war Brasilianerin und handelte mit Computerteilen – damit war klar, wohin die Duisburger Container gereist wären, wenn der Zoll sie nicht beschlagnahmt hätte. Das Geschäft der Dame diente offenkundig als Tarnung. Aber wie passte es dazu, dass die von Bareis geschieden war? Und wie kamen die Tiere dann zu Kowalski? Kam er schon in Duisburg an seine Ware und schickte dann nur noch die Beifracht weiter? Dazu passte dann aber nicht, dass Bareis jede Menge Reptilien im Haus gehabt hatte.

Hannelore Mägerle und Lisbeth Raxinger hatten gerade beide Sendepause, weil sie mit ihren Salaten beschäftigt waren. Friederike nutzte ihre Chance. »Wissen Sie zufällig, wie lange die Frau Bareis mit ihrem Mann verheiratet war?«

Die Damen schauten sich gegenseitig an. »Also, gekommen ist sie schon kurz, nachdem er eingezogen ist«, fiel Hannelore Mägerle ein. »Wann war das noch mal? Vor fünf Jahren?«

»Nein, nein, das war 2004, vor sieben Jahren«, korrigierte ihre Freundin. »Im Juli ist er eingezogen, das weiß ich noch ganz genau. Im Dezember davor hat sich doch unsere Chantal verlobt. Und dann hat mir die Lowarsch – das waren die Leute, die das Haus vor Bareis gemietet hatten – zwischen den Jahren erzählt, dass ihr Mann nach Norddeutschland versetzt wird und sie im Sommer wegziehen. Wir haben dann überlegt, ob meine Chantal und ihr Marco das Haus mieten sollen, aber dann sind sie doch zu seinen Leuten gezogen.«

»Ja, jetzt erinnere ich mich auch!«, übernahm Hannelore Mägerle wieder. »Er ist dann im Juli eingezogen und kurz darauf ist er verreist. Als er nach drei oder vier Wochen zurückgekommen ist, hat er die Frau mitgebracht. Und ausgezogen ist sie so um Weihnachten 2009 herum.«

»Dann war sie über fünf Jahre mit ihm verheiratet«, sagte Fritz. »Das hat gereicht. Nach drei Jahren Ehe mit einem Deutschen bekommen Ausländer das dauernde Aufenthaltsrecht.«

Hannelore Mägerle betrachtete sie neugierig. »Ist Ihr Mann Ausländer?«, fragte sie dann. »Wissen Sie das darum?«

»Mein Mann ist Engländer, um genau zu sein, Waliser.«

»So wie der Charles?«, hakte Lisbeth Raxinger ein. »Also, was der der armen Diana angetan hat!«

Fritz ließ sich nicht beirren. »Wir haben keine Probleme mit dem Aufenthaltsrecht«, erklärte sie Hannelore Mägerle.

»England ist ja in der EG, daher braucht mein Lebensgefährte keine Aufenthaltsgenehmigung.«

»Das ist aber dumm für Sie«, fand Hannelore Mägerle. »Sonst hätte er Sie vielleicht schon geheiratet. Also, ich wollte ja nicht einfach so mit einem Mann zusammenleben. Es ist doch etwas ganz anderes, wenn man richtig verheiratet ist.«

Fritz gab dazu lieber keinen Kommentar ab. Stattdessen nahm sie das Foto von Kowalski aus der Jackentasche und legte es vor Hannelore. »Frau Mägerle, das wollte ich Ihnen noch zeigen. Ist das einer der Männer, der bei Bareis die Tiere abgeholt hat?«

Hannelore Mägerle betrachtete das Foto. »Also, es könnte schon sein. Eine Ähnlichkeit ist da. Aber sicher bin ich nicht. Wissen Sie, es ist ja nicht so, dass ich neugierig wäre und ständig nach den Nachbarn gucken würde. Und es ist ja jetzt auch schon wieder eine Weile her. Erwin, was meinst du denn? Guck doch du mal!«

Erwin trank sein Bier aus. »Da muss ich erst mal meine Brille holen!« Er stand auf, ging nach drinnen und kam nach einer Weile mit seiner Brille und einem Korb Bier wieder. Er öffnete zwei Flaschen, schob seinem Nachbarn eine zu, gönnte sich einen Schluck und schaute dann das Foto an. »Oje«, sagte er dann. »Ich habe die ja nicht gesehen, die die Tiere beim Bareis geholt haben. Da war ich nämlich bei meinem Stammtisch.«

»Aber haben Sie nicht den gesehen, der damals den BMW in Ihre Einfahrt gestellt hat?«, versuchte Fritz es noch mal.

»Das ist ja noch viel länger her!« Erwin schüttelte den Kopf. »Nein, da kann ich wirklich nichts mehr sagen. Ich will ja keinen Menschen zu Unrecht verdächtigen.« Er betrachtete das Foto noch einmal. »Andererseits, er könnte es schon sein.«

Fritz zwang sich ein Lächeln ab. Sie hatte schon zwei-, dreimal in Gerichtsverhandlungen erlebt, wie unzuverlässig Zeugenaussagen waren. Insofern wunderte sie sich nicht darüber, dass die Mägerles Kowalski nicht wiedererkannten.

Aber ihr fiel noch etwas ein. Sie wandte sich an die Dame des Hauses: »Frau Mägerle, Sie sind doch eine gute Beobachterin – und wir Frauen sehen ja viele Details, nicht? Können Sie sich vielleicht noch erinnern, was der Glatzkopf, der die Tiere bei Bareis geholt hat, für Kleidung getragen hat?«

»Hah, da fragen Sie das Richtige!« Hannelore Mägerle trank einen Schluck Wein und nachdem sie ihre Kehle derart geölt hatte, legte sie los: »Also, was mir sofort aufgefallen ist: Der hat Schmuck getragen. Das mag ich ja bei Männern überhaupt nicht. Ich finde, ein anständiger Mann trägt seinen Ehering und seine Uhr. Alles andere sieht affig aus! Und der Kerl hatte so eine dicke Goldkette mit so einem Anhänger dran – ich glaube, es war der Kopf von irgendeinem Tier – um den Hals und dann noch so eine Kette um das eine Handgelenk. Und am anderen hatte er so eine richtig dicke, protzige Armbanduhr. Und Ringe hat er getragen, mindestens drei!«

»Waren das auch so hässliche Dinger wie die, die der Lagerfeld immer anhat?«, fragte Lisbeth Raxinger. »Die finde ich ja schrecklich! Also, Eugen, wenn du so etwas tragen würdest, würde ich mich glatt scheiden lassen!«

Ihr Ehemann betrachtete seine groben Hände. »Das würde sowieso nicht gehen. Ich schaffe mit meinen Händen!«

Hannelore Mägerle riss das Wort wieder an sich. »Und wissen Sie, Frau Doktor, was ich noch schlimm an dem Kerl fand? Der hat so enge, verwaschene Jeans und Cowboy-Stiefel angehabt! Ich mag's ja schon nicht so sehr, wenn ein schlanker, junger Mann so was anhat, aber an so einem Glatzkopf mit Bauch sieht es doch richtig schlampig aus. Wissen Sie, für mich sollte ein Mann immer wie ein Herr aussehen! Der junge Mann, der mit Ihnen bei Bareis war, der war gut angezogen. War das Ihr Lebensgefährte?«

»Nein, das war ein befreundeter Kollege«, klärte Fritz auf.

»Das habe ich mir ja schon gedacht. Für einen Dirigenten war der zu jung«, entschied Hannelore Mägerle. »Aber Ihr Lebensgefährte sieht sicher auch sehr gut aus. So in einem Frack sieht ja jeder Mann nach was aus.«

»Ja, der Frack steht ihm gut.« Fritz musste sich das Grinsen verkneifen. Corin sah im Frack unbestritten gut aus – das fanden vermutlich auch seine vielen Verehrerinnen. Fritz aber mochte ihn am liebsten, wenn er an Sommertagen zuhause barfuß in seinen ausgewaschenen Jeans und einem T-Shirt unterwegs war.

Sie schaute auf die Uhr. »Uii, schon fast acht! Ich muss mindestens noch eine Maschine Wäsche laufen lassen! Eines aber noch …« Sie lächelte Eugen Raxinger an. »Erinnern Sie sich noch, wo der Laden von Frau Bareis ist?«

»Ja, natürlich. Kennen Sie das Einkaufszentrum in der Eythstraße in Göppingen?«

Fritz nickte. »Da fahre ich öfter vorbei.«

»Da ist doch so ein großer Supermarkt mit Ladenpassage. Und am Ende des Gangs befindet sich der Laden von Frau Bareis«, erklärte Eugen Raxinger.

»Prima, danke!« Fritz stand auf und streckte der Gastgeberin die Hand hin. »Danke für die Einladung, Frau Mägerle! Es war so nett, aber ich muss wirklich heim und mich um meine Hausarbeit kümmern!«

14

»Künftig mache ich auch Sommerpause!«, schimpfte Fritz, legte das Telefon auf und nahm mit einem Seufzen die Unterschriftenmappe, die ihr Gesine Schubarth präsentierte. Während sie Briefe und Formulare unterschrieb, sprach sie weiter: »Planen Sie, sich Ihres Ehemannes durch einen netten, kleinen Mord zu entledigen? Tun Sie es jetzt, Frau Schubarth! Beim Dezernat Gewaltverbrechen ist nämlich kein Mensch da. Kommissar Gebhard ist im Urlaub, einer seiner Assistenten ist auf Fortbildung, der andere hat sich beim Sport die Schulter gebrochen.«

Gesine Schubarth lachte.

»Oder probieren Sie es mit Schmuggel!«, schlug Fritz vor, malte ihren Namen unter das letzte Formular und schlug die Mappe zu. »Bei der Zollfahndung in Stuttgart ist auch niemand da, der sich auch nur ansatzweise dafür interessieren würde, dass jemand im großen Stil geschützte Tiere ins Land schmuggelt.«

Gesine Schubarth klemmte sich die Mappe unter den Arm. »Aber das Fax, das vorher gekommen ist, war das nicht vom Zoll?«

Fritz zog das Fax, das seitlich auf dem Schreibtisch lag, zu sich. »Das war der Zoll in Duisburg. Die haben mir die Daten der Speditionen geschickt, die die beiden Container in Duisburg annehmen sollten.«

»Speditionen?«, wunderte sich Gesine Schubarth. »Sind das verschiedene?«

»Ja, seltsam, nicht?«

»Hmm, wenn ich mir's überlege … also, wenn ich im großen Stil schmuggeln wollte, würde ich den Kram auch auf verschiedene Speditionen verteilen. Dann fällt es weniger auf, oder?«

»Da könnten Sie recht haben!« Fritz studierte das Fax. »Mich würde wirklich interessieren, wer Empfänger der Container war.«

Gesine schaute über ihre Schulter. »Die Frachtnummern von den Containern sind ja da. Damit kann man bei den Disponenten der Speditionen abfragen, wer die bekommen sollte. Ach, und ein Container lief über Latz Logistik in Reutlingen. Da kenne ich den Disponenten. Soll ich den mal anrufen?«

Fritz staunte ihre Sekretärin an. »Frau Schubarth, Sie kennen sich mit so was aus?«

»Hah ja!« Gesine Schubarth lächelte. »Ich habe zwar bei der Stadt gelernt, aber als mein Bub geboren wurde, habe ich gekündigt und bin daheim geblieben, bis er in die Schule gekommen ist. Dann habe ich halbtags gearbeitet – als Auslandssachbearbeiterin bei Märklin. Erst als der Dominick dann zum Studieren nach Münster gegangen ist, habe ich wieder einen Vollzeitjob gesucht und hier beim Amt vor sieben Jahren einen gefunden. Aber in den dreizehn Jahren bei Märklin habe ich ja ein paar Leute im Export kennengelernt.« Sie nahm das Fax. »Ich gehe mal den Herrn Schneider bei Latz Logistik anrufen.«

»Moment noch, bitte!« Fritz war noch etwas eingefallen. »Glauben Sie, dass Ihr Bekannter bei der Spedition auch ohne irgendwelche Frachtnummern herausfinden kann, ob er mal jemanden beliefert hat?«

»Bestimmt. Die haben doch alle Daten im Computer. Wonach soll er suchen?«, fragte Gesine.

»Nach dem Unternehmen von Mafalda Bareis in Göppingen.«

Gesine Schubarth zog sich einen Zettel heran und notierte den Namen. »Okay«, sagte sie dann fröhlich. »Ich rufe den Herrn Schneider an und schäkere ein bisschen mit ihm. Das ist nämlich ein Charmeur!«

Eine Stunde später stand Gesine Schubarth wieder in der Tür ihrer Chefin und schwenkte fröhlich einen Stapel Papier. »Gucken Sie mal, was ich hier habe!« Sie kam an den Schreibtisch und legte ihre Beute vor Friederike. »Schauen Sie mal«, sie deutete mit dem Zeigefinger auf eine Nummer und die

Angaben dahinter. »Hier haben Sie den Container, der in Duisburg beschlagnahmt wurde. Der wurde von der Firma Dentro in Rio auf ein Schiff namens Wilhelmina van Hoogstaaten nach Rotterdam geschickt. Da hat ihn die Spedition Latz Logistik übernommen und mit einem Schiff ihrer Vertragsreederei nach Duisburg geschickt. Der Empfänger wäre eine Firma Ladescu Im- und Export GmbH in Duisburg gewesen. Und jetzt passen Sie auf, Frau Doktor: Der Container ist ja beschlagnahmt worden und wurde von Ihren Duisburger Kollegen und dem Zoll ausgeräumt.«

»Daran erinnere ich mich nur zu gut!« Friederike grinste. Sie deutete mit einer einladenden Handbewegung auf den Sessel, der ihrem Schreibtisch gegenüberstand. »Setzen Sie sich doch, Frau Schubarth. Das wird anscheinend was Größeres.«

Die Sekretärin setzte sich, zog ihren roten Faltenrock zurecht und grinste zurück. »Auf jeden Fall etwas Spannendes. Das ist nämlich so: Der Zoll macht stichprobenhaft Kontrollen von Containern. Die lassen immer mal wieder welche durch eine mobile Röntgenanlage laufen, andere werden geöffnet und die Drogenspürhunde dürfen dran. So sind übrigens die zwei aufgeflogen, die Sie in Duisburg gesehen haben.«

Fritz stand auf. »Erzählen Sie bitte weiter! Ich hole mir bloß einen Sprudel. Wollen Sie auch einen?«

»Gerne, das ist eine gute Idee.« Gesine Schubarth wartete, bis Fritz mit zwei Gläsern und der Flasche wiederkam. »Also, wenn der Zoll etwas in einem Container findet, muss die Spedition den ausräumen – unter Aufsicht.«

»Ach so. Jetzt verstehe ich das.« Fritz reichte Frau Schubarth das volle Glas. »Als wir in Duisburg in die Halle vom Zoll gekommen sind, war da jemand von der Spedition.«

Gesine Schubarth trank. »Dazu kommen wir noch. Schön eines nach dem anderen! Also, die Container in Duisburg konnte der Spediteur ja nicht selbst ausräumen. Mit den Schlangen hätte das ja gefährlich werden können. Darum mussten Sie und Ihre Kollegen ran. Die Rechnung dafür – und wir wissen beide, dass die nicht klein ausfallen wird – geht an die Spedition. Die hat aber keine Lust, die zu übernehmen. Also hat der Disponent von Latz Logistik in Duisburg versucht, seinen Adressaten – also diese Firma Ladescu Im- und Export – zu erreichen. Da ging aber keiner ans Telefon. Also ist der Disponent hingefahren – und nun raten Sie mal, was er da vorgefunden hat!«

»Ein leeres Büro?«, spekulierte Fritz.

»Genau: Ein leeres Büro und einen Stapel unbezahlter Rechnungen. Als er gerade wieder weggefahren ist, rückte der Bundesgrenzschutz – in Duisburg sind die für Ermittlungen bei Zollvergehen zuständig – an. Und die haben dem Disponenten dann verraten, dass es die Firma Ladescu Im- und Export GmbH nie gegeben hat. Die Handelsregister- und Steuernummern, die auf dem Briefbogen standen, wurden in Duisburg nie ausgegeben.«

»Ui! Dann bleibt die Spedition auf den Kosten sitzen. Oder kann sie den Herrn Ladescu irgendwie belangen?«, fragte Fritz.

»Sie könnte, wenn es ihn gäbe«, antwortete Gesine Schubarth. »Ich habe mit dem BGS in Duisburg telefoniert und die haben mir verraten, dass sie auch gerne ein Wörtchen mit Herrn Ladescu reden würden. Den kennen aber weder die Ausländerbehörde in Duisburg noch das Einwohnermelde- oder das Finanzamt.«

»Tja, dann war das wohl eine Scheinfirma. Und dahinter steckt vermutlich Freund Kowalski.«

»Nur kann man ihm das wahrscheinlich nicht nachweisen«, wusste Frau Schubarth. Sie griff nach ihren Papieren. »Die Firma Ladescu ist übrigens schon zweimal davor von Latz Logistik beliefert worden. Was ich daran spannend finde: Die erste Lieferung an Ladescu kam im Februar, die zweite im Mai. Davor aber – in den Jahren 2007 bis Dezember 2010 – hat Latz Logistik regelmäßig drei-, viermal im Jahr einen Container nach Göppingen geliefert.«

»Lassen Sie mich raten: Empfänger der Container war Frau Bareis«, sagte Fritz.

»Bingo!« Ihre Sekretärin grinste. »Empfänger war die Firma Neto Im- und Export GmbH in Göppingen-Faurndau, Salamanderstraße 114. Und Inhaberin der Firma ist laut den Unterlagen des Spediteurs eine gewisse Mafalda Neto-Bareis.«

»Faurndau?«, wunderte sich Fritz. »Ich dachte, der Laden von Frau Bareis ist im Einkaufszentrum in der Eythstraße.«

»Wenn ich mich nicht sehr täusche, ist die Salamanderstraße in Faurndau in einem reinen Gewerbegebiet«, klärte Gesine Schubarth auf. »Wahrscheinlich hat die Frau Bareis dort ihr Lager und in der Eythstraße ihren Laden.«

»Und dem werde ich jetzt mal einen Besuch abstatten!«, kündigte Fritz an. »Es ist halb fünf, ich mache Feierabend. Und da ich sowieso einkaufen muss, fahre ich jetzt in die Eythstraße. Ich bin neugierig auf Frau Bareis.« Sie stand auf und nahm die Hundeleine, die seitlich auf dem Tisch lag. »Komm, Puck! Es heißt zwar, Büroschlaf sei der gesündeste, aber du hast für heute trotzdem genug.« Sie lächelte ihre Sekretärin an, die zusammenräumte. »Danke, Frau Schubarth! Was täte ich nur ohne Sie?«

15

Fritz hatte ihre Einkäufe erledigt und im Auto verstaut, nun eilte sie durch die Einkaufspassage. Blumengeschäft, gegenüber eine Pizzeria, ein Optiker, eine Drogerie und gegenüber, der letzte Laden in der Reihe, ein Teegeschäft. »Tea and more«, pries das Schild über dem Eingang das Angebot an.

Fritz ließ sich davon nicht abschrecken. Sie öffnete die Tür, worauf ein melodisches Glockenspiel ertönte und eine Frau, deren hennagefärbtes, langes Haar nicht zum Lila ihres bodenlangen Gewandes passte, sie milde anlächelte. »Magst du dich erst ein wenig inspirieren lassen oder kann ich dir helfen?«, fragte die Rothaarige.

Fritz, die sich ob des durch den Laden wabernden Geruchs nach Sandelholz und Moschus-Räucherstäbchen nach ihrem bewährten Wick Vaporub sehnte, zwang sich ebenfalls ein Lächeln ab. »Ich habe nur eine Frage. Ich suche einen Laden für Computerzubehör, der hier gewesen sein soll. Haben Sie eine Ahnung, was aus dem geworden ist?«

Die Rothaarige zupfte an ihrem Kleid. »Du, mit so was gebe ich mich nicht ab. Ich will nur positive Vibrations um mich rum haben. Außerdem bin ich auch ganz neu hier.«

Fritz dankte und steuerte die Drogerie gegenüber an, wo ihre Nase dann zum Ausgleich mit einer Ladung »Opium« traktiert wurde. Quelle war eine ältere, superblonde Drogistin. Doch immerhin war die auskunftsfreudiger. »Ja«, sagte sie auf Nachfrage. »Da drüben war ein Computershop, der einer sehr netten jungen Frau gehört hat. Mir hat die ja immer leidgetan! Die ist tagelang in ihrem Laden gestanden und kein Mensch hat was bei ihr gekauft. Und dann hatte die auch noch einen unmöglichen Ehemann! Der kam, glaube ich, bloß, um ihr das bisschen Geld abzunehmen, das sie noch hatte. Und manchmal war der sogar betrunken und hat sie angeschrien! Ich würde mich nicht wundern, wenn der die Frau auch noch geschlagen hätte.«

»Und was ist aus dem Laden und aus der Frau geworden?«, erkundigte sich Fritz.

»Sie, das war ganz komisch! Im Herbst letzten Jahres war der Laden plötzlich geschlossen. Es war aber kein Schild dran oder so. Und dann, nach fünf oder sechs Wochen, kam der Mann und hat den Laden ausgeräumt. Ich gebe ja zu«, sagte sie mit einem etwas verlegenen Lächeln, »ich bin neugierig. Ich habe unseren Vermieter gefragt, ob er was weiß. Der hat aber nichts gewusst. Die Miete und die Nebenkosten seien immer anstandslos und pünktlich bezahlt worden, die Kündigung sei fristgerecht per Brief gekommen und die Schlüssel habe der Ehemann der neuen Mieterin übergeben.«

»Seltsam.« Fritz kaufte zum Dank für die freundliche Auskunft ein Fläschchen ihres Lieblingsduftes und verabschiedete sich. Auf dem Parkplatz kraulte sie ihren Hund, der sie schwanzwedelnd erwartete, und programmierte die Salamanderstraße in Göppingen-Faurndau als nächstes Ziel.

Salamanderstraße 114: Eine Halle mit bröckelndem Anstrich, davor ein Parkplatz, auf dem zwei Männer Getränkekisten in ihre Autos packten. Fritz stellte ihren Geländewagen ab und schaute die Werbung einer Stuttgarter Brauerei an, die an der Seitenwand klebte. Vor dem Eingang standen einige Einkaufswägen, darüber hing ein Schild: »Getränkemarkt Papandropoulos«. Fritz schnappte sich einen der Einkaufswagen. Sie hatte sowieso noch vorgehabt, Mineralwasser und Apfelsaft zu besorgen.

Vorne in der Halle stand eine Theke mit einer Ladenkasse und einer Glasvitrine, in der ordentlich aufgereiht Flaschen mit allerlei Spirituosen standen. Die Wand dahinter war mit Werbepostern diverser Getränkefirmen dekoriert. Ein hübsches junges Mädchen mit schwarzen Locken saß hinter der Theke und las in einem Buch. Als Fritz ihren Wagen in den Laden schob, legte sie das Buch zur Seite und stand auf. »Guten Tag. Kann ich Ihnen helfen?«

»Ich brauche vier Kisten Mineralwasser und Apfelsaft.«

Das Mädchen kam um die Theke herum und führte Fritz nach links, wo hohe Stapel mit Wasserkästen standen. »Ensinger und Alwa sind diese Woche im Angebot.«

»Ensinger ist prima«, sagte Fritz.

»Gerne!« Das Mädchen stellte die Kisten auf den Wagen und deutete auf die andere Ecke. »Apfelsaft ist da drüben.« Sie eilte Fritz voraus, an jeder Menge Bierkästen vorbei.

»Oh, halt, stopp, bitte! Ich sehe, Sie haben sogar Kristallweizen. Das mag mein Lebensgefährte im Sommer sehr gerne. Da nehme ich auch eine Kiste«, sagte Fritz und hob eine Kiste in ihren Wagen. »Sie sind neu hier, nicht?«

»Ja, wir haben erst letzten Monat angefangen«, erzählte das Mädchen. »Meine Eltern haben auch noch die OMV-Tankstelle an der B10. Da haben sie schon immer auch Getränke verkauft und jetzt haben sie mehr Lager gebraucht. Also haben wir die Halle hier gemietet. Eigentlich ist meine Mutter hier, während mein Vater die Tankstelle macht. Aber ich habe gerade Ferien, also helfe ich aus. Und mein Bruder Nico fährt gerade Getränke aus und der Sokrates ist bei Metro und kauft Knabberzeug. Die werden gleich wieder da sein.«

»Fleißige Familie!«, lobte Fritz. »Aber wissen Sie zufällig, was aus der Im- und Exportfirma geworden ist, die die Halle hier früher hatte?«

Sie waren an den Regalen in der Ecke angekommen. Das Mädchen nahm eine Flasche und zeigte sie Fritz. »Gucken Sie mal, das ist mein Lieblingsapfelsaft. Das ist nicht unser billigster, aber der ist auch nicht aus Konzentrat, sondern aus Äpfeln von Streuobstwiesen hier in der Gegend. Schmeckt echt gut!«

»Dann nehme ich sechs Flaschen!«, entschied Fritz.

Das Mädchen bückte sich. »Ich hole Ihnen von unten einen Karton. Der ist leichter zu transportieren.« Sie packte den Karton auf den Wagen. »Die Firma, die vor uns hier drin war, gibt's nicht mehr«, erzählte sie dann auf dem Weg zur Kasse.

»Und Sie wissen nicht zufällig, was aus der geworden ist?«, fragte Fritz.

»Nein, leider nicht. Meine Eltern und meine Brüder haben sich auch schon Sorgen gemacht. Die Frau Neto – das war die Frau, der die Firma gehört hat – war eine Stammkundin an unserer Tankstelle und mein Bruder Athanasios hat manchmal, wenn die Frau Neto verreist war, in der Eythstraße in ihrem Laden oder hier ausgeholfen. Die Frau Neto hat mit Computern gehandelt und der Ati – mein Bruder, meine ich – studiert Informatik. Der hat total gerne für Frau Neto gearbeitet, weil die echt nett war. Aber dann, vor ungefähr einem halben Jahr, ist sie einfach verschwunden. Der Ati hat dann sogar den Herrn Petri angerufen, dem die Halle gehört, aber der wusste auch nichts. Die Frau Neto hätte ihm in einem Brief gekündigt, aber keine Begründung gegeben.« Sie hatte während ihrer Erzählung die Getränke eingetippt. »Mit Pfand macht es 46,40.«

Fritz bezahlte und fragte: »Wissen Sie zufällig, wo Frau Neto gewohnt hat?«

»Ja. Der Nico und ich haben ihr immer Getränke gebracht. Sie hat oben auf dem Eichert im Sperberweg 5 gewohnt.«

Die Adresse wunderte Fritz ein wenig. Bei ihrer Immobiliensuche hatte sie ihre Heimatstadt ein wenig kennengelernt – und dabei war sie gleich dreimal im Stadtteil Jebenhausen gelandet. Dort standen nämlich die Häuser der Göppinger Unternehmer und Honoratioren.

In Fritz war der Jagdtrieb erwacht. Sie wollte jetzt wissen, wo Mafalda Neto-Bareis gelebt hatte. Und wo war sie abgeblieben?

Der Sperberweg befand sich am Rand des Wohngebietes. Fritz parkte vor der Nummer fünf, stieg aus und sah sich um. Die Straße war sehr ruhig, fast alle Häuser waren hinter großen Gärten versteckt. Nummer fünf hatte sogar einen Pool im Garten. Fritz beugte sich zum Klingelschild an der Mauer neben dem schmiedeeisernen Tor. Im oberen Feld stand der Name »Mehnert«, das untere war frei.

Für einen Augenblick kämpfte Fritz mit ihrem Gewissen. Hinter Mafalda Neto-Bareis herzuschnüffeln, gehörte eindeutig nicht zu ihrem Zuständigkeitsbereich. Auf der anderen Seite: Bei der Kripo galt der Fall Bareis als abgeschlossen. Wenn Fritz Kriminalhauptkommissar Gebhard dazu bringen wollte, die Ermittlungen wieder aufzunehmen, musste sie ihm konkrete Anhaltspunkte für ein Verbrechen liefern. Und die Stuttgarter Zollfahnder würden wohl auch erst aktiv werden, wenn sie etwas in die Hand bekamen.

Mit einem tiefen Durchatmen drückte Fritz auf den Klingelknopf. Einen Moment später öffnete sich die Haustür und eine ältere Frau kam durch den Garten. »Ja, bitte?«

Fritz zeigte ihren Dienstausweis. »Ich bin die Göppinger Amtsveterinärin und suche Frau Neto-Bareis. Die hat doch hier gewohnt?«

»Ja.« Die Frau nahm den Dienstausweis, studierte ihn und öffnete dann das Tor. »Kommen Sie bitte. Ich bringe Sie zu Frau Mehnert.«

Fritz folgte ihr ins Haus in eine große Halle mit poliertem Granitboden. An den Wänden hingen Jagdbilder und -trophäen, eine großzügige Wendeltreppe führte nach oben. Auf ihr war ein Lift mit einer Plattform angebracht, darunter stand ein ausgestopfter Keiler. Die Haushälterin deutete auf ein Ledersofa neben einem Tischchen mit Jagdzeitschriften. »Nehmen Sie doch bitte Platz! Ich bin gleich wieder bei Ihnen.« Sie verschwand durch eine Glastür.

Kaum eine Minute später war sie wieder da und gab Fritz mit einem freundlichen Lächeln ihren Dienstausweis zurück. »Frau Doktor Abele, Frau Mehnert lässt bitten. Darf ich Ihnen etwas zu trinken bringen? Kaffee, Tee, Orangensaft, Wasser oder vielleicht ein Gläschen Sekt?«

»Nein, danke.«

Die Haushälterin führte Fritz durch die Wohnhalle auf die Terrasse, die von einer blauweißen Markise beschattet wurde. Eine zierliche, ältere Dame im Rollstuhl lächelte ihr entgegen. »Frau Doktor Abele? Willkommen!«

Fritz beugte sich nieder und nahm die angebotene, zerbrechliche Hand. »Grüß Gott, Frau Mehnert. Entschuldigen Sie, dass ich Sie einfach so überfalle …«

»Ach das macht gar nichts. Sie ahnen ja nicht, wie langweilig mir oft ist! Mein Mann ist den ganzen Tag in der Firma, mein ältester Sohn ist in Japan, mein zweiter studiert in England. Aber ich will Sie nicht langweilen. Sie sind wegen Frau Neto gekommen. Nehmen Sie doch erst mal Platz!«

»Danke.« Fritz setzte sich in den angebotenen Sessel. »Ja, ich bin wegen Frau Neto gekommen. Sie hat bei Ihnen gewohnt?«

»Ja«, bestätigte Frau Mehnert. »Wir haben eine Einliegerwohnung. Da hat früher unser Ältester gewohnt. Danach haben wir hin und wieder vermietet, wenn wir jemand sympathisch fanden. Frau Neto war sehr nett und kultiviert. Ich habe sie im Krankenhaus kennengelernt. Sie hatte sich in Brasilien eine hässliche Wunde am Bein zugezogen, die sich entzündet hatte; ich hatte mir den Arm gebrochen. Da hat sie mir erzählt, dass sie eine Wohnung sucht, und weil ich sie mochte, habe ich ihr unsere angeboten.«

»Wie lange hat Frau Neto denn bei Ihnen gewohnt?«, fragte Fritz.

»Ungefähr eineinhalb Jahre. Sie war eine sehr angenehme Mieterin – sehr ruhig, immer freundlich, allerdings etwas distanziert. Ab und zu hat sie mich auf eine Tasse Tee besucht, aber sie hat nie viel über sich und ihr Leben gesprochen. Dazu war sie auch ziemlich viel auf Reisen. Sie hatte ja ein Im- und Exportgeschäft.« Frau Mehnert lächelte Fritz an. »Ich rede mal wieder zu viel.«

»Gar nicht!«, widersprach Fritz. »Das war sehr interessant. Haben Sie vielleicht mitbekommen, dass sich Frau Netos geschiedener Mann vor kurzem das Leben genommen hat?«

Ihr Gegenüber nickte. »So unfreundlich es klingen mag: Das war kein großer Verlust für die Menschheit. Ich habe ja nie verstanden, wie eine so hübsche, gepflegte Frau einen solchen Kerl heiraten konnte.«

»Ich habe den Verdacht, dass Frau Neto nach Deutschland wollte und er ihr Ticket war«, sagte Fritz.

»Das hat mein Mann auch vermutet. Aber verzeihen Sie einer alten Frau die Neugierde: Sie sind Tierärztin. Ich zerbreche mir schon die ganze Zeit den Kopf, was Sie mit Frau Neto beziehungsweise Herrn Bareis zu tun haben.«

Fritz seufzte. »Ich vermute, dass Herr Bareis in die illegale Einfuhr und den Handel mit geschützten Tieren verwickelt war.«

»Und da hat er Frau Neto und ihre Firma hineingezogen?« Frau Mehnert schüttelte den Kopf. »Das würde mich überhaupt nicht überraschen, aber leider meine Sorge um Frau Neto verstärken.«

»Sie sorgen sich um Frau Neto?«, hakte Fritz nach. »Hat das mit ihrem Auszug zu tun? Würden Sie mir erzählen, wie das abgelaufen ist?«

Die Haushälterin kam mit einem Tablett auf die Terrasse. »Frau Mehnert, ich habe Ihnen Zitronenlimonade gemacht. Die mögen Sie doch so gerne.« Sie stellte das Tablett ab, schenkte aus einem Krug ein und lächelte Fritz an. »Für Sie habe ich auch ein Glas mitgebracht.«

»Und was ist mit mir? Reicht es auch für mich?« Ein wohlbeleibter Herr im grauen Sommeranzug trat auf die Terrasse, beugte sich über die Dame im Rollstuhl und küsste ihre Wange. »Alles in Ordnung, Liebes?«

»Arthur! Wie schön, dass du schon da bist!« Sie strahlte zu ihm empor. »Wir haben Besuch. Frau Doktor Abele ist die Amtstierärztin und sie ist wegen Frau Neto gekommen. Stell dir vor, der Herr Bareis war wahrscheinlich in den Handel mit geschützten Tieren verwickelt.«

»Das hat zu dem gepasst!« Arthur Mehnert zog sich einen Sessel neben seine Frau und ließ sich nieder.

Die Haushälterin kam mit einem dritten Glas. »Frau Doktor?«

»Gerne.« Fritz bekam ein Glas Limonade, dann nahm der Hausherr das seine in Empfang. Beide dankten und Fritz wandte sich wieder an Frau Mehnert. »Wann ist Frau Bareis ausgezogen?«

Das Ehepaar schaute sich kurz an, dann antwortete sie: »Gekündigt hat sie auf Jahresende.«

»Gegangen ist sie aber schon Mitte Oktober«, übernahm ihr Mann.

»Und das ist es, warum wir uns Sorgen um sie machen.« Frau Mehnert trank einen Schluck Limonade.

Ihr Mann zog unterdessen Pfeife und Tabaksbeutel aus der Jackentasche. »Stört es Sie, wenn ich rauche, Frau Doktor?«

»Gar nicht, ich mag Pfeifenrauch.«

Frau Mehnert legte ihrem Mann die Hand auf den Arm. »Ich mag es auch.« Die Art, wie die beiden sich darauf anlächelten, ließ auf innige Vertrautheit schließen. Frau Mehnert wandte sich wieder an Fritz. »Zurück zu Frau Neto – deswegen sind Sie ja hier. Mitte Oktober – an das genaue Datum erinnere ich mich leider nicht – habe ich zufällig gesehen, wie der Herr Bareis zwei schwere Koffer zu Frau Netos Auto getragen hat. Sie kam dann nach und sie sind weggefahren. Ich habe mir damals nicht viel dabei gedacht – eben, dass sie mal wieder verreisen muss und er sie zum Flughafen fährt.«

»Und wie kam es zur Kündigung der Wohnung?«, fragte Fritz.

»Frau Neto hat mir ein Fax geschickt«, erzählte Herr Mehnert. »Es war recht kurz: Sie wolle sich beruflich verändern, darum kündige sie die Wohnung zum Jahresende. Freundlicher Gruß und Schluss. Vier Tage später hat sie dann die ganze noch ausstehende Miete bis zum Jahresende auf einen Schlag überwiesen. Das Interessante daran war, dass die Überweisung von einer niederländischen Bank kam. Bis dahin hatte Frau Neto immer über ihr Konto bei der Stadtsparkasse Göppingen überwiesen.«

»Wir haben uns dann wirklich Sorgen gemacht«, sagte seine Frau. »Im November tauchte dann nämlich der Herr Bareis auf. Er hatte eine Vollmacht von Frau Neto und er wollte meinen Mann sprechen.«

»Es war Samstag, ich war zum Glück zuhause.« Herr Mehnert paffte ein Rauchwölkchen in die Luft. »Herr Bareis sagte mir, seine Frau habe sich neu eingerichtet. Die Möbel aus der Wohnung bei uns würden bei ihr nicht mehr passen. Ob wir daran interessiert wären, die Möbel zu übernehmen?«

»Frau Neto hatte durchaus Geschmack und wir hatten uns mittlerweile überlegt, dass wir die Wohnung künftig für Gäste nutzen. Also sind wir auf das Angebot eingegangen.«

»Allerdings«, übernahm Herr Mehnert wieder von seiner Frau, »habe ich mich geweigert, Herrn Bareis Geld zu geben. Darauf bekam ich noch ein Fax, in dem mich Frau Neto bat, ihr das Geld auf eine Bank in Zürich zu überweisen. Außerdem wünschte sie meiner Frau und mir schöne Weihnachten – und seitdem haben wir nichts mehr von ihr gehört.«

»Das klingt aber sehr mysteriös«, fand Fritz.

»Ja. Da kann man nur hoffen, dass Frau Neto nichts zugestoßen ist«, sagte Frau Mehnert.

»Leider ist der Kommissar, der im Fall Bareis ermittelt, momentan im Urlaub«, sagte Fritz. »Sobald er wieder da ist, werde ich mit ihm sprechen.«

»Wollen Sie vielleicht die Wohnung sehen?«, fragte Frau Mehnert.

»Ich möchte Ihnen keine Umstände machen.« Fritz lächelte. »Ich habe Sie schon lange genug aufgehalten. Ich werde jetzt wieder aufbrechen.« Sie stand auf.

»Das ist kein Umstand.« Arthur Mehnert erhob sich ebenfalls. »Ich bringe Sie raus und dabei gehen wir geschwind unten durch die Wohnung.«

Er öffnete eine andere Terrassentür, wartete, bis Fritz sich von seiner Frau verabschiedet hatte, und führte sie dann in eine kleine Bibliothek. Dort blieb er stehen und sagte mit gedämpfter Stimme: »Meine Frau hat sich über das Verschwinden von Frau Neto sehr aufgeregt. Um ihre Sorge nicht auch noch zu verstärken, habe ich ihr nichts von meinen Verdacht erzählt, dass dahinter ein Mann stecken könnte. Aber kommen Sie – ich zeige Ihnen jetzt die Wohnung.« Aus der Bibliothek traten Fritz und Arthur Mehnert auf einen Flur, auf dem es etwas nach Chlor roch. Arthur Mehnert drückte auf einen Schalter an der Wand, worauf sich die Holzverkleidung öffnete und ein Lift zum Vorschein kam. »Meine Frau hatte vor zwölf Jahren einen Reitunfall. Seitdem sitzt sie im Rollstuhl«, erklärte er. »Deswegen habe ich das Haus komplett umbauen lassen.«

Als der Aufzug einen Stock tiefer ankam, verstärkte sich der Chlorgeruch. Nun konnte Fritz auch die Quelle dafür ausmachen: Arthur Mehnert führte sie an einer Glaswand entlang, durch die sie ins Schwimmbad sah.

»Meine Vermutung wegen des Mannes in Frau Netos Leben«, sprach er jetzt weiter, »beruht auf zwei Zufallsbeobachtungen. Das erste Mal war vor ungefähr zwei Jahren in einem Hotel in Hamburg. Ich saß mit einem meiner Mitarbeiter in der Halle, wir waren mit einem Geschäftsfreund verabredet. Dabei amüsierten wir uns ein wenig über einen Herrn, der offenkundig auch wartete. Allerdings waren wir ziemlich sicher, dass er keinen Geschäftspartner erwartete, denn zu einem Arbeitsessen bringt man wohl eher selten eine Rose mit. Es war ein durchaus kultivierter Herr ungefähr Ende vierzig, Anfang fünfzig, blond, hochgewachsen; ein Typ, den Frauen nach meiner Erfahrung durchaus attraktiv finden.« Er bog um eine Ecke und öffnete eine Tür, dabei unterbrach er seine Erzählung und erklärte: »Hier sind wir in unserer Einliegerwohnung, wobei das hier der Hintereingang ist. Das Haus hat leichte Hanglage, daher hat das Untergeschoss vorne Tageslicht. Da ist auch der Haupteingang.«

Sie gingen durch einen Raum mit Metallregalen, in einer Ecke stand ein offener, abgeschalteter Gefrierschrank. Eine Tür führte in eine kleine, aber gut eingerichtete Küche mit Edelstahlfronten und Granitarbeitsflächen. Um einen ovalen Esstisch waren sechs verschiedene, aber offenkundig sehr gezielt ausgesuchte Stühle gruppiert. Die Wand dahinter war mit einem mattgoldenen Stoff bespannt, davor stand ein zum Tisch passendes Sideboard.

»Die Dame hatte wirklich Geschmack!«, sagte Fritz, und setzte im Geiste dazu: »Und Geld!« Jedes Möbelstück, die Wandbespannung und die Dekoration zeigten deutlich, dass Ikea nicht Mafalda Netos bevorzugtes Einrichtungshaus gewesen war.

»Nur nicht bei der Auswahl ihres Ehemannes!«, sagte Arthur Mehnert. »Bei seinem Nachfolger scheint sie wählerischer gewesen zu sein.« Er führte Fritz mit einer Armbewegung in den nächsten Raum, ein großzügiges Wohnzimmer mit cremefarbenen Ledermöbeln, Glasregalen und einem ausgesucht schönen, antiken Intarsienschrank.

»Der Herr in Hamburg, der meinem Mitarbeiter und mir dadurch aufgefallen war, dass er nervös wie ein Primaner beim ersten Rendezvous war, wartete auf Frau Neto. Wir sahen noch, wie sie ihn begrüßte und dann mit ihm verschwand. Ich kannte Frau Neto damals allerdings noch nicht, aber sie fiel auf, denn sie war wirklich eine ausgesprochen schöne, rassige Frau.« Er öffnete die Tür zur Terrasse, verharrte dann aber in der Bewegung. »Weswegen habe ich jetzt ›war‹ gesagt? Nur weil sie aus meinem Gesichtskreis verschwunden ist, hat sie ja nicht aufgehört zu existieren. Ich hoffe es jedenfalls nicht.«

»Ich muss gestehen, dass mir deutlich wohler wäre, wenn es ein Lebenszeichen von Frau Neto aus den letzten Wochen geben würde«, sagte Fritz. Sie schaute sich noch einmal im Raum um. Der Kontrast zwischen dieser Wohnung und Bareis' Haus hätte nicht größer sein können.

Sie trat etwas näher an die Couch heran. Dahinter an der Wand hingen drei Fotografien – Stillleben mit Früchten. »Die sind schön«, sagte Fritz.

Arthur Mehnert strahlte. »Finde ich auch – die sind nämlich von meinem jüngsten Sohn. Er ist begeisterter Hobbyfotograf. Frau Neto-Bareis hat die Bilder bei ihm gesehen, war sehr begeistert und hat sich Abzüge erbeten.« Er wurde wieder ernst. »Sie sehen: Sie war irgendwie schon sehr mit meiner Familie verbunden, zurückhaltend wie sie war. Deswegen mache ich mir ja solche Sorgen.« Arthur Mehnert schloss die Terrassentür wieder und ging zur inneren Tür. »Wollen Sie auch noch Bad und Schlafzimmer sehen?«

»Gerne.« Fritz folgte ihm ins großzügige, helle Bad mit Whirlpool. »Sie sagten, Sie hätten Frau Neto und den Herrn aus Hamburg noch einmal gesehen?«

»Ja.« Arthur Mehnert trat vor ihr ins Schlafzimmer, in dem ein weißes Himmelbett vor einer blauweiß marmorierten Wand stand. »Das war, kurz bevor sie verschwunden ist – vielleicht eine oder zwei Wochen davor. Kennen Sie den Wald um Staufeneck herum?«

»Aber sicher doch. Das ist mein bevorzugtes Ausreitgebiet. Außerdem isst mein Lebensgefährte gerne im Restaurant dort. Er behauptet, auf dem Staufeneck werde das beste Lamm in Süddeutschland serviert.«

»Womit er recht haben könnte«, lächelte Arthur Mehnert. »Und den Wald dort oben kenne ich auch sehr gut – das ist nämlich mein Jagdrevier. Der Besitzer des Waldes, Graf Weißenstein, ist ein Freund von mir.«

»Der gute Hubertus!« Fritz lächelte. »Der Graf und ich kennen uns auch ein bisschen.«

Arthur Mehnert schaute sie einen Augenblick prüfend an. Er schien zu überlegen, dann sagte er: »Zurück zu Frau Neto und dem Herrn aus Hamburg. Die habe ich dort im Wald gesehen, wobei sie nicht wie ein verliebtes Paar wirkten. Im Gegenteil. Sie schienen sich gestritten zu haben. Ich habe zwar nichts gehört, weil ich auf dem Hochsitz saß und die beiden auf der anderen Seite der Lichtung standen, aber die Körpersprache beider wirkte auf mich aggressiv. Frau Neto war eindeutig sehr angespannt und ihr blonder Begleiter sah wütend aus. Ich war auch etwas sauer, weil die beiden mir das Wild vergrämt haben. Darum habe ich dann beschlossen, heimzugehen. Dabei wurde ich noch ärgerlicher, denn auf dem Weg, der zur Straße nach Salach führt, stand hinter meinem Geländewagen ein schwarzer Siebener-BMW mit einer holländischen Nummer. Damals hat es mich nur geärgert, dass der in den Wald hineingefahren ist, aber im Nachhinein, als ich dann die Überweisung von Frau Neto aus den Niederlanden bekommen habe …«

»Sie haben überlegt, ob der Wagen wohl zu ihrem Begleiter im Wald gehörte?« Fritz ließ sich von Herrn Mehnert zur Tür bringen. »Ich würde es nicht ausschließen. Es wäre nicht das erste Mal, dass in dieser mysteriösen Geschichte ein Herr aus den Niederlanden auftaucht.« Fritz streckte ihm die Hand hin. »Danke, Herr Mehnert. Sie haben mir sehr geholfen. Ich werde nächste Woche mit der Kripo reden. Es könnte sein, dass die sich dann noch einmal an Sie wenden – ich vermute, die Herren sind auch am Verbleib von Frau Neto interessiert.«

Arthur Mehnert schüttelte ihre Hand. »Hoffen wir, dass die Kriminalpolizei sie wohlbehalten findet und dass dieser Bareis sie nicht in etwas Unübersehbares hineingezogen hat.«

16

Es blitzte und donnerte, als Friederike am nächsten Nachmittag über den Marktplatz in Schwäbisch Hall eilte. Nun begann es auch noch, in dicken Tropfen zu regnen. Fritz störte sich nicht daran. Im Gegenteil, sie wäre am liebsten stehengeblieben und hätte ihr Gesicht und die Arme dem Regen entgegengereckt. Es war den ganzen Tag drückend heiß gewesen und Fritz hatte den Vormittag damit verbracht, die Schweineställe eines Großmästers zu kontrollieren, was schon an kühlen Tagen kein Vergnügen war. Bei Hitze war es für Fritz, die warme Temperaturen sowieso nicht mochte, so etwas wie Vorhölle ohne Marscherleichterung.

In der Mittagspause hatte sie sich einen Abstecher nach Hause mit einer ausführlichen Dusche und frischen Kleidern gegönnt, doch nach zwei Stunden in ihrem aufgeheizten Büro und der anschließenden Fahrt nach Schwäbisch Hall fühlte sie sich schon wieder verschwitzt und klebrig. Umso willkommener war Fritz der Regen, der nun den Staub von der großen Freitreppe von St. Michael wusch.

An der Seite links stand unter einem Regenschirm eine etwas füllige junge Frau in einem Jeansmini und einer blauen Bluse. Sie beäugte das Bächlein, das seitlich von ihr neben dem Gehsteig entlangplätscherte, missmutig.

Fritz eilte zu ihr hinüber. »Hallo, Anoushka.«

»Na, Friederike?« Anoushka Göckles Blick wanderte über Friederikes weißes Polohemd zu ihren Jeans und den nassen Sneakers hinunter. »Du hast dich nicht verändert!«, befand sie dann – und ihr Ton ließ keine Zweifel zu: Anoushka hatte das nicht als Kompliment gemeint.

Fritz ließ sich davon nicht beirren. Anoushka war schon in Wien nicht unbedingt auf der Liste ihrer Lieblingskommilitonen gestanden. Noch nicht einmal der Umstand, dass sie beide Reiterinnen waren und ihre Pferde sogar drei Jahre lang Boxennachbarn gewesen waren, hatte zu einer Freundschaft geführt. Im Gegenteil: Anoushka hatte immer wieder mit Fritz rivalisiert und die hatte sich jedes Mal geärgert, wenn sie sich von ihr in den »Ich reite besser, mein Pferd ist toller als deins, ich bin schöner und kenne die cooleren Leute«-Wettbewerb hineingezogen worden war.

Anscheinend hatte Anoushka den für sich immer noch nicht abgeschlossen. Sie schlug ein Café in der Nähe des Marktplatzes vor – der Besitzer, so erklärte sie, sei ein Freund. Und auf dem Weg dahin wollte sie dann erst einmal wissen, was Friederike denn inzwischen beruflich mache. Die Auskunft »Amtsvet Tierschutz und Tierhygiene« entlockte ihr ein »Oh mein Gott – du als Beamtin? Du hattest doch immer so große Pläne!«

»Hatte ich?« Fritz konnte sich nicht erinnern, je mit Anoushka über ihre Zukunftsträume gesprochen zu haben. Aber gut, wenn Anoushka es durchaus darauf anlegte, konnte sie ihre Portion bekommen. »Ich habe in Holstein meinen Fachtierarzt für Nutztiere gemacht und bin dann nach Göppingen gekommen. Du weißt ja, ich bin Schwäbin und fühle mich halt bei den Schwaben am wohlsten.«

»Dass du in Holstein warst, habe ich mitbekommen. Ich habe ja in meiner Duisburger Zeit deinen Adrian öfter getroffen«, erwiderte Anoushka.

Fritz verkniff sich ein Grinsen. Sie wusste, dass die Treffen alle vier Wochen in einer gemütlichen Kneipe in der Nähe des Zoos stattgefunden hatten, wo Jan van Eycken einen Stammtisch für Veterinäre gegründet hatte. Anoushka war damals – nachdem sie wohl schon in Wien begriffen hatte, dass Adrian wirklich nicht an ihr interessiert war – heftig, aber erfolglos hinter Jan her gewesen und daher regelmäßig zum Stammtisch erschienen.

Anoushka sprach bereits weiter. »Hattest du dir damals in Holstein nicht auch irgend so einen Landjunker angelacht?«

Sie waren im Café angekommen. Anoushka begrüßte den Besitzer mit Küsschen, Umarmung und beidseitigen Bekundungen, wie gut man wieder aussehe. Fritz unterdessen krabbelte auf eine gemütliche Eckbank und dachte sich ihren Teil. Als sich Anoushka dazusetzte, sagte sie: »Der holsteinische Landjunker und ich haben nicht so sehr zueinander gepasst. Ich denke, ich war ihm zu süd- und er mir schließlich zu norddeutsch.« Sie griff nach der Karte, die der Cafébesitzer auf den Tisch gelegt hatte. »Ich habe gehört, du bist verheiratet und hast Nachwuchs?« Und weil sie zum einen das Rivalitätsspiel nicht mochte und zum anderen Informationen von Anoushka wollte, lächelte sie und setzte dazu: »Da beneide ich dich ein wenig drum.«

Mit einem solchen Geständnis hatte Anoushka offenkundig nicht gerechnet. Für einen Augenblick schien sie ihr Konzept verloren zu haben, dann lächelte sie. »Der Joaquin – das ist mein Sohn – ist klasse, aber manchmal auch recht anstrengend.« Ihr Lächeln wurde noch wärmer. »Ich bin mit Nummer zwei im vierten Monat.«

»Gratuliere!«, sagte Fritz und bestellte bei der Bedienung, die eben an den Tisch gekommen war, einen Latte macchiato und eine Nusstorte.

Anoushka orderte Kräutertee und Karottenkuchen, dann fragte sie: »Möchtest du ein Bild von Joaquin sehen?«

»Ich wollte dich eben fragen, ob du eines dabeihast«, sagte Fritz.

»Aber klar doch! Ich bin eine stolze Mutter.« Anoushka wühlte in ihrer Handtasche und kramte das Bild eines blondgelockten Jungen aus ihrer Brieftasche. »Hier – das war vor einem halben Jahr.«

»Der ist ja niedlich!«, fand Friederike.

»Na ja, in dem Alter sind eigentlich alle Kinder niedlich«, sagte Anoushka.

»Finde ich nicht«, widersprach Fritz. »Ich habe eine Kollegin im Amt, die eine dreijährige Tochter hat. Sie findet das Kind supertoll. Ich überlege immer, ob sie nicht über den Vater spricht, weil ihr Wunderkind von einem berühmten, rothaarigen Ex-Tennisspieler auf der Hintertreppe eines Londoner Hotels gezeugt wurde.«

Anoushka lachte. »So schlimm?«

Die Kellnerin brachte die Bestellung. Fritz wollte bezahlen, doch Anoushka winkte ab. »Du bist in meinem Revier. Hier bezahle ich.«

»Danke.« Fritz nuckelte an ihrem Strohhalm. »Ich wollte dich wegen Kowalski sprechen«, kam sie endlich zur Sache.

»Oje.« Anoushka seufzte. »Den würde ich am liebsten vergessen. Ich könnte mich heute noch aufregen, dass ich überhaupt bei dem angefangen habe. Andererseits muss ich dir ja nicht erzählen, wie mies die Situation für Berufsanfänger damals war.«

Fritz hatte damals nach dem Studium kein Problem damit gehabt, einen Job zu finden. Doch sie wusste, dass sie das weniger ihrer – dank Adrians Nachhilfe und Nachtreten – guten Examensnote zu verdanken hatte als ihrer Entscheidung, ins Fachgebiet Nutztiere zu gehen. Die meisten ihrer Kommilitonen und vor allem Kommilitoninnen hatten absolut keine Lust auf Schweine und Kühe, sondern träumten von einer Karriere als Spezialist für Pferde oder von einer eigenen Praxis für Kleintiere, möglichst in einer Großstadt mit entsprechendem Freizeitangebot. Dementsprechend gesucht waren die Assistentenstellen in diesen Bereichen.

»Ist sie immer noch«, sagte Fritz. »Wir hatten neulich eine Vakanz im Schlachthof und an die hundert Bewerber. Eine davon ist bei mir gelandet, weil unser Amtsleiter überraschend wegmusste. Die hat mir erzählt, dass sie für sechshundert brutto praktisch rund um die Uhr in einer Pferdeklinik gearbeitet hat.«

»Solche Angebote hatte ich auch«, erzählte Anoushka. »Ich wollte zuerst ja auch Pferde machen – ist einfach am interessantesten. Aber dann kam die Scheidung meiner Eltern und damit war klar, dass mein Vater nicht mehr für mich zahlt.«

»Das war sicher eine blöde Situation«, bedauerte Fritz ihr Gegenüber.

»Ich hatte keine andere Wahl als den Job bei Kowalski anzunehmen«, beteuerte Anoushka. »Okay, ich fand ihn schon beim Bewerbungsgespräch unsympathisch, aber der Laden sah auf den ersten Blick nicht schlecht aus. Aber dann ging es schon nach ein paar Tagen los. Da kam eine Ladung Futterratten – und die Hälfte war schon halbtot und die anderen auch nicht weit davon entfernt. Ich wollte die ablehnen, worauf mir Kowalski erst einmal klar gemacht hat, dass ich bei ihm nicht im Kuschelzoo sei. Die Viecher würden sowieso verfüttert, also müssten sie nicht fit sein.«

»Klingt ja klasse!«

»Kam noch besser: Nach einer Weile habe ich mitgekriegt, wo die Ratten und Mäuse herkamen: Direktimporte aus Rumänien, selbstverständlich unter Umgehung aller Vorschriften und Formalitäten. Kowalski hat einen rumänischen Mitarbeiter …«

Fritz unterbrach: »Reden wir hier von einem ziemlich großen Kerl mit der Figur eines Kleiderschrankes und den Manieren einer Dampfwalze, den Kowalski zärtlich ›Gaby‹ ruft?«

»Richtig – Gaby alias Gabriel Ianescu. Ein ganz besonders netter Zeitgenosse mit viel Familiensinn. Du ahnst gar nicht, wie viele Cousinen der hat! Die kommen reihenweise zu Besuch – bevorzugt auf Einladung von Kowalski oder jemandem aus seiner ebenfalls großen Sippe. Gaby bringt sie von seinen allmonatlichen Besuchen in der Heimat mit. In Duisburg arbeiten die Cousinen dann in einschlägigen Clubs.«

»Reizend!«, fand Fritz. »Und die Herren Kowalski und Ianescu kassieren Prozente für die Vermittlung?«

»Davon gehe ich aus, wobei es mich bei Kowalski nicht wundern würde, wenn er einen Teil der Vergütung in Naturalien ausbezahlt bekäme. Aber du ahnst wahrscheinlich schon, was der liebe Gaby sonst so aus Rumänien mitbringt?« Anoushka aß ein Stück von ihrem Karottenkuchen, der nach Friederikes Geschmack viel zu gesund aussah.

»Oje, in meiner Göppinger Provinz gilt schon das Aufbrechen eines Kaugummiautomaten als Kapitalverbrechen und kommt in der Zeitung«, antwortete Fritz.

»Jetzt übertreibst du aber wirklich.« Anoushka lachte, wurde aber sofort wieder ernst. »Gaby hat die Futtertiere geschmuggelt. Seine Sippe in Rumänien züchtet die en masse – und wahrscheinlich unter Bedingungen, von denen wir besser nichts wissen. Darüber, was die alles einschleppen, möchte ich auch noch nicht mal nachdenken.«

»Ich auch nicht. Aber man sollte meinen Kollegen in Duisburg mal einen Tipp geben«, schlug Fritz vor.

Anoushka trank ihren Tee »Ich wäre dir sehr dankbar, wenn du mich da raushalten würdest. Mein Problem bei Kowalski war ja immer, dass ich zwar alles mitbekommen habe, aber nie irgendwelche Beweise in die Hand bekommen habe. Und Kowalski auf Verdacht anzuzeigen – danke schön, aber ich habe genug Ärger mit ihm gehabt.«

»Inwiefern?«, hakte Fritz nach.

Anoushka kratzte Karottenkuchenkrümel auf ihrem Teller zusammen. »Na ja, ich hatte kaum Erfahrung und stand immer wieder vor Problemen, die ich allein nicht lösen konnte. Was hättest du als Anfängerin gemacht, wenn man dir einen Papagei mit allen möglichen Krankheiten vorgesetzt hätte?«

»Adrian angerufen«, sagte Fritz. »Der kennt sicher einen Spezialisten für Federvieh.«

»Hätte mir nichts genutzt – Kowalski hätte mir den Kopf abgerissen, wenn ich einen Kollegen hinzugezogen hätte. Aber frag nicht, was er veranstaltet hat, als mir der Papagei eingegangen ist. Getobt hat er und die übelsten Beschimpfungen losgelassen. War echt klasse.«

»Ich kann's mir lebhaft vorstellen«, bedauerte Friederike die Kollegin. »Aber sag mal, ist dir bei den Reptilien mal was aufgefallen?«

»Außer dass mindestens die Hälfte der Tiere, die Kowalski verkauft, krank ist?«

Fritz seufzte. »Wenn es nur das wäre! Ich habe bei dem Vogel einige tote Giftschlangen aus dem Müll gezogen.«

»Das wundert mich nicht. Er hatte immer ein paar in seinem Büro. Für die hat er sogar Papiere und wenn deine Kollegen kommen, erzählt er ihnen was davon, dass das seine Tiere sind, die er zur eigenen Belustigung hält und dass er die ja nie verkaufen würde, weil er ja so an ihnen hängt. Tatsächlich sind das seine ›Musterstücke‹. Wenn jemand kommt und nach Giftschlangen fragt, führt er die vor – und wenn der Mensch dann kaufen will, bekommt er eine Schlange aus dem auswärtigen Lager. Davon hat er mindestens zwei: Eines irgendwo in Duisburg, eines offensichtlich weiter weg.«

»Ich vermute, ich weiß, wo es war: In meiner Nachbarschaft«, sagte Fritz.

»Hmm.« Anoushka trank ihren Tee aus. »Ich hätte es eher in Holland vermutet. Abgesehen davon, dass Kowalski öfter mal nach Rotterdam gefahren ist, stand auch einmal ein Wagen mit holländischem Kennzeichen hinten im Hof.«

»Hast du den Besucher aus Holland gesehen?«, fragte Fritz gespannt.

Anoushka schüttelte den Kopf. »Nein. Kowalski war mit ihm in seinem Büro und durfte nicht gestört werden. Allerdings …« Sie zögerte und spielte mit dem Löffel in ihrer leeren Tasse. »Friederike, ich habe es schon mal gesagt, aber ich wiederhole es, weil es wirklich, wirklich wichtig ist. Ich bin bei Kowalski mit einigermaßen heiler Haut rausgekommen. Ich habe einfach überhaupt keine Lust, mir im Nachhinein noch mal Ärger einzuhandeln. Was immer du unternimmst, versprich mir, dass du mich raushältst.«

Friederike nickte. »Verspreche ich dir.«

»Okay. Ich weiß aber auch gar nicht, ob dir die Information weiterhilft. Ich habe ins Auto des Holländers reingeguckt. Da lag eine Flagge – so eine, wie man sie zum Signalisieren auf Schiffen einsetzt. Ich segle, daher kenne ich das Flaggenalphabet – und daher ist mir das Ding aufgefallen. Es war ein grünes Quadrat in gelbem Rahmen.«

»Und das bedeutet im Flaggencode?«

»Nichts«, antwortete Anoushka. »Die Flagge gibt es im Flaggenalphabet gar nicht. Darum ist sie mir ja aufgefallen und ich habe sie mir gemerkt. Ich habe sie wiedererkannt, als sie mir vor zwei Jahren beim Segeln vor Fehmarn wieder begegnet ist. Da war dann allerdings noch ein H im grünen Feld und die Flagge wehte als Stander über Rot-Weiß-Blau.«

Landratte Fritz verstand überhaupt nichts und ihr Gesicht drückte das offensichtlich aus.

Anoushka lachte. »Rot-Weiß-Blau sind die holländischen Farben – und die Kombination Stander-Landesflagge dient der Identifikation eines Schiffes. Die Landesflagge zeigt, wo das Schiff registriert ist – in diesem Fall die Niederlande. Und darüber weht der Stander der Reederei.«

»Lass mich raten: Das Schiff gehörte zur Reederei van Hoogstaaten aus Rotterdam?«, spekulierte Fritz.

»Ja – es war die Henrieka van Hoogstaaten. Woher hast du das gewusst?«

»Weil mir die Reederei und ihre Schiffe in dieser Sache schon öfter begegnet sind«, sagte Fritz.

»Was mich, ehrlich gesagt, etwas wundert.« Anoushka lehnte sich zurück. »Im Zusammenhang mit Kowalski ist man doch eigentlich immer auf Halbseidenes gefasst. Und dann eine Reederei wie van Hoogstaaten!«

Fritz konnte wieder einmal nicht folgen. »Was ist an der so besonders?«

Anoushka grinste. »Frag doch mal den Adrian – der ist doch Reederssohn. Der wird dir erklären, dass die meisten Reedereien, die Fracht fahren, ihre Schiffe ausgeflaggt haben. Das bedeutet, dass die irgendwo in einem Drittweltland registriert sind, wo die Vorschriften und Steuern nicht so heftig sind wie in Deutschland oder in den Niederlanden. Eigentlich fahren nur noch die Kriegsmarine und ein paar Kreuzfahrtschiffe unter deutscher Flagge. Und Frachtschiffe unter deutscher und holländischer Flagge sind wirklich selten. Wenn du eines siehst, kannst du davon ausgehen, dass du mit einer todseriösen Reederei zu tun hast.«

»Was eigentlich nicht zu unserem Freund Kowalski passt.« Fritz nickte.

»Genau.« Anoushka guckte auf die Uhr. »Halb sechs schon – ich muss los. Meine Männer sind zusammen unterwegs und ich muss sie wieder einsammeln. Sorry, Friederike – und tschüss!« Sie stand auf, hängte ihre Tasche über die Schulter und schüttelte Fritz die Hand. »Mach's gut, Friederike – und denk daran: Du hast versprochen, mich rauszuhalten.«

Fritz erhob sich ebenfalls. »Vergiss deinen Schirm nicht, Anoushka! Danke und alles Gute für dich und deine Familie.«

17

»Mit freundlichem Gruß und der übliche Bläh. Danke, Frau Schubarth!« Friederike schaltete das Diktiergerät aus, ließ die Kassette herausrutschen, stand auf und brachte sie ins Sekretariat. Gesine Schubarth war nicht an ihrem Platz, also legte Fritz die Kassette auf die Schreibtischunterlage, holte sich eine Flasche Mineralwasser aus dem Kühlschrank und trollte sich wieder an ihren Schreibtisch.

Sie hatte seit dem Morgen konzentriert gearbeitet und nur mittags eine kurze Pause gemacht, doch jetzt, gegen halb vier, war der Stapel mit Unerledigtem auf ihrem Tisch wirklich deutlich kleiner geworden. Fritz schaute missmutig auf das Formular, das nun vor ihr lag – schon wieder eine Statistik! Irgendjemand im Ministerium schien – so empfand es jedenfalls Friederike – ausschließlich darüber nachzudenken, welche Zahlen er von den Veterinärämtern im Land abfragen konnte. Dieser Jemand bewies erstaunliche Kreativität.

Fritz schob das Formular mit einem Seufzen zur Seite. Die Statistik konnte wirklich bis morgen warten, auch wenn sie mit »dringend zur Vorlage im Ministerium« gekennzeichnet war.

Fritz zog stattdessen ihr Notebook heran. Seit sie gestern von dem Gespräch mit Anoushka Göckle heimgekommen war, hatte sie sich vorgenommen, sich die Reederei van Hoogstaaten im Internet anzuschauen. Bisher war sie aber nicht dazu gekommen. Nun tippte sie »Vanhoogstaaten.nl« in die Adresszeile ihres Browsers ein. Die Suche dauerte nur ein paar Sekunden, dann erschien eine gelbgrüne Flagge mit einem H im Innenfeld auf dem Bildschirm. Darüber stand »Van Hoogstaaten – Rotterdam–Boston–Durban–Santos«. Unten lief eine Zeile: »Shipping since 1842«.

Kleine Flaggen an der Seite versprachen eine niederländische, englische und spanische Version der Seite. Fritz entschied sich für Englisch und landete auf einer neuen Seite, die das Bild eines Containerschiffes auf hoher See zeigte. Der Text darunter klärte darüber auf, dass die Reederei van Hoogstaaten seit 1842 Güter in alle Welt verschiffte – schnell, sicher und zuverlässig. Fritz überflog den Text und klickte auf die nächste Seite, die ihr Informationen über die Geschichte der Reederei versprach. Ein würdiger Herr mit Brillantine auf dem Mittelscheitel, Vollbart und Vatermörder schaute streng von einem Foto auf den Betrachter und Fritz erfuhr, dass der Kaufmann Johannes van Hoogstaaten die Reederei gegründet hatte. Sein erstes Schiff – das Foto zeigte eine Dreimastbark unter vollen Segeln – hatte er zu Ehren seiner Frau Henrieka van Hoogstaaten getauft. Seitdem hatte es in der Reederei immer eine Henrieka gegeben. Die aktuelle wurde ebenfalls im Bild gezeigt: ein riesiges Containerschiff, das der Fotograf mit der Freiheitsstatue im Hintergrund aufgenommen hatte.

Am unteren Ende der Seite fand Fritz schließlich die Angaben, die sie am meisten interessierten: Die Traditionsreederei war nun in fünfter Generation im Familienbesitz und die sechste stand auch schon in den Startlöchern. Und wie das holländische Königshaus war auch die Reederei ein Matriarchat. Das Familienfoto der aktuellen Eigner zeigte drei Damen: eine sehr energisch wirkende Grauhaarige – Corin hätte sie vermutlich »formidabel« genannt – um die siebzig, in der Bildunterschrift als Wilhelmina van Hoogstaaten bezeichnet. Sie saß in ihrem Sessel wie auf einem Thron, links und rechts von Tochter und Enkelin flankiert. Die Tochter Henrieka van Hoogstaaten-Moons sah aus wie eine fünfundzwanzig Jahre jüngere Ausgabe ihrer Mutter in Blond, während die Jüngste in der Runde, laut Bildunterschrift Aaltje van Hoogstaaten-Moons, Fritz an die höheren Töchter in Wachsjacke mit Golf Cabrio erinnerte, die BWL studierten, um eines nicht allzu fernen Tages zum Schrecken aller Manager in Vaters Unternehmen zu werden.

Männer schienen in dieser Runde nur als Prinzgemahl vorzukommen, deren Namen hinten angehängt und in der nächsten Generation nach Verehelichung wieder fallengelassen wurden.

Immerhin – das lernte Fritz auf der nächsten Seite – durfte der aktuelle Prinzgemahl die Geschäfte führen. Und da war auch ein Bild von ihm: ein gutaussehender, wenn auch etwas melancholisch wirkender Blonder Ende vierzig, der im dunklen Anzug vor einer Glaswand stand, die auf einen Hafen hinaussah.

Fritz studierte das Bild. War das der Mann, den sie in Duisburg im Hafen gesehen hatte? Sie war sich nicht sicher, denn sie hatte ja nur einen blonden Hinterkopf über breiten, in feines Tuch gewandeten Schultern gesehen.

Alexander Moons – so hieß der Geschäftsführer der Reederei – wirkte auf dem Foto durchaus sympathisch. Er passte so gar nicht zu Kowalski und Bareis! Wenn er der geheimnisvolle »Willem« war, mit dem Bareis korrespondiert hatte, wenn er tatsächlich der Mann war, den Fritz im Duisburger Hafen mit Kowalski gehört hatte – wie war er an diese Menschen geraten?

Das Verbindungsglied war wohl die verschwundene Mafalda Neto-Bareis, die ja auch nicht dem entsprach, was man bei Kowalski und ihrem Exmann erwartet hätte.

Fritz öffnete ein zweites Browser-Fenster und stellte das Bild der drei Van-Hoogstaaten-Damen neben das ihres Geschäftsführers. Hatte Alexander Moons tatsächlich eine Affäre mit Mafalda Neto-Bareis gehabt? Dann hatte er gefährlich gelebt, denn die drei Van-Hoogstaaten-Grazien machten nicht den Eindruck, als ob sie einem untreuen Ehemann respektive Schwiegersohn und Vater einen Ausrutscher verzeihen würden.

Hatte Kowalski via Bareis von der Affäre erfahren und Alexander Moons erpresst? Und wo war Mafalda Neto-Bareis abgeblieben? Hatte Kowalski sie verschwinden lassen? Oder hatte sie Angst bekommen und war deswegen abgetaucht?

Wieder schaute Fritz das Foto von Alexander Moons an. Vielleicht war sie ja völlig auf der falschen Spur? Er war bestimmt nicht der einzige blonde, gepflegte Herr in der Reederei. Und Fritz war definitiv nicht sicher, ob Alexander Moons der Mann in Duisburg gewesen war.

Verflixt – warum war auf der Website der Reederei nicht irgendein Video, auf dem der Geschäftsführer zu hören war? Die Stimme würde Fritz bestimmt wiedererkennen.

Aber stopp: Arthur Mehnert hatte Mafalda Neto-Bareis' Geliebten – oder was immer der blonde Mann auch gewesen war – zweimal gesehen.

Fritz speicherte das Foto von Alexander Moons und warf die Suchmaschine noch einmal an: »Arthur Mehnert, Göppingen«. Drei Klicks später war sie auf der Website der »Süddeutschen Nadelwerke OHG« in Göppingen, deren geschäftsführender Gesellschafter Arthur Mehnert war.

Fritz schaute auf die Uhr. Kurz nach vier – um diese Zeit saß ein ordentlicher schwäbischer Unternehmer selbstverständlich noch am Schreibtisch. Sie griff nach dem Telefon, wählte die Nummer der Nadelwerke und hatte kurz darauf Arthur Mehnert am Apparat.

»Darf ich Ihnen das Foto von diesem Alexander Moons schicken und Sie schauen, ob das der Mann ist, den Sie mit Frau Neto-Bareis gesehen haben?«, fragte Fritz.

»Genau so machen wir es!«, sagte Arthur Mehnert. »Ich melde mich sofort bei Ihnen, wenn ich das Bild gesehen habe.« Er diktierte Fritz seine E-Mail-Adresse und legte auf.

Fritz hatte sich kaum ein Glas Mineralwasser eingeschenkt, als das Telefon klingelte. »Ist für mich, Frau Schubarth«, rief sie in ihr Sekretariat, nahm ab und meldete sich.

»Mehnert«, tönte die Stimme des Unternehmers. »Frau Doktor Abele, das ist der Mann.«

»Wie sicher sind Sie, Herr Mehnert?«, fragte Fritz.

»Ganz sicher, Frau Doktor. Ich bin Jäger und daher ein guter Beobachter. Außerdem habe ich ein sehr gutes Personengedächtnis.« Er atmete tief durch. »Frau Doktor Abele, ich habe noch etwas für Sie. Ich habe lange darüber nachgedacht, ob ich Ihnen die Geschichte erzählen soll – man plaudert ja üblicherweise nicht über das Privatleben eines Freundes. Doch meine Frau ist überzeugt, dass Sie richtig damit umgehen können. Also: Zwei Monate nachdem Frau Neto-Bareis bei uns eingezogen ist, wurde meine Frau sechzig. Frau Neto-Bareis war zur Feier eingeladen. Wie ich bereits erwähnte, ist sie eine sehr schöne Frau. Das ist auch Graf Weißenstein, der übrigens Patenonkel meines jüngsten Sohnes ist, aufgefallen. Er hat an diesem Abend sehr ausführlich mit Frau Neto-Bareis geflirtet.«

Er machte eine kleine Pause, die Fritz nutzte: »Ist daraus etwas geworden?«

»Ja und nein«, antwortete Arthur Mehnert zögernd. »Die beiden sind wohl ein paar Mal miteinander ausgegangen, aber dann ist der Graf wieder auf Abstand gegangen. Ich habe ihn nie gefragt, warum – es war offenkundig, dass er nicht darüber sprechen wollte, und es ging mich ja auch nichts an. Was meiner Frau aber noch eingefallen ist, als wir gestern darüber gesprochen haben: Mein Sohn wollte seinen Patenonkel und Frau Neto-Bareis auf der Geburtstagsfeier meiner Frau fotografieren. Frau Neto-Bareis hat sich mit Händen und Füßen dagegen gewehrt. Ihre Frisur sitze nicht, sie sei nicht richtig geschminkt. Dabei sah sie gerade an diesem Abend großartig aus.«

»Ich lasse mich auch nicht gerne fotografieren«, sagte Fritz.

Arthur Mehnert seufzte. »Frauen! Aber meine Frau hat sich auch noch erinnert, dass das nicht das einzige Mal war, dass Frau Neto-Bareis sich absolut nicht fotografieren lassen wollte. Unser Sohn hat sie einmal gefragt, ob er ein paar Porträts von ihr machen dürfe. Das hat sie auch abgelehnt, was doch bei einer so gutaussehenden Frau durchaus erstaunlich ist, nicht? Aber vielleicht war's auch ein komischer Tick von ihr. Zurück zu Graf Weißenstein. Wenn Sie mit ihm über seine Verbindung zu Frau Neto-Bareis reden wollen, wäre es mir sehr lieb, wenn Sie mir davor Gelegenheit geben würden, ihn anzurufen.«

»Selbstverständlich. Und Danke für Ihre Mühe, Herr Mehnert! Sie haben mir sehr geholfen.«

»Ich denke, Graf Weißenstein wird sich bei Ihnen melden. Er hat Ihre Nummer, oder?«, fragte Arthur Mehnert.

»Hat er! Und grüßen Sie ihn von mir – ich würde wirklich gerne mit ihm reden, wenn es ihm nicht zu unangenehm ist«, sagte Fritz.

»Gut, dann hören Sie von ihm oder mir.«

Fritz und der Unternehmer verabschiedeten sich und sie wandte sich Gesine Schubarth zu, die mit der Unterschriftenmappe in der Tür stand. »Mensch, Frau Schubarth, Sie sind ja mal wieder schneller als der Schall!«

Gesine Schubarth kam um den Schreibtisch herum, legte die Mappe vor Fritz und schaute dabei auf den Bildschirm, auf dem immer noch das Foto von Alexander Moons zu sehen war. »Schicker Mann!«, stellte sie fest.

»Finden Sie?« Fritz lächelte. »Er ist Holländer.«

»Na ja.« Gesine Schubarth grinste. »Die können ja auch ganz charmant sein. Denken Sie doch mal an Johannes Heesters! Jung war der doch auch ganz schnuckelig.«

Fritz schüttelte sich. »Ne, nicht so wirklich. Jung fand ich den ein bisschen schmierig – so der Typ Staubsaugervertreter. Und dann noch der Akzent!«

»Sind Sie da empfindlich, Frau Abele?«, wunderte sich ihre Sekretärin. »Sir Corin hat doch auch einen. Den finde ich übrigens ausgesprochen nett.«

»Ich auch!« Fritz unterschrieb den ersten Brief in der Mappe. »Aber Holländisch geht gar nicht. Da käme ich mir im Dunkeln ja immer vor, als ob ich versehentlich Rudi Carrell erwischt hätte.«

»Und der preist dann seine Kronjuwelen mit ›Der Preis ist heiß!‹ an!« Gesine Schubarth lachte. »Sie haben recht: Das geht wirklich nicht. Aber wissen Sie, manchmal kann man sogar mit einem Deutschen Verständigungsprobleme haben. Als ich achtzehn oder neunzehn war – lange bevor ich meinen Mann kennengelernt habe –, ist mir mal ein sehr hübscher junger Mann begegnet. Der war als Soldat in Göppingen, kam aber ursprünglich aus Rheinfelden an der Schweizer Grenze. Der hat mich angeschäkert – nur habe ich blöderweise kein Wort verstanden.«

Fritz malte noch einmal ihren Namen unter einen Brief. »Das ist einer keimenden Liebe nicht zuträglich«, amüsierte sie sich. »Aber Sie werden lachen: Corin und ich hatten in unseren Anfängen auch ein Sprachproblem.«

»Wieso das denn? Sir Corin spricht doch sehr gut Deutsch und Ihr Englisch ist doch auch nicht schlecht.«

»Ja, aber wir haben beide einen Akzent«, erklärte Fritz. »Anfangs haben wir fast immer Englisch miteinander gesprochen. Ich dachte, dass es für Corin anstrengend genug ist, bei der Arbeit vorwiegend Deutsch zu reden, also wollte ich ihm privat entgegenkommen. Aber in meinem Englisch klingt ja immer Schwäbisch durch – und es gab Situationen, in denen Corin darüber lachen musste, was dann doch sehr abgelenkt hat. Das Resultat war, dass er auf Deutsch umschaltete. Darauf musste ich immer an der falschen Stelle lachen.« Noch eine Unterschrift, dann gab Friederike die Mappe zurück.

Gesine Schubarth klemmte sie wieder unter den Arm. »Und? Haben Sie das Problem mittlerweile gelöst?«

»Ja!« Fritz lachte. »Er spricht Englisch und ich spreche Deutsch. Klappt hervorragend.«

»Merkt man!« Gesine Schubarth ging zur Tür. »Sie sind nicht nur ein schönes, sondern auch ein harmonisches Paar.« Sie verschwand in ihrem Büro, während Fritz sich wieder hinter die Arbeit klemmte.

Eine halbe Stunde später meldete Gesine Schubarth: »Ich mache Feierabend, Frau Doktor. Das Telefon ist umgeschaltet.«

»Danke, schönen Abend!«

»Ihnen auch! Bis morgen!«

Gesine Schubarth hatte kaum die Tür hinter sich zugezogen, als das Telefon klingelte. »Amt für Veterinärwesen, Referat Tierschutz, Abele, guten Tag«, meldete sich Fritz.

»Gräflich Weißenstein'sche Güterverwaltung, Meier. Frau Doktor Abele, der Herr Graf Weißenstein möchte Sie sprechen. Darf ich verbinden?«

»Aber gerne!« Fritz lehnte sich zurück. Sie hatte Hubertus von Weißenstein schon in der ersten Woche ihrer Tätigkeit in Göppingen kennengelernt. Sie hatte nämlich im Januar bei tiefem Schnee angefangen – und da hatte eine besorgte, aber ahnungslose Tierfreundin das Amt angerufen, um sich darüber zu beschweren, dass die Schweine des Grafen Weißenstein sich im Freien die Hintern abfrieren würden. Eine Klage konnte noch so unsinnig klingen, es musste ihr nachgegangen werden. Friederike musste sich, wie es im Amtsdeutsch hieß, »durch Augenschein« davon überzeugen, dass es den Tieren gut ging.

Auf dem Gut des Grafen Weißenstein hatte Fritz daran keine Zweifel. Die Schweine hatten ein großes Außengehege, doch konnten sie jederzeit in den Stall gehen, der zwar alt, aber hell, luftdurchströmt und sauber war; die Schweine waren alle in gutem Zustand und wirkten sehr vergnügt. Der Graf – ein kräftiger, großer Mann, der Fritz in einer alten Reithose, Gummistiefeln und Arbeitskutte entgegengekommen war – gab Fritz nach ihrer Inspektion einen heißen Tee aus, dabei kamen sie ins Plaudern.

Im weiteren Kennenlernen erfuhr Fritz, dass Hubertus Weißenstein seine Frau drei Jahre vorher durch eine schwere Krankheit verloren hatte und nun alleinerziehender Vater zweier Kinder war. Allerdings waren beide Kinder im Internat, was ihr Vater als »bedauerlich, aber unvermeidlich« bezeichnete. »Jeden Morgen in aller Herrgottsfrühe aufstehen, um eine Stunde lang mit Bus und Bahn ins Gymnasium nach Heidenheim zu juckeln, im Winter bei Eiseskälte; nie mal Freunde besuchen können, ohne dass sie jemand fährt; abends nur ausgehen, wenn ich sie abhole – das ist nichts für Kinder in dem Alter«, hatte der Graf erzählt. »Schloss Weißenstein ist zwar nicht am Ende der Welt, aber man kann es von hier aus sehen. Und das findet man nur dann idyllisch, wenn man ein Auto hat.«

»Na, Fritzle?«, klang jetzt die Stimme des Grafen an ihr Ohr. »Was veranlasst dich dazu, dich für mein ziemlich trostloses Liebesleben zu interessieren?«

»Sei erst mal gegrüßt, Blaublüten! Nett, dass du dich meldest und bereit bist, Auskünfte über dein Privatleben zu geben. Ich weiß, dass die Frage danach ein bisschen unverschämt ist, aber ...« Fritz suchte nach Worten.

»Gehe ich recht in der Annahme, dass das eine längere Geschichte ist?«, fragte Hubertus Weißenstein.

»Ja«, nickte Fritz. »Ich weiß gar nicht, wo anfangen.«

»Wie wäre es, wenn du sie mir beim Abendessen erzählst? Meine Frau Czerny hat mir Alblamm und grüne Bohnen versprochen und du weißt ja, sie kocht immer sehr reichlich. Das reicht auch für dich. Und wenn du dich schon mal wieder auf die Burg meiner Väter verirrst, kannst du auch gleich meinen neuen Hengst angucken – die Woche aus Irland eingetroffen. Er hat Northern Dancer und Saddlers Wells im Stammbaum und kann richtig marschieren.«

»Na, dann!« Fritz lachte. Corin war wieder einmal in Stuttgart, dieses Mal allerdings nicht in der Oper, sondern mit dem Sinfonieorchester des Südwestfunks im Studio. Das konnte dauern. »Darf ich bei dir in meinen Bürojeans einfallen oder muss ich mich in ein wallendes Gewand werfen?«

»Fritzle, dich würde ich sogar nehmen, wenn du gerade im Overall auf Gummistiefeln aus dem Schweinestall fallen würdest!«, flirtete der Graf.

»Hubertus! Ich bin ein anständiges Mädchen!«, gab Fritz gut gelaunt zurück.

»Wenn du jetzt noch darauf verweist, dass du Pfarrerstochter bist, fange ich an zu lachen!«

»Du weißt doch, Hubertus: Pfarrers Kind und Müllers Vieh gedeihen selten oder nie!«, blödelte Fritz.

»Ich würde dich durchaus als Ausnahme von der Regel sehen«, sagte Graf Weißenstein. »Also, wie ist es? Muss ich mein Lämmle allein essen oder habe ich die Ehre und das Vergnügen, dich in der Bürojeans zu Tisch führen zu dürfen?«

»Wer könnte einem solchen Angebot widerstehen?«

»Tausende, Fritz, Tausende!«, gab der Graf zurück. »Ich freue mich auf dich!«

»Ich bin in einer halben Stunde bei dir! Bis dahin, Hubertus!« Fritz legte auf, schaltete ihr Notebook aus und warf den Rest Papiere in die Schublade. Lamm mit Bohnen bei Graf Weißenstein, dessen Haushälterin, eine sehr charmante ältere Dame aus Wien, hervorragend kochte – das klang bedeutend besser als Wurstbrot mit Gürkchen allein zuhause.

Schloss Weißenstein lag am Rand einer Hochfläche über einem kleinen Ort. Eine enge, gewundene Straße führte auf das weiß verputzte Torhaus mit den weißblauen Fensterläden zu. Seitlich in Richtung des Plateaus schlossen sich Verwaltungsgebäude und Ställe an; durch das Torhaus hindurch ging es über eine stabile Bohlenbrücke eine steile, enge Gasse hinauf. Fritz bewunderte wieder einmal die akkurat behauenen, riesigen Steinquader, die links und rechts von ihr meterhoch in die Höhe wuchsen. Kaum vorstellbar, dass sie schon über achthundert Jahre die äußere Verteidigungsanlage und den inneren Hof der alten Burg abstützten. Um eine Kurve herum fuhr sie in den inneren Hof vor den Palas, der sich vier Stockwerke hoch über den Bergsporn erhob. Neben ihm stand der Bergfried mit seiner Zinnenkrone. Oben wehte eine weißblaue Flagge mit einem steigenden Pferd im Wind. Fritz lächelte, als sie die Fahne sah. Sie erinnerte sich an Hubertus' urschwäbischen Spruch dazu: »Wenn der Lappen draußen ist, ist der Lump drinnen.«

Der »Lump« respektive Schlossherr hatte Friederikes Auto gehört und kam ihr entgegen, einen zerbeulten Strohhut auf den angegrauten, kurz geschnittenen Locken, im verwaschenen Polohemd und seiner unvermeidlichen grauen Reithose. Einen Meter vor Fritz zog er mit einer weit ausholenden Geste den Hut und verbeugte sich. »Fritzle, du Licht meiner trüben Tage, sei gegrüßt!«

Fritz stellte sich auf die Zehenspitzen und hauchte einen Kuss auf seine Wange. »Gut siehst du aus, Hubertus!«

»Du auch – aber du siehst ja immer bezaubernd aus! Sag, wollen wir erst in den Stall gehen? Mein Neuer wird dir gefallen!«

Friederike hatte den mächtigen Dunkelbraunen bewundert, das jüngste Fohlen gekrault und dass wundervolle Lamm mit Bohnen genossen, ohne dass zwischen ihr und Hubertus Weißenstein auch nur ein Wort über den Anlass ihres Besuches gesprochen wurde. Doch nun waren sie – der Graf mit einer Flasche Rotwein und zwei Gläsern bewaffnet – auf den Turm geklettert und genossen die Aussicht auf einen spektakulären Sonnenuntergang mit dem kleinen Dorf und den bewaldeten Hügeln der Ostalb als Kulisse.

Fritz wollte ihren alten Freund nicht drängen, dennoch war sie froh, als er nach einem nicht zu kleinen Schluck Wein von sich aus sagte: »Arthur hat mir erzählt, du seist auf der Suche nach Mafalda Neto. Ich fürchte, dir da nicht viel helfen zu können. Ich habe seit ungefähr eineinhalb Jahren nichts mehr von ihr gehört. Und obgleich wir eine Weile so etwas wie ein Paar waren, kann ich dir nichts über ihren Freundes- und Bekanntenkreis erzählen. Der einzige ihr angehörende Mensch, mit dem ich je zu tun hatte, war ihr Exmann und das war eine sehr unerfreuliche Bekanntschaft.« Er zog eine zerdrückte Packung Gauloises und ein Einwegfeuerzeug aus der Brusttasche. »Dich stört's doch nicht, wenn ich rauche?«

»Nur wenn du mir keine abgibst«, grinste Fritz.

»Selbstverständlich.« Als er eine Zigarette für sie aus dem Päckchen schüttelte, sah Friederike, dass seine kräftigen Hände zitterten.

Spontan legte sie die Hand auf seinen Arm. »Das Verschwinden von Frau Neto geht dir an die Nieren, nicht?«

Hubertus gab ihr Feuer, zündete sich selbst eine an, inhalierte tief und blies dann ein Rauchwölkchen in die immer noch warme Abendluft. »Sagen wir es so: Ich habe mich in der Geschichte mit ihr nicht eben mit Ruhm bekleckert. Und …«, er grinste verlegen, »… peinlich ist es mir auch, dir die Details zu erzählen. Muss aber wohl sein, damit du verstehst, was da abgelaufen ist.«

»Hubertus, du bist, soweit ich weiß, seit sieben Jahren verwitwet und immer noch das, was man so schön ›einen Mann in den besten Jahren‹ nennt. Mafalda Neto ist geschieden und eine schöne Frau. Also muss dir da nix peinlich sein«, sagte Fritz und ließ sich auf der Bank nieder, die an der Mauer zum Treppenhaus stand.

Hubertus setzte sich zwischen zwei Zinnen auf die Außenmauer. Er lächelte Fritz etwas schräg an. »Warte, bis du die ganze Geschichte gehört hast.« Er nahm sein Weinglas, das er auf die Zinne gestellt hatte, und trank einen Schluck. »Ich habe Mafalda auf dem sechzigsten Geburtstag von Antoinette Mehnert kennengelernt. Sie hat mir sofort gefallen und schien meinen Avancen auch nicht abgeneigt. Allerdings ließ sie mich ein wenig zappeln. Ich habe ihr zwei-, dreimal Blumen geschickt und sie eingeladen, bevor sie schließlich bereit war, mit mir auszugehen. Ich habe sie damals zu einem Konzert nach Ulm eingeladen …« Er bemerkte Fritz' Schmunzeln, erinnerte sich wohl daran, dass er mit ihr auch zu einem Konzert in Ulm gewesen war, und stellte fest: »Ich bin wohl nicht sehr originell.«

»Es war damals ein sehr netter Abend«, sagte Fritz.

»Und wenn dir nicht kurz danach dieser Herr aus Wales den Kopf verdreht hätte, wäre vielleicht sogar mehr daraus geworden.«

Fritz schaute dem Rauch ihrer Zigarette nach. »Ach, Hubertus …«

»Schon gut, du Schöne. Du bist glücklich mit ihm und darüber freue ich mich.« Er atmete tief durch. »Mit Mafalda war es mehr als ein netter Abend. Lass es mich so ausdrücken: Ich war am nächsten Morgen überzeugt, mit meinem umwerfenden Charme und meiner Anziehungskraft eine Eroberung gemacht zu haben, und bin herumstolziert wie der

Gockel auf dem Mist – und das gleich für drei, vier Wochen, denn Mafalda ist nach der ersten Nacht nicht davongelaufen, sondern war meinen weiteren Zuneigungsbekunden gegenüber recht aufgeschlossen. Es war Mai, es wurde immer wärmer und so schlug mir Mafalda eines Tages vor, am Samstag mit mir im Wald picknicken zu gehen. Sie kenne da eine besonders idyllische Stelle an einem kleinen Bach. Nun, ich bin Landwirt und als solcher genug an der frischen Luft, um auf kalte Hähnchenbeine und warmen Champagner mit Waldameisen und sonstigem Krabbelgetier verzichten zu können. Aber was tut man nicht alles für die Dame seines Herzens? So wanderte ich also an jenem Samstag mit dem Picknick-Korb in der linken und besagter Dame an der rechten Hand durchs liebliche Tal der Eyb.« Er schnippte seine Zigarette über die Mauer.

»Du und wandern?« Fritz grinste.

»Ja, ist nicht so meines. Himmel, ich renne den ganzen Tag durch meinen Betrieb. An Bewegungsmangel leide ich bestimmt nicht – und dementsprechend habe ich dann auch an ein paar mir schön erscheinenden Stellen gefragt, ob wir uns nicht da niederlassen sollten. Mafalda aber bestand genau auf der, die sie ausgesucht hatte. Dort endlich angekommen, lagerten wir uns auf eine Decke und Mafalda packte den von ihr vorbereiteten Picknickkorb aus. Zu meinem Erstaunen gab's weder Hähnchen noch harte Eier, sondern Erdbeeren und selbstgebraute Bowle.« Er zündete sich eine neue Zigarette an.

»Oh, oh, mit Bowle hat es mich schon böse erwischt!«, sagte Fritz.

»Die hatte es auch in sich!« Hubertus schlug die Beine übereinander. »Ich dachte eigentlich, ich könnte einen Stiefel vertragen, aber da hatte ich schon nach dem zweiten Glas ordentlich einen im Tee. Und als Mafalda dann auch noch das Blüschen auszog, die Haare herunterließ und sich als Bachnixe im sehr knappem Bikini präsentierte …« Er brach ab und trank noch einen Schluck Wein. Ohne Fritz anzusehen, sprach er schließlich weiter: »Was dann geschah, na ja, das kannst du dir sicherlich vorstellen. Stolz bin ich nicht darauf.«

»Nun ja, du bist ein freier Mann, dein Liebesleben geht also wirklich niemanden etwas an.«

»Dennoch hat's mich in den Hintern gebissen.« Noch einmal seufzte Hubertus. »Nach diesem Samstag verschwand Mafalda auf eine ihrer Geschäftsreisen. Dafür stapfte ungefähr eine Woche später ihr getrennt lebender Ehemann in mein Büro und verlangte sehr dreist, dass ich ihm mein Vorwerk im Hegenwald verpachte. Ich weiß nicht, ob das du das kennst.«

»Ich wüsste nicht«, sagte Friederike.

»Wenn du von hier nach Treffelhausen fährst, kommst du unterwegs an eine Abzweigung nach links, in den Wald hinein«, erklärte der Graf.

»Geht's da nicht zu diesem alten Steinbruch?«, fragte Fritz.

»Ja, und an dem dann vorbei noch mal zwei Kilometer durch den Wald. Dann bist du beim Vorwerk im Hegenwald. Das war mal ein ganz kleiner Waldbauernhof. Mein Großvater hat ihn erworben. Und weil er sich mit der Frau Gemahlin nicht so wirklich gut verstand, ist er da hingezogen, nachdem er den alten Hof ausgebaut hat. Dabei war ihm das Haus nicht so schrecklich wichtig, aber er hat einige neue Stallungen und eine ziemlich große Remise gebaut. Er war begeisterter Kutschfahrer und hatte da mindestens sechs oder sieben verschiedene Kutschen stehen.«

»Und das Vorwerk wollte Bareis pachten? Wie kam er darauf?«, fragte Fritz.

»Ich vermute, dass er es aus seiner Jugend kannte. Da hat mein Großvater noch gelebt und er hat auch den Steinbruch noch betrieben. Bareis hat da als junger Mann mal gearbeitet, wie ich in alten Unterlagen feststellen konnte. Dabei hat er wohl das Vorwerk kennengelernt«, erklärte Hubertus.

»Und vermutlich war's für ihn interessant, weil es sehr einsam liegt …«, spekulierte Fritz.

»Frag mich nicht, ich habe mich nicht für seine Gründe interessiert, sondern lehnte sofort ab, obwohl er mir großzügig anbot, dass wir die dazugehörigen Felder und Wiesen weiterhin haben könnten. Er wolle nur das Haus und die Nebengebäude. Nun, abgesehen davon, dass ich meine jungen Pferde auf dem Vorwerk habe und dass da ein Mitarbeiter mit seiner Familie seit zwanzig Jahren lebt, war die Pachtsumme, die er mir bot, einfach lächerlich.«

»Was hat er sich denn dabei gedacht? Dass du ihm wegen seiner Exfrau entgegenkommst?«

»So ungefähr«, sagte Hubertus schmallippig. »Ich hatte keine Lust, mich ausführlich mit diesem fragwürdigen Herrn auseinanderzusetzen, also empfahl ich ihm, seinen Hintern schnellstmöglich aus meinem Büro zu entfernen. Darauf wurde er richtig unangenehm: Er legte mir eine Fotoserie vom Picknick am Bach vor. Ich war darauf sehr gut zu erkennen, während das Gesicht von Mafalda fast durchgehend von ihren langen Haaren verdeckt war.«

»So eine Gemeinheit!«, empörte sich Fritz. »Du, das ist Erpressung!«

»Ja«, nickte der Graf. »Nur verstand ich die zuerst nicht. Ich fragte Bareis, was er sich davon verspreche. Ich bin verwitwet, ich habe keine Frau, die mir die Hölle heißmachen würde, wenn solche Bilder auftauchen. Bareis gelang es aber doch, mir richtig eine zu verpassen. Er fragte mich, was meine Kinder wohl davon halten würden, wenn sie solche Bilder von mir sehen würden. Und da wurde mir dann doch übel.«

Fritz verstand, denn sie wusste, wie sehr Hubertus an seinen Kindern hing. Wenn er von seiner Tochter Florentine sprach, die – wie dereinst Fritz – im Kloster Maulbronn im evangelischen Internat war, leuchteten seine Augen. »Wie alt ist denn deine Florentine jetzt?«, fragte sie.

»Vor vier Wochen fünfzehn geworden. Als Bareis zu mir kam, war Flo vierzehn und in einer schwierigen Phase. Solche Bilder wären bei ihr wirklich nicht gut angekommen. Weißt du, ich habe vor meinen Kindern nie ein Geheimnis daraus gemacht, dass ich nicht mit ihrer Mutter gestorben bin, und sie sind darauf vorbereitet, dass ich vielleicht auch irgendwann noch mal heirate. Aber speziell mit vierzehn macht es schon einen erheblichen Unterschied, ob man sich rein theoretisch mit der Möglichkeit auseinandersetzen muss, dass der verwitwete Vater eine Freundin hat oder ob man mit Bildern von ihm konfrontiert wird, die man als Vierzehnjährige bestimmt ziemlich schockierend findet.«

Fritz verzichtete darauf, Hubertus darüber aufzuklären, was sie mit vierzehn in Maulbronn – nicht zuletzt aufgrund der »Bravo«, die ihre Nebensitzerin jeden Donnerstagmorgen organisiert und unter der Schulbank gelesen hatte – schon alles gewusst hatte. Sie bedauerte stattdessen ihren Freund. »Das ist wirklich verdammt unangenehm. Was hast du gemacht?«

Hubertus zündete sich eine neue Zigarette an, bemerkte erst dann, dass er Fritz keine angeboten hatte, und holte das nach.

Sie winkte ab. »Ich habe es mir eigentlich schon vor ein paar Jahren abgewöhnt.«

»Ich gewöhne es mir jedes Jahr mal ab«, seufzte Hubertus. »Aber zurück zu Bareis. Ich habe ihn um Bedenkzeit gebeten – ich müsste ja doch einiges organisieren, wenn ich das Vorwerk übergeben wolle. Er gab mir drei Tage, dann wollte er sich wieder melden. Ich habe dann mit meinem Güterdirektor gesprochen. Du weißt ja, der Otto und ich sind zusammen aufgewachsen, wir sind ein Leben lang befreundet und uns kam dann zusammen eine Idee ...« Er nahm noch einen Schluck aus seinem Glas, dann schaute er Fritz ernst an. »Fritzle, unsere Aktion war nicht ganz legal, daher wäre ich dir sehr dankbar, wenn du die Geschichte für dich behalten könntest.«

»Ich werde sie bestimmt nicht verbreiten«, versprach Fritz.

»Gut. Habe ich dir mal erzählt, dass ich auch noch ein Gut in Ungarn habe? Hortevaszy ist an der Tisza, wir züchten da vorwiegend Bio-Gänse, haben aber auch einige Pferde. Und dort ist Ferenc …«

»Dein Stallmeister?«, erinnerte sich Fritz.

»Genau. Den habe ich, als ich Hortevaszy vor drei Jahren angeboten bekam, als Verwalter da hingeschickt. Das Gut gehörte einst der Familie meiner Großmutter und wurde bei der Revolution enteignet, daher kam man auf mich als den Erben dieser Familie. Als dann die Geschichte mit Bareis anstand, habe ich Ferenc gebeten, herzukommen. Ich wusste – Mafalda hatte es mal erwähnt –, dass Bareis fast jeden Abend in der Bikerkneipe am Steinernen Kreuz ist. Ferenc bekam eine Beschreibung von Bareis, ging in die Kneipe, traf ihn da und lud ihn zu diversen Schnäpsen ein, wobei seine immer schön im Blumentopf landeten. Als Bareis dann ziemlich dicht war, aber immer noch Durst hatte, behauptete Ferenc, pleite zu sein. Aber zuhause habe er noch einiges zu trinken. Bareis war dumm genug, mit ihm rauszugehen, wo auf dem Parkplatz zwei kräftige Jungs warteten, die Ferenc aus Hortevaszy mitgebracht hatte. Die haben ihn schön handlich verschnürt und auf dem Pickup in den Winterstall der Junghengste gefahren. Du weißt, der ist schön weit draußen, steht ganz allein am Waldrand und ist im Mai natürlich leer.«

Fritz grinste. »Lass mich raten: Ihr habt Herrn Bareis dort eine ordentliche Tracht Prügel verpasst?«

»Aber Schätzchen!« Hubertus grinste zurück. »Wir sind doch nicht gewalttätig. Wir haben Herrn Bareis mit ein paar Eimern kalten Wassers ausgenüchtert und ihm dann klargemacht, dass er keine Lust hat, richtig Ärger mit uns zu bekommen. Mag sein, dass wir uns dabei des einen oder anderen handgreiflichen Arguments bedient haben, mag auch sein, dass wir auch das Wort ›Jagdunfall‹ erwähnt haben, aber wir haben keine bleibenden Schäden verursacht. Allerdings vermute ich, dass er danach so ein paar Tage mit einem Eisbeutel im Schoß geschlafen hat. Auf jeden Fall hatte ich den Eindruck, dass der Herr Bareis am Ende des Gesprächs davon überzeugt war, dass er das Vorwerk doch nicht will und die Fotos besser entsorgt. Dennoch bin ich am nächsten Tag nach Maulbronn gefahren und habe den Internatsleiter gebeten, alle nicht zuordenbare Post an Florentine ungeöffnet an mich zu schicken. Danach war ich dann bei meinem Sohn.«

»Ist dann noch was gekommen?«, wollte Fritz wissen.

»Nein.« Hubertus schüttelte den Kopf. »Ich denke, Bareis war klar, dass ich mich nicht ins Bockshorn jagen lasse.«

»Bleibt die Frage, wie Frau Neto reagiert hat.«

Hubertus atmete tief durch. »Das kann ich bis heute nicht richtig einschätzen. Vielleicht war ich sehr ungerecht, vielleicht aber auch dumm und naiv. Ich weiß es nicht. Ich habe Mafalda konfrontiert und sie hat mir unter Tränen versichert, dass sie mit den Fotos nichts zu tun habe. Bareis müsse uns bei unserem Picknick gefolgt sein, sie habe nichts davon gewusst, sie habe ihm nichts erzählt, sie sei selbst total entsetzt.«

»Hast du ihr nicht geglaubt?«

Hubertus hob in einer hilflosen Geste die Hände. »Fritz, ich weiß es nicht. Auf der einen Seite wollte ich ihr glauben – sie war sehr überzeugend. Wenn die Szene wirklich gespielt war, hat sie ihren Beruf verfehlt, denn das war oscarreif. Auf der anderen Seite steht aber, dass da für meinen Geschmack zu viele Zufälle im Spiel waren. Warum soll uns Bareis gerade an diesem Tag gefolgt sein? Warum hat Mafalda gerade auf dieser Stelle am Bach bestanden? Sie war für Bareis' Aktion geradezu ideal: Jede Menge Büsche drumherum, in denen er sich verstecken konnte; ein Wehr, über das der Bach so laut plätschert, dass da eine ganze Herde Fotografen durch den Wald hätten trampeln können, ohne dass man es gehört hätte; die selbst gebraute Bowle, in der jede Menge Cognac drin war; Mafaldas Haar …«

Jetzt war es an Fritz, zu seufzen. »Es könnte alles Zufall gewesen sein«, sagte sie. »Manchmal läuft es eben dumm.«

»Ja, ich weiß.« Hubertus atmete tief durch. »Ich bin auch nicht stolz darauf, wie ich da reagiert habe. Aber ich konnte Mafalda einfach nicht mehr vertrauen. Je länger ich über sie nachdachte, desto mehr störte mich. Da war die Diskrepanz zwischen ihrem Lebensstil und ihrem doch eher popeligen Laden. Ich konnte mir nicht erklären, wie sie ihre Wohnung, einen neuen BMW Z3 und Designerklamotten von den Einkünften aus ihrer Firma finanzierte. Und sie wich jeder Frage über ihr Herkommen aus …«

»Das würde ich vielleicht dir gegenüber auch, Gräfliche Gnaden – vor allem, wenn ich vielleicht aus irgendeinem Slum in Brasilien käme«, warf Fritz ein.

»Und im Slum in Brasilien lernt man vier Sprachen? Sie spricht hervorragend Deutsch, Englisch, Französisch und natürlich Portugiesisch. Sie hat Manieren, ist auf jedem Parkett sicher, kennt sich mit teurem Wein aus, hat Ahnung von klassischer Musik …« Er atmete tief durch. »Weißt du, was ich inzwischen vermute?«

»Ja, Hubertus?«

Jetzt wirkte er wieder sehr verlegen. »Auch wenn es wie ein mieses Klischee klingt: Ich würde mich nicht wundern, wenn sie wirklich aus einem Slum stammen würde, aber als junges Mädchen einen reichen Gönner gefunden hat, der ihr eine Ausbildung finanziert hat.« Er strich sich mit den Haaren durch die ergrauten Locken. »Fritz, ich komme mir echt mies vor – als wenn ich Mafalda im Stich gelassen hätte, nur weil ich ein Snob bin, der mit einer vielleicht nicht ganz blütenreinen Vergangenheit nicht klarkommt. Dabei ist mir durchaus bewusst, dass ich mein Leben lang privilegiert war. Ich wurde mit dem sprichwörtlichen silbernen Löffel im Mund geboren, mein Lebensweg war von Anfang an vorgegeben, Existenzsorgen habe ich nie gekannt. Ich kann nicht so wie manche meiner Vorfahren auf seidenen Kissen ruhen und mir Kaviar reichen lassen, aber ich mache einen Job, der mir Freude macht, und bin mein eigener Herr. Ich kann mich wirklich nicht beklagen und ich sollte mich nicht über andere erheben.«

Fritz legte die Hand auf seinen Arm. »Hubertus, ich kenne dich ja nun auch ein bisschen. Du bist kein Snob und ich hatte auch nie das Gefühl, dass gerade du dich über andere erhebst.«

Er lächelte sie schief an. »Ach, Fritz – was Mafalda angeht, habe ich mich wirklich nicht benommen, wie es einem Gentleman ansteht. Mich störte an ihr, dass da immer eine gewisse Härte war, ein Ehrgeiz, der – für mein Gefühl und es war wirklich nur so ein Unbehagen aus dem Bauch heraus – rücksichtslos durchgesetzt wird. Nimm allein ihre Ehe mit Bareis ...«

»Das hat wirklich nicht zu ihr gepasst, oder?«

»Auf eine Art hat es gepasst, Fritz, denn es war nie eine richtige Ehe. Sie hat mir erzählt, dass sie ihm Geld gegeben hat, damit er sie heiratet und aus Brasilien rausholt. Das hat mich gestört. Ehe ist für mich eine Verbindung, die zumindest auf Respekt und gegenseitiger Zuneigung beruhen sollte. Aber wer bin ich, dass ich über Mafaldas Ehe urteile? Was würde ich tun, wenn ich irgendwo in Dreck und Armut aufgewachsen wäre und in meinem Heimatland keine Chance hätte, je wirklich da herauszukommen? Was würdest du tun, Fritz?«

»Ich weiß es nicht«, antwortete Fritz langsam. »Aber ich denke, dass du dich zu sehr quälst. Was, wenn Mafalda die Nummer am Bach mit Bareis abgesprochen hatte? Wäre der Versuch, dich zu erpressen, auch durch ihre Lebensumstände in Brasilien gerechtfertigt?«

»Nein, sicher nicht. Weißt du, wenn Bareis dabei nur mich angegangen wäre, hätte ich das vielleicht noch als den Preis gesehen, den ich für meine Blödheit zahlen muss. Aber meine Kinder da reinzuziehen! Johannes hätte es ausgehalten, aber meine kleine Flo, die immer noch um ihre Mutter getrauert hat! Was hätte das bei ihr ausgelöst?«

»Hubertus, es ist vorbei. Bareis ist tot. Und falls die Bilder noch auf der Festplatte seines Computers waren, so verschwinden sie jetzt in der Asservatenkammer der Zollfahndung. Sicherer können sie nicht sein.« Fritz machte innerlich eine Notiz: Sie würde die Bilder auf der Kopie der Festplatte, die sie auf ihrem Rechner hatte, suchen und sie endgültig ins Datennirwana schicken.

Hubertus zündete sich noch eine Zigarette an und trank den Rest Wein aus seinem Glas. Betont nüchtern sagte er: »Ich glaube mittlerweile nicht mehr, dass Mafalda noch lebt. Da war nämlich auch noch die Sache mit dem Kleid.«

»Hmm?«, machte Fritz auffordernd, nachdem er eine Weile geschwiegen hatte.

»Ich habe Mafalda einmal richtig emotional erlebt«, erzählte Hubertus. »Wir waren in Stuttgart in der Oper. Hinterher kamen wir auf dem Weg zum Restaurant an einer Boutique vorbei. Mafalda blieb stehen und schaute ein Abendkleid im Schaufenster an. Sie war ganz hingerissen davon und es war auch wirklich ein besonders schönes Kleid: Dunkelblauer Samt mit lauter kleinen goldenen Sternen bestickt, ein ganz weiter Rock, oben schmal geschnitten. Mafalda hatte Augen wie ein kleines Mädchen und sagte, so ein Kleid habe sie sich immer gewünscht. Ich schlug vor, dass sie es kaufen solle, doch sie schüttelte den Kopf. Es sei zu teuer und wo sie denn so ein aufwändiges Kleid tragen solle? Und außerdem würden ihr die angesetzten Ärmel doch nicht gefallen. Ihr Traumkleid sei schulterfrei.« Er streckte die Beine und schnippte wieder einmal eine Kippe über die Mauer.

»Du hast ihr das Kleid gekauft?«, fragte Fritz.

»Hmm«, nickte der Graf. »Ich hatte am nächsten Morgen sowieso in Stuttgart zu tun. Ich ging in das Geschäft, habe das Kleid gekauft und ändern lassen. Die Ärmel wurden abgenommen und irgendwas – ich habe mir den Fachausdruck dafür nicht gemerkt – eingebaut, damit es auch schulterfrei da bleibt, wo es hingehört.«

»Eine Korsage vermutlich«, warf Friederike ein. »Ich bin sicher, Mafalda hat sich über das Kleid gefreut.« Fritz hatte nie von einem Prinzessinnenkleid geträumt, aber sie erinnerte sich daran, dass ihre Mutter bei Filmen, in denen schöne Frauen in großen Gewändern herumwallten, immer glänzende Augen bekommen hatte.

»Sehr, und ich habe sie dann auch noch zum Opernball eingeladen.« Er lachte. »Übrigens dachte ich, dass wir dich da treffen würden.«

»Um Himmels willen!« Fritz winkte ab. »Das ist nicht meine Welt.«

»Mafalda hat es genossen, und sie liebte ihr Kleid, in dem sie umwerfend aussah. Tja, vor sechs Wochen habe ich das Kleid wieder gesehen. Ich war auf der Hochzeit einer Verwandten. Eine ihrer Freundinnen hatte das Kleid an. Ich habe sie gefragt, wo sie es herhat. Sie erzählte mir, sie habe es in einem Secondhandshop in Ulm gefunden.«

»Das klingt nicht gut!«, fand Fritz. »Ein solches Kleid gibt eine Frau normalerweise nicht her. Und weißt du, was mich auch gewundert hat? Dass sie ihre Wohnung komplett aufgegeben hat und die Möbel an Familie Mehnert verkauft haben soll. Ich war mit Herrn Mehnert in der Wohnung. Für mich sah die aus, als ob da jemand einige Mühe aufs Einrichten verwendet hätte. Und ich weiß noch, dass ich, als ich von Wien nach Holstein gezogen bin, wirklich darüber nachgedacht habe, ein paar Möbel mitzunehmen. Dabei war da nichts Tolles dabei – als Studentin habe ich mich ja vorwiegend vom Sperrmüll und bei Ikea eingerichtet. Trotzdem fiel es mir schwer, meine Möbel zu verkaufen.«

Hubertus lachte. »Erinnerst du dich an das alte schwarze Ledersofa in meinem Büro? Das habe ich mir gekauft, als ich in Hohenheim studiert habe – das erste und einzige Mal in meinem Leben, dass ich in einer ganz normalen, kleinen Mietwohnung zuhause war. Das Sofa musste mit, als ich wieder hierhergezogen bin, und stand in meinem Wohnzimmer, bis ich geheiratet habe. Meine Frau fand es dann absolut scheußlich und wollte es entsorgen. Ich habe es in mein Büro gerettet.«

»Ich glaube, ich kenne nur einen Menschen, der weder an seinen Klamotten noch an irgendwelchen Möbeln hängt: meinen Corin. Der zieht aber dafür mit einem Konzertflügel und einem Cembalo durch die Welt.«

Corin saß an seinem Flügel, als Friederike nach Hause kam. Und schon an der Tür war ihr klar, dass seine Laune nicht eben gut war. Er spielte Liszt – lautstark und wütend. Dabei blieb er immer wieder im gleichen Lauf hängen, fluchte – zum Glück auf Walisisch – und fing wieder von vorne an. Fritz kannte ihren Liebsten gut genug, um ihn in einer solchen Stimmung in Ruhe zu lassen. Ein Kuss auf die Wange, ein »Bin wieder da« und dann verdrückte sie sich mit ihrem Notebook an den Schreibtisch. Sie suchte auf der Kopie von Bareis' Festplatte nach den Fotos, von denen Hubertus gesprochen hatte, doch da war nichts – und Fritz wusste nicht, ob sie darüber froh sein sollte oder nicht. Auf der einen Seite wäre es Hubertus von Weißenstein sicher nicht angenehm gewesen, daran denken zu müssen, dass die Zollfahnder solche Bilder von ihm sahen. Doch auf der anderen Seite blieb die Frage, ob die Fotos tatsächlich aus der Welt waren und nie wieder auftauchen würden. Und wo war Mafalda Neto-Bareis? War sie etwa auch aus der Welt und würde nie wieder auftauchen?

18

Montagmorgen und schon wieder zu heiß – Fritz schielte missmutig auf den Postberg, der sich schon wieder auf ihrem Tisch angesammelt hatte. Doch, ja, sie mochte ihren Job. Wenn nur der widerliche Papierkrieg nicht dazugehört hätte! Speziell im Sommer fühlte sie sich von einer wahren Formularflut überschwemmt. Ihr Amtsleiter, Doktor Heiner Saalbeck, pflegte zu behaupten, die Ursache dafür liege darin, dass die Besprechungsräume des Ministeriums im Untergeschoss seien. »Die Herrschaften haben keine Lust darauf, in ihren warmen Büros an der Südfront zu schwitzen, also verziehen sie sich in den Keller und brüten neue Formulare und Statistiken für uns aus.«

Fritz seufzte und machte sich über den Berg her. Ein Außentermin wäre ihr deutlich lieber gewesen und so war sie richtig froh, als das Telefon klingelte.

»Abele, guten Tag«, meldete sie sich.

»Gebhard, Kripo Göppingen«, tönte eine fröhliche Stimme an ihr Ohr. »Sie wollten mich sprechen, Frau Doktor? Neue Erkenntnisse im Fall Bareis?«

»Ja, und zu viele fürs Telefon«, sagte Fritz. »Haben Sie eine Stunde Zeit für mich?«

»Für Sie doch immer! Was halten Sie davon, wenn wir das Angenehme mit dem Nützlichen verbinden und uns um vier im Eiscafé Adria gegenüber vom Präsidium treffen? Sie können bei uns auf den Parkplatz fahren.«

»Klingt gut, und wenn das Wetter so bleibt, kann ich bis vier einen Eimer Eis brauchen!«, antwortete Fritz.

Es klopfte an ihrer Tür und ihre Kollegin Julia Nelson von der Tierseuchenbekämpfung streckte den Kopf rein. Als sie sah, dass Fritz telefonierte, winkte sie, deutete auf ihr Büro nebenan und verzog sich wieder. Fritz verabschiedete sich von Kommissar Gebhard und eilte nach nebenan, wo ihre Kollegin eben einen grünen Overall auf eine Transportkiste legte.

»Morgen, Julchen. Was ist los?«

Julia Nelson griff nach ihrer Sonnenbrille und schob sie in die blonden, zum Pferdeschwanz gebundenen Haare. »Nach was sieht es aus?«

»Mehr oder minder geordnete Absatzbewegung – wahrscheinlich Frontbegradigung«, feixte Fritz. »Lass mich raten: KKL ist auf der Pirsch?«

»Jep!«, bestätigte Julia Nelson. »Die Frau Regierungsdirektorin ist vor fünf Minuten bei unserem armen, geplagten Amtsleiter aufgeschlagen.«

»Worauf du sofort beschlossen hast, die wahrscheinlich von Sex-Touristen eingeschleppte asiatische Chop-Suey-Seuche bei den Lämmern auf der Gruibinger Heide bekämpfen zu müssen?« Fritz verstand nur zu gut, dass ihre Kollegin schnellstmöglich das Weite suchte. Während fast alle Göppinger Amtstierärzte ihren direkten Vorgesetzten, Doktor Heiner Saalbeck, Chef des Amtes für Veterinärwesen und Verbraucherschutz, sehr schätzten, lösten Besuche von Regierungsdirektorin Katja Kirchner-Lindemann, allgemein nur »KKL« abgekürzt, bei Fritz und den meisten ihrer Kollegen den Fluchtinstinkt aus. Die Karrierejuristin, seit zwei Jahren Leiterin des Dezernates V im Landratsamt Göppingen, zu dem auch die Veterinäre gehörten, hatte zwar keine Ahnung von der Materie, aber das hinderte sie nicht daran, sich immer wieder arbeitsintensive Beschäftigungsmaßnahmen für ihre Tierärzte auszudenken. So störend Fritz das oft fand, hatte sie inzwischen gelernt, dass sich so mancher derartige Anfall von Aktivismus der Regierungsdirektorin durch Aussitzen und Abwarten erledigen ließ. Diese Taktik half aber nicht, wenn Katja Kirchner-Lindemann eine Chance witterte, ihrer Lieblingsbeschäftigung zu frönen: Pressearbeit.

»Heutzutage«, so predigte sie gerne, »sind Ämter Dienstleistungszentren für die Bürger. Nach außen sind darum Kommunikation und Transparenz erste Pflicht. Und nach innen muss motiviert werden!«

Unter »Kommunikation und Transparenz« verstand Katja Kirchner-Lindemann bevorzugt Pressekonferenzen, auf denen sie dann zum Beispiel die Jahresstatistik der Lebensmittelüberwachung präsentierte und klang, als ob es ihr persönliches Verdienst sei, dass die Pommesbuden im Landkreis ihr Frittierfett immer rechtzeitig wechselten. Fritz vermutete, dass sie das wirklich so empfand. Schließlich führte sie die Abteilung »Lebensmittelüberwachung« im Amt für Veterinärwesen und Verbraucherschutz mit modernsten Management-Methoden, folglich arbeiteten die Verbraucherschützer sehr effizient, was – der Logik der Regierungsdirektorin folgend – dazu geführt hatte, dass sämtliche Gastronomen, Lebensmittelläden und -hersteller im Landkreis sich geradezu musterhaft gesetzestreu verhielten.

»Ich mache mich vom Acker!«, kündigte Julia Nelson an und eilte zur Tür. »Sieh zu, dass du auch Land gewinnst! Ciao!«

Bevor Fritz noch etwas sagen konnte, flitzte ihre Kollegin schon über den Flur Richtung Hintertreppe, wobei sie es – taktisch klug – vermied, vorne das Büro des Amtsleiters zu passieren. Fritz beneidete sie fast. Ihr fiel beim besten Willen kein Außentermin ein, zu dem sie verschwinden konnte.

Ihr Kollege von der Fleischhygiene hatte das Problem nicht. Mit einem fröhlichen »Tschüss, Fritzle! Ich muss in den Schlachthof!« eilte Doktor Thomas Hesse an ihr vorbei.

»Und mich lasst ihr hier als die letzte Mohikanerin zurück!«, maulte Fritz hinterher.

»Nicht ganz!«, grinste Thomas Hesse über die Schulter und einem Winken in Richtung einer verschlossenen Bürotür.

Fritz beschloss darauf, ganz schnell wieder hinter ihrem Schreibtisch Deckung zu nehmen und darauf zu hoffen, dass die Frau Regierungsdirektorin auf der Suche nach einem zu motivierenden Tierarzt im Büro nebenan bei Thomas Hesses Mitstreiterin Petra Witzmann hängenbleiben würde. Die referierte immer wieder gerne und sehr ausführlich über ihren jeweils neuen Ernährungstick und schaffte es damit, selbst KKL in die Flucht zu schlagen.

Friederike hatte kein Glück. Kaum eine Viertelstunde später stöckelte Katja Kirchner-Lindemann, wie immer sehr elegant im dunkelblauen Mini mit hellblauem Pullover und der unvermeidlichen Perlenkette, in ihr Büro und führte zur Begrüßung die perfekte und sicher sehr teure Arbeit ihres Zahntechnikers vor.

»Frau Doktor Abele, Sie haben doch sicher einen Kaffee und einen Augenblick für mich?«

»Aber sicher doch!« Friederike deutete einladend auf den Besuchersessel, stand auf und ging zur Verbindungstür. »Frau Schubarth?«

Gesine Schubarth stand schon neben der Kaffeemaschine. »Kaffee schwarz mit zweimal Süßstoff. Bringe ich gleich rüber«, kündigte sie an.

»Danke!« Fritz zog die Tür zu und schaute verstohlen auf die Uhr. Leider erst halb elf und damit keine Chance, durch eine angebliche Verabredung zum Essen schnell davonzukommen. Sie kehrte zum Schreibtisch zurück. »Kaffee kommt gleich.«

Katja Kirchner-Lindemann schlug die beneidenswert langen Beine – und selbstverständlich trug sie auch an diesem Sommertag Seidenstrümpfe und geschlossene Pumps – übereinander und lächelte. »Wie geht es Ihnen denn, Frau Doktor Abele?«, erkundigte sie sich.

»Gut, danke.« Fritz lächelte zurück.

Nun schien ihre Chefin fast etwas verlegen. »Ich hätte eine persönliche Bitte an Sie. Nächste Woche wird ja in Stuttgart nochmal ›Dornröschen‹ gespielt – die letzte Ballettvorstellung vor der Sommerpause.«

»Brauchen Sie Karten?« Fritz verkniff sich ein Grinsen. Dank Corins Sekretärin in der Oper war es für sie kein Problem, selbst für ausverkaufte Vorstellungen Tickets zu bekommen. Wenn die Regierungsdirektorin nicht mehr von ihr wollte, war sie billig davongekommen.

»Ja, das wäre ganz reizend. Ich habe bei einer Vernissage«, Katja Kirchner-Lindemann gab sich gerne kunstbeflissen, »eine bezaubernde Bekanntschaft gemacht und heutzutage muss man ja auch als Frau mal die Initiative ergreifen und da dachte ich, dass eine Einladung zum Ballett und ein schönes Essen hinterher …«

Gesine Schubarth brachte den Kaffee und bekam ein Dankeschön dafür.

Fritz notierte »Ballettkarten« auf einen Zettel und sagte: »Fürs Essen hinterher kann ich die Zirbelstube im Hotel am Schlossgarten empfehlen. Die haben ein spezielles Menü für Operngäste. Ist eigentlich nur für zehn Personen und mehr, aber wenn Sie sich bei der Reservierung auf Sir Corin berufen, kriegen Sie es auch für zwei.«

»Ich vermute, Ihr Lebensgefährte schätzt das sehr.«

Fritz verkniff sich schon wieder ein Grinsen. Die Frau Regierungsdirektorin war auch eine Verehrerin von Corin und flirtete ihn bei den seltenen Begegnungen immer heftig an. Dabei merkte man ihr die Verwunderung darüber an, dass ein Mann wie Corin mit einer so burschikosen und in ihren Augen sicherlich unscheinbaren Frau wie Fritz zusammenlebte.

Fritz überlegte, ob sie Katja Kirchner-Lindemann mit einer Wahrheit über Traummann Corin schocken sollte. Der war nämlich nach Opernvorstellungen meist überhaupt nicht geneigt, auf ein stilvoll zelebriertes Fünf-Gänge-Menü zu warten, sondern machte auf der Heimfahrt lieber einen Abstecher beim Drive-in, um dann mit zwei Big Macs, zwei Portionen Pommes und dem, was Fritz immer den »Alibi-Salat« nannte, zuhause einzufallen. Doch das musste die Regierungsdirektorin nicht wissen und so nickte Fritz und sagte: »Ich sorge dafür, dass die Tickets auf Ihren Namen an der Kasse hinterlegt werden.«

»Vielen Dank.« Katja Kirchner-Lindemann nippte an ihrem Kaffee. »Aber die Ballettkarten sind nicht der Grund, warum ich zu Ihnen gekommen bin. Der Herr Saalbeck hat mir erzählt, dass Sie einem ganz spannenden Fall von illegalem Reptilienschmuggel auf die Spur gekommen sind?«

Jetzt war Fritz nicht mehr nach Grinsen, sondern eher nach Stöhnen. Was hatte Heiner Saalbeck nur dazu veranlasst, der Regierungsdirektorin diesen Brocken zum Fraß vorzuwerfen?

»Ja, wobei das allerdings nicht wirklich mein Fall ist. Ich wurde da von der Kripo dazugebeten und bin dann bei einem privaten Besuch in Duisburg noch mal darin verwickelt worden. Ich habe übrigens gegen später eine Verabredung mit Kommissar Gebhard von der Kripo«, versuchte Fritz die Kuh vom Eis zu schieben.

Doch die braunen Augen ihrer Vorgesetzten glitzerten wie die eines verwöhnten Kindes im Spielzeuggeschäft. »Aber liebe Frau Abele, Sie sind wieder einmal viel zu bescheiden! Der Herr Saalbeck hat mir erzählt, dass Sie da sehr schöne Ermittlungsergebnisse vorzuweisen haben!«

Fritz verfluchte ihren Amtsleiter innerlich.

Doch Katja Kirchner-Lindemann war noch nicht fertig: »Also, ich finde es ja absolut vernünftig, dass Sie da Amtshilfe von der Kripo einfordern, aber wir sind uns doch darüber einig, dass wir uns den Fall von denen nicht abnehmen lassen. Das fällt eindeutig unter Tierschutz und damit in unser Ressort.« Sie setzte ihr strahlendstes Lächeln auf. »Liebe Frau Abele, wir leisten hier so tolle Arbeit, da finde ich es immer wieder schade, dass die Bürger – und die kommen immerhin für Ihre Besoldung auf …«

Fritz war wieder einmal fasziniert, wie die Regierungsdirektorin Pronomen verwendete. »Wir« für die oh-so-tolle Arbeit des Veterinäramtes, aber dafür »Ihre« Besoldung. Woher wohl ihre kam?

»… so wenig davon wahrnehmen. Sie wissen, für mich sind Kommunikation und Transparenz der Schlüssel zu einer erfolgreichen Zusammenarbeit mit den Bürgern – und es kann ja nicht angehen, dass nachher die Kripo Resultate kommuniziert, die wir durch unsere Arbeit erzielt haben.«

Nun war Fritz nicht unglücklich darüber, dass ihre Vorturnerin auf diese Art ihren Alleingang abgesegnet hatte, wobei ihr klar war, dass Katja Kirchner-Lindemann, wenn irgendjemand darüber klagen würde, sofort vom »wir« zum »Ihre« wechseln und Fritz dafür in die Verantwortung nehmen würde. Doch sie wusste auch, dass sie am Ende ihrer Ressourcen angekommen war – und das umso mehr im Hinblick darauf, dass sie am Wochenende mit Corin für zwei Wochen nach Holland fahren würde.

»Frau Kirchner-Lindemann, ich fürchte, wir haben da ein Zuständigkeitsproblem«, startete sie einen erneuten Versuch, ihre Chefin vom Fall Bareis abzubringen. »Der Ausgangspunkt war zwar Donzdorf, aber inzwischen hat die Geschichte internationale Dimensionen angenommen. Ein nicht zu kleiner Teil des Schmuggelrings scheint in Duisburg stationiert zu sein, außerdem gehen Verbindungen in die Niederlande, in die Schweiz und nach Brasilien.« Und gleich noch eines drauf: »Außerdem könnte es durchaus möglich sein, dass der Suizid in Donzdorf in Wirklichkeit ein Mord war. Daher sind jetzt Zollfahndung, Bundesgrenzschutz und Kripo dran.« Fritz hoffte, dass die Vorstellung, in ein Kompetenzgerangel zwischen Zoll, BGS und Kripo zu geraten, ihre Amtschefin ausbremsen würde.

Tatsächlich schob Katja Kirchner-Lindemann die Unterlippe vor wie ein schmollendes Kind. Ein paar Sekunden schwieg sie nachdenklich, dann begehrte sie auf. »Aber hier geht es doch um Tierschutz und das ist unsere Kernkompetenz!«

Fritz fühlte sich versucht, nachzufragen, was Katja Kirchner-Lindemann mit Tieren am Hut hatte. Sie würde nicht darauf wetten, dass ihre Chefin ein Kaninchen von einem Hasen unterscheiden konnte, schluckte dann aber ihre aufständischen Gedanken hinunter und sagte mit bedauerndem Lächeln: »Bei der Zollfahndung geht es ja des Öfteren um Tierschutz. Die haben da durchaus Ahnung.«

Katja Kirchner-Lindemann spielte mit ihrer Perlenkette, schließlich gab sie zögernd zu: »Ja, wahrscheinlich müssen wir die Zollfahndung und die Kripo einschalten. Aber bleiben Sie dran und erstatten Sie mir Bericht!«

Fritz schluckte das ironische »Jawohl, Frau Regierungsdirektorin!«, das ihr auf der Zunge lag, herunter und übte sich stattdessen in mildem Lächeln. »Mache ich. Aber jetzt telefoniere ich am besten mal hinter Ihren Balletttickets her, damit Sie nächste Woche einen bezaubernden Abend verbringen können.«

Endlich stand die Regierungsdirektorin wieder auf und strich ihren Rock glatt. »Gut, Frau Abele, wir hören dann voneinander. Schönen Tag noch!«

Sie rauschte aus dem Raum, während Fritz sich erst einmal zurücklehnte und tief durchatmete. Ein paar Sekunden später raffte sie sich auf und rief Corins Sekretärin an, die wie immer hilfsbereit war.

Fritz hatte gerade mit Dank wieder aufgelegt, als es wieder an der Tür klopfte und Heiner Saalbeck seinen grauhaarigen Kopf hereinstreckte. »Hast du den Dolch schon im Gewande?«, fragte er und schob sich vollends in den Raum. »Wenn ich nicht so Rheuma hätte, würde ich jetzt auf den Knien deine Verzeihung erflehen.«

Friederike schaute ihren Chef strafend an. »Du hast mich der KKL zum Fraße vorgeworfen!«

Heiner Saalbeck ließ sich in den Besuchersessel fallen, den die Regierungsdirektorin eben verlassen hatte. »Sorry, Fritzle, ging nicht anders. Die Lebensmittelüberwacher sind an einer großen Sache dran und davon hat die große Vorturnerin Wind bekommen. Ich weiß nicht, wie die das macht, aber manchmal hört sie ja wirklich die Flöhe husten. Aber wenn die dem Christian und dem Wolfgang jetzt reinfunkt, geht da noch was schief und das will ich nicht riskieren. Also musste ich sie ablenken.«

»Ah ja, und da kam ich gerade recht!«, klagte Fritz.

»Ja, mein Kind!« Er grinste sie an. »Du bist gut darin, den Kopf aus solchen Schlingen zu ziehen.«

»War dieses Mal gar nicht einfach«, berichtete Fritz. »Ich musste ihr klarmachen, dass sie in ein Kompetenzgerangel mit der Kripo, dem Zoll und dem BGS geraten könnte, um sie davon abzuhalten, das große Solo für uns draus zu machen. Und dann musste ich sogar noch das Thema ›Mord‹ aufs Tapet bringen.«

»Holla, die Waldfee!« Heiner Saalbeck wurde ernst. »Mädchen, das meinst du nicht wirklich.«

Fritz schluckte. Als Corin das erste Mal das Wort »Mord« in den Mund genommen hatte, war sie es gewesen, die sich dagegen gesträubt hatte. Doch nach ihrem Duisburger Erlebnis im Containerhafen war ihr klar, dass Kowalski und Co. wirklich vor nichts zurückschreckten. Friederike hatte zwar keine Ahnung, wie der Angriff auf sie von einem Juristen gewertet würde, aber das von Kowalski angestrebte Resultat war wohl eindeutig eine tote Fritz gewesen.

Dazu kam nun auch noch die Sorge um die verschwundene Mafalda Neto-Bareis. Je länger Fritz über die Umstände ihres Abgangs aus Laden, Lager und Wohnung nachdachte, desto mehr kam sie zur Überzeugung, dass Mafalda Göppingen nicht freiwillig verlassen hatte. Und seitdem hatte niemand mehr etwas von ihr gehört!

Seufzend sagte sie: »Doch, Heiner – das meine ich wirklich. Und inzwischen würde es mich noch nicht mal wundern, wenn da am Ende gleich zwei Morde herauskommen würden.«

»Ach, du liebes Lieschen!« Der Amtsleiter beugte sich vor und legte in einer väterlichen Geste seine Hand über Friederikes. »Fritzle, egal, was dir unsere Frau Regierungsdirektorin erzählt: Du hältst dich ab jetzt aus der Sache raus. Du informierst den Kommissar Gebhard und, wenn es sein muss, die Zollfahndung. Aber danach fährst du in den Urlaub, legst dich an den Strand und überlässt die weiteren Ermittlungen den Fachleuten. Und wenn unsere große Vorturnerin dir noch mal damit kommt, schickst du sie zu mir. Dann kläre ich sie mal wieder drüber auf, was in unseren Kompetenzbereich fällt und was eindeutig nicht. Klar?«

»Ja, Chef!« Fritz lächelte. »Ich möchte auch lieber die Finger davon lassen. Seit ich mitgekriegt habe, dass die Geschiedene von unserem vermeintlichen Selbstmörder verschollen ist, ist mir die Sache entschieden zu heiß geworden.« Sie deutete auf den Papierstapel, der sich vor ihr türmte. »Außerdem habe ich vor dem Urlaub auch noch ohne das Theater genug zu tun.«

19

Kriminalkommissar Wolfgang Gebhard saß schon unter einem der bunten Sonnenschirme im Eiscafé Adria, als Fritz, eine Mappe mit Notizen in der Hand, ankam. Höflich stand er auf und reichte ihr die Hand. »Frau Doktor Abele – schön, Sie wiederzusehen!«

»Hallo, Herr Gebhard. Sie hatten offensichtlich gutes Wetter im Urlaub«, lächelte sie den braungebrannten Ermittler an.

Er rückte ihr den Stuhl zurecht und setzte sich wieder. »Wir waren auf Malle – nicht unbedingt mein Traum von einem Urlaubsziel, aber ich wurde überstimmt. Meine Tochter ist fünfzehn, der Bub ist dreizehn – und die wollten unbedingt nach Mallorca.«

»Da soll es ja auch schöne, ruhige Ecken geben«, sagte Friederike und bestellte Zimteis bei dem jungen Kellner.

»Aber ja doch! Meine Frau und ich sind viel gewandert, während die Kinder am Strand rumgelungert sind«, erzählte der Kommissar. »Aber nun hat mich ja die raue Wirklichkeit wieder. Und Sie haben mir auch noch zusätzliche Arbeit beschert!« Sein Lächeln milderte die Aussage ab.

»Ich weiß gar nicht, wo ich anfangen soll, aber ich fürchte wirklich, Sie müssen den Fall Bareis noch mal aufnehmen«, kündigte Fritz an.

»Das habe ich angesichts des Schriftverkehrs auf meinem Tisch schon geahnt«, sagte der Kommissar.

»Sie haben schon Post?«, staunte Fritz.

»Und ob! Amtshilfeersuchen von der Zollfahndung Stuttgart. Die wollen unsere Akte Bareis und bitten um Abstimmung des weiteren Vorgehens. Und dann habe ich Post von der Staatsanwaltschaft Duisburg. Die haben die Ermittlungen wegen eines Tötungsdelikts nach Paragraph 211 StGB zu Ungunsten von Abele, Dr. med. vet. Friederike Ruth aufgenommen.«

»Paragraph 211?« Fritz hatte gerade das Gefühl, im falschen Film zu sein.

»Mord, Frau Abele – Paragraph 211 des Strafgesetzbuches betrifft Mord«, klärte der Ermittler auf.

»Aber davon weiß ich ja noch gar nichts!«, stotterte Fritz. »Ich meine, ich weiß natürlich, dass da zwei wenig sympathische Herren versucht haben, mich als Paketmarke auf einen Container zu kleben, aber wie kommt da jetzt der Staatsanwalt ins Spiel?«

Der Kommissar zog kurz die Augenbrauen zusammen. »Sie haben doch eine Aussage bei der Polizei gemacht, oder?«

»Ja, natürlich. Da waren erst zwei Zollbeamte, die mich trockengelegt haben, nachdem ich ins Hafenbecken gesprungen bin«, erzählte Fritz. »Die haben dann später einen Herrn von der Kripo dazugebeten und ein Protokoll erstellt. Der eine meinte aber, dass man den Typen, der das gesteuert hat, sowieso nicht kriege, weil der zig Zeugen aufbiete, die ihm ein Alibi für die fragliche Zeit geben.«

»Das bremst doch einen Staatsanwalt nicht aus. Der hat das Protokoll auf den Tisch bekommen. Und da Mord ein Offizialdelikt ist, muss er Ermittlungen einleiten. Da Sie zudem ausgesagt haben, dass der Anschlag auf Sie mit einem Fall zusammenhängt, den wir bearbeitet haben, wollen die Duisburger Kollegen jetzt auch eine Kopie unserer Ermittlungsakten. Damit aber noch nicht genug: Der BGS in Duisburg ist jetzt auch involviert. Mit dem Ermittler habe ich vorher telefoniert. Der wird in den nächsten Tagen seine Kollegen in Rotterdam einschalten. Großen Erfolg rechne ich mir da allerdings nicht aus, die werden wohl nichts mehr über irgendwelche Container herausfinden können, die schon seit Wochen in Duisburg sind.« Er trank seinen Espresso aus und bestellte durch einen gehobenen Daumen und ein Nicken in Richtung des Kellners noch einen. »So wie es im Moment aussieht, bleibt da jede Menge Arbeit an uns hängen. Wir werden hinter unserem verstorbenen Bareis hererermitteln müssen, Freunde, Bekannte und Verwandte verhören, seine Bankgeschäfte überprüfen, versuchen, herauszufinden, wohin er gereist ist und ob es Querverbindungen zu Ihren Duisburger Herren gegeben hat.« Er klang nicht sehr enthusiastisch.

Fritz löffelte ihr Eis. »Ich fürchte vor allem, dass Sie Bareis wieder ausbuddeln lassen müssen. Ich glaube nämlich nicht mehr, das er Selbstmord begangen hat, sondern dass jemand mit Gift bei seinem Ableben nachgeholfen hat.«

Wolfgang Gebhard schaute sie über den Rand seiner Brille hinweg an. »Gründe?«, fragte er nur.

Fritz erklärte: Die Hinweise auf illegalen Reptilienhandel, die sie bei Bareis gefunden hatte, seine Verbindung zu Kowalski und die Aussagen der Eheleute Mägerle und schließlich alles, was sie über Mafalda Neto-Bareis herausgefunden hatte. Kommissar Gebhard hörte aufmerksam zu und las dann quer durch die Notizen, die Fritz ihm überreichte.

»Mein lieber Scholli – Sie waren sehr fleißig, Frau Doktor! Da kann ich ja nur mit den Ohren schlackern. Wenn Sie jemals von den Viechern genug haben, können Sie sofort bei uns anfangen!«

»Lieber nicht!«, sagte Fritz. »Ich bin zu emotional. Ich kriege seit Tagen die Exfrau von Bareis nicht aus dem Kopf und frage mich dauernd, was ihr wohl zugestoßen ist.«

»Das werden wir hoffentlich herausfinden – und ich lasse es Sie wissen, wenn ich was erfahre. Aber morgen früh werde ich wohl erst mal die Gerichtsmediziner von der Leine lassen.«

»Also wird Bareis exhumiert?« Fritz fand die Vorstellung sehr gruselig.

»Das wird hoffentlich nicht nötig sein«, antwortete Wolfgang Gebhard. »Bei einem unnatürlichen Tod – und ein Suizid ist selbstverständlich ein solcher – nehmen unsere Leichenfledderer grundsätzlich Blut-, Gewebe- und Proben vom Mageninhalt. Wenn der Mann vor seinem Tod durch Erhängen irgendwas abgekriegt hat, wird sich eine Spur davon in diesen Proben finden. Allerdings werden mich die Rechtsmediziner verfluchen – Untersuchungen auf ein unspezifisches Gift sind sehr aufwändig. Wobei ich übrigens noch nicht so ganz begriffen habe, wie jemand beim Erhängen durch ein Gift nachgeholfen haben könnte.«

Jetzt seufzte Fritz. »Ich bin da vielleicht auf dem ganz falschen Dampfer, aber ich habe lange darüber nachgedacht. Sie haben erwähnt, dass an Bareis' Leiche keine Verletzungen gefunden wurden – außer eben dem Genickbruch. Und das war für Sie ja auch ein Indiz dafür, dass er Selbstmord begangen hat. Und dann hat mich mein Erlebnis mit dem Frosch auf die Idee gebracht, wie es gelaufen sein könnte. Erinnern Sie sich, wie ich mich an diesem Blatt geritzt habe, wodurch das Gift in die Blutbahn kam? Zuerst hat nur die Wunde wehgetan – das aber schon so, dass mir fast die Spucke weggeblieben ist. Dann wurde mir schlecht. Ungefähr eine Viertelstunde später ist mein Kreislauf kollabiert.«

»Ja, ich erinnere mich.« Der Kommissar klang nachdenklich. »Und ich glaube, ich kann Ihrem Gedankengang folgen: Unser Mörder appliziert Bareis irgendwelches Gift – wie und wo, lassen wir jetzt mal außen vor. Dann zwingt er das Opfer, den Abschiedsbrief zu schreiben – aber hier hakt es. Warum sollte jemand, der eh schon vergiftet ist, seinem Mörder den Gefallen tun, einen Abschiedsbrief zu schreiben?«

»Sind Sie wirklich absolut sicher, dass dieser Brief von Bareis geschrieben wurde?«, fragte Fritz.

»Hmm – jetzt, wo Sie mich so fragen … Die große kriminaltechnische Untersuchung haben wir nicht veranstaltet. Das Blatt stammte von einem Block, der auf Bareis' Tisch lag, den Stift haben wir da ebenfalls gefunden. Fingerabdrücke waren nur von Bareis dran, die Schrift entsprach zumindest auf den ersten Blick der, die wir auf dem Einkaufszettel an Bareis' Kühlschrank vorfanden. Mehr Schriftliches gab es von ihm nicht – jedenfalls hat die Spusi nichts gefunden. Aber ich denke, ich sollte den Abschiedsbrief nochmal ins Labor geben und ein Gutachten dafür erstellen lassen.« Er lächelte etwas verlegen. »Ich gestehe, dass wir Abschiedsbriefen normalerweise nicht die allerhöchste Wichtigkeit zumessen. Wenn die Spuren am Tatort auf einen Suizid hinweisen, wenn die Rechtsmedizin uns mit einer Todesursache kommt, die dazu passt, und wenn dann noch ein Grund vorliegt wie bei Bareis …«

»Ich mache Ihnen keinen Vorwurf«, sagte Fritz. »Wenn es ein Mord war, war er recht raffiniert eingefädelt.«

»Hmm.« Der Kommissar rührte in seiner Tasse. »Aber wie bekommt man Gift in einen Menschen, ohne dass eine äußere Verletzung vorliegt?« Er deutete auf Friederikes linken Arm, an dem immer noch eine deutliche Narbe zu erkennen war. »Bei Ihnen hätte jeder Rechtsmediziner sofort die Wunde am Arm bemerkt.«

»Sicher. Aber es gibt Schlangen, die recht kleine Bisswunden hinterlassen. Wenn die dann noch an einer Stelle liegen, die zum Beispiel behaart ist wie ein Männerarm oder die Brust eines Mannes, könnte es schon sein, dass sie bei einer Obduktion übersehen wird. Und weitere Spuren gab es wohl nicht, weil Bareis, wenn er Gift abgekriegt hat, vielleicht schon kollabiert war oder zumindest überhaupt keinen Widerstand mehr geleistet hat.«

»Hmmm – vielleicht war doch Ihr Froschkönig die Mordwaffe? Offenkundig muss man das Tier ja nicht in direkten Kontakt mit dem Opfer bringen. Eine offene Stelle und etwas, worauf sich das Gift des Frosches befindet, reicht ja wohl schon. Aber wieso hat der Mörder den Frosch dann nicht mitgenommen?«, überlegte der Kommissar.

»Weil ein Frosch selten allein kommt?«, schlug Friederike vor. »Wenn ich jemanden mit dem Gift eines Pfeilgiftfrosches umbringen wollte, würde ich dafür sorgen, dass mir mehr als ein Frosch zur Verfügung steht. Der einzelne hat – vor allem, wenn er schon ein paar Tage in Gefangenschaft ist – vielleicht gar nicht genug Gift. Und bei sechs, sieben Fröschen könnte schon einer ausgekommen sein und sich versteckt haben, während seine Restfamilie eingefangen wurde.«

»Ja, das könnte es gewesen sein.« Kommissar Gebhard nahm einen kleinen Notizblock aus der Brusttasche und schob ihn Fritz hin. »Schreiben Sie mir bitte die lateinische Bezeichnung des Frosches noch mal auf?«

Fritz schrieb »*Phylobates terribilis*« auf den Block und wuschelte dann mit der freien Hand durch ihr Haar. »Irgendwie glaube ich aber nicht, dass es der war. Ich würde eher auf eine Schlange tippen.«

»Sie haben nicht zufällig eine Idee, was für eine? Für die Rechtsmediziner ist es deutlich einfacher, wenn sie wissen, wonach sie suchen.«

»Ich würde erst mal durchchecken, was in Brasilien kreucht und fleucht«, sagte Fritz. »Die Herrschaften sind wohl auf Brasilien spezialisiert.« Sie griff nach ihrem Handy und suchte die Nummer von Jan van Eycken. »Ich gebe Ihnen die Daten eines Kollegen in Duisburg. Doktor van Eycken ist Reptilienspezialist. Der kann den Rechtsmedizinern wahrscheinlich Tipps geben, wonach sie zuerst suchen sollen.«

»Danke, das hilft uns bestimmt weiter.« Wolfgang Gebhard schob den Notizblock wieder ein. »Da kommt eine Menge Arbeit auf uns zu.«

»Ich beneide Sie nicht darum. Aber wenn am Ende rauskommt, dass ein paar geschützte Tiere weniger geschmuggelt werden und dann irgendwo vor sich hinvegetieren, sollte es das wert sein.«

Kommissar Gebhard nickte. »Eines aber noch, Frau Doktor Abele: Seien Sie bitte vorsichtig. Wir wissen Ihr Engagement zu schätzen, aber jetzt wäre es mir deutlich lieber, wenn Sie sich raushalten würden. Sie sind diesen Herrschaften einmal ausgekommen. Beim zweiten Mal hätten Sie vielleicht nicht so viel Glück. Wenn Ihnen irgendetwas ein- oder auffällt, rufen Sie mich bitte an.« Er zog eine Karte aus der Tasche, schrieb etwas auf die Rückseite und reichte sie Fritz. »Hier ist meine Handynummer. Ich bin Tag und Nacht für Sie erreichbar.«

20

»Bei Cosima Wagner wärest du nicht Haus- und Hoflieblingsdirigent geworden!«, erklärte Fritz ihrem Liebsten, der gerade seinen Jaguar über die holländische Autobahn steuerte.

Corin grinste zu ihr hinüber. »Ich vermute, mir hätte es sowieso an der nötigen Devotion und Ausschließlichkeit in Sachen Wagner gefehlt, um der hohen Frau zu gefallen.«

»Außerdem führst du das Bühnenweihefestspiel außerhalb Bayreuths auf!«, grinste Fritz. »Ich habe die Tage eine Biographie von Cosima Liszt-Bülow-Wagner gelesen. Wusstest du, dass sie versucht hat, ein Gesetz durchzubringen, dass Parsifal, dem Willen des Meisters entsprechend, nur in Bayreuth aufgeführt werden darf?«

»Was du so alles liest!«, wunderte sich Corin und legte seine rechte Hand auf ihr Knie.

»Was soll ich machen, wenn mein Lover selbst im Urlaub tagelang keine Zeit für mich hat?« Fritz zog seine Hand an den Mund und biss spielerisch in den Daumen.

»Wie sollte ich das ändern? Ich muss einen Parsifal einstudieren, ohne dabei auf die Bayreuther Erfahrung zurückgreifen zu können.« Er lächelte sie an. »Aber ich verspreche dir, Beloved: Nächsten Sommer nehme ich kein Engagement an. Dann machen wir mindestens vier Wochen Urlaub. Wie wäre es mit einer Kreuzfahrt in die Karibik?«

Fritz lachte lauthals. »Dein Gesicht möchte ich sehen, wenn du abends in der Boardshow abgehalfterten Musicalstars zuhören müsstest, wie sie Andrew Lloyd Webber knödeln!«

Corin nickte. »Nicht unbedingt meine Vorstellung von Urlaubsvergnügen. Aber vielleicht würde uns abends noch eine andere, exklusivere Unterhaltungsmöglichkeit einfallen? Nur für dich und mich?«

»Allabendlich?« Fritz grinste. »Coco, übernimm dich nicht!«

»Ich bin von der Inspiration abhängig, die mir zuteilwird.« Er zeigte ihr sein Lausbubengrinsen.

Sie fuhren gerade an einer großen Plakatwand vorbei, die für die »Rotterdam Operadagen« warb. Seitlich daran klebte ein Poster von Corins Plattenfirma, das sein markantes Profil in Schwarz-Weiß zeigte. Darüber stand groß: »Sir Corin Llewellyn conducts«, und deutlich kleiner darunter: »Anton Bruckner«.

Corin runzelte beim Anblick der Wand die Stirn und brummte unwillig.

»Was ist, Coco?«, fragte Fritz.

Er deutete mit dem Kinn auf die Plakatwand. »Corin Llewellyn spielte in der Royal Albert Hall gegen Bruckner. Bruckner verlor«, kommentierte er sarkastisch. »Ich mag es nicht, wenn mein Name größer auf dem Plakat erscheint als der des Komponisten. Bruckner ist doch wohl noch ein bisschen wichtiger als ich.«

»Also, Coco, so wird das nix. Du stellst schon wieder alle Klischees über Dirigenten auf den Kopf«, blödelte Fritz. »Kannst du nicht ein bisschen egozentrischer, arroganter und eingebildeter sein?«

»Ne – hat meine Freundin was dagegen.« Corin grinste wieder. »Kennst du den Witz vom blinden Kaninchen, das eine Schlange trifft?«

»Noch nicht!«

»Also, Kaninchen fragt Schlange, ob es sie anfassen darf, um sich eine Vorstellung zu machen. Die Schlange erlaubt es gnädig. Also legt das Kaninchen die Pfote auf die Schlange. Die beißt zu, worauf das Kaninchen mit seinem letzten Atem haucht: ›Du bist kalt, schleimig und giftig. Du musst Dirigent sein.‹«

Fritz lachte und schlug die Beine übereinander. »Schlangen sind weder kalt noch schleimig, mein Schatz. Sie fühlen sich warm und glatt an.«

»Ich brauche dennoch keine als Haustier«, konstatierte Corin. »Apropos Schlangen: Was ist eigentlich aus deinem Donzdorfer Schlangenbändiger geworden?«

»Ach, Mensch, das wollte ihr dir sowieso noch erzählen. Ist in dem Trubel vor der Abreise untergegangen. An meinem letzten Tag im Büro hat Kommissar Gebhard von der Kripo angerufen. Die kriminaltechnische Überprüfung des Abschiedsbriefes hat ergeben, dass er mit hoher Wahrscheinlichkeit nicht von Bareis geschrieben wurde. Und die Rechtsmediziner sind auch fündig geworden: Bareis ist zwar an einem Genickbruch gestorben, aber er hat vor seinem Tod eine Substanz abbekommen, die hämolytisch und hämorrhagisch wirkt.«

»Hämorwas?«, fragte Corin. »Gibt's das auch in Verständlich?«

»Hämolyse ist die Auflösung von roten Blutkörperchen, hämorrhagisch ist die Zerstörung von Blutgefäßen«, erklärte Fritz. »Diverse Schlangengifte wirken hämolytisch und hämorrhagisch.«

»Dann weiß die Kripo jetzt, welche Schlange diesen Bareis erwischt hat?«

Fritz schüttelte den Kopf. »Nein, so schnell geht das nicht. Die wissen ja immer noch nicht genau, wonach sie suchen, also ist das ungefähr so, als wenn sie auf der Jagd nach der Nadel im Heuhaufen wären.«

»Sorry, wenn ich dich unterbreche, Fritz.« Corin deutete mit dem Kinn auf eine Abfahrt vor ihnen. »Da vorne geht es zum Hafen. Möchtest du wirklich lieber eine Hafenrundfahrt machen als mich zur Probe zu begleiten?«

»Ja, mein Schatz«, antwortete Fritz. »Ich denke, ich werde die Tage noch mehr als genug Parsifal abkriegen, also gucke ich mir heute lieber Europas größten Seehafen an.«

Corin setzte den Blinker und zog den Wagen in die Ausfahrt. »Okay«, seufzte er. »Aber tu mir bitte einen Gefallen und bleib dem Containerhafen fern. Im Rotterdamer Hafen ist schlecht schwimmen – da sind zu viele Schiffe unterwegs und ich kann dir versichern, dass im Zweikampf Mensch gegen Schiffsschraube fast immer die Schraube gewinnt.«

»Wird sie dann feierlich zur Schreckschraube erhoben?« Fritz grinste, wurde dann aber sofort wieder ernst. Sie streichelte Corins Schulter. »Coco, ich habe von solchen Abenteuern absolut genug. Ich werde mich ganz gemütlich in den Salon eines Ausflugsschiffes setzen, einen Kaffee schlürfen und mir dabei Ozeanschiffe angucken.«

»Besser wäre das!«, befand Corin. »Aber zurück zu deinem Nicht-Selbstmörder in Donzdorf. Was ich an der ganzen Geschichte nicht verstehe: Warum vergiftet jemand sein Opfer zuerst und hängt es dann auf? Da fehlt ja nur noch der Pflock durchs Herz!«

»Der wäre aber doch sehr auffällig«, sagte Fritz. »Der Gag an der Nummer war ja, dass es nach einem schön unauffälligen Selbstmord nach Hausmacher Art aussehen sollte. Was ja auch fast gelungen wäre.«

Corin, der gerade an einer Ampel anhalten musste, schaute Fritz kopfschüttelnd an. »Beloved, ich bin anscheinend schwer von Begriff. Ich verstehe immer noch nicht, wozu man vor dem Erhängen das Gift braucht.«

»Das ist die typische Frage eines Menschen, der sich mit Schlangen nicht auskennt.« Fritz lächelte. »Kommissar Gebhard hat sie auch gestellt. Es gibt aber eine logische Erklärung: Der Bareis war ein ziemlicher Brocken – ehemaliger Fernfahrer und unter Garantie kein Anhänger des Schlankheitskultes. Ich vermute, dass der sich von Kowalski und Co. nicht widerstandslos hätte aufhängen lassen. Also hat man ihn wohl von einer Schlange beißen lassen. Danach ging's ihm dann nicht mehr so gut und Kowalski beziehungsweise sein Gorilla hatten es leichter mit dem Handling.«

Corin fuhr wieder an. »Aber liefen die da nicht Gefahr, erstens selbst gebissen zu werden und zweitens Bareis zu verlieren, bevor er hängt? Und dann wäre doch vermutlich bei der Obduktion aufgefallen, dass er eben nicht an einem Genickbruch, sondern an Schlangengift gestorben ist, oder?«

»Nein«, widersprach Fritz. »Das Risiko war relativ gering.« Sie lachte und strubbelte Corin von hinten durchs angegraute Haar. »Schlangenkunde für Anfänger: Menschen stehen bei keiner einzigen Schlangenart auf dem Speisezettel.

Selbst drei Meter lange Würgeschlangen haben Probleme mit dem Schultergürtel des Homo sapiens.«

»Das beruhigt mich ungemein.« Corin feixte. »Sollte mir mal ein hungriger Python begegnen, werde ich ihm sagen, dass ich gar nicht gut schmecke und außerdem schwer verdaulich bin.«

»Ich finde, dass du deliziös schmeckst!« Fritz kraulte seinen Nacken. »Aber zurück zu unseren Giftschlangen. Ihre Beutetiere sind üblicherweise deutlich kleiner als Menschen. Ihr Gift ist denen meist angepasst – sowohl in der Menge als auch in der Zusammensetzung. Letztere zielt zum Beispiel darauf ab, das Beutetier zu lähmen oder gleich zu töten. Außerdem gibt es Schlangengifte, die den Schlangen, die ihre Beute ja im Allgemeinen mit Haut und Haaren im Ganzen runterschlingen, beim Verdauen helfen.«

»Klingt nett«, graulte sich Corin, zog Fritz' Hand an die Wange und schmiegte sie hinein.

»Ja, aber wenn du zum Beispiel in Deutschland von der einheimischen Kreuzotter gebissen wirst, hast du es zwar mit einem potenziell hochwirksamen Gift zu tun, aber die Gefahr, daran zu sterben, ist bei gesunden Erwachsenen gering. Die Kreuzotter kann nämlich pro Biss höchstens achtzehn Milligramm abgeben und das reicht natürlich lange nicht aus, um einen erwachsenen Menschen umzubringen. Und mehrfach hintereinander kann eine Kreuzotter dich nicht beißen, weil sie nach jedem Biss einige Zeit braucht, ihr Giftreservoir wieder aufzufüllen.«

»Gut zu wissen.« Corin zog ihre Hand zum Mund und küsste die Innenseite des Gelenks. »Aber es gibt doch Giftschlangen, deren Biss giftig ist, oder? Ich erinnere mich, dass man mich in Australien, als ich mit meiner zweiten Frau einen Ausflug in den Busch machen wollte, gewarnt hat.«

»Du warst in Queensland unterwegs?«, fragte Fritz.

»Ja«, bestätigte Corin.

»Dann war die Warnung berechtigt. Queensland gehört zum Verbreitungsgebiet des Inlandtaipans, der als die gefährlichste Giftschlange überhaupt gilt. Wenn der dich beißt, hast du was davon. Der gibt pro Biss zwischen vierzig und hundertzehn Milligramm eines hochwirksamen Nervengiftes ab. Ich habe mal gelesen, dass die Giftmenge ausreichen würde, zweihundert Menschen oder eine Viertelmillion Mäuse umzubringen.«

»Sympathisches Tierchen!«, fand Corin.

»Ärgere sie nicht und sie will nichts von dir«, sagte Fritz. »Zudem glaube ich, dass du noch nicht einmal nach dem Biss eines Inlandtaipans sofort und auf der Stelle tot umfällst. Und das gilt für alle Schlangen: Wenn du nicht gerade ein schwaches Herz oder eine Allergie gegen eines der Bestandteile des Giftes hast, lebst du in allen Fällen lange genug, dass du durch eine medizinische Behandlung und eventuell ein Gegengift davonkommen kannst.«

Sie waren inzwischen am Hafen angekommen. Der Jaguar glitt auf einer schmalen Straße an einem Kai entlang. Fritz, die schon vorher das Fenster geöffnet hatte, schnupperte und verzog das Gesicht. Das Wasser roch abgestanden und brackig. Und auch die Schiffe, die an den Ufermauern festgemacht hatten, sahen nicht unbedingt nach großer weiter Welt aus.

»Guck mal«, sagte Fritz enttäuscht. »Die Schiffe hier sind ja nicht eben groß. Solche fahren ja sogar auf dem Neckar!«

Corin lachte. »Darling, einige von denen fahren wohl tatsächlich manchmal auf dem Neckar. Wir sind hier im Binnenhafen. Die Schiffe, die hier liegen, gehen nicht aufs Meer, sondern auf den Rhein und von dort aus vielleicht auch in den Neckar. Die großen Pötte, die in ferne Länder reisen, liegen weiter draußen und für die Containerschiffe gibt es sogar ein eigenes Terminal.«

»Da will ich nicht hin«, sagte Fritz. »Ich habe in Duisburg genug Container gesehen. Aber weißt du, was mir an dieser Donzdorfer Geschichte seit Tagen durch den Kopf geht?«

»Das Schicksal der geschiedenen Frau Bareis«, antwortete Corin fast gelangweilt, denn von diesem Thema hatte er in den letzten Tagen wirklich genug bekommen. Mit etwas mehr Teilnahme setzte er hinzu: »Herzchen, ich fürchte, deine Chancen, die lebend kennenzulernen, sind nicht sehr gut.«

»Das befürchtet Kommissar Gebhard auch«, bestätigte Fritz mit einem Seufzen. »Er sucht nach ihr, aber die ersten Spuren sind ins Leere gelaufen. Die Konten, die ihm Herr Mehnert genannt hat, sind laut Auskunft der Schweizer und der niederländischen Bank aufgelöst. Bei der brasilianischen Botschaft in Berlin wusste man auch nur, dass Frau Neto-Bareis ihren Pass vor ungefähr zwei Jahren – also zu der Zeit, zu der sie noch in Göppingen gemeldet war – verlängert hat. Jetzt sind die Holländer dran – die werden sich Herrn Alexander Moons vornehmen und ihn fragen, was er über Frau Neto weiß.«

Corin bog auf einen kleinen Parkplatz ab und deutete auf den Landungssteg gegenüber. Über dem Steg hing ein Schild, das eine »Haven rondvaart« versprach. Die Uhr darunter stand auf zwei.

Fritz schaute auf die an ihrem Handgelenk. »Halbe Stunde noch. Musst du weg?«

Corin schaltete den Motor aus. »Wozu habe ich einen Assistenten? Und meiner kann sogar, im Gegensatz zu denen von Sergiu Celibidache – Gott hab ihn selig – Partituren lesen.«

»Hmm?«, machte Fritz fragend.

»Ich habe mich mal bei ihm beworben. Er hat mich zu einer Probe eingeladen. Da saßen drei sehr verschreckte Knaben, die abwechselnd auf Zuruf das Seidentuch zum Abwischen der Stirn, die Wasserflasche zur Erfrischung und Pfefferminzbonbons anreichen durften«, erzählte Corin. »Irgendwann ging's um etwas, was selbst Celibidache, der ja alles auswendig dirigierte, in der Partitur nachgucken musste. Also raunzte er in den Raum, ob jemand eine Partitur habe. Einer seiner Assistenten bot ihm eine an, worauf er schnauzte: ›Was machst du damit? Du kannst das sowieso nicht lesen!‹ An der Stelle beschloss ich dann, dass ich überqualifiziert bin, und habe mich auf leisen Sohlen wieder davongemacht.«

Fritz lachte und legte ihm den Kopf an die Schulter. »Warum hat dein Assistent weder Seidentuch noch Mineralwasser noch Pfefferminzbonbon für dich?«

»Weil Pultdiktatoren aus der Mode sind?« Corins Lippen glitten über ihre Wange. »Aber sag mal, wieso hat die Polizei diesen Reeder hier nicht gleich gefragt? Ich kann mir zwar vorstellen, dass der nicht glücklich ist, wenn die Polizei ihn nach ihr fragt, aber es geht ja hier um einiges.«

Fritz schmiegte sich an ihn. »Die Polizei ist auch nicht begeistert«, erzählte sie. »Kommissar Gebhard sagte, dass seine Kollegen in Rotterdam die ganz großen Kurven geflogen sind, als sie hörten, wen sie sich da vornehmen sollen. Seriöser Geschäftsmann, Stütze der Gesellschaft, kennt Jan, Pit und natürlich auch den Bürgermeister und Polizeipräsidenten – du kannst dir vorstellen, wie vorsichtig Polizisten da werden. Die haben dem armen Gebhard die Ohren vollgeheult von wegen Diskretion und Hopsasa. Und dann war der Herr Moons letzte Woche erst mal auf Geschäftsreise und gleich am ersten Tag im Büro wollte man ihn anscheinend nicht überfallen.«

»Und überhaupt wollen sich die Herrschaften wegen einer verschwundenen Brasilianerin und ein paar geschmuggelten Tieren nicht mit einem Herrn anlegen, der solche Beziehungen hat.« Corin verdrehte die Augen. »Du weißt ja: Vor dem Gesetz sind alle gleich. Nur manche sind ein bisschen gleicher.«

»Aber auch den wird's noch einholen.« Fritz lehnte sich zurück und schloss die Augen. »Ich freue mich auf morgen«, sagte sie. »Schön, dass du mal richtig frei hast.«

»Wir werden es genießen«, versprach Corin. »Wir schlafen aus, dann gehen wir schön frühstücken, anschließend machen wir einen langen Spaziergang am Strand und wenn das Wetter so schön ist wie heute, knutsche ich in den Dünen mit dir.«

»Hmm – Liebe am Strand!«, schnurrte Fritz.

»Oh – nö, lieber nicht«, widersprach Corin. »Du vergisst, dass ich am Meer groß geworden bin.«

»Und?«, fragte Fritz.

»In meinen wilden Jugendjahren habe ich das mit der Liebe am Strand mal ausprobiert«, erzählte Corin. »Ich sage nur: Sand im Getriebe!«

21

Ob die Hafenrundfahrt wirklich eine gute Idee gewesen war? Fritz zweifelte zunehmend daran. Sicher, es war interessant, die großen Schiffe zu sehen, aber nun waren sie im Tankerhafen, der den Kapitän des Ausflugsdampfers wirklich zu begeistern schien. Er schwärmte in Holländisch und Englisch von Riesentankanlagen, Umschlagmengen, Rohöl von da und dort und Ölplattformen in der See und als er sich nach einer Stunde endlich wieder vom Anblick der Öltanker und Riesentanks losreißen konnte und sein Schiff wieder auf den Fluss hinaussteuerte, hatte Fritz das Gefühl, mehr über das Thema Tanker gehört zu haben, als sie je hatte wissen wollen.

Dazu war es im Salon des Schiffes lange nicht so gemütlich, wie Fritz sich das vorgestellt hatte. Außer ihr saß da nämlich auch noch eine Gruppe von ungefähr zwanzig jungen Schweden, die sich nicht für den Hafen, aber dafür umso mehr um die Genever-Vorräte an der Bar interessierten. In den letzten zwei Stunden hatten sie diese um einiges geschmälert, was sie in ausgesprochen gute Laune versetzt hatte. Nun übten sie sich lautstark im Absingen schwedischer Popsongs, worauf Fritz beschloss, ihr Heil lieber an Deck zu suchen.

Nur gut, dass Corin ihr noch sein Sweatshirt über die Schultern gehängt hatte! Das gute Stück – kobaltblau mit dem Logo des Glyndebourne Festivals – war für Fritz entschieden zu groß. Es reichte ihr fast zu den Knien und sie musste die Ärmel fünfmal umkrempeln. Dazu zog das Gewicht der Kapuze den Halsausschnitt immer nach hinten. Schick war anders – aber das Shirt war warm und es roch wunderbar nach Corin.

Was der jetzt wohl gerade tat? Fritz schlang die Arme um sich und schloss die Augen. Sie sah Corin vor sich, wie er im Orchestergraben am Pult stand, die Arme erhoben, den Taktstock in der rechten Hand, den Kopf mit dem kühnen Profil über seine Partitur gebeugt. Zu dumm, dass er bei den Rotterdam Operadaagen gerade Parsifal einstudierte! Fritz erinnerte sich an ihren ersten Sommer als etabliertes Paar. Da hatte Corin in Bayreuth Lohengrin und Parsifal dirigiert. Fritz hatte drei Tage auf den harten Holzsesseln im Festspielhaus durchgehalten, aber dann war ihr sowieso eher kleiner Bedarf an Stabreimen, nordischen Helden und vor allem Wagner-Gesang mehr als nur gedeckt gewesen. Inzwischen pflegte sie Opernhäuser, in denen Wagner gegeben wurde, weiträumig zu umgehen, und behauptete bisweilen sogar: »Von Wagner krieg ich Pickel.«

Himmel, warum musste das junge Glück hinter ihr nur so lautstark knutschen? Fritz hatte Chinesen erlebt, die Nudelsuppe mit weniger Geräuschaufwand schlürften. Sie beschloss, sich weiterer unfreiwilliger Zeugenschaft durch eine Verlegung aufs Vordeck zu entziehen. Dort konnte man zwar wegen des Windes kein Wort von dem verstehen, was der Kapitän unablässig erzählte, aber sie war sowieso nicht an weiteren Ausführungen darüber interessiert, wie viel Stahl, Erz, Kohle, Schweröl, Rohöl oder gar Salatöl im Rotterdamer Hafen umgeschlagen wurde.

Sie war nun am Bug des Schiffes angekommen, doch für das »Ich bin der König der Welt«-Titanic-Gefühl fehlte ihr der Partner. Darüber ärgerte sich ein wenig. Sie war immer stolz auf ihre Unabhängigkeit gewesen und zu den vielen Dingen, die sie an Corin schätzte, gehörte, dass er ihr immer ihren Freiraum gelassen hatte. Warum fühlte sie sich jetzt gerade so einsam und verlassen?

Vielleicht lag es an der Umgebung. Das Schiff war nun nämlich in den Containerhafen eingefahren und Fritz stellte fest, dass der in Rotterdam nicht schöner als der Duisburger war. Der einzige Unterschied war, dass in Rotterdam alles sehr viel größer dimensioniert war. Vor den Schiffen, die an den Kais lagen und von unzähligen Kränen be- und entladen wurden, sahen die Lastwagen im Hintergrund fast wie Spielzeuge aus. Und noch ein Unterschied zu Duisburg am Samstag: In Rotterdam am Mittwoch herrschte Hochbetrieb.

Das Ausflugsschiff bog nun in das obere Hafenbecken ein. Fritz schaute zu, wie zwei Schlepper einen hoch beladenen Ozeanriesen in den Kanal bugsierten, der ins Meer hinausführte. Der Schiffsrumpf war grün gestrichen, auf der Seite prangte ein großer, gelber Schriftzug: »Van Hoogstaaten Rederij, NL«. Vorne am Bug stand in kleinerer Schrift »Henrieka van Hoogstaaten«. Auf dem Schiff waren fünf Reihen Container übereinandergestapelt, überragt von der leuchtend gelb gestrichenen Brücke am Heck. Oben darüber drehte sich das Radar, gekrönt von der niederländischen und der grüngelben Flagge der Reederei.

Als das große Schiff den Ausflugsdampfer passierte, konnte Fritz drei Männer in blauen Uniformen auf der Brücke erkennen. Wo die wohl hinfuhren?

Fritz erschrak und machte fast einen Satz, als es hinter ihr hupte. Nun tönte von vorne, von dem gerade auslaufenden Schiff, ein Antwortsignal. Fritz drehte sich um und sah, dass hinter ihr ein anderes grünes Containerschiff in den Hafen fuhr. Der Bug schob sich schon am Ausflugsdampfer vorbei und Fritz konnte den Namen erkennen: Es war die Aaltje van Hoogstaaten.

Der Wind hatte anscheinend gedreht, denn nun verstand Fritz wieder, was ihr Kapitän erzählte. Die Technik des Containerhafens begeisterte ihn nicht weniger als die der Tanker. Er schwärmte geradezu davon, wie es mit Hilfe ausgetüftelter Logistik und diverser Kräne möglich war, dass die Schiffe meist nicht länger als vier, fünf Stunden am Kai lagen.

Ein Schiff, so erklärte er gerade, verdiene nun mal nur dann Geld, wenn es fahre. Im Hafen dagegen koste es Geld – viel Geld. Daher hätten die meisten Containerschiffe zumindest die Führungscrew doppelt besetzt. Die eine gehe auf Landurlaub, die andere übernehme und sorge so dafür, dass das Schiff nach kürzester Zeit wieder in See sticht. Wie das genau funktioniere, könnten seine verehrten Passagiere nun an der Aaltje van Hoogstaaten sehen. Ob sie den Tanker zur Linken sehen würden? Der warte nur darauf, dass das Schiff vertäut werde, dann pumpe er Öl in die Tanks. Und das andere, rote Schiff, das jetzt längsseits gehe, sei der Versorger, der die schon von unterwegs über den Hafenagenten organisierten Lebensmittel, medizinischen Güter, Ersatzteile, Filme, Bücher und was sonst noch gebraucht werde an Bord bringe. Und am Kai werde die Aaltje auch schon erwartet – Hafenagent, Zoll, Hafenarzt.

»Jetzt hat die Aaltje van Hoogstaaten festgemacht!«, gab der Live-Berichterstatter auf der Brücke bekannt. »Und die Ersatzcrew ist auch eingetroffen. Sehen Sie den roten Bus, der gerade an den Kai gefahren ist?«

Fritz achtete mehr darauf, wie die Schlepper das Schiff vollends an den Kai heranschoben. Die Ladekräne waren schon in Bereitschaft und nun setzte sich das Ausflugsschiff hinter die Aaltje van Hoogstaaten. Fritz sah, wie zwei Matrosen einen Steg ausfuhren. Der rote Bus öffnete die Türen, fünf Männer in blauen Uniformen mit Rollkoffern stiegen aus, gefolgt von einigen Zivilisten mit diversen Gepäckstücken. Einer hatte sogar einen Seesack über der Schulter. Offenkundig stand auf der Aaltje van Hoogstaaten ein kompletter Mannschaftswechsel an.

Einer der Offizier nahm offensichtlich seine Frau mit auf die Reise. Fritz beobachtete, wie einer der Uniformierten einer zierlichen Dunkelhaarigen an Bord half und ihren Koffer unten an der Brücke durch eine Tür schob.

Aber Moment, was war das denn? Ein rundlicher Zivilist schleppte seinen Rucksack über den Steg. Etwas an ihm kam Fritz bekannt vor. Und dann nahm er die Baseballkappe ab – und Fritz traute ihren Augen kaum, als sie die Glatze darunter sah: Kowalski!

Fritz wetzte zur kleinen Brücke des Ausflugsdampfers und klopfte an die Tür. Ein junger Mann öffnete. Fritz bat ihn um ein Fernglas. »Nur für einen Augenblick!« Sie bekam das Glas, hielt es an die Augen – doch, das war eindeutig Kowalski, der da gerade in den Brückenturm der Aaltje van Hoogstaaten verschwand.

Fritz gab das Glas zurück und setzte sich erst einmal auf eine der Bänke auf dem Vorschiff. Kowalski auf einem Schiff, das in wenigen Stunden wieder ablegen würde – das konnte doch nur bedeuten, dass der Herr versuchte, sich abzusetzen! Offenkundig waren ihm Polizei und BGS in Duisburg auf den Pelz gerückt, worauf Kowalski wohl beschlossen hatte, eine längere Erholungsreise zu unternehmen.

Fritz dachte fieberhaft nach. Sie konnte doch nicht einfach dabei zuschauen, wie Kowalski Europa verließ! Doch wer konnte ihn jetzt noch aufhalten? Die Polizei? Aber wen bei der Rotterdamer Polizei sollte Fritz anrufen? Wer hatte Ahnung? Wer würde sie überhaupt verstehen?

Verflixt, warum musste so etwas in einem Land passieren, dessen Sprache sie nicht verstand und von dessen Behördenstruktur sie keine Ahnung hatte?

»Liebe Passagiere«, hörte sie nun wieder den Kapitän des Ausflugsschiffes, »wir sind jetzt am Ende unserer Rundfahrt durch den Rotterdamer Hafen angekommen. Wir kehren jetzt zum Binnenhafen zurück. Danke für Ihre Aufmerksamkeit!«

Das Schiff setzte sich wieder in Bewegung und als es aus dem Hafenbecken in den Fluss bog, hatte Fritz endlich einen Einfall: Warum sollte sie selbst versuchen, sich bei der Rotterdamer Polizei durchzufragen? Kommissar Gebhard hatte doch dort einen Ansprechpartner, der schon über den Fall informiert war!

Fritz atmete erleichtert auf und zupfte ihr Handy aus der Hosentasche. Sie hatte Wolfgang Gebhards Nummer gespeichert, nun rief sie den Eintrag auf und drückte auf »wählen«. Es knisterte – und das war es auch schon.

Ein Blick aufs Display verriet Fritz, warum sie nicht telefonieren konnte: Keine Funkverbindung!

»Verdammt!«, fluchte Fritz – und beschloss, Wolfgang Gebhard eine SMS zu schreiben. »Dringend: Habe eben Kowalski im Rotterdamer Hafen gesehen«, tippte Fritz. »Er ist an Bord des Containerschiffes Aaltje van Hoogstaaten. Will offensichtlich abhauen. Schiff legt in den nächsten drei, vier Stunden ab. Gruß, F. Abele.«

So – das Handy würde die SMS abschicken, sobald es wieder Netz hatte. Aber was nun? Fritz konnte nicht mehr stillsitzen. Sie begann, auf und ab zu gehen – vom Bug zum Heck und wieder zurück. Dabei schaute sie immer wieder auf ihr Handy. Verflixt noch mal, es konnte doch wohl nicht wahr sein, dass es im Rotterdamer Hafen, einem Ort, an dem hunderte von Leuten ständig telefonieren mussten, keinen Funkmast gab! Aber war an der Anlegestelle nicht eine Telefonzelle gewesen?

Fritz fasste in ihre Hosentasche, in der sie wie immer ihr Geld untergebracht hatte. Die Scheine stopfte sie gleich wieder zurück, stattdessen sortierte sie das Kleingeld: Drei Fünfzigcentstücke, zwei Eineuromünzen, einige Zehner und Zwanziger. Ob das ausreichen würde, ein deutsches Handy anzurufen? Vielleicht wäre es gescheiter, in Gebhards Büro anzurufen? Andererseits war er vermutlich schon im Feierabend und dem Mitarbeiter vom Nachtdienst bei der Kripo in Göppingen alles zu erläutern – dafür hatte sie bestimmt nicht genug Münzen.

Himmel, in den Fernsehkrimis hatten die Ermittler nie solche Probleme! Die fanden immer einen Parkplatz direkt vor dem Haus des Täters – selbst wenn der im überfüllten Stuttgarter Westen wohnte! Und denen ging bei einer Verfolgungsjagd auch nie der Sprit aus und ihr Handy funktionierte, wenn es gebraucht wurde. Und wenn der Film, in den Fritz da geraten war, ein James Bond gewesen wäre, würde jetzt an dem Kai, an dem der furchtlose Geheimagent entlangschipperte, ein herrenloses, aber selbstverständlich vollgetanktes Speedboot mit Schlüssel im Zündschloss liegen. James Bond würde mit einer eleganten Flanke über die Reling springen, im Boot landen, zur Aaltje van Hoogstaaten rasen und dort Kowalski – selbstverständlich nach einer actiongeladenen Prügelei – festnehmen.

Aber mit Friederike Abele als Heldin des Krimis war eins sicher: Dass sie Kowalski frühestens dann wiedersehen wollte, wenn er – möglichst mit einem kräftigen, uniformierten Beamten hinter sich – auf der Anklagebank in einem Gerichtssaal saß. Für den Mord an Bareis und dem Mordversuch an ihr würde er sicher einige Jahre hinter Gitter landen. Fritz konnte sich keinen besseren Aufenthaltsort für ihn vorstellen. Je sicherer er verwahrt wurde, desto wohler würde sie sich fühlen.

Uff – das Ausflugsschiff bog endlich wieder in das Hafenbecken ein, von dem aus es losgefahren war. Fritz eilte die schmale Treppe in den Salon hinunter, in dem die Schweden inzwischen auf der Eckbank hingen und statt schwedischen Popsongs nur noch ab und zu ein Rülpsen oder Lallen von sich gaben.

Jetzt machte das Schiff endlich fest. Fritz hüpfte ungeduldig von einem Fuß auf den anderen. Warum dauerte es nur so lange, bis der Matrose endlich die Leine um den Poller geschlungen hatte? Jetzt kam er und legte den Steg an. Fritz wetzte los, die Telefonzelle vorne an der Ecke fest im Blick.

Das durfte ja nicht wahr sein! Fritz war noch zehn Meter von der Zelle entfernt, als sie die ältere Frau bemerkte, die mit Gehstock und zwei Einkaufstüten die Tür öffnete, hineinhinkte, ihre Tüten abstellte, ihre um den Hals gehängte Handtasche abnahm, nach ihrem Geldbeutel suchte, ein paar Münzen herausfummelte und schließlich eine Nummer wählte.

Als Fritz atemlos vor der Zelle ankam, hörte sie, wie die Dame einer Miep von ihrer Butterfahrt und den dabei getätigten Einkäufen erzählte, wobei es sie nicht im mindestens irritierte, dass Fritz vor der Zelle eine »Ich-muss-unbedingt-superdringend-jetzt-telefonieren«-Pantomime aufführte.

Nach einer gefühlten Ewigkeit war Miep offenkundig hinreichend informiert, worauf das holländische Kommunikationswunder in aller Ruhe ihre Restmünzen einsammelte, in ihrem Geldbeutel verstaute, den wieder in ihre Handtasche schob, diese über Hals und Schulter hängte, ihre Tüten und ihren Gehstock einsammelte und die Zellentür öffnete.

Genau in diesem Moment piepste Fritz' Handy. Sie fummelte es aus der Hosentasche, drückte die Tastatursperre weg und las auf dem Display, dass sie wieder Netz hatte und die SMS an Kommissar Gebhard eben versendet worden war.

Die Holländerin hatte die Telefonzelle nun verlassen und bedachte Fritz mit einem sehr indignierten Blick, bevor sie mit ihren Tüten Richtung Parkplatz wanderte. Offenkundig fand sie es schräg, dass jemand mit einem Handy in der Tasche versucht hatte, ihr Gespräch zu beschleunigen.

Fritz zuckte bedauernd mit den Schultern und drückte die Anruftaste. Sie wollte immer noch mit Kommissar Gebhard sprechen.

Nach dem dritten Klingeln hörte sie zwar Wolfgang Gebhards Stimme, aber die verkündete, dass er im Moment nicht erreichbar sei. »Bitte hinterlassen Sie Ihren Namen und Ihre Telefonnummer nach dem Signal. Ich rufe Sie schnellstmöglich zurück.«

Friederike folgte der Aufforderung, legte auf und stand einen Moment ratlos neben ihrer Telefonzelle. Was nun? Was, wenn Wolfgang Gebhard erst in zwei, drei Stunden sein Handy wieder einschaltete? Bis dahin hatte die Aaltje van Hoogstaaten abgelegt und war wer weiß wohin unterwegs.

Und jetzt wurde es langsam auch noch dunkel! In Gebhards Büro war bestimmt niemand mehr, der eine Ahnung hatte. Aber vielleicht wusste sein Assistent, wer in Rotterdam zuständig war? Hatte dieser Charly Winter nicht erwähnt, dass er auch in Donzdorf wohnte?

»Frau Schubarth!«, fiel Fritz ein. Die Privatnummer ihrer Sekretärin hatte sie selbstverständlich gespeichert. Und Gesine Schubarth war Meisterin darin, irgendwelche Leute ans Telefon zu bekommen.

Fritz wählte die Nummer – und hatte Glück. Gesine Schubarth war zuhause und reagierte prompt wie immer: »Moment bitte, ich hol mir einen Zettel.« Und ein paar Sekunden später: »Jetzetle, Frau Doktor: Wie war die Nummer?«

»Charly Winter – vermutlich Karlheinz oder so was. Und der wohnt in Donzdorf«, sagte Fritz.

»Ich telefoniere mich bei der Kripo in Göppingen durch – entweder weiß da jemand, wo ich Ihren Kommissar Gebhard erwischen kann, oder ich kriege die Nummer von diesem Charly Winter. Keine Sorge, Frau Doktor – ich finde jemanden, der sich kümmert und diesen Kowalski aufhält. Aber Sie sind vorsichtig, gell? Nicht nochmal ins Hafenbecken fallen!«

»Ich bleibe, wo ich bin – hier habe ich wenigstens Netz. Ich warte, was kommt – melden Sie sich, wenn Sie was haben?«

»Aber klar doch! Bis gleich, Frau Doktor!«

»Danke und ciao!« Fritz legte auf, atmete tief durch und ging zu dem Poller, der ein paar Meter entfernt auf dem Kai stand. Mit einem erleichterten Aufatmen setzte sie sich darauf. Jetzt wäre eine Zigarette genau richtig! Sie hatte aber keine und so schaute sie sich um. Neben ihr am Kai lag ein leeres Containerschiff. Hinter seiner erhöhten Brücke führte ein breiter Leichtmetallsteg an Land. Fritz vermutete, dass da auf dem Dach der Wohnkabine normalerweise das Auto des Schiffers stand und dass der die Hafenliegezeit für einen motorisierten Landausflug genutzt hatte.

An der Seite des schwarz gestrichenen Schiffes war oben ein weißes, mit Gold gerahmtes Feld. Auf ihm prangte vorne ein Wappen: oben ein doppelköpfiger Adler im gelben Feld, darunter im roten Feld eine weiße Burg mit drei Türmen. Daran schloss sich ein Schriftzug an: »Wappen von Duisburg«. War das nicht das Schiff, das an jenem denkwürdigen Samstag in Duisburg im Containerhafen gelegen hatte?

Jetzt wurde Fritz der Blick auf das Schiff verdeckt. Ein roter Toyota fuhr am Kai entlang, setzte vor dem Leichtmetallsteg den Blinker, hielt dann aber an und hupte.

Meinte der etwa sie? Ja – eindeutig. Die Fahrertür öffnete sich, ein langbeiniger Mann in Jeans und einem blauweiß geringelten Shirt sprang heraus und rief: »Mensch, Puppe, was machst du denn hier? Willste wieder im Hafen schwimmen gehen?«

»Jupp!« Fritz freute sich, ihren MSV-Fan aus dem Duisburger Hafen wiederzusehen. Sie deutete auf das Schiff. »Ist das deins?«

»Jo!«, bestätigte Jupp. »Die Wappen von Duisburg – seit einem Jahr meins oder besser gesagt: Ungefähr zwanzig Meter davon gehören mir schon. Der Rest gehört der Bank.« Er zog eine zerdrückte Packung Reval aus der Hosentasche und zündete sich eine an.

»Krieg ich bitte auch eine?«, fragte Fritz.

»Klar!« Jupp hielt ihr die Packung und ein überdimensionales Plastikfeuerzeug hin.

Fritz steckte sich eine Zigarette in den Mund und drückte auf den Knopf des Feuerzeugs. Oben erschien die Flamme, unten leuchtete es. »Heißes Teil!«, sagte Fritz, zog an der Zigarette und musste husten.

»Vorsicht – sind stark. Nix für kleine Mädchen.« Jupp nahm seine Zigaretten und das Feuerzeug zurück und verstaute sie in der Hosentasche. »Was mir gerade einfällt: Ich bin der Jupp. Und wer bist eigentlich du, Puppe?«

»Friederike Abele aus Göppingen. Meine Freunde nennen mich Fritz.«

»Und du bist bei der Bullerei, oder wie?«

»Ne.« Fritz schüttelte den Kopf. »Ich bin Amtsveterinärin.«

»Amtsveterinärin«, wiederholte Jupp mit hochgezogener Augenbraue. »Was es nicht alles gibt. Und jetzt biste wieder hinter Verbrechern her?«

»Immer noch dieselben.« Und weil Fritz gerade sowieso nichts Besseres zu tun hatte, erzählte sie Jupp, dass sie Kowalski gesehen hatte und nun versuchte, seine Abreise zu verhindern.

»Mann oh Mann!«, staunte Jupp und schnippte seine Kippe ins Hafenbecken. »Ist ja ’ne starke Nummer! Aber ich glaube, ich kann dir helfen. Ich fahre öfter mal für van Hoogstaaten und kenne den Agenten. Den rufe ich an. Das ist wahrscheinlich die einfachste Methode, die Aaltje aufzuhalten.« Er zog sein Handy aus der Hosentasche, suchte kurz in den Kontakten, wählte, wartete einen Moment und schüttelte dann den Kopf. »Scheiße, der hat wohl gerade keine Funkverbindung.«

»Vielleicht ist er im Containerhafen. Da hatte ich vorher auch kein Netz«, vermutete Fritz.

»Der ist sogar sehr wahrscheinlich im Containerhafen«, sagte Jupp. »Wenn die Aaltje kurz vor dem Auslaufen ist, ist der sicher an Bord.« Er streckte Fritz die Hand hin. »Komm, Puppe – wir schnappen uns den Agenten!«

Fritz nahm die Hand und rannte mit Jupp zu seinem Toyota. Als er sich auf den Fahrersitz gefädelt hatte und losgefahren war, fragte sie: »Was ist ein Agent? Der Kapitän vorher hat den auch erwähnt. Was macht der?«

Jupp fuhr am Kai entlang. »Ein Hafenagent ist ein Mensch, der ein Büro im Hafen hat und alles erledigt, was ein Schiff bei einem Aufenthalt im Hafen braucht. Er hält per Funk Verbindung mit seinen Schiffen und wenn er die ETA eines Schiffes weiß, organisiert …«

»Sorry«, unterbrach Fritz. »Was ist die ETA?«

»Estimated time of arrival – die Zeit, wann ein Schiff vermutlich anlegt«, erklärte Jupp. Er bog auf einen anderen Kai ab und gab Gas. »Also, wenn der Agent weiß, wann ein Schiff kommt, sorgt er dafür, dass alles bereitsteht, was es braucht – vom Tanker über den Ausrüster zum Zoll und Hafenarzt, der die Gesundheitszeugnisse ausstellt und eventuell impft – den ganzen Kram eben, der nötig ist, dass ein Schiff schnell wieder wegkommt. Große Reedereien wie van Hoogstaaten haben in den wichtigsten Häfen – hier, Boston, Santos und so – eigene Agenten. Andere arbeiten mit Freien zusammen.«

Sie waren im Containerhafen angekommen. Jupp musste an einem Schlagbaum halten, ließ das Fenster herunter, zeigte einen Ausweis und unterhielt sich auf Holländisch mit dem Wachmann.

Fritz fühlte sich unbehaglich. Allein der Gedanke an Kowalski reichte aus, sie nervös zu machen.

»Thanks!«, sagte Jupp eben und schloss das Fenster wieder. Die Schranke hob sich, er fuhr an. »Wir haben Glück. Bas ist im Containerhafen und ich bin ziemlich sicher, dass er auf der Aaltje ist.«

»Bas?«, fragte Fritz.

»Bas van Nistelroy – der Agent von van Hoogstaaten«, antwortete Jupp.

»Du, Jupp ...« Fritz fand sich selbst feige, aber sie hatte wirklich Angst. »Ich will nicht auf das Schiff.«

»Kommst du auch gar nicht drauf«, grinste Jupp. »Ohne Bordpass geht da nichts.« Er fuhr das Auto auf einen kleinen Parkplatz vor einem weißen Gebäude. »Aber an den Kai runter müssen wir.« Er stieg aus und zog sein Handy aus der Tasche. »Ich probiere es nochmal bei Bas.«

Dieses Mal hatte er Glück. Fritz hörte zu, wie er dem Gegenüber am Telefon erklärte, dass auf der Aaltje ein »gangster – ja, misdadiger« an Bord sei. Und dann war die Rede von Polizei und »tol«. Duisburg kam zur Sprache und schließlich ein »Okay« und Jupp legte auf. »Komm, Puppe«, sagte er. »Bas ist auf der Aaltje. Er braucht noch einen Augenblick, aber dann kommt er. Wir treffen uns vorne am zweiten Kran.« Er grinste. »Wird dir recht sein, ist nämlich ein bisschen von der Aaltje weg.«

»Sorry, dass ich mich so anstelle«, sagte Fritz.

»Wenn ich du wäre, würde ich dem Typen auch aus dem Weg gehen«, gab Jupp zurück. »Der hat immerhin schon mal versucht, dich in die ewigen Jagdgründe zu befördern.« Er deutete mit dem Kinn auf den zweiten Kran. »Da warten wir. Bas wird sicher gleich kommen.«

Der Kranführer kletterte die Leiter herunter, gleichzeitig fuhr ein Lastwagen mit einem blauen Container vor. Der Kranführer rief dem Lastwagenfahrer etwas zu, der grinste.

»Ich wollte, es wäre Nacht oder die Preußen kämen!«, sagte Fritz.

»Was meinst du?«, fragte Jupp.

»Soll Wellington bei Waterloo gesagt haben«, erklärte Fritz. »Wobei mir statt der Preußen die Polizei oder der Zoll deutlich lieber wären.«

»Polizei ist hier die Rijkswacht.« Jupp grinste. »Und für die gilt normalerweise, dass sie nicht so schnell schießt.«

»Aber ich!«, hörte Fritz eine kalte Stimme hinter sich. Etwas Kaltes presste sich gegen ihren Nacken. »Und nun dreh dich langsam um. Und du, mein Freund, machst keine falsche Bewegung, sonst hat die Alte hier nämlich ein Loch im Kopf!«

Fritz hatte das Gefühl, in einem Alptraum gelandet zu sein, und wollte nur eines: ganz schnell aufwachen! Auf butterweichen Knien drehte sie sich um. Hinter ihr stand Kowalski, allerdings mit Vollbart, der ihn aber nicht sympathischer werden ließ. Dazu hatte er eine Waffe in der Hand und obwohl Fritz noch nie eine Pistole von Nahem gesehen hatte, fand sie, dass das Ding sehr gefährlich wirkte.

»Du kannst das Schnüffeln wohl nicht lassen!«, fauchte Kowalski sie an. »Aber mit dir und deinem Kumpel werde ich fertig.« Er hielt Fritz die Pistole vors Gesicht. »Du weißt, was das ist? Ich werde die Wumme jetzt einstecken, aber die Hand dranlassen – und nur als Tipp: Bauchschüsse tun nicht nur gemein weh, sondern sind meist auch tödlich. Also kommen dein Freund und du jetzt brav mit. Okay?«

Fritz schluckte und nickte. Kowalski schob die Pistole ein, dann fasste er mit der freien Hand nach Fritz' Arm. »Hoch da!«, kommandierte er und schubste Fritz an den Laster mit dem Container heran. »Und du kannst auch gleich da hochklettern, Freund! Du willst doch nicht, dass deine Alte von mir eine Kugel in den Bauch kriegt!«

Fritz kletterte, gefolgt von Jupp und Kowalski, auf den Laster. Kowalski öffnete – einhändig, denn die rechte Hand hatte er immer noch in der Jackentasche – den Container. »Eintreten, die Herrschaften!«, befahl er und grinste Fritz dabei an. »Du schnüffelst doch gerne in Containern rum.

Jetzt darfst du das mal ganz ausführlich!« Er schubste Fritz in den Container. »So – und jetzt sorgen wir dafür, dass ihr zwei hier nicht abgelenkt werdet. Die Handys bitte, meine Herrschaften!« Er hatte die Pistole wieder aus der Tasche genommen.

Für einen Augenblick hatte Fritz eine Vision davon, wie sie Kowalski mit einem Tigersprung flachlegte, ihm die Waffe aus der Hand kickte und ihn dann zusammen mit Jupp zu einem handlichen Paket zusammenschnürte. James Bond hätte es sicher so gemacht. Aber Fritz hatte weiche Knie und fühlte sich, als ob sie gleich in Ohnmacht fallen würde. Sie schaffte es gerade noch, ihr Handy aus der Tasche zu ziehen und Kowalski zu geben. Warum fand sie dabei den Gedanken tröstlich, dass das Ding im Containerhafen sowieso nicht funktionierte?

Jupp reichte Kowalski ebenfalls sein Handy, dabei sagte er: »Hör mal, Kumpel, du bist doch schon mordsmäßig in Schwulitäten. Glaubst du nicht, es wäre besser, jetzt aufzugeben und mit einem Anwalt zu reden? Wirkt sich garantiert strafmild…«

»Halt's Maul!«, unterbrach Kowalski ihn grob. Er ging rückwärts zur Tür des Containers, trat über die Schwelle und schob das Tor mit dem Fuß zu. Dann tönte ein metallisches »Klonk«.

»Scheiße!«, fluchte Fritz herzhaft. Und dann, in die Dunkelheit hinein: »Jupp?«

»Tja, Puppe, dat ist doof gelaufen.« Jupp klang erstaunlich gelassen.

Fritz tastete sich zur Tür des Containers vor. »Tut mir echt leid, dass ich dich da reingezogen habe, Jupp.«

»Du mich oder ich dich? Es war meine Idee, den Agenten zu treffen. Du wolltest nicht in den Containerhafen.« Er ließ die Lampe an seinem Feuerzeug aufflackern und sah Fritz an der Tür. »Vergiss es, Puppe. Einen Container kriegt man von innen nicht auf. Dein sympathischer Freund hat ganze Arbeit geleistet und sicher auch noch den Riegel vorgelegt.«

»Spitze!« Fritz hätte am liebsten geheult. Und nun schaltete Jupp auch noch das Licht wieder aus. Fritz ließ sich niedersinken, lehnte sich mit dem Rücken an die Wand und schlang die Arme um die Knie.

»Sag mal, Puppe«, Jupp klang, als wenn er gerade in der Kneipe das nächste Bier ordern würde, »bist du eigentlich verheiratet oder so?«

»Eher oder so!«, antwortete Fritz, für die Ablenkung dankbar. »Und du?«

»Meine Frau ist mir vor zwei Jahren abgehauen. Sie wollte nicht mehr auf dem Schiff leben.«

»Tut mir leid!«, sagte Fritz.

»Schade, dass du nicht mehr zu haben bist, Puppe! Mit dir wird einem bestimmt nie langweilig«, kicherte Jupp. »Sag mal, was macht dein Scheich? Auch Tierarzt?«

»Ne, Dirigent«, antwortete Fritz.

»Dirigent? So wie dieser André Rieu mit dem angekleisterten Dauergrinsen? Auf den stand meine Exfrau.«

»Oh nein!«, bedauerte Fritz ihren Haftgefährten. »Meiner ist an der Oper.«

»Oper? Sind die da nicht alle schwul?«

»Nur die Tänzer – und selbst da soll es Ausnahmen geben.« Fritz fand die Situation reichlich skurril. Ein bewaffneter Mann, der mindestens schon einen Mord auf dem Konto hatte, hatte Jupp und sie in einen Container gesperrt und sie unterhielten sich über Homosexualität beim Opernpersonal?

Sie schluckte und fragte: »Du, Jupp, du kennst dich doch mit Containern aus?«

»Schon. Ich schippere die Dinger ja dauernd durch die Gegend.«

»Wie lange reicht die Atemluft in so einem Teil?«, wollte Fritz wissen.

»Ach, da musst du dir keine Sorgen machen«, beruhigte Jupp sie. Sie hörte, dass er aufstand. »Das hier ist kein klimatisierter Container.« Er klickte sein Feuerzeug an und hielt es nach oben. Das Flämmchen flackerte. »Siehste – da oben sind Belüftungsschlitze.« Er ließ die Flamme erlöschen und setzte sich wieder. »Reg dich ab, Puppe – du hast doch selbst gesagt, dass deine Tippse schon dahinter her ist, dass der Zoll und die Bullen deinen Freund kassieren. Und Bas wird sich auch wundern, wo wir abgeblieben sind – da kannste also drauf warten, dass die Grünen oder Blauen hier mit Tatütata einfallen und uns befreien.«

»Hoffentlich. So gemütlich finde ich es hier nämlich nicht.«

»Entspann dich! Wird schon werden!«, tröstete Jupp.

Fritz atmete tief durch und streckte die Beine. Jupp wirkte tatsächlich beruhigend. »Du, Jupp?«, fing sie nach einer kleinen Pause wieder an.

»Hmm?«

»Ich bin froh, dass du hier bist. Ich meine …« Sie korrigierte sich. »Ich finde es natürlich nicht gut, dass du meinetwegen in diese Situation geraten bist, aber wenn ich hier allein wäre, würde ich wahrscheinlich durchdrehen.«

»Du kannst mir ja ein Bier ausgeben, wenn wir hier wieder raus sind!«, schlug Jupp vor. »Aber was Gescheites, nicht so 'n Gesöff wie euer Füpi da unten!«

Fritz mochte kein Bier, daher musste sie nachfragen: »Füpi?«

»Fürstenfels Pilsner«, erläuterte Jupp. Ich glaube, da pinkelt der Fürst höchstpersönlich ins Fass, bevor er den Wasserschlauch reinhält.«

»Du kriegst ein Fässchen von deinem Lieblingsbier und eine Jahreskarte für den MSV!«, versprach Fritz.

»Davon kann ich mir was kaufen! Glaubst du, ich hätte es in den letzten fünf Jahren auch nur einmal zu einem Heimspiel geschafft? Immer wenn der MSV in Duisburg spielt, hänge ich irgendwo anders. Letztes Jahr war ich mal so was von knapp dran, das glaubst du nicht! ETA in Duisburg Freitagabend um halb acht und weil die ›Wappen‹ zur ersten Inspektion auf die Werft sollte, Liegezeit bis Dienstag. Ich hatte schon das Ticket und habe mich gefreut wie nichts. Ich kam aus Rotterdam und war perfekt im Zeitplan, da hat ...«

Ein lautes Krachen hatte ihn unterbrochen. Fritz fragte ihn erschrocken: »Was ist das?«

Die Antwort kam sofort: Der Container hob sich, schwankte und Fritz rutschte gegen das Tor, wobei sie sich schmerzhaft den Ellbogen anstieß. Kaum hatte sie sich berappelt, rutschte der Container in die andere Richtung. Fritz landete auf Jupp, der das Aufprallen ihres Kopfes mit einem herzhaften »Scheiße, elende!« kommentierte. Noch ein Schwanken, doch dieses Mal waren Jupp und Fritz vorbereitet, hielten sich aneinander fest und rutschten nur ein Stückchen. Nun hörten sie das Geräusch eines starken Motors, der Container schwankte noch einmal und Fritz verlor erneut den Halt. Auf dem Boden sitzend, schlang sie die Arme um ihre Knie und stöhnte. »Mann, was habe ich eigentlich angestellt, dass mir das passieren muss?«

Der Motor stoppte, dafür neigte sich der Container wieder nach vorne. »Klonk!« Der Container wurde abgesetzt und stand wieder stabil und eben.

Fritz atmete tief durch. »Was war das denn?«

»Ich fürchte, wir wurden gerade im wahrsten Sinne des Wortes verladen«, antwortete Jupp.

»Und nun?«

»Keine Ahnung.« Jupp seufzte. »Bist du gläubig?«

»Ich bin Pfarrerstochter«, sagte Fritz.

»Dann bemühe mal deine Beziehungen zu dem Herrn da oben, dass uns die Bullen hier rausholen, bevor wir angeschrumpelt und ausgetrocknet in Shanghai landen.« Jetzt klang auch Jupp nicht mehr gelassen.

Fritz schluckte, konnte damit aber nicht verhindern, dass ihr die Tränen über die Wangen liefen. »Scheiße!«, flüsterte sie – und zur Bestärkung noch einmal: »Verdammte Scheiße!«

»Verdammte, elende Scheiße!«, steigerte Jupp.

»Verdammte, elende, verfluchte Kojotenscheiße!«, setzte Fritz obendrauf.

»Gar nicht schlecht für eine Pfarrerstochter!«, fand Jupp.

»Frau tut, was sie kann.« Fritz schloss die Augen und legte den Kopf auf die Knie. Sie war müde, sie war hungrig und sie hatte so Sehnsucht nach Corin, dass sie am liebsten wie ein Kind geheult hätte. Jetzt am Küchentisch sitzen, Gulasch löffeln und seine Geschichten aus der Oper anhören! Oder wenigstens im Büro sein! Sie würde jetzt mit Wonne eine zehnseitige Statistik über das Auftreten von Gänseenterohepatitis unter besonderer Berücksichtigung jahreszeitlicher Einflüsse und der regionalen Niederschlagsmenge erstellen! Sie würde jetzt sogar Petra Witzmanns Ausführungen über ihre neueste Diät anhören! Himmel, warum war ihr eigentlich nie bewusst geworden, wie angenehm ihr Alltag verlief? Wie sehr sie ihr ganz normales Leben zwischen Amt und dem Zuhause mit Corin und Puck und Adrian und ihrem dicken Schimmel mochte?

»Langsam könnte die Polizei uns wirklich hier rausholen!«, fand Jupp. »Ich habe ein Hähnchen im Kühlschrank, das ich in den Grill stecken wollte. Und so langsam kriege ich Hunger. Durst habe ich sowieso immer.«

»Ich hätte auch nichts gegen eine Fütterung«, sagte Fritz. Hähnchen – dazu fiel ihr Hähnchenbrustfilet ein, mit Salz, Pfeffer und ein wenig Paprika gewürzt, mit Zitronensaft beträufelt und dann mit einer Soße aus Sahne und Erdnussbutter im Ofen bei kleiner Flamme so gegrillt, dass das Fleisch schön saftig und zart blieb. Dazu Reis mit in der Pfanne gerösteten Kokosraspeln – großartig. Oder vielleicht doch lieber ein schwäbischer Sauerbraten mit handgeschabten Spätzle, wie ihn ihre Mutter immer gemacht hatte. Die Spätzle hatten schon allein wunderbar geschmeckt. Fritz erinnerte sich, wie sie als kleines Mädchen immer schon mit einem Tellerchen neben dem Herd gestanden hatte, wenn ihre Mutter Spätzle geschabt hatte. Von der ersten Portion hatte sie immer etwas abbekommen.

Fritz hatte nie gelernt, selbst Spätzle zu machen. Das war bei ihr immer unter »irgendwann mal« gelaufen. Bis ihre

Mutter dann vor drei Jahren, gerade mal siebzig Jahre alt, an einem Gehirntumor gestorben war.

Himmel, gerade jetzt an ihre Mutter zu denken, war überhaupt keine gute Idee gewesen. Fritz war schon wieder zum Heulen. Sie war für solche Abenteuer einfach nicht gebaut!

Und was war das jetzt schon wieder? Der ganze Container schien zu dröhnen und zu vibrieren. Dann das Tuten einer Schiffsirene und die Statusmeldung von Jupp: »Oberelende, dreimal verfluchte Riesenscheiße!«

»Was ist los?«, fragte Fritz.

»Puppe, wir haben ein echtes Problem«, antwortete Jupp. »Unser Dampfer hat die Maschinen angeworfen – und für mich klingt das verdächtig, als wenn er mit dem Bugstrahlruder manövrieren würde.«

»Und das bedeutet in der Übersetzung für Landratten?«

»Der Pott hat abgelegt – und von dem, wie sich die Motoren anhören und wo unser Container stand, kannst du davon ausgehen, dass wir nicht auf einem Binnenschiff sind.« Jupp seufzte. »Ich hätte nichts dagegen, wenn jetzt die Küstenwacht einschreiten würde. Verdammt noch eins, das verstehe ich nicht! Ich erzähle dem Bas, dass die Aaltje einen gesuchten Kriminellen an Bord hat. Ich verabrede mich mit ihm und versetze ihn. Da muss er sich doch was bei denken! Wieso lässt er dann den Pott auslaufen? Sein Reeder reißt ihm den Kopf runter, wenn der dann von der Küstenwache aufgebracht wird und in den Hafen zurückmuss.«

»Vielleicht sind wir nicht auf der Aaltje van Hoogstaaten?«, spekulierte Fritz. »Da war doch noch ein Containerschiff am Kai.«

»Mensch, Puppe, mach mich nicht wuschig! Es wäre oberkacke, wenn wir nicht auf der Aaltje wären.«

Dieses Mal musste er der Landratte Fritz nicht erklären, was das Problem war. Auf der Aaltje van Hoogstaaten hatten sie eine Chance, bald gefunden zu werden. Wenn Kowalski ihren Container aber tatsächlich auf ein anderes Schiff hatte verladen lassen, waren sie in sehr ernsthaften Schwierigkeiten.

»Sag mal, Jupp, wenn wir total viel Krach machen – besteht da nicht die Chance, dass uns jemand hört und rauslässt?«

»Vergiss es, Puppe. Ich bin ziemlich sicher, dass über uns kein anderer Container ist, aber wir haben keine Ahnung, wo auf dem Schiff wir stehen. Wenn wir Pech haben, stehen wir in der fünften Reihe am dritten Platz innen und unter uns sind zig andere Container. Selbst wenn jemand auf dem Vorschiff wäre, würde er uns nicht hören.«

Fritz dachte einen Augenblick nach. »Was wäre, wenn wir was anzünden? Ich habe ein Notizbuch in der Handtasche. Du hast Feuer. Wenn wir außerdem noch unsere Klamotten …«

»Bis den Rauch jemand bemerkt«, unterbrach Jupp, »haben wir schon eine Rauchvergiftung. Außerdem könnte es uns passieren, dass die einfach den brennenden Container schwimmen schicken. Damit wäre uns sicher nicht geholfen.«

»Aber wir können doch nicht einfach rumsitzen und nichts tun!«, rief Fritz.

»Tja …« Jupp fiel scheinbar auch nichts mehr ein.

Eine Weile schwiegen beide, dann sagte Jupp: »Willst du mir nicht eine Geschichte aus deinem Leben erzählen? Ist ganz schön langweilig hier.«

»Erzähle lieber du was!«, forderte Fritz auf. »Wie bist du Binnenschiffer geworden?«

»Ich bin auf einem Binnenschiff geboren – zwischen der Loreley und Bingen. Mein alter Herr hatte kurz angelegt, mich entbunden und abgenabelt, dann ist er wieder auf seine Brücke gespurtet und weitergefahren. Er hatte Terminfracht.«

»Also bist du Binnenschiffer in zweiter Generation.«

»In vierter«, korrigierte Jupp. »Auf der väterlichen Seite war es der Urgroßvater, bei meiner Mutter die dritte Generation. Musst du dir mal vorstellen: Mein Urgroßvater war ein Bauernjunge aus der Eifel. Mit vierzehn ist er abgehauen und zwanzig Jahre auf allen Weltmeeren vor dem Mast unterwegs gewesen. Dann hatte er genug Geld gespart, sich ein eigenes Schiff zu kaufen. Das hat er zu Ehren meiner Urgroßmutter Wappen von Duisburg genannt – die kam nämlich aus …«

Weiter kam er nicht, denn es kratzte an der Tür. Fritz hielt den Atem an. Die Tür öffnete sich, im Lichtkegel einer Lampe erkannte Fritz Kowalski, der eine große Aluminiumkiste schleppte. Neben ihm stand eine zierliche Frau in einem Hosenanzug mit Seidenbluse, die dunklen Haare im Nacken zu einem Knoten geschlungen.

Jupp hatte sich vor Fritz gestellt, doch sie trat sofort wieder an seine Seite. »Sagen Sie, Herr Kowalski, denken Sie wirklich, dass …«

»Das Denken hat unser Freund Kowalski nicht erfunden«, unterbrach die Dunkelhaarige, ließ sich auf der mittlerweile von Kowalski abgestellten Kiste nieder und schlug anmutig die Beine übereinander. »Er überlässt es darum gerne mir. Aber nehmen Sie doch wieder Platz! Es ist ungemütlich, zu Ihnen hinaufzuschauen.«

In ihrem rauchigen Alt schwang ein Akzent mit und der war's, der bei Fritz die Erkenntnis brachte. »Sie sind Mafalda Bareis!«

»Ich bevorzuge meinen Mädchennamen Neto, Frau Doktor Abele.« Sie schaute Kowalski an. »Siehst du, Kowalski, ich habe dir die ganze Zeit gesagt, dass du diese Tierärztin nicht unterschätzen solltest.«

Fritz wurden schon wieder die Knie weich. Sie setzte sich neben Jupp. »Und ich doofe Kuh habe mir Sorgen um Sie gemacht! Dabei haben Sie das alles eingefädelt! Sie haben Bareis – Ihren eigenen Exmann – umbringen lassen. Sie haben versucht, Graf Weißenstein zu erpressen …«

»Der gute Hubertus!« Mafalda Neto betrachtete ihre Fingernägel, als ob sie kein größeres Problem hätte als die Entscheidung darüber, in welcher Farbe sie lackiert werden sollten. »Ein reizender Mann, nur leider ein bisschen sentimental. Und auf Dauer wäre es mit ihm sicher ziemlich langweilig gewesen.«

»Ich glaube, Sie sind das durchtriebenste Luder, das mir je begegnet ist!«, sagte Fritz.

»Och, dabei habe ich mich doch in Göppingen so bemüht, nett zu erscheinen! Und offenkundig war ich nicht schlecht darin. Sie haben sich ja Sorgen um mich gemacht«, höhnte Mafalda Neto.

»Sie sind ein Herzchen!« Fritz konnte sich nicht erinnern, jemals zuvor so sauer gewesen zu sein. »Sie haben schon beachtliche Leistungen vollbracht: Den Exmann umgebracht, zwei andere erpresst – ich gehe doch recht in der Annahme, dass Sie Alexander Moons von der Reederei van Hoogstaaten auch in der Hand haben? Haben Sie mit ihm auch ein Picknick an einem idyllischen Bächlein gemacht?«

»Etwas mehr Einfallsreichtum dürfen Sie mir schon zutrauen. Ich wiederhole mich ungern.« Mafalda Neto lächelte, doch ihre dunklen Augen blieben hart. »Zudem kann ich Ihnen versichern, dass der feine Herr Moons an den Filmaufnahmen, dessen – zugegeben unfreiwilliger – Star er war, mehr Spaß hatte als mit seiner Reedereierbin in zwanzig Ehejahren. Ich habe auch gar nicht verstanden, dass er so gar nicht wollte, dass seine Frau unser Filmchen sieht. Vielleicht hätte es ja anregend auf sie gewirkt.« Kowalski lachte, bekam dafür aber einen Blick von Mafalda ab, der ihn sofort bremste.

Fritz atmete tief durch. Sie ahnte, dass Mafalda Neto nicht zu einer kleinen Plauderstunde in den Container gekommen war. Doch solange sie redete, stellte sie sonst nichts an. Zudem erhöhte sich jede Minute die Chance, dass das Schiff gestoppt wurde. Also galt es, die Unterhaltung so lange wie möglich fortzusetzen. »Nur aus professionellem Interesse: War's eine Schlange, die Bareis so weit außer Gefecht gesetzt hat, dass er sich ohne größeren Widerstand aufhängen ließ?«

Mafalda Neto neigte den Kopf zur Seite. »Da sind Sie also auch daraufgekommen? Sie sind wirklich clever. Typisch Kowalski, dass er Sie so unterschätzt hat.«

»Und, was war es für eine Schlange?«, erkundigte sich Fritz.

»Ach, wissen Sie, der Bareis war ja wirklich völlig verrückt nach diesen Viechern. Stundenlang hat er von nichts anderem geredet. Grubenottern fand er besonders faszinierend. Also erschien es mir sehr passend, ihm ein besonders hübsches Exemplar als Abschiedsgeschenk überreichen zu lassen.« Sie schaute Kowalski an, der sich unter ihrem Blick duckte wie ein geprügelter Hund. »Nur hat Kowalski auch das vermasselt.«

»Das mit dem Selbstmord war der perfekte Plan!«, begehrte Kowalski auf.

»Perfekte Pläne gehen nicht schief!«, wurde er prompt belehrt.

»Darf ich raten? Sie hatten einen anderen Plan?«, fragte Fritz.

»Natürlich – unkomplizierter, eleganter und garantiert erfolgreich«, brüstete sich Mafalda Neto. »Wenn Kowalski sich an meine Anweisungen gehalten hätte, hätte es einen kleinen Unfall gegeben. Bareis wäre von der Schlange gebissen worden. Dummerweise wäre kein Strom mehr auf dem Akku seines Telefons gewesen, also hätte er keine Hilfe rufen können. Aber Kowalski konnte den Hals nicht voll kriegen. Er meinte, er müsse die Tiere haben. Er hat einfach nicht begriffen, dass man manchmal etwas investieren muss.«

»Ich konnte doch die ganzen Tiere nicht zurücklassen!«, versuchte es Kowalski noch einmal. »Das war ein Vermögen! Und das Arschloch Bareis hatte schon genug von meiner Kohle abgezweigt. Und du«, er schaute Mafalda Neto anklagend an, »hast auch immer ganz schön abgezogen!«

»Meu Deus!« Mafalda Neto verdrehte die Augen. »Ohne mich wärest du doch nie so weit gekommen!« Sie schaute Fritz an. »Sie hätten ihn und seinen Laden sehen müssen, bevor ich ihn gemanagt habe. Da hat er ab und zu mal vier, fünf Schlangen im Koffer geschmuggelt und mit seinen rumänischen Futtertieren rumgemacht. Keine Ideen, keine Planung, keine Organisation – Kowalski, dir fehlt einfach die große Linie!«

»Die Sie haben!«, sagte Fritz spöttisch. »Und dass es da um Tiere ging, die aus einem guten Grund geschützt sind, hat Sie natürlich nie interessiert.«

Nun schien Mafalda Neto wütend zu werden. »Geschützte Tiere!« Sie spuckte den Ausdruck vor Fritz' Füße. »Das ist so typisch für euch Europäer! Eure Vorfahren haben ihre Kolonien ausgeräubert und ihren Wohlstand auf der Ausbeutung von anderen gegründet. Und jetzt sitzt ihr da, fett und dekadent, macht euch Gedanken um das Energiesparlevel eures Zweitkühlschranks, während gleichzeitig die Erdbeeren, auf die ihr auch an Weihnachten nicht verzichten könnt, aus Südamerika eingeflogen werden! Euch ist es doch scheißegal, dass an euren Designer-Shirts das Blut der Kinder klebt, die die Pailletten draufsticken, aber ihr könnt dicke Krokodilstränen darüber vergießen, dass in Brasilien irgendwelche Frösche aussterben! Artenschutz – wenn ich das schon höre!«

»Vielleicht wird man in Ihrem Heimatland eines Tages Geld daran verdienen, dass es noch genug heile Natur mit ihrer Artenvielfalt gibt?«, hielt Fritz dagegen.

»Kümmert ihr Europäer euch mal um euren Kontinent!«, beschied sie Mafalda Neto. »Allerdings bin ich nicht ganz sicher, ob Sie und Ihr Freund hier dafür noch viel Gelegenheit haben werden. Ich fürchte, Sie werden unsere kleine Seereise nicht überstehen. Aber ...«, nun war ihr Lächeln grausam, »der Herr Kowalski und ich geben Ihnen noch eine Gelegenheit, Ihre Tierliebe auszuleben.« Sie stand auf. »Es war interessant, Sie kennenzulernen, Frau Doktor Abele.« Sie ging zur Tür. »Kowalski? Geh schon mal raus und halte mir die Tür auf!«

Kowalski ging zur Aluminiumkiste und öffnete sie. »So, Schnuckelchen – du sollst auch ein wenig Spaß haben!« Er drehte die Kiste um, dann nahm er sie und die Lampe und machte einen Satz zur Tür. Mafalda öffnete sie für ihn, Kowalski rannte hinaus.

Doch das letzte Licht der Lampe hatte für Fritz gereicht, die braune Schlange mit der rautenförmigen Zeichnung zu sehen, die Kowalski aus der Kiste gelassen hatte.

»Scheiße, Scheiße, Scheiße«, flüsterte sie – und dann: »Jupp, geh rückwärts. So vorsichtig und so weit wie möglich.« Sie selbst schlich auf Zehenspitzen rückwärts, bis sie gegen Jupp und die Hinterwand des Containers stieß.

»Sag mir bitte, dass die nicht giftig ist!«, flehte Jupp leise.

»Negativ. Wenn sie das ist, wofür ich sie halte, ist sie verdammt giftig.« Fritz hatte das Gefühl, dass ihr Magen sich zu einem schmerzenden Knäuel zusammengezogen hatte. Sie sah eine Seite aus ihrem Schlangenlexikon so klar vor sich, dass sie meinte, sie laut vorlesen zu können: »Die Schauer-Klapperschlange *Crotalus durissus* ist die einzige in Südamerika heimische Klapperschlange …«

Fritz erinnerte sich, dass es davon eine ganze Menge Unterarten gab. Und wie hieß es in ihrem schlauen Buch? »Die einen sind mehr, die anderen sind weniger giftig.« Doch Fritz war sich ziemlich sicher: Bei ihrem Glück hatte sie Kowalski mit einer *Crotalus durissus terrificus* beglückt – und von der wusste das Lexikon: »Das Gift besteht vor allem aus Neurotoxinen. Sie wirken auf das zentrale Nervensystem. Zu den typischen Symptomen gehören Schock, Paralyse und Organversagen durch Ausfall der Nervenversorgung.« Und weiter im Text: »Die Bisse der meisten Unterarten der *Crotalus durissus* können durch die Gabe eine Gegengiftes und andere medizinische Maßnahmen erfolgreich behandelt werden, während die Mortalitätsrate bei Bissen durch die *C. d. terrificus* bei fünfundsiebzig Prozent liegt.«

Unbehandelt lag die Mortalitätsrate sicher noch höher.

»Puppe, was machen wir denn jetzt?« Jupps Stimme zitterte.

»Wir üben stillstehen«, sagte Fritz. »Ganz, ganz still. Aber du gibst mir bitte dein Feuerzeug. Ansonsten bewegen wir uns möglichst gar nicht. Die Viecher reagieren nämlich auf Vibration. Solange wir keine verursachen, weiß die Schlange vielleicht gar nicht, dass wir hier sind.«

»Hört uns die Schlange nicht?«

»Nein. Schlangen sind taub.«

»Großartig. Um ehrlich zu sein, Puppe: Das Zusammensein mit dir ist mir doch zu unterhaltsam. Ich mag's doch lieber langweilig.«

»Du weißt gar nicht, wie sehr ich mich gerade nach einem schön langweiligen Bürotag sehne! Ich stelle plötzlich fest, dass ich lieber noch mal drei Tage Motivationsseminar mit meiner Regierungsdirektorin aushalten würde als das hier.«

»Hier kommt mein Feuerzeug.« Jupp bewegte den Arm ganz vorsichtig und suchte Fritz' Hand.

»Danke!« Fritz knipste das Licht an. Die Schlange lag ungefähr drei Meter von ihnen entfernt immer noch da, wo Kowalski sie aus der Kiste hatte rutschen lassen. Fritz knipste das Licht wieder aus. »Sieht ganz friedlich aus.«

»Na, das beruhigt mich aber!«, sagte Jupp. »Mann oh Mann – du kennst Leute! Die Lady war ja echt der Knaller. Im Vergleich zu der wirkt meine Hermegunde sympathisch.«

»Hermegunde?«, fragte Fritz.

»Meine ehemalige Schwiegermutter!«, gab Jupp Auskunft. »Die ist jetzt zweiundneunzig – aber nur, weil der Teufel auch keine Lust hat, sie zu holen. Ich finde übrigens, Hermegunde ist ein guter Name für unser Haustier.«

»Vielleicht ist das aber eine männliche Schlange?«, gab Fritz zu bedenken.

»Ne, das ist 'ne Hermegunde«, insistierte Jupp. »Die sieht so aus. Apropos Aussehen: Willst du nicht mal gucken, was sie macht?«

Fritz atmete tief durch. »Keine gute Idee«, sagte sie. »Wir werden das Licht vielleicht noch brauchen.«

»Okay. Du bist hier der Boss. Aber das Feuerzeug ist ganz neu. Das habe ich vorher erst an einer Tanke gekauft.«

Eine Weile schwiegen beide, wobei Fritz fieberhaft nachdachte. Sie war ziemlich sicher, dass die Schauer-Klapperschlange auf Vibrationen reagierte. Andere aber suchten ihre Opfer nach der Körpertemperatur – wie zum Beispiel die Grubenotter, die Bareis gebissen hatte. Vielleicht hatten Schauerklapperschlangen auch Temperatursensoren? Verflixt, warum hatte sie nicht mal ein paar Monate bei Jan hospitiert?

Aber Moment mal – Jan! Sie war einmal mit Adrian bei Jans Stammtisch gewesen und hatte da mit den anderen herzlich über die Geschichte eines Amtsveterinärs gelacht, der sich als Schlangenbändiger betätigt hatte. Adrian und Jan hatten fachkundige Kommentare zum Einfangen von Schlangen abgegeben. Theoretisch wusste Fritz also, wie es ging. Aber bei der Vorstellung, ihr Wissen in die Praxis umsetzen zu sollen, wurde ihr übel.

Stillstehen war einfacher – und vielleicht würde jetzt bald die Küstenwache das Schiff anhalten und sie befreien? Sie hatte das Gefühl, dass Tage vergangen waren, seit sie mit Gesine Schubarth telefoniert hatte. In der Zeit hatte Napoleon Kleinstädte erobert, also musste es doch auch möglich sein, einen Polizeieinsatz zu organisieren.

»Puppe?«, drang Jupps Stimme wieder an ihr Ohr. »Ich muss pinkeln.«

»Keine gute Idee«, fand Fritz. Sie hatte keine Ahnung, wie die Schlange darauf reagieren würde, hatte aber nicht vor, ihre Toleranz auszutesten.

»Sag das meiner Blase!«, brummte Jupp.

Fritz hatte inzwischen dasselbe Problem und obendrauf taten ihr die Füße und der Rücken weh. Es half alles nichts. Sie würde ihre theoretischen Kenntnisse in der Praxis austesten müssen. Noch einmal tief durchatmen. »Jupp?«

»Hmm?«

»Ich denke, wir sollten versuchen, Hermegunde einzufangen.«

»Wir?« Jupp klang entsetzt. »Puppe, ich glaube, du verwechselst mich! Ich heiße weder vorne Indiana noch hinten Jones. Ich bin nur der Joseph Pollwitz aus Duisburg.«

»Pass auf, Jupp: Wir schaffen es nicht, hier noch eine Ewigkeit wie die Salzsäulen rumzustehen. Also müssen wir die Schlange unschädlich machen. Und dazu brauche ich deine Hilfe.«

»Huh – ich kenne mich mit solchen Tieren überhaupt nicht aus!«, sagte Jupp mit ganz kleiner Stimme.

»Ich erkläre dir ganz genau, was du zu tun hast! Und du musst Hermegunde nicht anfassen«, versprach Fritz. »Dein Job ist es, mir die Lampe zu halten und meinen Pullover, den ich gleich zu einem Patentschlangensack umbauen werde. In den packen wir Hermegunde.«

»Junge, Junge. Eigentlich mag ich es, wenn eine nette Frau ›wir‹ sagt. Aber bei dir klingt das gerade nicht gut«, klagte Jupp.

»Jupp, allein schaffe ich es nicht!«, insistierte Fritz.

»Hab ich gerafft. Ich muss nur noch ein bisschen jaulen. Ich habe nämlich Schiss. Du kannst auch sagen, ich habe die Hosen voll.«

Fritz knipste kurz das Licht an. Hermegunde, das Klappertier, hatte sich gestreckt und war ein Stück näher gekommen. »Jupp, wir müssen!«

»Ich weiß. Was soll ich machen?«

»Momento.« Fritz knipste die Lampe wieder aus. »Du darfst mir jetzt den Arm um die Taille legen – unter dem Sweatshirt. Dann gebe ich dir die Lampe.«

»Okay«, sagte Jupp.

Fritz spürte seinen Arm um ihre Taille. Seine Hand war heiß und feucht und sie konnte riechen, dass Jupp schwitzte. Aber ihr ging es ja nicht besser. Sie hatte fürchterlich Angst, aber die trieb sie jetzt an. Sie zog den Pullover aus – und sandte im Geist einen dankbaren Gruß an Corin. Er hatte darauf bestanden, dass sie das Shirt mitnahm. Und es war als Schlangensack optimal! Es hatte nämlich an der Kapuze und unten am Bund jeweils eine Kordel.

Fritz schloss die Augen und konzentrierte sich darauf, erst einmal die obere so dicht wie möglich zuzuziehen. So – und nun die langen Enden dreimal um den Halsausschnitt wickeln und verknoten. Das untere Ende des Shirts blieb offen, aber sie öffnete die Kordel und machte an beiden losen Enden einen dicken Knoten daran, um ganz sicher zu sein, dass sie die Bänder nachher ohne Umstände wiederfinden würde.

Dritter Akt: Sie tastete nach dem Ärmel und schlang einen Knoten aus ihm. Anziehen, testen – der Knoten saß fest. Nun noch den zweiten Ärmel – fertig.

Fritz atmete noch einmal tief durch und fummelte sich am Pullover entlang zum offenen Ende. »Jupp? Ich gebe dir jetzt mein Shirt. Ich habe es rundum zugebunden, bis auf den Bund. Da stopfe ich Hermegunde rein. Das klappt aber nur, wenn du mir den Pulli richtig rum gibst – offene Seite nach vorne.«

»Gut.« Jupp nahm ihr das Shirt ab. »Ich ziehe ihn mir über die Hände.«

»Du brauchst aber eine Hand für die Lampe!« erinnerte Fritz.

»Ne«, widersprach Jupp. »Du weißt, das Teil, das ich vorher an der Tanke gekauft habe, hat unten ein Licht, das ich feststellen kann. Also klemme ich es mir zwischen die Zähne. Du brauchst das Licht eh von oben und so habe ich die Hände frei.«

»Genial!«, lobte Fritz. »Also weiter im Text: Du bleibst dicht hinter mir – am besten auf Tuchfühlung. Ich schnappe mir die Schlange und gehe rückwärts. Du gehst mit und gibst mir, wenn ich es sage, den Pullover. Ich stecke die Schlange rein, knote unten zu und schmeiße Shirt samt Schlange in die Ecke – und schon ist Ruh.«

»Ganz ehrlich, Puppe? Für mich klingt das nach einer ziemlich riskanten Show«, sagte Jupp.

»Hast du eine bessere Idee?«

»Nö – also los.«

»Einen Vorteil hat's, Jupp: Die meisten Schlangen haben nur für einen Biss Gift. Wenn sie mich erwischt, kannst du sie relativ ungefährdet einfangen«, erklärte Fritz.

»Und dann gucke ich dir beim Abnippeln zu? Puppe, pass bloß auf dich auf! Vergiss nicht, dass du mir ein Fass Bier schuldest!«

»Kriegst du – versprochen. Aber jetzt mal los! Mach Licht und hinne, Jupp!« Fritz fühlte sich lange nicht so tapfer, wie sie zu klingen versuchte. Ob Corin wohl sehr traurig sein würde, wenn … »Reiß dich am Straps, Friederike Ruth Abele!«, schnauzte sie sich in Gedanken an. Über ihren bevorstehenden Abgang konnte sie noch nachdenken, wenn Hermegunde sie erwischt hatte. Das würde sie ihr aber so schwer wie möglich machen.

Jupp hatte die Lampe eingeschaltet und zwischen die Zähne geklemmt.

»Los!«, kommandierte Fritz. »Wir müssen hinter die Schlange kommen.«

Jupp tippte ihr zur Bestätigung auf die Schulter. Fritz biss sich auf die Unterlippe, spannte die Muskeln an und machte zwei Sprünge. Sie war hinter der Schlange – und Jupp war hinter ihr.

Hermegunde hatte die Aktion nicht gefallen. Sie drehte den Kopf und züngelte nervös.

Okay. Zweiter Akt. Fritz stellte vorsichtig den linken Fuß zur Seite und öffnete und schloss die Fäuste einmal. Dann trocknete sie die feuchten Handflächen an ihrer Hose ab. »Zugriff!«, befahl sie sich selbst – und sprang nach vorne. Ihre linke Hand schloss sich um den warmen, glatten Körper der Schlange und zog ihn nach oben. Das hintere Drittel der Schlange hob sich vom Boden, dann war es schon die Hälfte. Zwei Drittel – stopp! Adrian und Jan hatten beide betont, dass der Trick nur funktionierte, wenn das vordere Drittel der Schlange Kontakt zum Boden hatte – und wenn man dabei rückwärts ging.

»Rückwärts marsch, Jupp!«, kommandierte Fritz.

»Okay!«, brummte Jupp. »An der Wand links.« Jupp setzte sich in Bewegung.

Fritz folgte ihm.

Verdammt, warum wurden Schauer-Klapperschlangen nicht mit Haltegriff ausgeliefert? Fritz hielt mit aller Kraft und hatte dabei nur Angst, dass ihr die Schlange wegrutschen würde. Die war nämlich von der Behandlung nicht beglückt und versuchte, sich zu drehen.

»Ecke, links!«, knatschte Jupp.

»Schneller!«, kommandierte Fritz. Die Kurve war heikel – aber es klappte. Fritz atmete aus und schob die rechte Hand nach hinten. »Pulli, Jupp!«

Jupp fummelte etwas, dann fühlte Fritz, wie der weiche Stoff über ihre Hand glitt. »Okay, hängst du mir den Rest über den Arm?« Sie zog die Hand mit dem Shirt vorsichtig wieder nach vorne.

Verflixt, jetzt war ihr doch fast die Schlange weggerutscht und zudem war zu viel von ihr auf dem Boden. Fritz spürte, wie ihr der Schweiß über die Stirn und in die Augen lief. Sie versuchte, ihn mit der Schulter wegzuwischen.

»Ecke!«, brummte Jupp.

Noch einmal konzentrieren – und immer hinter der Schlange bleiben, die zunehmend schwerer wurde. Es war wirklich Zeit, Hermegunde einzusacken.

Fritz ging einen Schritt nach hinten, gleichzeitig fasste sie mit der rechten Hand durch den Pullover nach dem Schwanz der Schlange. Gelungen – und nun den Pulli darüberziehen. Gar nicht so einfach, wenn man nur die rechte Hand einsetzen konnte, aber mit der linken hielt sie immer noch zwei Drittel Schlange vom Boden weg. Fritz nahm die Zähne zur Hilfe – und ja, nun rutschte das Shirt über den Körper der Schlange.

Umfassen – autsch, das war knapp gewesen! Fritz schluckte – und nun flackerte auch noch die Lampe! Doch sie hatte nun schon ein gutes Stück Hermegunde im Pulli. Noch etwas mehr davon über die Schlange schieben. Jetzt mit der linken umfassen. Okay. Jetzt kam der entscheidende Moment. Pulli hochreißen, Schlange reinrutschen lassen, zuknoten. Fritz Hände arbeiteten wie ferngesteuert. Jetzt Kordel noch einmal um das untere Ende schlingen, ganz fest zuziehen, Doppelknoten – und weg mit dem Ding! Der Pulloverschlangensack landete mit einem dumpfen Plumps in der vorderen Ecke des Containers.

Fritz knickten die Knie ein. Sie ließ sich auf ihre Kehrseite plumpsen und wusste nicht, ob sie nun vor Erleichterung lachen oder weinen sollte. Aber eigentlich war sie zu beidem zu müde.

»Puppe! Du hast es geschafft!«, flüsterte Jupp. Und dann lauter: »Du hast es geschafft! Du bist die Größte!« Er ging neben ihr in die Knie und zog sie in die Arme. »Mensch, bist du gut! Du hast uns gerade das Leben gerettet!«

Fritz ließ den Kopf an seine Schulter sinken. »Ich fühle mich gerade, als wenn mich eine Dampfwalze überfahren hätte.«

»Ruh dich aus, Kleine! Wenn es jemand verdient hat, dann du!« Jupp strich ihr über den Kopf, dann ließ er sich neben sie sinken. »Sag mal, wie oft hast du das schon gemacht?«

»Noch nie«, antwortete Fritz. »Ich habe mal davon gehört, dass die Viecher nicht beißen können, wenn man sie so rückwärts zieht.«

»Du hast Mut!«, lobte Jupp.

»Ne«, sagte Fritz. »Keine andere Chance.« Sie war selbst zum Reden zu erschöpft. Sie ließ sich rückwärts sinken und schloss die Augen. Jetzt musste ihr nur noch etwas einfallen, um aus dem Container raus und wieder an Land zu kommen. Doch darum würde sie sich später Gedanken machen. Im Augenblick war Sendepause für kleine Veterinärinnen angesagt.

»Puppe! Friederike, wach auf!« Jupp rüttelte an ihrer Schulter.

Fritz setzte sich auf. Der Boden des Containers war sehr unbequem. Ihr Rücken tat weh, ihr Hintern protestierte. »Was 'n los?«, fragte sie in die Dunkelheit hinein.

»Ich glaube, die Kavallerie ist eingetroffen. Hörst du das?«

Fritz lauschte in die Dunkelheit, doch da waren nur das gleichförmige Dröhnen der Motoren und das leise Plätschern des Wassers an der Bordwand. »Ich höre nichts«, sagte sie nach einem Moment.

»Da war gerade was – klang wie ein paar Raketen. Außerdem habe ich vorher ein Flugzeug gehört«, sagte Jupp.

»Das wäre ja ein gutes Zeichen, oder?«

»Bestimmt.«

Eine Weile schwiegen beide. Fritz fröstelte. Ohne das Sweatshirt, nur in ihrer leichten Hose und dem kurzärmeligen T-Shirt, war es doch sehr kalt im Container. Sie rollte sich auf die Seite und zog die Beine an. Die Küstenwacht würde kommen und sie retten. Ganz bestimmt. Und bald.

Die Zeit schien sich zu ziehen wie ein alter Kaugummi. Das Schiff zog unbeirrt seine Bahn – wohin wohl? Und warum passierte nichts mehr?

Endlich wieder ein Geräusch – waren das Stimmen? Und jetzt war etwas an der Tür! Jemand schien am Riegel zu ziehen. Fritz sprang auf. »Hier, wir sind hier drin!«, rief sie.

Jupp stolperte durch den Container. »Lasst uns hier raus!« Er trommelte gegen die Wand.

Und dann ging die Tür auf und der Strahl einer starken Lampe tastete sich durch das Dunkel. Fritz schloss geblendet die Augen.

»Vorsicht – in dem blauen Ding ist eine Giftschlange!«, warnte Fritz.

»Sind Sie in Ordnung?«

Die Stimme kannte Fritz: Der Mann, der in Duisburg mit Kowalski gesprochen hatte. Sie öffnete die Augen und sah einen hochgewachsenen Blonden in einem etwas derangierten dunklen Anzug mit offenem Hemd darunter. Sein Haar war verwuschelt, über seine Stirn lief ein Ölschmierer. Alexander Moons – und nun waren Fritz und Jupp wohl vom Regen unter Vermeidung der Traufe direkt in die Bredouille geraten. Andererseits – Moons' Frage nach ihrem Ergehen hatte freundlich geklungen.

Jupp antwortete: »Wir sind okay, nur groggy.«

Moons trat auf Fritz zu und erst jetzt sah sie, dass hinter ihm ein junger Mann in blauer Uniform die Lampe hielt. »Sie sind die deutsche Tierärztin?«

»Ja, ich bin Friederike Abele.«

»Und ich bin der Jupp Pollwitz!«

»Ich bin sehr froh, dass wir Sie unversehrt gefunden haben!« Der Reeder klang ehrlich erleichtert. »Ich bin Alexander Moons, der Geschäftsführer der Reederei van Hoogstaaten. Aber das wissen Sie wohl schon.«

Der Offizier schaltete sich ein. »Wir sind hier nicht sicher«, mahnte er.

»Ja«, antwortete Alexander Moons. »Frau Abele, Herr Pollwitz, wir haben ein Problem. Ich erkläre es Ihnen gleich, aber erst müssen wir hier weg. Bitte folgen Sie mir!«

»Wohin?«, fragte Jupp misstrauisch.

Der Offizier sagte über die Schulter: »In den Sicherheitsraum. Es ist dringend und eilig.«

Jupp schaute Fritz an. Die zuckte mit den Schultern, setzte sich aber in Bewegung und folgte dem Offizier. »Übrigens sollten Sie den Container besser schließen!«, empfahl sie dem Reeder, der die Nachhut bildete. »Ich weiß nicht, wie lange die Schlange in dem Sack bleibt.« Sie hörte, wie die Metalltür ins Schloss fiel, aber dann ging es schon im Laufschritt über einen Gittersteg. Dem Klang ihrer Schritte nach waren sie in einem großen Raum, doch Fritz konnte wenig von der Umgebung erkennen. Der junge Offizier hatte nämlich die Lampe abgeschaltet, nun kam nur noch von irgendwoher ein grünliches Licht.

Doch jetzt tauchte vor ihnen eine knallgelb gestrichene Wand mit einem Schott auf. Der Offizier öffnete es, scheuchte Fritz, Jupp und seinen Reeder durch und ließ die schwere Metalltür dann wieder ins Schloss fallen. Jetzt waren sie in einem kleinen Raum. Links führte eine steile Metalltreppe nach oben, rechts ging es nach unten. Der Offizier eilte vor Fritz nach unten. »Kommen Sie, kommen Sie!«

Je tiefer sie kletterten, desto lauter wurde das Dröhnen der Motoren und desto stärker der Geruch nach Öl. Jetzt waren sie am nächsten Schott, dahinter war ein schmaler Gitterrost, der an einer Wand entlangführte. Auf der anderen Seite war ein Geländer. Der Steg führte ungefähr zwei Meter unter der Decke durch den Maschinenraum des Schiffes. Ohrenbetäubender Lärm erfüllte die Halle, die Luft war zum Schneiden dick, heiß und so voll Öl, dass Fritz fast die Luft wegblieb. Unter ihnen arbeitete die riesige Maschine: Mannshohe, ölig glänzende Pleuelstangen glitten auf und ab, ein Mann in schwarzem Overall mit dicken roten Ohrenschützern stand an einem Schaltpult mit jeder Menge Anzeigen und blinkenden Lichtern.

Fritz fühlte Jupps Hand im Rücken. Ohne anzuhalten, schaute sie über die Schulter. Er lächelte sie beruhigend an – natürlich, als Schiffer war ihm so ein Maschinenraum vertraut, obwohl Fritz sicher war, dass der in der Wappen von Duisburg nicht so überdimensional war.

Doch nun war das Ende des Raumes absehbar – in Form einer weißgestrichenen Wand mit Eisentür. Hinter der war ein weiterer Raum, von dem aus eine Treppe nach oben führte. Doch der Offizier öffnete eine Klappe in der Wand. Eine Tastatur mit Nummern kam zum Vorschein. Der Offizier tippte etwas ein, dann bückte er sich und zog eine runde Luke im Boden auf. »Wir müssen hier runter!«

Dieses Mal gab es keine Treppe, sondern nur eine Leiter. Fritz kletterte hinunter und drückte sich unten in einem winzigen Raum gegen das Schott, bis Jupp und der Reeder neben ihr angekommen waren. Auf der Leiter stehend, schloss der Offizier die Luke und drehte von innen ein Rad zu. Geschickt glitt er an der Leiter hinunter und öffnete eine Metalltür. Fritz und ihre Begleiter traten in einen großen, fensterlosen Raum. Ein großes Steuerpult mit vier Drehstühlen davor füllte die eine Hälfte, in die Wand dahinter waren links und rechts je zwei Kojen eingebaut, auf denen ordentlich zusammengelegt graue Decken lagen. Zwischen den Kojen führte eine Tür in einen kleinen Waschraum mit Toilette, Waschbecken und Duschwanne.

Nach dem Lärm im Maschinenraum wirkte die Stille in diesem Raum fast bedrückend. Doch nun klickten Schalter und die Bildschirme auf der Konsole erwachten zum Leben. Der Offizier hatte sich auf einen der Drehstühle geschwungen, tippte etwas auf einer Tastatur, schob einen Regler nach oben und deutete dann auf einen runden, grünen Monitor, auf dem, vom Mittelpunkt ausgehend, ein Strahl drehte. Oben links zeigte sich ein kleiner Fleck. Der Offizier tippte darauf und sagte etwas zu seinem Reeder. Fritz hörte das Wort »Kustwacht« und spitzte die Ohren.

Alexander Moons antwortete mit »hopelijk«, dann drehte er sich zu Fritz und Jupp um. »Ich bin Ihnen wirklich eine Erklärung schuldig. Aber nehmen Sie doch erst einmal Platz.«

»Öh – könnten Sie mit der Erklärung noch einen Augenblick warten? Ich müsste mal für kleine Binnenschiffer!«, meldete Jupp an.

»Selbstverständlich.« Der Reeder lächelte etwas gequält. »Ich werde unterdessen mal probieren, ob ich uns einen Kaffee kochen kann.« Er schob einen Teil der Wand an der Tür weg. Dahinter kam eine komplette Küchenzeile en miniature mit Spüle, zwei Kochplatten, Mikrowelle, Kaffeemaschine und Kühlschrank zum Vorschein. Fritz schaute zu, wie der Reeder eine Kanne mit Wasser füllte und sie in den Tank der Maschine goss. Aus dem Schrank nahm er vier Becher und ein eingeschweißtes Paket. Als er es öffnete, breitete sich aromatischer Kaffeeduft aus.

Jupp kam zurück. »Hmm – Kaffee! Das ist eine gute Idee!«

Fritz nutzte die Chance und eilte in den Waschraum. Als sie hinterher die Hände wusch, fiel ihr Blick in den Spiegel. »Einen Schönheitspreis gewinnst du nicht, Fritzle!«, teilte sie ihrem Spiegelbild mit. Ihre Haare waren verschwitzt und verstrubbelt, unter ihren Augen lagen dunkle Schatten und ihr Gesicht war dreckig. Sie wusch ihr Gesicht mit reichlich kaltem Wasser, dann kämmte sie mit gespreizten Fingern durch ihre Haare.

Zurück im anderen Raum lächelte sie der Reeder an. »Milch und Zucker?«

»Ja, bitte – beides reichlich.«

Alexander Moons goss Milch in den Becher, kippte Kaffee darauf und löffelte Zucker hinterher. Dann gab er Fritz den Becher und ließ sich auf einem der freien Drehsessel nieder. Er sprach kurz mit dem Offizier, dann legte er ihm die Hand auf die Schulter und sagte etwas, was für Fritz wie eine Ermutigung klang.

Fritz ließ sich neben Jupp auf der Koje nieder. Der Kaffee war für ihren Geschmack zu bitter, aber er war heiß und süß und er fühlte sich wie ein Stück Normalität an.

Alexander Moons drehte sich wieder um und räusperte sich. »Wo fange ich an? Am besten stelle ich Ihnen erst einmal unseren Gefährten vor: Klaas van Heeten ist der zweite Offizier der Aaltje van Hoogstaaten, des Schiffes, in dessen Sicherheitsraum wir uns befinden.« Er machte eine Geste, die den ganzen Raum umfasste. »Wie Sie vielleicht wissen, werden Schiffe wie das hier öfter mal von Piraten aufgebracht. Für solche Fälle haben wir diesen Raum einbauen lassen. Der Zugang ist mit schusssicherem Stahl verschlossen und«, nun deutete er auf die Konsole, »wir können von hier das Schiff steuern und sogar die Kommandos, die von der eigentlichen Brücke kommen, überschreiben.«

Er unterbrach sich, denn der Offizier hatte sich gerade ein Headset aufgesetzt und an einem Regler gedreht. Fritz hörte ein leises Rauschen, dann rief der Offizier ins Mikrophon: »CS Aaltje van Hoogstaaten for Coast Guard. Please answer! SB.« Offensichtlich hatte er jemanden erreicht. Er lauschte kurz, dann sagte er: »Our position is …« Es folgten ein paar Zahlen, als Nächstes meldete er dann nach kurzem Zuhören: »Got a second seaman with a captains license here …« Wieder kurze Pause, weil die Gegenseite sprach, dann kam ein »Understood. Thanks. Roger and over.«

Fritz schaute Jupp an. Der zuckte mit den Schultern und rutschte unruhig auf der Koje hin und her. Die Vorstellung, bei der Führung eines Containerschiffes dieser Größe helfen zu sollen, schien ihm nicht zu behagen.

Der Offizier beendete seinen Funkruf und wandte sich an den Reeder. Er erklärte kurz etwas auf Holländisch, Alexander Moons nickte darauf. »Voorzichtig« solle der junge Mann sein. Wieder drehte er sich zu Jupp und Fritz.

»So, nun sollte ich Ihnen wohl in Kürze die Lage erläutern: Frau Neto und Herr Kowalski haben den Kapitän, den Ersten und den Dritten Offizier in ihre Gewalt gebracht und die Brücke besetzt. Ein Kurswechsel ist erfolgt – Herr van Heeten und ich vermuten, dass die englische Küste angesteuert werden sollte. Wir sind gerade dabei, den Kurswechsel vorsichtig zu korrigieren – wenn wir eine große Kurve fahren, werden Frau Neto und Herr Kowalski als seemännische Laien im Dunkeln wohl nicht bemerken, dass wir wieder an der holländischen Küste entlangfahren. Dabei wird uns in ungefähr einer halben Stunde eine Fregatte der Küstenwache begegnen. Die haben ein Einsatzkommando zur Geiselbefreiung an Bord. Das wird die Aaltje entern, die Geiselnehmer ausschalten und die Brücke übernehmen. Dann melden sie sich bei uns. Das wäre die Lage in Kürze.«

»Ah ja«, sagte Jupp. »Ich hätte da aber noch ein kleines Problem: Ich habe kein Patent für große Fahrt.«

Alexander Moons wirkte einen Augenblick verwirrt, dann lächelte er: »Ach, der zweite Seemann hier auf der Sicherheitsbrücke. Das bin ich. Ich habe das Patent.«

Friederike hatte ihren Kaffee ausgetrunken, stand auf, stellte den Becher in die Spüle und ließ Wasser ein. »Was ich nicht verstehe: Wie kommen Sie an Bord? Und warum helfen Sie uns? Sie sind doch …« Sie suchte nach einer passenden Formulierung.

Moons ersparte ihr weiteres Nachdenken. »Teil dieser Bande?«, bot er an und seufzte. »Damit wären wir beim wirklich unangenehmen Teil. Ja, ich habe Mafalda Neto und Kowalski geholfen, im großen Stil Tiere aus Brasilien nach Europa zu schmuggeln. Ich habe meine Schiffe zur Verfügung gestellt, ich habe koordiniert und organisiert.«

»Und wahrscheinlich 'ne Menge daran verdient!«, knurrte Jupp.

»Nein«, antwortete der Reeder ruhig. »Ich habe mitgemacht, weil Frau Neto mich mit etwas erpresst, was meine Ehe und Familie zerstören wird.«

»Und es wird Sie wohl den Job kosten!«, sagte Jupp.

Alexander Moons lachte bitter. »Sie werden mir wohl nicht glauben, wenn ich Ihnen sage, dass das mein geringstes Problem ist. Aber das tut hier eigentlich nichts zur Sache.«

»Ich weiß immer noch nicht, wie Sie an Bord gekommen sind«, erinnerte Fritz.

»Dazu komme ich gleich. Ich will nur noch kurz die Vorgeschichte erklären. Vor zwei Tagen hat mich Frau Neto angerufen und von mir verlangt, dass ich Kowalski und sie auf einem meiner Schiffe nach Chile bringe. Die Zollfahndung sei ihnen auf die Spur gekommen, daher wollten sie aus Europa verschwinden. Die Aaltje hat Valparaiso als Ziel – allerdings mit einem Abstecher über England. Zudem hat unser Dritter Offizier eine kolumbianische Ehefrau, die ein ähnlicher Typ wie Frau Neto ist. Ich habe ihn gebeten, Frau Neto als seine Ehefrau an Bord zu schmuggeln. Kowalski habe ich dann unter falschen Namen auf die Besatzungsliste gesetzt.«

»Und so kamen die an den Kontrollen vorbei!«, sagte Fritz.

»Genau«, bestätigte der Reeder. »Aber von da an lief nichts mehr nach Plan. Das begann damit, dass ich heute Morgen Besuch von der Polizei bekam und dabei erfuhr, dass Kowalski wegen Mord mit internationalem Haftbefehl gesucht wird.«

»Oh?«, staunte Fritz. »Ich wusste gar nicht, dass es schon so weit ist.«

Alexander Moons nickte. »Schmuggel ist die eine Sache. Da kann man sich noch damit herausreden, dass keine Menschen direkt geschädigt werden. Aber bei Mord hört es auf.« Er stand auf und schenkte sich einen neuen Kaffee ein. Dann warf er einen Blick auf die Instrumente und den Bildschirm, der aber nur graue See zeigte. Mit einem tiefen Durchatmen sprach er weiter: »Es spricht sicher nicht für mich, aber ich habe nach einiger Überlegung beschlossen, nichts zu unternehmen. Ich bin nicht stolz darauf, aber …« Er brach ab, trank einen Schluck und sprach weiter: »Ich liebe meine Frau und meine Tochter und wollte sie nicht verlieren.«

»Nu machen Sie aber mal halblang!«, schimpfte Jupp. »Wenn es Ihnen so leidtut, hätten Sie eben dafür gesorgt, dass die Neto und der Kowalski in Valparaiso verhaftet werden.«

»Frau Neto hat auch daran gedacht, sie hat ein Video, das mich in einer verfänglichen Situation zeigt, bei einem Freund deponiert. Wenn sie sich nicht bis zu einem gewissen Termin bei ihm meldet, werden Kopien des Videos an meine Frau, meine Tochter und an die Presse gehen.«

»Die Dame denkt wirklich an alles«, befand Fritz. »Sehr raffiniert.«

»Und absolut skrupellos!«, addierte Jupp.

»Sieht aus wie Schneewittchen …«, begann Fritz.

Wieder übernahm Jupp: »… ist aber ein richtiges Biest!«

Fritz grinste ihn an, wurde dann aber sofort wieder ernst und wandte sich an Alexander Moons. »Sie haben das Schiff also auslaufen lassen?«

»Leider. Und mehr noch: Ich bin daran schuld, dass Sie und Herr Pollwitz an Bord waren. Herr van Heeten rief mich an und fragte, ob die Aaltje auf speziellen Wunsch von Frau Neto noch einen Container für Felixstowe an Bord nehmen dürfe. Dazu müssen Sie wissen, dass die Aaltje im Moment nur zu ungefähr zwei Dritteln beladen ist. Laut Plan sollte sie Felixstowe anlaufen, dort den Rest ihrer Ladung in Empfang nehmen und dann nach Valparaiso fahren. Ein zusätzlicher Container für Felixstowe war also kein Problem. Er wurde eingeladen.«

Der Offizier schaltete sich ein. »Frau Neto legte dabei besonderen Wert darauf, an den Container herankommen zu können, daher habe ich ihn ganz vorne auf die noch freie Fläche im Lagerraum setzen lassen.«

»Dann hat die Aaltje abgelegt«, sprach nun wieder Alexander Moons. »Ich war erleichtert. Ich glaubte, dass ich nun aus der Sache raus war. Doch dann rief Bas van Nistelroy an, unser Agent im Hafen. Er erzählte mir von einem sehr verstörenden Anruf, den er zuerst für einen schlechten Scherz gehalten habe.«

»He, der spinnt wohl!«, protestierte Jupp. »Mit so was mache ich keine Scherze!«

Alexander Moons lächelte ihn entschuldigend an. »Das ist ihm klar geworden, als er endlich von Bord kam und sich mit Ihnen treffen wollte. Als er Sie nicht am verabredeten Ort gefunden hat, versuchte er, sie anzurufen, bekam aber nur die Mailbox. Danach hat er eine Weile gesucht – er ging erst mal davon aus, dass Sie in das Funkloch geraten sind, das heute durch Umbauarbeiten auf dem Container-Terminal entstanden ist.«

»Deswegen konnte ich da nirgends telefonieren!«, rief Fritz.

Jupp fragte: »Ist Bas irgendwann draufgekommen, dass wir nicht einfach Kaffee trinken gegangen sind?«

»Ja, aber da war die Aaltje schon ausgelaufen«, antwortete Alexander Moons. »Bas hat dann aber den Fahrer des zweiten Kranes – unter dem wart ihr doch verabredet – gefragt, ob er etwas gesehen hat. Der erzählte ihm, dass ein Paar unter seinem Kran gewartet habe, als er in die Pause gegangen sei. Unterwegs sei er einem glatzköpfigen Mann begegnet, der von der Aaltje in Richtung Kran gegangen sei. Was ihn aber am meisten irritierte, war der Lastwagen, der mit einem Container unter seinem Kran vorfuhr. Er fragte den Fahrer, ob er ihn brauche, worauf der sagte, er müsse zur Aaltje. Was den Kranfahrer daran so irritiert hat, war die Tatsache, dass der Lastwagen erst mal unter seinem Kran stand. Er hätte nämlich die Aaltje nicht bedienen können, weil sie viel weiter hinten am Kai lag.«

Fritz wuschelte wieder einmal beidhändig in ihren Haaren. »Ist es möglich, dass Madame Neto oder Kowalski den Lastwagen bestellt haben?«

»Es kann gar nicht anders sein«, bestätigte der Reeder. »Bas war unten vor dem Brückenhaus, als er mit Ihnen telefoniert hat, Herr Pollwitz. Wir vermuten, dass entweder Kowalski oder Frau Neto mitgehört haben. Darauf haben sie den Lastwagen mit dem Container organisiert ...«

Fritz unterbrach: »Aber geht das so schnell und einfach?«

Jupp antwortete: »Puppe, wenn man jemanden bei einer Spedition kennt, ist das kein Problem. Das würde ich in Rotterdam in zwei Minuten hinkriegen. Ein Anruf, jemanden einen Hunni in die Hand gedrückt – und schon steht der leere Container bereit.«

»Genau«, nickte Alexander Moons.

»Verstehe ich nicht«, sagte Friederike. »So ein Container muss doch auch irgendjemand gehören, folglich wird er doch früher oder später vermisst.«

»Nicht unbedingt und bestimmt nicht früher«, erklärte Jupp. »Stell dir vor: Du hast eine Spedition, die viel mit Containern macht. Also schaffst du dir hundert Container an und schickst die auf Reisen. Die kommen dann bei einer anderen Spedition an, die dir darauf hundert Container zurückgibt. Dabei achtet sie aber selbstverständlich nicht darauf, dass das nun genau deine Container sind, sondern nimmt halt die, die leer rumstehen. Wo die herkommen, ist wurst – Hauptsache leer, Hauptsache Standardcontainer. Und so geht das weltweit. Und wenn du nun rechnest, dass allein auf dem Duisburger Containerterminal jeden Tag ein paar hundert Container durchmarschieren, dann kannst du dir vorstellen, dass es nicht auffällt, wenn eine Spedition mal einen Container zu wenig hat.«

»Okay.« Die Lektion hatte Friederike verstanden. Aber da war noch etwas: »Aber Container haben doch normalerweise Papiere! Wie sind Kowalski und Neto zu welchen für unseren gekommen?«

»Gar nicht, Frau Abele«, antwortete Alexander Moons. »Die Papiere braucht es normalerweise, damit ein Schiff die

Container annimmt. In unserem Fall konnte das umgangen werden. Also wären Papiere erst dann wieder relevant geworden, wenn der Container am Ankunftsort ausgeladen worden wäre. Dann hätte der Zoll sich dafür interessiert – was Frau Neto und Herrn Kowalski aber vermutlich egal gewesen wäre, weil sie sich bis dahin sowieso abgesetzt hätten. Es wäre also mein Problem gewesen, den undeklarierten Container mit Inhalt zu erklären.«

»Den Inhalt zu erklären, wäre selbst Ihnen schwergefallen!«, knurrte Jupp.

»Mit Sicherheit«, bestätigte Alexander Moons. »Aber zurück zu den Vorgängen in Rotterdam. Nachdem mein Agent die Geschichte des Kranführers gehört hatte, kam ihm der Verdacht, dass Sie mit Hilfe dieses Containers entführt worden sind. Er hat darauf Herrn van Heeten angerufen, der ihm bestätigte, dass er einen blauen Container verladen hat. Darauf hat sich Bas bei mir gemeldet.«

»Und Sie haben sich dann endlich doch entschlossen, Ihren Hintern aus dem bequemen Bürosessel zu haben und wat zu unternehmen?« Jupp klang wütend.

Alexander Moons senkte den Blick und studierte die Spitzen seiner schwarzen Lederschuhe. Er schwieg ein paar Sekunden, dann sagte er: »Sie haben recht. Ich hätte früher handeln müssen.«

Fritz tat der blonde Holländer leid. »Sie haben schließlich richtig reagiert«, sagte sie. »Aber was haben Sie eigentlich unternommen?«

»Das Falsche«, seufzte Alexander Moons. »Ich habe Kapitän Aarens auf der Aaltje angefunkt und ihn angewiesen, die Dame, die er für die Frau des Dritten Offiziers hält, sowie den neuen Smutje zu überwältigen und festzunehmen. Ich habe ihn zudem gewarnt, dass die beiden Widerstand leisten könnten, aber …«

Jupp unterbrach ihn: »Sie haben Kowalski als Smutje auf die Schiffsrolle gesetzt? Da kriegt das Wort Schlangenfraß ja eine ganz neue Bedeutung!«

»Es lag nahe. Kowalski hat eine gewisse Ähnlichkeit mit dem Smut, der diese Tour fahren sollte. Außerdem behauptete er, er könne kochen«, verteidigte sich Alexander Moons.

Fritz war nicht nach einer Diskussion über Kowalskis Fähigkeiten in der Küche. Sie wollte immer noch wissen, wie der Reeder an Bord gekommen war. »Also, der Versuch, Frau Neto und Herrn Kowalski unschädlich zu machen, ist offenkundig mächtig schiefgelaufen.«

»Ja«, gestand Alexander Moons. »Ich hatte Frau Neto noch einmal unterschätzt. Die Aaltje hat einen brasilianischen Funker, der irgendwie mit ihr verbandelt ist. Er hat das Gespräch zwischen mir und Kapitän Aarens mitgehört und Frau Neto gewarnt, als sie aus Ihrem Container kam. Darauf haben Frau Neto, Herr Kowalski und der Funker Kapitän Aarens und den Dritten Offizier in der Reederkabine, in der Frau Neto untergebracht war, erwartet und ihrerseits überwältigt. Sie zwangen die beiden, mit ihnen auf die Brücke zu gehen. Über das Weitere kann ich nur spekulieren. Die Geiselnehmer haben offensichtlich vom Kapitän verlangt, seine restlichen Offiziere auf die Brücke zu rufen. Kapitän Aarens hat aber nur den Ersten zu sich gerufen.«

Klaas van Heeten drehte sich um. »Ich vermute, dass er mich nicht gerufen hat, weil er wusste, dass die Geiselnehmer mich nicht kennen. Ich gehöre nämlich eigentlich nicht zu dieser Crew, sondern zur anderen, und bin noch von der vorigen Reise an Bord, weil mein Kollege, der diese fahren sollte, erkrankt ist. Wir wollten in Valparaiso tauschen. Ich vermute, dass der Kapitän verschwiegen hat, dass ich an Bord bin – vermutlich hat er behauptet, dass er wegen Krankheit des Zweiten Offiziers nur mit dem Ersten und Dritten nach Valparaiso fährt. Als Nicht-Seeleute können diese Frau und der Kerl nicht wissen, dass er das gar nicht dürfte.«

»Mir scheint, der Kapitän ist clever«, lobte Fritz.

Jupp lachte. »Puppe, unterschätz mal Seeleute nicht! Kapitänspatente werden nicht verschenkt. Und einen Pott wie diesen kriegst du auch nicht, wenn du nicht was auf dem Kasten hast. So ein Containerschiff kostet eine Kleinigkeit.«

»Sie sagen es«, bestätigte der Reeder. »Aber durch die Geiselnahme ist der Kapitän nicht mehr dazu gekommen, meine zweite Anweisung durchzuführen: umzudrehen und nach Rotterdam zurückzukommen. Dafür hat er aber seine Crew per Bordfunk davon unterrichtet, dass er und die beiden Offiziere in der Gewalt von Geiselnehmern sind.« Er schaute den Zweiten Offizier auffordernd an.

»Ich habe mich darauf natürlich aus meiner Kabine abgesetzt und bin in den Sicherheitsraum gegangen. Hier habe ich nämlich abgeschirmten Funk. Ich habe den ersten, allgemeinen Notruf abgesetzt und dabei erfahren, dass die Küstenwache schon nach der Aaltje sucht. Also bekommt die Küstenwache von mir laufend Positionsmeldungen.«

»Ich unterdessen habe den Agenten angewiesen, unsere Schnellboote klarzumachen und bin in den Hafen gefahren«, sagte der Reeder. »Wir sind mit beiden Booten der Aaltje hinterhergefahren. Als wir sie in Sicht hatten, hat Bas mit einigen Notraketen ein Ablenkungsmanöver gestartet – er signalisierte, dass er eine Havarie hat, der Funk ausgefallen ist und er Hilfe braucht. Die Aaltje hat natürlich nicht reagiert, aber Frau Neto und Kowalski waren abgelenkt genug, nicht zu bemerken, dass ich hinten längsseits gegangen und an Bord gekommen bin. Ich bin dann erst einmal in den Maschinenraum geschlichen, wo mich der leitende Ingenieur darüber informiert hat, dass Herr van Heeten im Sicherheitsraum ist. Wir haben dann sofort den Container geöffnet …«

Jupp unterbrach. »Das hätten Sie auch schon mal früher machen können, Herr van Heeten!«

»Ich ahnte ja nicht, dass Sie da drin sind«, verteidigte sich der junge Offizier. »Ich ging davon aus, dass die Herrschaften irgendwas in dem Container schmuggeln, und dachte, dass ich das Problem dem Zoll in Felixstowe oder Valparaiso überlassen kann.«

»Ich habe Herrn van Heeten informiert, dass vermutlich jemand im Container eingesperrt ist«, sagte Alexander Moons. »Ich fürchtete allerdings schon, dass Sie tot sind.«

»War ja auch knapp«, warf Jupp ein. »Wenn die Puppe nicht so clever wäre, wäre garantiert einer von uns draufgegangen.«

»Es war definitiv ungemütlich im Container«, bestätigte Fritz.

»Vor allem mit dem Haustier!« Jupp schüttelte sich. »Ich wette, dass ich noch eine längere Zeit von Hermegunde träumen werde.«

»Wer ist Hermegunde?«, erkundigte sich Alexander Moons.

»Die brasilianische Schauer-Klapperschlange in meinem Pullover. Die hat uns Kowalski als Gesellschaft in den Container gepackt«, antwortete Fritz.

»Weil wir gerade von Brasilien reden ...«, warf Jupp ein. »Wenn ich es richtig verstanden habe, ist doch das Schneewittchen Brasilianerin. Warum will die dann nach Chile abhauen? Ich an ihrer Stelle würde mich in mein Heimatland verdrücken. Da kennt man doch den einen oder anderen, der einem hilft – vor allem, wenn man ein wenig Schotter mitbringt.«

Alexander Moons schüttelte den Kopf. »Sie wird sich hüten, nach Brasilien zu gehen.«

»Liefern die wegen Anstiftung zum Mord aus?«, wollte Fritz wissen.

»Das weiß ich nicht«, antwortete der Reeder. »Ich denke aber, Mafalda würde auf keinen Fall ausgeliefert, sondern vor ein brasilianisches Gericht gestellt und danach für lange Zeit ins Gefängnis geschickt. Brasilien hat sehr strenge Gesetze, was Artenschutz und die Ausfuhr von Tieren ...«

Ein Piepsen unterbrach ihn. Der Offizier drückte auf eine Taste und sagte etwas zu seinem Reeder. Der nickte, worauf Klaas van Heeten an einem Regler drehte. Fritz hörte Krächzen und dann eine Stimme: »Coastguard, the Zeearend to Aaltje van Hoogstaaten, please answer!«

Alexander Moons nickte, der Offizier sprach ins Mikrophon: »CS Aaltje van Hoogstaaten. We are listening, Zeearend.«

»How is your situation?«

»Unchanged«, berichtete der Zweite Offizier und schilderte in knappen Worten, dass die Brücke wohl immer noch besetzt und die Offiziere in Gewalt der Geiselnehmer seien. Von der Zeearend kam zurück, dass sie jetzt das Containerschiff in Sicht habe, längsseits komme, entere und die Brücke stürme. Sobald man die Situation dort oben unter Kontrolle habe, melde man sich wieder.

»Na, endlich!«, brummte Jupp.

Fritz schwieg. Sie fand es plötzlich viel zu warm in dem fensterlosen Raum und sehnte sich nach frischer Luft. Sie drehte ihr Handgelenk und schaute auf die Uhr. Halb zwölf. Wie lange dauerte es wohl, bis die Küstenwache Mafalda Neto und Kowalski außer Gefecht gesetzt hatte?

Alexander Moons war bleich geworden. Er schloss für ein paar Sekunden die Augen, dann atmete er tief durch. Als er Fritz' Blick bemerkte, bemühte er sich um ein Lächeln, doch es kam nur eine Grimasse heraus. Er stand auf und ging zur Spüle hinüber. Mit dem Rücken zu den anderen fragte er: »Möchte jemand noch einen Kaffee oder etwas zu essen?« Er nahm einen Karton aus dem Schrank. »Wir haben Hühnercurry mit Reis, Spaghetti Bolognese, Chili con carne …«

»Mir ist nicht nach Essen!« Jupp klang angespannt.

»Jetzt wird es ja wohl nicht mehr lange dauern.« Fritz wusste nicht, ob sie sich oder den anderen Mut machen wollte.

»Dein Wort in Gottes Gehörgang!«, kommentierte Jupp.

Alexander Moons unterdessen spülte die Kaffeebecher. Dabei bemerkte er gar nicht, dass er einen davon minutenlang polierte. Seine Augen waren nämlich auf den Monitor fixiert, der aber nur wechselnde Schattierungen von Grau und Schwarz zeigte.

Was wohl in seinem Kopf vorging? Ob er an seine Offiziere auf der Brücke dachte, die von seiner ehemaligen Geliebten und Kowalski bedroht wurden? Oder beschäftigte ihn, was aus ihm werden würde, wenn er nach Rotterdam zurückkehrte?

Fritz beneidete ihn nicht um das, was ihn dort erwartete.

Wo Corin jetzt wohl war? Er machte sich bestimmt Sorgen, denn Unpünktlichkeit war er von Fritz nicht gewohnt. Ob er wohl durch den Hafen rannte und sie suchte? Fritz schluckte den Kloß, der sich in ihrer Kehle zu bilden schien, herunter. Sie wollte zu Corin – und das möglichst schnell!

Jupp neben ihr stand auf und streckte sich. »Kinder, Kinder, dat dauert!«, schimpfte er. »Und dass man hier auch gar nichts hört!«

»Der Sicherheitsraum ist ungefähr mittschiffs, ziemlich tief unten«, sagte Alexander Moons. »Unter uns ist nur noch der Wellentunnel.«

Ohne wirklich interessiert zu sein, aber im Bemühen, die Konversation aufrechtzuerhalten, fragte Fritz: »Was ist der Wellentunnel?«

»Das ist eine Art Röhre ganz tief unten im Schiff, durch die die Kardanwelle von den Maschinen zur Schraube läuft. Zudem stecken da die Steuerleitungen drin, die das Bugstrahlruder bewegen«, erklärte der Zweite Offizier.

»Und das Bugstrahlruder braucht man, um das Schiff seitwärts manövrieren zu können, oder?« Fritz fand es selbst schräg, in einer solchen Situation ein Gespräch über die Schiffstechnik zu führen. Aber worüber sollte sie sonst reden? Sollte sie darüber spekulieren, ob auf der Brücke eine Schießerei stattfand und wer dabei verletzt oder gar getötet wurde? Der Zweite Offizier sah besorgt genug aus. Die Männer da oben, der Kapitän und die beiden Offiziere, waren seine Kollegen, Menschen, mit denen er oft wochenlang auf engstem Raum zusammenlebte, mit denen er Mahlzeiten geteilt hatte und deren Familien er wahrscheinlich kannte.

Verdammt noch eins, wie kamen diese Mafalda Neto und ihr Spießgeselle Kowalski dazu, um ihrer Gier willen andere zu benutzen, zu manipulieren, zu bedrohen und sogar zu töten? Warum musste nun das Einsatzkommando von der Küstenwache sein Leben riskieren, um dieses Duo Infernale auszuschalten? Was ging in ihren Köpfen vor, wie rechtfertigten Menschen wie Mafalda Neto und Claus Kowalski ihre Taten vor sich selbst? Oder hatten sie etwa gar kein Gewissen, das Rechenschaft von ihnen forderte?

Fritz überlegte, was Menschen dazu trieb, so zu werden, so berechnend, kalt und absolut egoistisch. War es bei Mafalda Neto wirklich die Armut in ihrem Heimatland gewesen, der sie mit allen Mitteln hatte entkommen wollen?

Fritz schaute noch einmal auf die Uhr. Es war gerade mal eine Viertelstunde vergangen, seit die Küstenwache angekündigt hatte, die Aaltje zu entern. Angefühlt hatte es sich aber wie eine kleine Ewigkeit.

Genau einundvierzig Minuten später – und Fritz war sicher, dass das die längsten einundvierzig Minuten ihres Lebens gewesen waren – piepste der Funk. Alexander Moons, der dumpf vor sich hingebrütet hatte, fuhr auf und starrte den Zweiten Offizier an, der mit zitternden Händen an seiner Konsole fummelte.

»Van Heeten, safety room«, meldete er sich.

Von der anderen Seite antwortete eine sonore Männerstimme und erklärte etwas in rasantem Holländisch.

Alexander Moons hörte angespannt zu, dann sank er nach vorne, legte die Arme auf die Konsole und seinen Kopf drauf. Dagegen sah man seinem Zweiten Offizier die Erleichterung an. Seine Augen begannen zu leuchten, sein Mund zog sich in die Breite und er nickte immer wieder. Endlich beendete er das Gespräch, drückte einige Knöpfe auf der Konsole und zog einen Regler nach unten. Die Lichter erloschen, die Bildschirme gingen aus und der Offizier sprang auf. »Alles in Ordnung!«, rief er. »Kommen Sie – ich muss auf die Brücke!« Er eilte im Laufschritt aus dem Raum und die Leiter hinauf. Jupp folgte ihm auf dem Fuß, offenkundig mehr als erleichtert, sich endlich bewegen zu können.

Fritz wollte auch schon zur Leiter eilen, blieb dann aber neben dem Reeder stehen. Sie legte ihm die Hand auf die Schulter. »Kommen Sie, Herr Moons. Es ist vorbei.«

»Für mich nicht.« Der Reeder sah aus, als wenn er in den letzten Stunden um Jahre gealtert wäre. Doch er raffte sich auf und bemühte sich sogar um ein Lächeln. »Meinen Leuten ist nichts passiert – das ist das Wichtigste.«

Die Leiter, durch den Maschinenraum, noch eine Treppe hoch – Fritz trottete hinter dem Reeder her und hatte dabei das Gefühl, auf einer endlosen Wanderung in einem Labyrinth aus metallisch hallenden Gängen und steilen Treppen zu sein. Dabei war sie so müde, dass sie fast über die eigenen Füße stolperte. Endlich war da ein Lift. Alexander Moons drückte den obersten Knopf, dann sagte er: »Der letzte Akt im Leben des Reeders Alexander Moons. Gut so. Ich wollte nie einen Bürojob. Ich war Seemann – und ich denke, ich war ein guter. Auf jeden Fall aber war ich ein glücklicher.«

»Was ist passiert?«, fragte Fritz, obwohl sie die Antwort schon erahnte.

»Ein wunderschönes Mädchen mit strahlend blauen Augen und dem bezauberndsten Lächeln der Welt. Dummerweise war sie die einzige Tochter …« Er brach ab, denn der Aufzug hielt an und die Tür glitt zur Seite.

Hinter Alexander Moons betrat Fritz die Brücke des Schiffes, einen großen, hell erleuchteten Raum, an dessen Frontseite die Steuerkonsole mit unzähligen Reglern, Knöpfen, Bildschirmen und Lichtern stand. Darüber sah man durch hohe Fenster auf das Schiff hinunter. Es war sehr kalt im Raum, denn die Scheiben waren alle offen und nach außen gestellt. Der Geruch nach Salzwasser wehte herein, von irgendwo draußen hörte Fritz das Krächzen einer Möwe.

»Die Möwen sehen alle aus, als ob sie Emma hießen …«, fiel ihr ein. Von wem war das? Morgenstern?

»Doktor Abele?« Ein breitschultriger Mann in einem dunklen Overall mit einer schusssicheren Weste darüber schaute sie an. »Sind Sie in Ordnung?«

»Müde, kalt, aber ansonsten froh«, antwortete Fritz. Sie fror – es war wirklich kalt auf der Brücke.

»Ich bin Kapitän Joop van Dijk von der Küstenwache«, sagte der Dunkelgekleidete, der einen sehr starken holländischen Akzent hatte. »Sie waren eine der Geiseln, die in den Container gesperrt worden waren?«

»Ja«, antwortete Fritz und sah sich um.

Der Zweite Offizier saß in der Mitte der Konsole auf einem hohen Drehstuhl und sah mit einem Fernglas aufs Meer hinaus. Ein Stück von ihm entfernt stand ein grauhaariger Mann in blauer Uniform mit reichlich Gold am Ärmel. Er lehnte mit der einen Hand auf der Konsole, in der anderen hielt er einen Kaffeebecher. Er redete leise, aber sehr energisch mit einem anderen Mann im schwarzen Overall der Küstenwache.

Ein dritter hatte Alexander Moons am Arm gefasst. Er sagte etwas zu dem Beamten, der neben Fritz stand, der antwortete kurz, worauf der Reeder zum Aufzug geführt wurde.

Friederikes Augen suchten Jupp und entdeckten ihn hinter sich. Er lehnte an der Wand und grinste Fritz an. »Na, Puppe?«

Seitlich von ihm, auf einer Plattform hinter der Brücke, erkannte Fritz mehrere dunkelgekleidete Männer und Frauen. Der Vorderste, der direkt unter einer Lampe stand, hatte ein Gewehr locker in der Armbeuge hängen.

»Frau Doktor Abele, ich denke, wir nehmen Sie und Herrn Pollwitz jetzt mit auf unser Schiff und dann zurück nach Rotterdam. Würden Sie mir bitte folgen?«

»Hmm.« Fritz war so müde, dass es ihr schwerfiel, zu sprechen. Sie hatte das Gefühl, im Stehen schlafen zu können. Wenn es nur nicht so kalt wäre! Aber da war noch etwas! »Der Container«, sagte sie und unterdrückte ein Gähnen. »Der blaue Container, in dem wir eingesperrt waren. Da liegt in der Ecke ein blauer Pullover …«

»Hat mal jemand eine Decke?«, rief der Kapitän der Küstenwache. Jemand reichte ihm eine Decke, die er darauf Fritz fast liebevoll um die Schulter legte.

Dankbar kuschelte sie sich hinein. »Danke. Aber das habe ich nicht gemeint.« Das Denken fiel ihr schwer. »In dem blauen Pullover ist eine Schlange. Eine giftige. Da müssen Sie aufpassen.«

»Oh, müssen wir wegen der irgendetwas unternehmen?«, fragte ihr Gegenüber.

»Es reicht, wenn Sie den Container verschließen. Die Schlange kann da ein paar Tage durchhalten.«

Der Offizier gab eine Anweisung, dann nickte er Fritz zu. »Danke.«

Der Zweite Offizier drehte sich um: »Es ist der blaue Container, der als Erster vorne im Laderaum steht.«

Der Kapitän von der Küstenwache ging zur Tür, die nach außen auf die Plattform führte, erklärte seinen Leuten dort etwas und lächelte dann Fritz an. »Wird Zeit, dass wir Sie ins Warme bringen. Sie sehen aus, als ob Sie eine Suppe und eine Koje brauchen könnten.«

Im Aufzug lehnte sich Fritz an die Wand und erlaubte sich für einen Moment, die Augen zu schließen.

»Mensch, Puppe!« Jupp legte ihr den Arm um die Schulter. »Du bist mausetot, nicht?«

»Sorry.« Fritz stemmte die Augenlider auf. »Ich werde gleich wieder.«

»Musste nicht – du hast heute genug geleistet.«

Der Aufzug war unten angekommen, kalte Seeluft wehte Fritz entgegen. Sie waren hinten unter der Brücke, wo zwei Beamte der Küstenwache mit ihren Waffen und ein Dunkelhaariger in Jeans mit einem dicken Anorak warteten. Der Dunkelhaarige öffnete eine Pforte an der Reling. Fritz sah, dass neben dem Containerschiff ein kleineres Schiff lag, auf dem ein Mann und zwei Frauen in Uniform auf sie warteten.

Jupp kletterte schon gewandt an der Bordwand hinunter und winkte dann Fritz zu. »Komm, Puppe, ich fang dich auf.«

Fritz gab einem der Männer an der Reling ihre Decke. Der neben ihr sagte: »Hier ist eine Leiter. Ich gehe voraus und helfe Ihnen.«

Obwohl die See ruhig war, schaukelte das kleinere Schiff unten – und dabei öffnete sich immer ein Spalt zwischen seiner und der Bordwand des Containerschiffes. Fritz schaute schaudernd in die Tiefe. Sie wollte sich gar nicht vorstellen, wie eisig das Wasser war und wie schlecht es ihr bekommen würde, zwischen die Schiffe zu fallen. Dazu war es ohne die Decke beißend kalt und sie hatte das Gefühl, dass ihr der Wind durch die Haut in die Knochen kroch. Doch nun war der Beamte der Küstenwache unten angekommen und reckte ihr die Arme entgegen. Fritz gab sich selbst einen Ruck, schob sich rückwärts durch die Pforte und suchte mit dem Fuß die Leiter. Die Sprosse war breiter, als sie erwartet hatte, und fühlte sich sehr stabil an. Sie zog den zweiten Fuß nach, dann kletterte sie weiter nach unten. Auf der übernächsten Stufe legten sich von hinten zwei kräftige Hände um ihre Taille. »Hab dich, Puppe!«

Fritz ließ sich rückwärts sinken und landete an Jupps Brust. Einen Moment hielt er sie fest, dann stellte er sie auf die Beine. »Alles klar, Puppe?«

»Ja, und bei dir?«, fragte Fritz.

»Bestens – vor allem, wenn ich jetzt was zu essen kriege.«

Eine der Beamtinnen packte Fritz in eine Decke und schlang eine silberschimmernde Folie darüber. »Hallo, ich bin Marijke Zylstra. Kommen Sie mit? Ich bringe Sie ins Warme.«

Wieder ein Schott, ein Gang und eine schmale Treppe, doch dieses Mal ging es aufwärts und dann in einen kleinen Raum, in dem ein Telefonapparat auf einem runden Tisch mit zwei Sesseln stand. Fritz ließ sich in einen davon fallen, die Beamtin blieb neben ihr stehen, nahm das Telefon ab, sagte etwas auf Holländisch und reichte Fritz den Hörer. »Für Sie!«, sagte sie lächelnd.

Für einen Augenblick starrte Fritz den Hörer in ihrer Hand an, als ob sie frisch aus dem Urwald importiert worden wäre und noch nie ein Telefon gesehen hätte. Ihr müdes Hirn weigerte sich, ihr eine Idee zu liefern, wer auf einem Patrouillenboot der niederländischen Küstenwache für sie anrufen könnte. Endlich beschloss sie, das Problem dadurch zu lösen, dass sie ein »Hallo?« in den Hörer rief.

»My love! I'm so glad to hear you. Are you okay?«

»Corin!« Fritz begann, vor Erleichterung und Erschöpfung zu heulen. »Da war eine Schlange – richtig giftig! Ich habe so Angst gehabt.«

»Die Schlange hat dich nicht erwischt, Beloved?«

»Nein. Aber ich sie.« Fritz hielt den Hörer mit beiden Händen, als ob sie Corin dadurch näher kommen könnte. »Ich will zu dir!«

»Das Schiff bringt dich zu mir!«, versprach Corin. »Ich bin in Rotterdam im Hafen. Sobald ihr einlauft, werde ich bei dir sein.«

»Corin, es war so schlimm! Ich habe so Angst gehabt!«, wiederholte Fritz, beim Gedanken daran immer noch zitternd.

»Ich habe gehört, dass du ganz tapfer warst.« Er sprach zu ihr wie zu einem verwirrten Kind. »Du musst noch ein bisschen durchhalten, dann bist du wieder bei mir und alles wird gut. Versprochen!«

»Ich liebe dich, Corin.« Fritz fühlte sich besser. Corin konnte wunderbar trösten.

»Ich dich auch, meine Große. Bis bald!«

»Bis bald, Coco!« Fritz legte auf und lächelte die Beamtin an, die nun wieder im Türrahmen erschien. »Danke!«

»Kommen Sie! Ich bringe Sie zu Herrn Pollwitz und dann gibt es erst einmal eine warme Suppe.« Die junge Frau nahm Fritz' Arm und führte sie über den Flur in einen halbrunden Raum mit drei an den Boden geschraubten Tischen, Sesseln und einer umlaufenden Eckbank. Fritz ließ sich darauffallen. Am liebsten hätte sie die Arme und Kopf vor sich auf den Tisch gelegt und wäre eingeschlafen, aber von irgendwoher roch es sehr appetitlich und sie merkte, dass ihr Magen knurrte.

Die blonde Beamtin schaute Fritz besorgt an. »Brauchen Sie medizinische Hilfe?«

»Nein, nein«, lehnte Fritz ab. »Ich bin in Ordnung. Nur müde und hungrig.«

»Dann hole ich Ihnen jetzt mal Kaffee und Suppe.« Sie stand auf und verschwand durch eine Tür im Hintergrund.

Jupp, der schon auf der Bank gesessen hatte, grinste. »Gefällt mir besser als im Container!«

»Sag bloß!« Fritz konnte sogar noch zurückgrinsen. »Fehlt dir unser Haustier nicht?«

»Och …« Jupp breitete die Arme auf der Rückenlehne aus und streckte die Beine. »Ich glaube, ich kann den Abschied von ihr verschmerzen – vor allem, wenn ich hier was zu essen kriege.«

»Daran soll es nicht fehlen.« Marijke Zylstra war wieder da und trug ein Tablett mit zwei Schüsseln und Bechern zum Tisch. »Wir wollen doch nicht, dass Sie sich hinterher über die Gastfreundschaft der niederländischen Küstenwache beschweren.« Sie lächelte, während sie Kaffeebecher, Suppentopf, Servietten und Löffel vor Jupp und Fritz stellte.

»Wir klagen bestimmt nicht. Hier ist es warm, es gibt was zu essen und es kriechen keine Giftschlangen rum«, konstatierte Fritz.

Jupp sagte gar nichts mehr. Er schob stattdessen einen vollen Löffel in den Mund.

Fritz rührte erst einmal und genoss den würzigen Duft, der ihr in die Nase stieg. Und dann der erste Löffel sämige Erbsensuppe mit reichlich Speck und aromatischen Räucherwürstchen – hatte jemals etwas so großartig geschmeckt? Und noch ein Löffel und die Suppe wärmte von innen und nun brachte die freundliche Holländerin auch noch geröstetes Brot. Fritz beschloss, ihre guten Manieren für diesen Moment zu vergessen, und bröckelte das Brot in die Suppe. Jetzt schmeckte es noch viel besser!

Die Schüssel war halb leer, doch Fritz war satt und fühlte sich deutlich besser. Sie lächelte die Beamtin an, die gegenüber saß. »Danke – das war großartig!«

»Freut mich. Ich habe gekocht. Als der Kapitän sagte, dass er die beiden Geiseln gleich rüberbringt, dachte ich, dass Sie sicher was Warmes in den Magen brauchen«, erklärte Marijke Zylstra.

»Sind Sie verheiratet?«, wollte Jupp wissen.

»Ja, seit acht Wochen!«

»Schade, schon wieder zu spät. Für die Suppe hätte ich Sie vom Fleck weg geheiratet!« Jupp grinste.

Ein Ruck ging durchs Schiff, es schwankte kurz und Fritz musste ihren Becher festhalten. Sie hatte gerade den Mund mit Kaffee voll, darum schaute sie Marijke Zylstra nur fragend an.

»Wir haben abgelegt«, erklärte die. »Soviel ich weiß, laufen wir Rotterdam an. Da müssten wir in zwei, drei Stunden ankommen.«

»Mädels, ihr wisst gar nicht, wie ich mich auf ein Bier und mein Bett freue!« Jupp strahlte, löffelte den letzten Rest Suppe und lehnte sich zurück.

Fritz nahm noch einen Schluck Kaffee – langsam gewöhnte sie sich daran, dass der auf Schiffen anscheinend immer sehr bitter, aber heiß und süß geliefert wurde. »Wo ist eigentlich Herr Moons?«, fragte sie Marijke. »Ist der auf seinem Schiff geblieben?«

»Nein, der ist bei uns. Wir haben ihn wegen des Verdachts der illegalen Einfuhr und des Handels mit geschützten Tieren festgenommen und erst mal in einer unserer Zellen festgesetzt.«

»Vermute ich richtig, dass er sich die Zelle mit Schneewittchen und Kowalski teilt?«, fragte Jupp.

»Schneewittchen?«, hakte Marijke Zylstra nach.

»Mafalda Neto – die Dame, die die Geiselnahme geleitet hat.«

»Ach so.« Die Beamtin lächelte. »Die Dame haben wir selbstverständlich von den Herren getrennt. Sie hat eine eigene Zelle bekommen – sogar mit einem bewaffneten Posten davor.«

»Wie habt ihr die eigentlich gekriegt?«, fragte Jupp neugierig.

»Wir bekamen von der Polizei die Nachricht, dass die Aaltje van Hoogstaaten mit einem gesuchten Verbrecher an Bord nach England ausgelaufen ist. Darauf ist erst mal unser Suchflugzeug gestartet …«

»Ach, ja, klar!«, rief Jupp. »Das habe ich gehört!«

»Außerdem ist unser Schwesterschiff, die Visarend, ausgelaufen. Dann aber hat die Aaltje Kontakt zu unserer Leitstelle aufgenommen und eine bewaffnete Geiselnahme gemeldet«, erzählte die Beamtin. »Wir haben dann unser Einsatzkommando an Bord genommen und sind ausgerückt. Das Einsatzkommando ist gezielt für Geiselbefreiungen auf Schiffen ausgebildet und ausgerüstet.«

»Klingt sehr spannend!«, fand Fritz und unterdrückte ein Gähnen.

»Und wie läuft so eine Befreiung dann?«, wollte Jupp wissen.

»In so einem Fall bleibt unser Suchflugzeug in der Luft und überwacht das Schiff mit dem Großflächenradar. Wir steuern das Schiff dann an und hoffen, dass wir möglichst unbeachtet längsseits gehen können. Die Zeearend hat eine spezielle Steueranlage, mit der sie sehr präzise manövrieren und Position halten kann.«

»Aber wie kommt ihr auf so ein Schiff rauf? Die Aaltje hat doch ein viel höheres Freibord als der Pott hier!«, überlegte Jupp.

»Wir haben spezielle Wurfleitern. Dazu hatten wir bei der Aaltje den Vorteil, dass uns der Agent den Bauplan durchgefunkt hat. Damit konnten meine Kollegen das Schiff entern. Zwei sind dann von außen über die Notleiter auf die Brücke geklettert, haben ganz leise ein Fenster aufgemacht und ein Betäubungsgas eingeleitet. Ein paar Minuten später lag dann alles, was auf der Brücke war, flach und hat selig geschlafen. Also haben meine Kollegen die Brücke gestürmt und die Geiselnehmer festgenommen. Danach haben wir gelüftet, wodurch die Leute auf der Brücke dann wieder aufgewacht sind.«

»Den Rest haben wir ja erlebt«, grinste Jupp.

»Aber wie habt ihr so schnell meinen Lebensgefährten ans Telefon bekommen?«, wollte Fritz wissen.

Die Zollbeamtin lächelte. »Der sitzt schon seit Stunden in unserer Einsatzzentrale in Rotterdam. Wenn wir mit einer Geiselnahme zu tun haben, versuchen wir immer ganz schnell, mit den Angehörigen der Geiseln zusammenzuarbeiten. Die können uns oft wichtige Hinweise geben.«

Fritz nickte. »Aber woher wussten Sie, wer mein Lebensgefährte ist und wo Sie ihn finden?«

»Meine Kollegen haben selbstverständlich Kontakt zur Polizei und die haben sie an einen deutschen Kollegen, der mit Ihnen persönlich bekannt ist, verwiesen. Der wusste, dass Sir Corin Llewellyn Ihr Lebensgefährte ist und dass wir den in der Oper in Rotterdam finden.«

»Der wird sich gefreut haben, als die Küstenwacht bei ihm aufgeschlagen ist!«, feixte Jupp. »Ich hab's ja schon gesagt: Mit dir wird einem Mann bestimmt nicht langweilig, Puppe.«

Fritz bekam seinen letzten Satz nur noch zur Hälfte mit. Sie war endgültig erledigt und tat das, was sie schon vor Stunden hatte tun wollen: Arme auf den Tisch, Kopf darauf, Augen zu.

22

Fritz löste den Schal von ihrem Hals, als sie die Treppe im Landgericht Ulm hinaufkletterte. Vor sechs Wochen hatte endlich der Prozess gegen Mafalda Neto-Bareis und Claus Kowalski begonnen, nun stand die Urteilsverkündung an.

Fritz hatte das Wichtigste zum Prozess beim Frühstück in der Zeitung gelesen. Kowalski war wegen des Mordes an Bareis, den beiden Mordversuchen an Friederike, bewaffneter Geiselnahme und einer ganzen Liste weiterer Delikte angeklagt; Mafalda Neto-Bareis wegen Anstiftung zum Mord, eines Mordversuchs, bewaffneter Geiselnahme und Erpressung – um nur die wichtigsten Delikte zu nennen. Dementsprechend lange hatte der Prozess gedauert, und auch Friederike hatte etwas davon gehabt: Sie hatte zwei Tage lang als Zeugin ausgesagt.

Während sie nun über den Gang zum Gerichtssaal ging, dachte sie an das letzte halbe Jahr seit Rotterdam zurück. Inzwischen kam es ihr fast unwirklich vor, wie sie damals in der Nacht wieder im Hafen dort angekommen war. Die Zeearend war schon von der Polizei erwartet worden, als sie an einem Kai nahe dem Binnenhafens anlegte. Doch all die Uniformierten hatten Fritz nicht interessiert. Sie hatte nur Corin gesehen, der mit seinem Assistenten am Kai stand und auf sie wartete. Sie war ihm um den Hals gefallen und hatte sich an ihm festgehalten, als ob sie ihn jahrelang nicht gesehen hätte.

Und dann die Heimfahrt ins Ferienhaus: Die Polizei hatte als Taxi fungiert, während Corins Assistent den Jaguar mitgenommen hatte. Fritz hatte neben Corin auf der Rückbank des Polizeiwagens gesessen und ihr Liebster, sonst Zärtlichkeitsbekundungen in Anwesenheit Dritter absolut nicht zugeneigt, hatte sie im Arm gehalten, den Mund in ihrem Haar.

Danach hatte sie fast zehn Stunden am Stück geschlafen, bevor Corin ihr das Frühstück ans Bett brachte. Als sie danach unter der Dusche stand, klingelte es an der Tür. Corin öffnete und kam dann ins Badezimmer: »Beloved, die Kriminalpolizei ist da. Die möchten eine Aussage von dir.«

Eine Kommissarin von der holländischen Kripo und ihr Assistent befragten Friederike, wobei es vorwiegend um ihre Begegnung mit Mafalda Neto und Kowalski ging. Dabei kam natürlich auch die Schlange zur Sprache – ausführlich und en détail – nicht unbedingt zu Fritz' Entzücken. Corin saß nämlich neben ihr – und seine Lippen wurden immer schmaler.

Am Ende empfahl er der Kommissarin, gut auf ihre Gefangenen aufzupassen. »Wenn die mir in die Finger kommen, garantiere ich für nichts!«

Auf diese Art hatte Fritz aber immerhin erfahren, dass Hermegunde inzwischen von einem holländischen Kollegen eingesammelt worden war. Und ja, sie war immer noch in Friederikes Patent-Pullover-Schlangensack gewesen. Nun hatte sie ein warmes Terrarium im Rotterdamer Zoo bekommen. Und Fritz konnte sich auf die Schulter klopfen: Ihre Kenntnisse in Sachen Schlangen waren doch nicht so schlecht. Hermegunde war tatsächlich eine *Crotalus durissus terrificus* – die giftigste Unterart der brasilianischen Schauer-Klapperschlange.

Ansonsten erzählte die Kommissarin, dass Mafalda Neto seit ihrer Verhaftung nur eine Aussage gemacht habe: dass sie einen Anwalt sprechen wolle. Dagegen aber dränge Kowalski gerade danach, seine Version der Geschichte zu erzählen. Allerdings, so die Kommissarin, betone er in jedem dritten Satz, dass er von sich aus ja nie so weit gegangen wäre, aber Mafalda Neto habe ihn in der Hand gehabt.

»Die Idee, Sie und Herrn Pollwitz zu kidnappen, sei natürlich ebenso von Mafalda Neto gewesen wie die, Ihnen die Schlange in den Container zu legen.«

»Wo war die eigentlich her?«, wollte Fritz wissen. »Selbst Kowalski hat so was doch wohl nicht im Rucksack!«

»Nein, das nicht. Die Schlange war aus einem Container, der an Bord zurückgeblieben war. Als Mafalda Neto mitbekommen hat, dass ihr die deutsche Zollfahndung auf der

Spur ist, hat sie die neueste Ladung, die mit der Aaltje van Hoogstaaten angelandet werden sollte, kurzerhand nach Felixstowe umadressiert. Sie hoffte wohl, sie dort unauffällig entsorgen zu können«, erklärte die Kommissarin.

»Uuh!« Fritz wurde ganz anders. »Dann war die Schlange wahrscheinlich auch noch richtig hungrig und ein bisschen gereizt – nett!« Sie war nicht sicher, dass sie Hermegunde angefasst hätte, wenn ihr das bewusst gewesen wäre.

»Was wird nun aus diesen Leuten?«, fragte Corin.

»Kowalski werden wir morgen nach Deutschland ausliefern – für den liegt ein internationaler Haftbefehl von einem Gericht in Ulm vor, also kriegen die ihn. Um Neto allerdings streiten sich gerade die Gerichte. Wir hätten sie gerne wegen des Mordversuches an Frau Abele und Herrn Pollwitz und wegen der bewaffneten Geiselnahme auf der Aaltje van Hoogstaaten. Die Deutschen haben aber schon angemeldet, dass sie Neto wegen Anstiftung zum Mord und diverser anderer Delikte wollen. Und sobald wir unseren Bericht an die Kollegen in Brasilien schicken, können wir mit einem Auslieferungsbegehren von denen rechnen. Allerdings glaube ich nicht, dass wir sie nach Brasilien schicken – wir liefern niemanden wegen Schmuggel und Handel mit geschützten Tieren aus, wenn der bei uns zwei Kapitalverbrechen begangen hat.«

Fritz wollte noch etwas wissen: »Was ist mit Herrn Moons?«

Die Kommissarin seufzte. »Er ist kooperativ und voll geständig, dazu kommt in seinem Fall, dass er sich bemüht hat, das Schlimmste zu verhindern. Das wird ihm sicher strafmildernd angerechnet.«

»Außerdem ist er wohl in die Sache reingeraten, weil Mafalda Neto ihn erpresst hat«, sagte Fritz. Sie konnte sich nicht helfen, ihr tat der Reeder leid.

»Das wird ihm das Gericht sicher auch anrechnen. Außerdem werden wir ihn bald auf Kaution entlassen. Sein Anwalt steht schon seit heute Nacht auf der Matte.«

»Ich vermute, dass das, was Herrn Moons nach der Entlassung erwartet, noch unangenehmer werden könnte als die Untersuchungshaft.« Fritz dachte an das Foto von Alexander Moons' Schwiegermutter. Sie war nicht sicher, ob sie nicht eine zweite Runde mit Hermegunde einer Teestunde mit der Dame vorziehen würde.

Wieder zuhause in Göppingen war Fritz in den ersten Tagen kaum zum Arbeiten gekommen. Die Zeitung hatte ausführlich über den Fall berichtet, jeder von Friederikes Kollegen schien nur darauf gewartet zu haben, die Geschichte endlich aus ihrem Mund zu hören, und schließlich hatte sie sogar ein Interview geben müssen. Regierungsdirektorin Katja Kirchner-Lindemann hatte darauf bestanden – und sich hinterher, wie Heiner Saalbeck mit Gusto gesagt hatte, »wahrscheinlich ein Muster in den knochigen Hintern« gebissen, weil ihr ausführliches Statement darüber, wie effizient das Veterinäramt dank ihrer Motivation arbeitete, zu einem Nebensatz eingedampft worden war.

Dafür aber hätte sich Fritz in den Tagen nach dem Erscheinen des Interviews am liebsten in ihrem Büro verschanzt. Beim Bäcker, Metzger, im Supermarkt, im Reitstall und selbst beim Zahnarzt – wie der sich vorstellte, dass sie ihm mit einem Spiegel im Mund und einem Bohrer im Backenzahn etwas erzählen sollte, war Fritz ein Rätsel – war sie angestaunt und ausgefragt worden.

Ungefähr drei Wochen nach ihrer Rückkehr hatte sie sich dann wieder mit Kommissar Gebhard im Eiscafé Adria getroffen. Der erzählte dann, dass er die letzten Tage vorwiegend im Untersuchungsgefängnis Stuttgart-Stammheim verbracht habe, um abwechselnd Kowalski und Neto zu verhören.

»Sie ist ein ganz harter Brocken. Egal, womit man sie konfrontiert – sie verweigert die Aussage oder wird schnippisch. So kommentierte sie zum Beispiel das Ableben ihres Exmannes damit, dass den bestimmt niemand vermisse«, erzählte

Wolfgang Gebhard. »Aber zum Ausgleich für ihre Schweigsamkeit singt Kowalski wahre Opern.«

»Wenn ich raten darf: Er hat nur gemacht, was Mafalda Neto ihm aufgetragen hat, und ist ansonsten so unschuldig wie ein neugeborenes Baby?«, grinste Fritz.

»Ne, nicht mal. Sein Anwalt hat ihm wohl klar gemacht, dass er am besten fährt, wenn er mit uns kooperiert«, erklärte Wolfgang Gebhard. »Das hilft uns natürlich sehr, die noch offenen Fragen zu beantworten. Wir wissen jetzt auch, warum Bareis umgebracht wurde.«

»Dürfen Sie es mir sagen?«, fragte Fritz.

Gebhard grinste, lehnte sich zurück und orderte den zweiten Espresso. »Die ganze Geschichte?«

»In epischer Breite und mit allen grauslichen Details!«, verlangte Fritz und klatschte die Hände zusammen. »Bitte, bitte!«

»Wer könnte diesen Augen widerstehen?« Der Kommissar feixte. »Aber wenn ich so eine lange Geschichte erzählen soll, brauche ich doch ein Eis.« Er hob die Hand, wartete, bis der Kellner kam, und orderte drei Kugeln Zitroneneis. »Brauche ich für die Story.«

»Aber Sie können schon mal anfangen, oder?«, bat Fritz. »Ich bin echt gespannt.«

»Also, fangen wir an: Uwe Bareis von Anfang an. Sein Vater stammte von einem der kleinen Bauernhöfe auf der Hochebene bei Treffelhausen.«

»Ach?« Fritz staunte. »Daher kannte sich unser Bareis in der Ecke aus.«

»Fehlt mir da eine Information?« Der Kommissar nahm sein Zitroneneis entgegen und schaute Fritz fragend an.

»Ja. Und die kriegen Sie auch nicht en détail. Nur so viel: Mafalda Neto hat nicht nur Alexander Moons erpresst, sondern den Trick auch mal bei jemand anderem probiert. Der hat sich dann aber Bareis vorgeknöpft und die Sache damit erledigt«, sagte Fritz grinsend.

Gebhard schob sich einen Löffel Zitroneneis in den Mund, lutschte genüsslich und grinste zurück. »Ach, guck –

ich war schon geneigt, den Herrn Grafen anzurufen und ihn zu fragen, wie er sein kleines Problem mit den Erinnerungsfotos gelöst hat.«

»Woher wissen Sie denn davon? Haben Sie die Fotos gefunden? Hatte Frau Neto die?«, fragte Fritz.

Wolfgang Gebhards Grinsen reichte nun von einem Ohr zum anderen. »Es gab ein paar verborgene Dateien auf Bareis' Festplatte. Die Spezialisten von der Zollfahndung haben sie gefunden und so durften wir uns nicht nur den Akt eines Grafen am Bach, sondern auch einen brasilianisch-niederländischen Matratzenmambo anschauen.« Er aß noch ein Löffelchen Zitroneneis. »Aber zurück zu den Ursprüngen unseres Mordopfers. Auf der Hochebene in Treffelhausen wächst nicht viel, also ging der Vater unseres Bareis' eines Tages nach Göppingen in die Fabrik. Dort hat er eine Portugiesin kennengelernt und geheiratet. Das Ergebnis dieser Verbindung war unser Uwe Bareis.« Er gönnte sich noch einen Löffel Eis.

»Daher sprach er Portugiesisch!«, sagte Fritz. »Darüber habe ich mich gewundert. Er schien mir so gar nicht der Typ für den Abendkurs ›Portugiesisch für Anfänger‹ an der Volkshochschule zu sein.«

»Ne, bestimmt nicht. Für sein Bildungsstreben war die berühmte Zeitung mit den vier Buchstaben genug. Die einzigen Bücher, die wir bei ihm gefunden haben, waren Reptilienführer. Über die Reptilien kam er in Kontakt mit Kowalski, der schon damals – ungefähr 1999 bis 2000 – eine Tierhandlung besaß und mit allem handelte, was er in die schmutzigen Finger bekommen konnte. Allerdings hatte Kowalski immer Beschaffungsprobleme, wenn es um Tiere ging, die sich nicht einfach nachzüchten lassen. Er hatte ein paar Amateurschmuggler an der Hand, aber die konnten natürlich nicht in so großem Stil liefern, wie Kowalski es gerne gehabt hätte. Laut Kowalskis Angaben hat er dann mal mit Bareis darüber gesprochen, worauf der auf die Idee kam, nach Brasilien zu reisen und dort etwas zu organisieren.«

»War ja für Bareis aufgrund seiner Sprachkenntnisse einfacher als für Kowalski«, sagte Fritz.

»Zudem wäre Kowalski nicht so dumm gewesen, das zu probieren – er weiß, dass die Brasilianer in Sachen Artenschutz sehr humorlos sind. Aber Bareis einen Billigflug zu finanzieren und ihm noch ein bisschen Geld dazu in die Hand zu drücken, damit er in Brasilien einkaufen kann, schien Kowalski ein Versuch wert zu sein. Tatsächlich schaffte Bareis es auch, einige Tiere im Koffer über den Flughafen in München einzuschmuggeln.«

»Das scheint mir aber keine sehr effiziente Methode«, fand Fritz.

»Nein, aber was Besseres fiel den Herren nicht ein«, erzählte der Kommissar. »Also pendelte Bareis eine Weile zwischen Brasilien und verschiedenen deutschen Flughäfen hin und her, wobei er das unverschämte Glück hatte, nie erwischt zu werden. Doch bei Bareis' viertem oder fünftem Trip nach Brasilien ging etwas schief: Mafalda Neto erschien in seinem Hotel und drohte, ihn auffliegen zu lassen, wenn er nicht mit ihr kooperieren würde.«

»Woher wusste sie von Bareis' Schmuggel?«, fragte Fritz.

»Ganz einfach: Einer der Typen, die Bareis die Tiere besorgten, war ein Verehrer von ihr – und der hatte sich vor ihr damit gebrüstet«, antwortete der Kommissar.

»Klar, und die Kooperation von Bareis' Seite aus bestand darin, dass er Neto heiraten und mit nach Deutschland nehmen sollte?«

»Genau. Neto hatte Sprachen studiert – Deutsch und Englisch …«

»Moment! Studiert?« Fritz staunte. »Ich dachte, die kommt aus einem Slum.«

»Von wegen!« Kommissar Gebhard schüttelte den Kopf. »Wir haben inzwischen das Dossier der Brasilianer über sie bekommen. Mafalda Neto stammt aus gutbürgerlichen Verhältnissen. Ihr Vater war Hotelmanager – daher wohl auch ihre Manieren. Nur ist der leider schon gestorben, als sie siebzehn war, und hat vier Kinder hinterlassen. Neto war die Älteste und hat sich dann einen ›Gönner‹ gesucht, der ihr Studium finanziert hat. Dem gehörte übrigens eine Spedition – und so kam die gute Frau Neto schon als Zwanzigjährige mit dem Gesetz in Konflikt: Sie war in Drogenschmuggel verwickelt. Allerdings konnte man ihr da nicht so viel nachweisen, dass es zu einer Verurteilung gereicht hätte. Die Kollegen in Brasilien vermuten allerdings, dass sie weitergemacht hat und dass sie vier, fünf Jahre später mit ihren Partnern in dieser Sache Schwierigkeiten hatte und deswegen so daran interessiert war, das Land zu verlassen.«

»Donzdorf ist ja auch schön weit weg von Brasilien«, befand Fritz.

»Richtig. Und dazu hatte sie mit Bareis ja einen für sie fast idealen Partner: Nicht sehr helle, aber gierig und skrupellos genug, alles mitzumachen beziehungsweise auszuführen, was sie ausgeheckt hat.«

»Na ja.« Friederike wiegte den Kopf hin und her. »So ganz ideal war die Verbindung dann wohl doch nicht. Die Nachbarin von Bareis hat mitbekommen, dass das Paar öfter lautstark gestritten hat.«

Kommissar Gebhard grinste. »Laut Kowalski hätte Bareis ganz gerne seine ehelichen Rechte geltend gemacht, woran Neto aber nicht interessiert war.«

Fritz schauderte. Sie erinnerte sich an Bareis' schmutzige, ungepflegte Füße und den Schmerbauch über der schmierigen Trainingshose. »Das kann ich verstehen. Graf Weißenstein oder Herr Moons wären mir auch lieber gewesen.«

»Nun denn, ihre Geschäfte betreffend waren Neto, Bareis und Kowalski ein gutes Team. Die Dame organisierte – von ihr sei die Idee mit den Containern und den Computerbauteilen gewesen – und die Herren führten aus. Und als Neto dann auch noch Alexander Moons ins Boot holte, liefen die Geschäfte wie geschmiert. Wir vermuten, dass die Bande in dieser Zeit allein mit den Tieren schon zwischen 20 000 und 30 000 Euro pro Monat eingenommen hat. Dazu hat Neto wohl auch noch nett mit ihren Computerteilen verdient.«

»Und das Geld aus dem Tierhandel war steuerfrei. Nicht schlecht!«, warf Fritz ein.

»Es wurde noch besser. Kowalski hat noch zwei Kollegen – einen in München und einen an der niederländischen Grenze – aufgetan, die ihm Tiere abgenommen haben. Also hat man bei Bareis und in der Halle, die Neto in Faurndau gemietet hatte, eine Art Zwischenlager eingerichtet. Bareis hat die Lieferungen zugestellt – war also alles perfekt organisiert.«

»Und Kowalski hat sich dumm und dusselig verdient, denn nebenher dealte er ja auch noch mit illegal eingeführten Futtertieren«, sagte Fritz. »Aber was ist denn dann schiefgelaufen? Warum haben die den Bareis umgebracht?«

»Neto ist bei ihm ausgezogen«, antwortete Kommissar Gebhard trocken und kratzte den letzten Rest Zitroneneis aus seinem Becher. »Die Ehe mit Bareis hatte ihren Zweck erfüllt – sie hatte eine unbeschränkte Aufenthaltsgenehmigung. Also ließ sie sich scheiden und nahm sich eine eigene Wohnung. Das war ihr Fehler. Bareis, nun nicht mehr unter Daueraufsicht, begann, auf eigene Faust Geschäfte im Internet zu machen.« Er grinste. »Und an der Stelle kommt nun Ihr goldgelber Froschkönig ins Spiel. Bareis hatte ein Faible für diese Viecher, an denen Kowalski aber gar nicht interessiert war.«

Fritz trank Eiskaffee und lächelte. »Klar war Kowalski an den Fröschen nicht interessiert. Die werden um die fünfzig Euro herum gehandelt – dafür lohnt das Risiko, sie zu fangen und zu schmuggeln, nicht.«

»Bareis sah das anscheinend anders. Kowalski sagt, er habe mehrfach bei seinen Trips nach Brasilien Frösche geschmuggelt – meist in den schmutzigen Socken in seinem Koffer.«

»Buuh!« Fritz verzog das Gesicht. »Wenn das nicht tierschutzrelevant ist …«

»Ich kann verstehen, dass der Zoll die Socken normalerweise nicht kontrolliert hat!« Der Kommissar zog die Schultern hoch und rümpfte die Nase. »Irgendwann aber hat wohl mal einer von den Zöllnern Schnupfen gehabt und in die Socken geguckt. Damit nicht genug, hatte Uwe Bareis wohl irgendwelchen Herrschaften in der Stuttgarter Altstadt ein paar kranke Schlangen angedreht.

Die Herren im Milieu sind ja nun nicht eben für Sanftmut und die Bereitschaft, anderen einen Fehler zu vergeben, bekannt. Sie rückten anscheinend sowohl Bareis als auch Neto auf die Pelle. Neto hat es – wobei man das ja schon als eine verhandlungstechnische Meisterleistung bezeichnen kann – geschafft, die Herren wieder zu beruhigen. Danach war ihr dann aber der Boden unter den Füßen hier zu heiß. Sie übersiedelte nach Rotterdam – wohl zum Entsetzen von Moons, der gar nicht scharf darauf war, seine ehemalige Affäre so nahe bei sich zu haben.«

»Irgendwie tut er mir leid.« Fritz spielte nachdenklich mit ihrem Löffel. »Er hat einen Fehler gemacht, den jeden Tag tausende von Männern machen.«

»Tja – er hat für das kurze Vergnügen mit der Neto teuer bezahlt.« Wolfgang Gebhard machte nicht den Eindruck, als ob er deswegen aus Mitleid ins Kopfkissen weinen würde. »Das Problem für Neto und Kowalski war dann aber, dass Bareis seine Lektion immer noch nicht gelernt hatte. Er hat weiter auf eigene Rechnung Geschäfte gemacht. Darauf versuchten Kowalski und Neto, Bareis zu umgehen. Sie zogen diese Scheinfirma in Duisburg auf und ließen ihre Container direkt dahin liefern. Doch Bareis roch den Braten und drohte damit, die ganze Geschichte platzen zu lassen. An der Stelle zeigte sich dann, dass amerikanische Krimis für manche Leute die falsche Abendunterhaltung sind. Bareis faselte nämlich bei Kowalski von Kronzeugenregelung und dass er, wenn er bei uns komplett auspacke, straffrei ausgehe, während Kowalski in den Knast und Neto zurück nach Brasilien gehe.«

»Aber bei uns in Deutschland geht man dann doch nicht straffrei raus, oder?«, fragte Fritz.

Der Kommissar lachte. »Wie ich sagte: Die haben zu viele amerikanische Krimis gesehen. Bei uns gibt's so was wirklich nicht. Straffrei ist nicht. Es wirkt sich sicher strafmildernd aus, wenn ein Angeklagter geständig ist und Reue zeigt, aber Deals wie bei den Amerikanern gibt es im deutschen Justizsystem nicht«, erklärte Wolfgang Gebhard. »Das wussten aber weder Kowalski noch Neto und so beschlossen sie, Bareis zum Schweigen zu bringen.«

»Dann könnte man also im weitesten Sinne sagen, dass Bareis ein Opfer des falschen Fernsehprogramms geworden ist. Hätte er mal immer schön Arte oder Dschungelcamp gesehen …« Fritz grinste.

»Sie haben aber interessante Alternativen!«

»Ich bin eben vielseitig.« Fritz lachte.

»Offenkundig!« Kommissar Gebhard schmunzelte. »Zurück zu unseren Freunden und ihren Plänen. Netos Plan zum Ableben des Herrn Bareis sah einen fingierten Unfall vor. Sie wusste, dass Bareis zuhause immer barfuß herumlief, außerdem wusste sie natürlich, dass Bareis kein Festnetztelefon hatte. Ihr Plan sah vor, den Akku in Bareis' Handy gegen einen defekten auszutauschen, eine entsprechende Giftschlange im Haus auszusetzen, abzuwarten, bis er gebissen wurde, ihn daran zu hindern, zum Beispiel bei den Nachbarn Hilfe zu holen, und sich dann zu verdrücken, ohne Spuren zu hinterlassen. Die Auswahl der Schlange überließ sie Kowalski, der sich dann für eine Grubenotter entschied.«

Fritz, die inzwischen ihre Hausaufgaben in Sachen Giftschlangen gemacht hatte, nickte. »Gute Wahl. Die Viecher reagieren auf Temperatur. Wenn sie Hunger haben, beißen sie das nächste erreichbare Objekt, das eine Körpertemperatur um die 37 Grad herum hat. Sie gucken dann erst nach dem Biss, ob das, was sie da vergiftet haben, auch essbar ist.«

»Feinschmecker sind Grubenottern offenkundig nicht«, blödelte Wolfgang Gebhard. »Wie auch immer: Der Witz an diesem Plan wäre gewesen, die Tiere – inklusive der Schlange, die gebissen hatte – bei Bareis zu lassen. Damit wäre die Wahrscheinlichkeit ziemlich groß gewesen, dass wir den Tod von Bareis als Unfall betrachten und es damit gut sein lassen.«

»Was mich angeht, wäre ich wohl darauf reingefallen«, sagte Fritz. »Ich weiß von Kollegen, die nach Unfällen der Halter die Schlangen in der Wohnung einfangen mussten. Also ist so was für mich nicht aus der Welt.«

Kommissar Gebhard nickte und lächelte Fritz an. »Aber wissen Sie, bei Ihrem Talent wären Sie vielleicht noch eher darauf gekommen, dass da jemand was gedreht hat, als ich.«

»Ich?« Fritz hatte bisher nie das Gefühl gehabt, als Kriminalistin ein Naturtalent zu sein.

Gebhard lachte. »Frauen sind manchmal im Vorteil. Mir hätte die Frau Mägerle vielleicht nicht so viel erzählt wie Ihnen. Nehmen wir mal an, der ursprüngliche Plan wäre durchgelaufen. Sie hätten die Schlange eingefangen und danach die restlichen Reptilien im Haus aufgeräumt.«

»Oh, da hätte sich Frau Mägerle bestimmt auf mich gestürzt! Das hätte sie sehr spannend gefunden«, amüsierte sich Fritz.

»Eben. Und wenn Sie Ihnen erzählt hätte, dass da ein Fremder zur Zeit des Todes von Bareis im Haus war, hätten Sie reagiert.« Der Kommissar schickte seinen leeren Eisbecher zurück und orderte Mineralwasser. »Aber der Plan ist ja nicht gelaufen, weil Kowalski nicht auf die Tiere verzichten wollte, die bei Bareis waren.«

»Das ist dann, was die Engländer ›den Kuchen essen und gleichzeitig behalten wollen‹ nennen.«

»Genau.«

»Und wie hat Kowalski den fingierten Selbstmord dann en détail durchgeführt?«, fragte Fritz.

»Er hat sich bei Bareis angekündigt, um noch einmal mit ihm zu reden. Während er sich mit Bareis im Obergeschoss aufhielt, drang sein Helfer, dieser Gabriel Ianescu, unten über die schräggestellte Terrassentür ein, versteckte die Grubenotter unter dem Schreibtisch und verschwand auf leisen Sohlen durch die Haustür, um im Auto – und das hatten die Herren natürlich ein Stück entfernt geparkt – zu warten. Kowalski, der selbstverständlich stabile Stiefel und eine Lederhose trug, drängte dann Bareis dazu, ihm irgendwas im Internet zu zeigen. Bareis ging also an den Schreibtisch – barfuß, wie immer im Haus. Er wurde gebissen, worauf Kowalski erst mal Ianescu anrief und ihn wieder einließ. Dann haben sie die Schlange eingesammelt, den inzwischen schon sehr angeschlagenen Kowalski an den Haken gehängt, den vorbereiteten Abschiedsbrief – den übrigens ein Freund von Ianescu in Rumänien nach Vorgaben von Kowalski und Vorlage einiger handschriftlicher Zettel gefälscht hatte – auf den Tisch gelegt und die Tiere eingesammelt.«

»Dabei sind sie allerdings von Frau Mägerle beobachtet worden«, sagte Fritz.

»Richtig – und die hat inzwischen sowohl Kowalski als auch Ianescu bei einer Gegenüberstellung erkannt«, berichtete der Kommissar.

»Und wie geht es jetzt weiter?«, hatte Fritz gefragt.

»Wir schreiben unseren Abschlussbericht, dann wird der zuständige Staatsanwalt Anklage gegen Neto, Kowalski und Ianescu erheben. Dann wird ein Gerichtstermin angesetzt und darauf werden Sie vermutlich Post bekommen. Ich bin ziemlich sicher, dass Sie in dem Prozess als Zeugin geladen werden, Frau Abele.«

Es war Dezember geworden, bis Fritz die Ladung bekommen hatte. Und als sie an diesem Tag vor dem großen Verhandlungssaal eingetroffen war, hatte sie erst einmal herzlich gelacht. Auf dem Flur stand nämlich, mit einem etwas zu engen grauen Jackett, Jeans, blauem Hemd und blauweiß gestreifter MSV-Krawatte, Jupp und sah reichlich eingeschüchtert aus. Doch Fritz' Anblick hatte das gewohnte breite Grinsen in seinem Gesicht hervorgerufen: »Mensch, Puppe – ist dat 'n Auftrieb hier!« Er hatte sich für das Bierfässchen bedankt, das Fritz ihm geschickt hatte, und dann strahlend erzählt: »Du, ich habe vor einem Vierteljahr in Rotterdam Marijke Zylstra – du erinnerst dich doch an die nette Blondine von der Küstenwache, die uns die tolle Erbsensuppe gekocht hat? – getroffen. Sie war mit ihrer Cousine bummeln. Die ist zwar nicht blond, aber ...« Er hatte etwas verlegen geguckt und sogar rote Ohren bekommen.

Fritz hatte ihn in den Arm genommen. »Biste verknallt, Jupp?«

»Hmm – mächtig.« Und dann: »Du, die Marloes kocht so was von gut! Und nun hat sie ihre Wohnung und ihren Job gekündigt. Ende März kommt sie zu mir auf die Wappen von Duisburg.«

»Mensch, Jupp!« Fritz drückte ihn nochmal. »Ich freue mich so für dich.«

»Aber wenn die Marloes endlich bei mir ist, kommst du mich mal besuchen und bringst den Scheich mit, okay? Am besten, du kommst, wenn wir gerade zu euch nach Mannheim runterschippern – die Strecke an der Loreley ist total schön.«

Am dritten Verhandlungstag, an dem Fritz als Zeugin aussagte, erwartete sie beim Verlassen des Gerichtssaals noch eine Überraschung: Als sie auf dem Flur ihren Mantel anziehen wollte, griff von hinten jemand danach und sie hörte eine freundliche Männerstimme mit holländischem Akzent: »Darf ich helfen, Frau Doktor?«

»Herr Moons!«, rief sie erfreut, ließ sich helfen und drehte sich, um dem ehemaligen Reeder die Hand zu drücken. Er sah gut aus – braungebrannt, etwas schmaler geworden, doch der melancholische Ausdruck in seinen Augen war verschwunden. »Wie geht es Ihnen, Herr Moons?«

»Danke, sehr gut. Und Ihnen? Sie sehen hübsch aus.« Er lächelte sie an, doch dann wanderten seine Augen zu seiner honigblonden Begleiterin, die mit dem Mantel über dem Arm in einem braunen Hosenanzug mit kamelfarbener Bluse neben ihm stand. »Frau Doktor Abele, darf ich Ihnen meine Frau vorstellen?«

Fritz drückte die Hand, die ihr offeriert wurde, und hörte eine warme Stimme: »Ich bin Henrieka Moons. Ich freue mich, Sie kennenzulernen. Mein Mann war so sehr von Ihnen und Ihrem Mut beeindruckt.«

»Ich habe den seinen bewundert. Nachts auf offener See auf ein fahrendes Containerschiff mit drei bewaffneten Geiselnehmern aufzuspringen, ist ja auch kein Pappenstiel. Ich hoffe, es wird nicht nur von mir positiv bewertet.«

Henrieka Moons legte ihrem Mann die Hand auf den Arm. »Wurde es schon. Bei uns in den Niederlanden sind die Gerichte schneller als in Deutschland. Wir haben es schon hinter uns.«

»Ich habe zwei Jahre auf Bewährung bekommen«, sagte Alexander Moons. »Aber das Wichtigste für mich war: Ich durfte mein Patent behalten.«

»Das braucht er auch!« Henrieka Moons klang stolz. »Mein Mann ist seit kurzem Kapitän eines Frachtschiffes. Nächste Woche fährt er seine erste Tour.«

»Am schönsten finde ich, dass meine Frau mich begleitet«, sagte Alexander Moons mit einem glücklichen Lächeln.

»Darf ich neugierig sein und fragen, was aus der Reederei van Hoogstaaten geworden ist?«

Das Ehepaar schaute sich kurz an, dann antwortete Henrieka Moons: »Ich habe einen alten Freund, der eigentlich letztes Jahr in den Ruhestand gegangen ist. Ich habe ihn gebeten, noch einmal drei Jahre als Geschäftsführer unserer Reederei dranzuhängen. In dieser Zeit wird er unsere Tochter ausbilden, so dass die dann übernehmen kann.« Sie lächelte an ihrem Mann empor. »Wissen Sie, ich war noch sehr jung, als wir uns ineinander verliebt haben. Ich kam gar nicht auf die Idee, meinen Mann zu fragen, ob er wirklich die Reederei übernehmen möchte. Meine Mutter hatte das so bestimmt und ich war gewohnt, dass alles nach ihren Wünschen läuft.«

Fritz merkte, dass das Ehepaar das Thema wohl schon öfter diskutiert hatte. Mit einem Lächeln fragte sie: »Herr Moons, wo geht denn Ihre erste Tour hin?«

»Norwegen und Grönland. Ich fahre für die Hurtigrouten.«

»Klasse!«, fand Friederike. »Ich träume immer vom Nordmeer.«

Henrieka Moons schaute kurz ihren Mann an, dann strahlte sie. »Wir haben Passagierkabinen und wir dürfen ab und zu Gäste einladen. Ich würde mich sehr freuen, wenn Sie und Ihr Mann einmal mit uns fahren würden. Dann hätte ich nette Gesellschaft.«

»Ich verspreche Ihnen, dass die Passagierkabinen viel komfortabler sind als ein Container!« Alexander Moons lächelte, griff in seine Brusttasche und reichte Fritz seine Visitenkarte. »Melden Sie sich, Frau Doktor Abele. Wir würden uns wirklich freuen, wenn Sie und Ihr Mann uns besuchen würden.«

Inzwischen war der Norwegen-Trip für das Frühjahr gebucht und Fritz freute sich schon darauf. Doch nun war erst einmal die Urteilsverkündung dran. Fritz suchte sich einen Platz im Gerichtssaal und wartete geduldig, bis die Angeklagten – Kowalski, deutlich schmaler geworden, Ianescu, grimmig, und Mafalda Neto mit einem Gesicht, als ob sie das alles nichts angehen würde – in den Saal geführt wurden. Danach kam das Gericht, dessen Vorsitz von einer älteren Richterin bekleidet wurde. Sie verkündete dann im »Namen des Volkes« lebenslange Freiheitsstrafen für Kowalski und Neto und zwanzig Jahre für Ianescu.

In der Urteilsbegründung führte sie aus, dass Kowalski und Neto mit »großer krimineller Energie« und aus Gewinnsucht Bareis getötet hätten und danach gleich zweimal zur Verdeckung ihres Verbrechens versucht hätten, Friederike zu ermorden, wobei sie beim zweiten Versuch »außerordentlich grausam« vorgegangen wären.

Am Abend, als Fritz Corin davon erzählte, lächelte er: »Der Gerechtigkeit ist damit wohl Genüge getan.«

»Ja«, sagte Fritz. »Und was mich angeht: Ich habe echt genug von Verbrechern und Verbrechen. Ich bin so froh, dass ich künftig wieder nur mit blöden Tierhaltern und sturen Bauern zu tun habe!«